Au Jour le jour

Xavier Seignot

© 2014 Xavier Seignot
Graphiste couverture Armand Rignault
Modèles Armand Rignault, Léa Genevisse
Photos de couverture Xavier Seignot
Photo Quatrième de couverture Lambert Davis
ISBN : 9782322185665
Éditeur : BoD-Books on Demand
12-14 rond-point des Champs-Élysées, 75008 Paris
Impression : Books on Demand, Norderstedt, Allemagne

Mille remerciements :

À tous ceux qui ont participé directement à la création ou à la correction de l'ancienne ou de la nouvelle version d'Au Jour le jour : Huguette Dubout, Jean-François Seignot, Anne Desfossez et David Benhaïem.

À tous ceux qui m'ont soutenu ou aidé à chaque sortie de mes romans : Johanna Valdizan, Guillaume Serieis, Cédric Dijon, Lambert Davis, Magali Pains, Farida Baahmed, Pauline Denoit, Cécile Dorchy, Sarah Guitard, Sophie Vileyn, Mohamed Chouker, Itziar Touret, Mounira Dakiche, Céline Guédé, Olivier Druart, André Ianez, Aurélien Bidouard, Marianne Donzelle, Kelly Mézino, Frédéric Mancaux, Ines et Clara Ascenzio, Dalanda Diallo, Selma Joabar, Aurélie Kissian, Monsieur Louis et à la famille Gobert.

Bien sûr à ma famille : Dorothée, Aurélien, Jean-Philippe, Anne-Sophie, Delphine, Stéphanie et Géraldine Seignot, Sandrine Leveillé, Alisson Fruquet, Benoît et Frédéric Erhard, et à ma maman : Annie Thirion.

À mes cousins, cousines, oncles ou tantes qui m'ont aidé ou soutenu : Christiane, Oriane, et Élisabeth Thirion, Micheline Devaux, Lucie Louradour, Matthieu, Julien et Mélanie Welschinger.

Et à tous ceux qui ont participé de près ou de loin à la création ou à la diffusion du long-métrage Au Jour le jour : Jean-Christophe Poulain, Armand Rignault, Léa Genevisse, Jérémy Chauveau, Flora et Nathalie Bordis, Benjamin Dubost, Anthony Millox, Aurélie Titier, Margaux Deforges, Ophélie Charlot, Olivier Castan, Cristina Salgado, Marylise Cousot, Tarek Saïdj, Florian Tomaiuolo, Déborah De Jésus, Cassandra Duclos,

Fabien Fidrie, Joal Mancaux, Margerie Michaut, Kevin Da Silva, Laura Pruniaux, Coralie Hammond, Tori Aly Hassany, Julie Billa, Abderahmane Zedira, Morgane Sanfratello, Marine Pondevis, Marine Lanneval, Pauline Rudowski, Thibault Antoine, Rowena Rioboo, Kane Butler, Gaëlle Ferreira, Maxime Rigaud, Émilie Palatte, Leslie Traoré, Jean-Baptiste Beltramini, Baptiste Guereschi, Lothar Gomis, Mathilde Bertier, Océane Cadiou, Eddy Alves, Marine Collet, Maëlys Mignon, Lucas Millet, Marie Ravaud, Nolwen Le Dantec, Yanis Méance, Camille Simard-Delbos, Pauline Aubert, Lucas Lesœur, ainsi qu'à Francis Bailleau, au cinéma Philippe Noiret des Clayes-sous-Bois et au cinéma de Fontenay-le-Fleury.

Les gens se posent toujours des questions : pourquoi suis-je devenu ce que je suis ? Pour comprendre quelqu'un, il faut retracer toute sa vie, remonter à sa naissance. Notre personnalité résulte de la somme de nos expériences.

Malcolm X

2 Septembre 2001

Salut,

Je t'écris après tout ce temps pour te remercier de ce que tu as fait pour moi. Je sais qu'on a eu beaucoup de différends ensemble, que je n'ai pas toujours été correct avec toi, mais je pense aussi que je n'aurais jamais pu m'en sortir sans toi, sans ton aide.

J'espère que tout va bien à Méthée et que tu mènes à bien tes projets. Je vois que tu n'as pas quitté cette ville, étrangement, on y est tous attachés.

Ne m'en veux pas pour le peu de nouvelles que j'ai données, mais je devais me remettre en question et prendre du recul sur tout ça. Seul le temps efface la souffrance.

Ici, j'ai eu beaucoup de temps pour réfléchir. Certains pensent que j'ai gâché ma vie ou que je suis devenu fou, d'autres disent que j'ai perdu des années, mais qu'est-ce qu'ils savent de ce qu'on a vécu ? Qu'est-ce que les médisants savent de chacun de nous ?

Repense à ce qu'on a traversé, à ce qu'on a fait, repense à la manière dont nos noms étaient dans toutes les bouches : Lisa, Eddy, Child, Stéphan et même Sara ou Mike ; nous nous sommes tous égarés de notre chemin, mais ce détour n'a pas été vain.

Parfois je ris seul, je pleure aussi sans trop savoir pourquoi, mais au fond, je sais que j'ai désormais retrouvé la paix intérieure.

Je réalise à quel point il est fou, insensé même, le temps qu'on passe à ressasser les moments douloureux avant de les balayer une bonne fois pour toutes.

Je ne veux pas imposer de morale sur ce qu'on a fait, je ne suis personne, chacun a droit à la sienne. Je t'ai demandé la dernière fois qu'on s'est vu, il y a dix ans, à qui était-ce la faute tout ça ? Je crois qu'il n'y a pas de réponse, on a tous été pris par le jeu, moi en premier. Ça doit être cette ville, il y a quelque chose qui cloche ici. Tout se joue à la réputation, à celui qui sera le plus populaire, à qui va imposer son influence par la violence et le tape-à-l'œil, et les autres se font écraser, complètement écraser.

Je vais bientôt sortir d'ici et revenir, j'espère que tu seras là, j'espère que tu m'auras pardonné.

Nous ne sommes pas déterminés à être ce que nous sommes ! Je ne sais pas ce que la vie me réserve d'autre, mais je tâcherai de la prendre du bon côté et de faire le moins d'erreurs possible.

Ton ami, Stéphan Sentana

Partie 1 : 1988

Vivre libre, c'est souvent vivre seul

Renaud

Chapitre 1 : septembre 1988

Stéphan

Alors que l'air était légèrement refroidi par la brise qui venait du large, assis seul sur la grève de sable fin, Stéphan contemplait silencieusement le large océan qui lui faisait face.

Le Soleil levant se reflétait sur cette vaste étendue bleue bordant la ville cosmopolite de Méthée. Quelques traînées de nuages parcouraient le ciel ici et là.

Soudain, le son de la cloche de la vieille église retentit. Au dixième coup, Stéphan se leva vivement : il avait oublié son rendez-vous.

Du haut de son mètre soixante-quinze, un vent doux et léger se faufila à travers ses longs cheveux qui lui couvraient ses yeux d'un marron envoûtant. D'un geste vif, il les dégagea d'un revers de la main pour regarder le cadran de sa montre.

Le jeune homme quitta la plage pour se diriger vers la principale avenue de la côte est de Méthée ; les trottoirs étaient décorés de chaque côté de belles plantes odorantes. Il passa devant plusieurs vitrines de souvenirs et terrasses de bistrots encore bondées des derniers vacanciers de l'année.

Plus loin sur la droite, se trouvait le cinéma multiplex où Stéphan y passait la moitié de son temps. Mais tout cela n'était qu'une jolie vitrine offerte aux touristes afin de dissimuler dans le décor les quartiers plus pauvres repoussés à la périphérie nord de la ville. On y mettait deux ou trois coups de peinture ici et là de temps en temps pour cacher la misère, mais en grattant un peu, on tombait rapidement sur la couche en toc. Stéphan passa enfin devant un terrain vague où quelques carcasses de voitures ravagées par le temps s'empilaient les unes sur les autres.

C'était dans cette ville que Stéphan Sentana, un garçon de quinze ans, avait passé toute sa longue adolescence.

Pressant le pas pour ne pas être trop en retard, il croisa le chemin d'un groupe de jeunes garçons assis sur les marches d'un petit immeuble. Leurs éclats de rire se firent entendre dans toute la rue. Stéphan les regarda avec mépris : *quelle bande de nazes…*

Lui, qui était solitaire, ne fréquentait guère les bandes de zonards. C'était pas son truc, se disait-il. Sans se l'expliquer, le jeune homme avait toujours eu du mal à se comporter en société, à être à l'aise et à suivre un code de conduite. Il ne savait pas vraiment ce qui le poussait à être comme ça, ce qui lui provoquait cette répulsion des autres.

La vie lui avait appris la rigueur du travail et des entraînements physiques afin de se surpasser. Il s'était toujours dit que le rire et l'insouciance n'avaient pas embarqué dans le même train que lui.

Son pantalon souple claqua sous la rapidité de son pas. Sa légèreté dans sa démarche attira le regard de ceux qui ne le connaissaient pas et Stéphan appréciait particulièrement cet effet.

De nouveau, il jeta un œil sur les aiguilles de sa montre, puis pressa le pas. Il était vraiment en retard quand, au loin, il aperçut une silhouette familière : c'était Eddy Jammy, son voisin, son meilleur, ou plutôt, son seul ami.

L'adolescent le rejoignit. Transpirant beaucoup, il ouvrit sa veste sur un T-shirt laissant apparaître ses formes musclées et un crucifix sur sa poitrine, bien qu'il n'était pas croyant.

Eddy et lui se connaissaient depuis tout petit et

étaient ensemble depuis la classe de maternelle jusqu'au collège. Ces deux-là n'avaient aucun secret l'un pour l'autre et il leur suffisait parfois d'un seul signe de main ou d'un regard pour se comprendre immédiatement. Souvent, lorsqu'ils se perdaient dans les abîmes du passé, ils se remémoraient ce genre de situation et en riaient pendant des heures.

Un jour, alors qu'Eddy était rentré trop tard chez lui, il avait raconté à sa mère qu'il était chez Stéphan. Mais c'était bien évidemment faux, il avait menti et sa mère s'en était doutée. Alors, elle avait traîné son fils jusque chez Stéphan pour lui demander la vérité. Ce dernier vit très bien dans le regard d'Eddy qu'il fallait mentir.

« Il était dehors avec moi, dit-il.

Puis la dame rétorqua à son fils :

- Je savais bien que tu m'avais menti, tu étais dehors !

Stéphan reprit précipitamment :

- On était dehors, mais après on est allé chez moi pour regarder un film. Il était un peu long et c'est pour ça qu'Eddy est rentré tard. Ne le punissez pas pour si peu... »

Stéphan avait peur que ce qu'il venait de dire n'eût aucun rapport avec la réponse tant attendue. Toutefois, la mère avait répondu à ça qu'elle était contente que son fils lui ait dit la vérité et qu'il ne serait pas puni. Ils étaient alors rentrés chez eux et Eddy avait fait un clin d'œil discret à Stéphan pour le remercier. Ce dernier n'avait jamais su pourquoi Eddy était rentré tard ce jour-là. Il y eut bien d'autres fois où un petit signe avait suffi pour qu'ils se comprennent et qu'ils se tirent d'une situation difficile.

« Salut, lança Eddy à Stéphan qui l'attendait depuis quelques minutes.

- Ça va ? Excuse-moi pour l'retard, j'étais sur la plage et j'ai pas vu le temps passer.

- C'est pas grave, tu sais, avec toi, j'ai l'habitude... »

Stéphan ne put s'empêcher de sourire à la taquinerie de son ami, il avait la fâcheuse habitude de se perdre dans ses pensées et d'accumuler les retards.

« Alors, quand est-ce que tu veux t'entraîner ? reprit-il.

- Cette aprèm' ? Il fait beau !

- OK ! Pas d'problème.

- Je ramènerai tout le matériel, j'veux vraiment améliorer mon jeu de jambes. »

Ces deux jeunes garçons avaient une grande passion en commun : l'initiation aux arts martiaux. Ils ne pensaient qu'à ça du matin au soir. Tout ce qu'ils faisaient dans la vie avait un rapport avec les arts martiaux. Quand Stéphan et Eddy s'habillaient le matin, ils mettaient leur pantalon sur un pied pour entretenir leur équilibre. Ils montaient les escaliers des immeubles à la place de prendre l'ascenseur afin de se muscler les jambes. Il leur était même arrivé plusieurs fois d'aller au collège qui se trouvait à trois kilomètres de chez eux en courant, car ils ne voulaient pas prendre le bus.

C'est ce que ces deux pratiquants appelaient *l'entraînement continu*, disant que c'était le seul moyen de devenir le meilleur.

Le plus grand rêve de ces deux-là était d'être un jour reconnus comme les adeptes les plus éminents des arts martiaux.

Bien qu'ils étaient très proches dans la vie, ils étaient aussi de sérieux rivaux lors des combats d'entraînements où ils ne se faisaient aucun cadeau.

Chacun voulait être supérieur à l'autre, et pour ça, ils s'entraînaient sans relâche : minimum deux heures par jour en période scolaire et jusqu'à sept ou huit heures pendant leurs jours de repos.

Après la décision de l'heure d'entraînement, Stéphan

et Eddy prirent le chemin du centre-ville, là où ils habitaient.

« T'as raison, dit Stéphan, on devrait perfectionner notre jeu de jambes. J'ai vu un boxeur hier soir à la télé qui se déplaçait à une vitesse ouf. Ce serait dingue d'être aussi rapide que lui !

- Moi aussi, je l'ai vu ce documentaire, répondit Eddy. C'est justement ça qui m'a donné l'envie de m'améliorer. Mais tu t'rappelles que le boxeur disait aussi que c'était bien de s'entraîner à la course pour augmenter la vitesse des jambes : j'pense qu'on devrait en faire autant.

- Super idée ! La piste d'athlétisme du stade est justement ouverte au public le dimanche après-midi, on pourrait y faire un tour.

- OK, on ira après l'entraînement habituel. »

À ce moment-là, les deux jeunes garçons passèrent devant la bibliothèque municipale, ce qui fit penser à Stéphan qu'il devait y chercher un livre.

« Ah ! J'suis désolé, dit-il d'une voix navrée. J'ai oublié d'y aller. Il y a un bouquin qui m'intéresse beaucoup : c'est l'histoire vraie d'un Afro-Américain qui a vécu dans un ghetto, un certain Richard Wright, je crois…

- Pas de problème, 'toute façon j'dois rentrer pour manger, répondit Eddy.

- Donc on s'voit cette après-midi ?

- Ouais, à tout à l'heure ! »

Stéphan se dirigea vers la bibliothèque. Il se sentit tout petit face à cette énorme structure dont le style faisait penser aux architectures grecques antiques.

Dans ce lieu paisible, Stéphan pouvait jouir de sa seconde passion : la lecture. Il adorait ça et avait toujours un livre à portée de main. Tous les soirs, il lisait au moins une heure avant de dormir, et s'il le pouvait, il y passerait des nuits blanches tant certains livres étaient fascinants, enivrants et captivants.

Pour lui, c'était un très bon moyen de s'évader un peu de son quotidien et de découvrir un tas de choses. Après avoir lu une biographie, il se disait toujours que c'était incroyable qu'une personne puisse avoir fait autant de choses dans sa vie, et qu'il aimerait, lui aussi, avoir une vie comblée et accomplir tous ses rêves. Puis, quand il serait vieux, il écrirait à son tour son autobiographie...

Chapitre 2 : 3 novembre 1988

Le Lycée

Une sonnerie retentit et le tira brutalement de son rêve. S'il cédait à ses pulsions, Stéphan aurait déjà balancé son réveil par la fenêtre depuis des années. Ce jour-là, c'était la rentrée des classes après les vacances de la Toussaint. Encore à moitié endormi, il se leva dans un grand effort et se dit que ce sera encore une grosse journée durant laquelle il allait devoir supporter les rires et les bla-bla de ses camarades de classe, ainsi que les esclaffements de certaines filles au moment de se revoir après deux semaines ; elles chuteraient de cinq étages qu'elles pousseraient le même cri.

Il n'avait qu'une seule envie : que la matinée passe le plus vite possible pour s'entraîner physiquement au cours de sport.

Lorsqu'il quitta la maison, il aperçut Eddy qui l'attendait devant son portail, les cheveux trempés par la pluie. Après lui avoir serré la main, ils se dirigèrent tous deux vers l'arrêt du bus.

« Alors, prêt à retrouver le lycée ? demanda Eddy.

- Comment ça, *prêt* ? Je vois pas pourquoi il y aurait besoin de se préparer. Y'a rien d'extraordinaire : on va s'poser sur une chaise, on attend que le temps passe puis on rentre chez nous. Je me fous que ce soit la rentrée ou non, rétorqua sèchement Stéphan.

- C'est bon ! T'énerve pas, je te demandais ça juste pour faire la discussion. »

Puis, s'imposa un bref silence avant que Stéphan ne se décide à poursuivre :

« J'm'énerve pas, j'te dis juste que ça sera la même routine que toutes les rentrées. Rien ne va changer, et moi non plus, je ne changerai pas ! »

Toutefois, Eddy sentit bien que son ami était quelque peu nerveux et stressé. Il n'avait jamais su dire si le comportement de Stéphan était dû à une extrême timidité ou à une forme d'agoraphobie. Un peu des deux sans doute. Quoi qu'il en soit, le jeune garçon préféra ne pas lui faire part de ses réflexions et poursuivit son chemin.

Arrivés au lycée Jean Moulin, Stéphan avait vu juste : mêmes groupes de personnes, mêmes discussions, mêmes rires et même rentrée. Toutes les filles se ruaient sur les *beaux gosses* qui se prenaient pour des stars. L'un d'entre eux, un certain Guillaume, avait une réputation telle que même les professeurs tombaient sous son charme.

Et, à peine eut-il franchi la porte de l'établissement que Stéphan tomba nez à nez avec son grand ennemi de toujours ; Arnold Hérauld. Cependant, ils ne s'étaient jamais battus physiquement, toujours verbalement ou spirituellement. Arnold n'était pas assez fou pour se battre contre Stéphan, il savait qu'il n'aurait aucune chance. Et de son côté, Stéphan n'en venait aux mains que lorsqu'il ne pouvait faire autrement.

Ces deux adversaires se jetaient des regards menaçants chaque fois qu'ils se rencontraient dans les couloirs du lycée. C'était une véritable guerre à qui va baisser la tête en premier.

Stéphan se souvint alors de leur première confrontation qui remontait à plusieurs années en arrière. Plus précisément depuis les premières classes d'école primaire. C'était lors d'un match de foot. Stéphan et Arnold étaient chacun capitaines d'une équipe. Comme si leur vie en dépendait, ils détestaient perdre et voulaient à tout prix remporter la victoire. Tous les joueurs avaient à peine huit ans et aucun d'eux ne savait garder son calme. Le match s'était terminé une en bagarre générale plus spectaculaire que le match ; les deux capitaines avaient été très sévèrement punis. La raison de leur adversité était stupide, mais depuis ce jour, elle n'avait fait qu'empirer.

Arnold était un garçon assez élancé et très mince. Avec son teint pâle et ses joues creuses, il représentait le stéréotype même du gangster. On racontait qu'il traînait souvent dans les quartiers craints de Méthée, là où on n'osait plus s'y rendre en vélo de peur de repartir en chaussettes. Ses cheveux bruns et gras dénotaient un certain côté négligé. Ses yeux bleu foncé et légèrement bridés lui donnaient un aspect très froid.

C'était quelqu'un d'impulsif qui n'aimait pas répéter deux fois les mêmes choses, il pouvait exploser en une fraction de seconde. Ce n'était pas rare qu'il frappe l'un de ses amis uniquement parce que celui-ci avait dit quelque chose qui lui avait déplu. La cour était une arène où les plus faibles devaient baisser la tête à défaut d'imposer le respect.

Beaucoup de garçons du lycée n'osaient regarder Arnold dans les yeux lorsqu'ils le croisaient. Ce n'était pas le genre de personne à qui il fallait tenir tête et tout le monde le savait.

Alors que la sonnerie de dix heures venait de retentir, Stéphan alla, un livre en main, s'asseoir sur le muret qui bordait la cour. Il regarda les adolescents rire en groupe avant de hausser les épaules et de se mettre à lire. Malgré tous ses efforts, il ne comprenait pas pourquoi il n'arrivait pas à s'intégrer, à être comme les autres. *Qu'est-ce qu'ils ont à gagner en se comportant comme ça ? C'est la popularité qu'ils cherchent, c'est ça ?*

De son côté, Eddy avait beaucoup d'amis et d'influence. Il avait le truc pour attirer la sympathie, aller vers le gens et susciter l'intérêt. Des dizaines de personnes lui avaient même conseillé de se présenter aux élections de président des élèves qui auraient lieu dans peu de temps. Il avait la notoriété et la prestance pour décrocher ce poste qui permettait de gérer le règlement de la vie lycéenne.

Dans l'établissement, l'antipathie qu'éprouvaient les jeunes à l'encontre de Stéphan lui avait causé de nombreux soucis. Plus on lui faisait comprendre que son caractère et son comportement marginal agaçaient, plus il persistait dans cette voie pour les provoquer. Pourtant, il n'avait fallu qu'un seul accrochage pour faire comprendre à tous que Stéphan ne serait jamais leur tête de Turc.

Un jour, alors qu'il était encore au collège, un élève de troisième, Benjamin, vint à sa rencontre. Il était accompagné de sa bande et n'était pas allé par quatre chemins pour lui régler son compte. Stéphan, qui n'avait rien vu venir, lisait tranquillement sur un banc de la cour. Le chef s'était arrêté devant lui, il ricanait d'un ton grave.

« Eh pauv'con, t'as pas d'amis ou quoi ? »

Stéphan, sans dire le moindre mot, le fixa droit dans les yeux. Cette attitude n'était absolument pas celle qu'attendait Benjamin, ça ne correspondait pas à ce qu'il provoquait habituellement chez ses victimes. Il se retrouva comme un prédateur interloqué face à une proie qui ne fuyait pas. Excédé, il lui arracha son livre des mains. Stéphan, toujours très calme, lui demanda de le lui rendre. Le groupe de Benjamin se mit à rire en se jetant des regards. C'est alors que le jeune adolescent se leva brusquement :

« Rends-moi mon livre et arrête de rire bêtement, connard ! Tu crois faire peur parce que tu débarques avec tes deux fiottes ? »

- Tu veux jouer les malins ! » répliqua Benjamin en balançant le livre à ses pieds.

Il se rua sur Stéphan et, en l'espace d'une poignée de secondes, chuta au sol. Ses mains cachèrent son visage couvert de sang. Les deux autres, terrifiés, partirent en courant en abandonnant leur acolyte.

Ce n'était pas la première fois que ce genre d'incident lui arrivait. Après plusieurs avertissements du principal, Stéphan était passé devant le conseil de discipline et plusieurs sanctions lui avaient été infligées. Il avait beau se défendre en clamant que ce n'était pas lui qui avait provoqué la bagarre. Mais en vain, le principal ne voulait rien savoir ; on ne faisait pas justice soi-même dans son établissement ! De son côté, il était hors de question pour Stéphan de se laisser tabasser en attendant que justice soit faite. Il fut alors sanctionné d'un renvoi d'une semaine.

Grâce à ces histoires, il jouissait d'une réputation grandissante. Depuis ce jour, personne n'osait le critiquer en face, le taquiner ou lui tenir tête, personne ne le regardait dans les yeux.

Stéphan ne le montrait peut-être pas, mais il était fier de sa réputation, tout comme il était fier de ses capacités physiques et de rester qui il était. Ne pas avoir d'autres amis qu'Eddy lui importait peu tant qu'on le redoutait.

Maintenant qu'il était au lycée, les choses avaient un peu changé. Il y avait trois fois plus d'élèves et l'adolescent était noyé dans la masse ; après tout, c'était mieux ainsi.

Des bandes fleurissaient de toute part afin de marquer leur identité et de se protéger les unes les autres. Stéphan jeta un œil autour de lui, la cour était bondée de monde. On coupait des cigarettes, on faisait tourner des joints, on se chambrait pour garder la face. Les gens se regroupaient, comme s'ils redoutaient la solitude. Pourtant, une fille retint son attention. Il l'avait remarquée depuis quelques jours, seule. Le visage inexpressif, les cheveux rouges, les vêtements sombres. Malgré cela, elle dégageait quelque chose qu'il ne sut décrire.

Autour de lui, ça riait de tous les côtés, ça courait dans tous les sens. Parfois des bagarres éclataient et les lycéens se frayaient un chemin pour ne pas en rater une miette. Les raisons étaient souvent les mêmes : un regard de travers, une insulte de trop, de la drague à la mauvaise fille, de l'argent non rendu. Stéphan savait qu'on retrouvait souvent les mêmes personnes dans ce genre d'histoires. Un certain Mike avait son gang et n'hésitait pas à faire appliquer son propre règlement. Néanmoins, Stéphan était bien au-delà de tout ça, si Mike venait à sa rencontre, il lui montrerait comment il traitait les crapules de seconde zone.

Après la récréation, Stéphan et sa classe se rendirent à pied au stade pour un cours de lancer de javelot. Le terrain n'était qu'à une petite centaine de mètres du lycée.

Ce fut la bonne occasion pour tous les élèves de la classe d'être en compétition les uns avec les autres et d'évaluer leur puissance de lancer. Après quelques tirs, le record était d'une trentaine de mètres, toutefois, le tour de Stéphan n'était pas encore passé. Lorsque le professeur l'appela, il prit de l'élan et décocha son javelot. Sa puissance de tir était nettement supérieure à celle des autres garçons de son âge. Le projectile survola le terrain avant de se planter dans l'herbe. Le prof de sport mesura la distance parcourue par le javelot : « Quarante-six mètres ! » annonça-t-il à tous. Stéphan regarda sa classe avec un sourire sûr de lui, puis se rhabilla aussitôt. Normalement, les élèves avaient droit à trois essais, toutefois, Stéphan pensa que ce n'était pas la peine puisqu'il était sûr d'être le meilleur de sa classe et ainsi avoir la meilleure note. Certains, encore sous l'étonnement, le regardèrent en murmurant : *quarante-six mètres...* Malgré tout, on l'admirait, on voulait lui demander quel genre d'entraînement il suivait. Une fille lui fit un sourire, mais celui-ci ne la remarqua qu'à peine ; ce n'était pas ça qu'il recherchait. Et si certains étaient dérangés par son comportement, ils pouvaient aller se plaindre chez leur mère autant qu'ils le souhaitaient.

Au fond, il se demandait souvent ce qui le poussait à être comme ça. Stéphan n'avait aucune réponse à donner, c'était plus fort que lui. Il ne se reconnaissait pas chez les autres, et il avait l'intime conviction que personne ne pouvait comprendre ce qui bouillonnait en lui.

Chapitre 3 : Début novembre 1988

Le Gang

« Tu veux que j'te dise ? lança l'adolescent à Mike, ils se sont foutus de notre gueule !

– Qui t'a dit ça ?

– T'as bien vu comment il te regardait quand tu lui as demandé qui nous avait balancés ? Il a menti ! »

Le hall du lycée était bondé de monde. Les élèves se poussaient les uns les autres pour se frayer un chemin jusqu'à l'extérieur. Un peu à l'écart, Mike et sa bande avaient pour habitude de s'installer dans un coin de la cour. Personne n'était assez fou pour venir s'asseoir ici, chacun savait ce qui lui en coûterait.

Ce jour-là, la proviseure, madame Adrianne, l'avait contacté dans son bureau une heure plus tôt pour *lui poser quelques questions.* Elle lui avait demandé s'il savait quelque chose à propos de trafics de drogues au sein de l'établissement. Mike avait fait mine de ne rien savoir. C'était alors que la proviseure avait joué son second atout : « *On* m'a dit que tu étais impliqué dedans ! » Bien qu'il ne s'était pas attendu à une telle révélation, Mike savait que sans preuve, elle ne pourrait rien contre lui. Il avait alors continué à nier, jouant presque le naïf qui ne voyait pas du tout à quoi elle faisait allusion.

« Tu crois que cet enfoiré m'a menti ? reprit-il.

– J'te dis, je l'ai vu sortir du bureau de la proviseure hier. Et comme par hasard, ce matin elle te convoque !

– Je vais lui parler plus sérieusement ! Le premier qui le chope, il m'le ramène tout de suite ! »

S'il y avait bien quelque chose que Mike détestait plus que tout, c'était qu'on se joue de lui. Il avait mis quelques mois à réunir une bande assez importante pour contrôler tout le lycée. Des élèves jusqu'aux profs, en passant par les surveillants, personne ne se dressait contre lui. C'était pas un petit merdeux de seconde qui viendrait lui causer des ennuis !

« Child, dit-il, tu devrais te faire discret quelque temps, elle m'a parlé de toi, la proviseure. Elle sait tout pour les histoires de vols dans les vestiaires.

– Quoi ? Elle est pas jouasse ?

– J't'avais dit que tu t'ferais prendre si tu rappliquais le lendemain au lycée avec la montre volée » plaisanta Benjamin, un autre membre de la bande.

La dizaine d'adolescents se mit à rire, ce n'était pas la première fois que Child, un garçon qui avait hérité ce surnom de son faciès juvénile, affichait sans crainte le butin de ses vols.

« Elle va pas m'virer pour ça, quand même···

– Tu parles, elle attend que ça ! » répliqua

l'un.

Le chef du gang sortit un paquet de cigarettes et en proposa une à ses amis. L'administration fermait les yeux sur le comportement des élèves au sein de l'établissement. Il y avait tant de problèmes à régler qu'elle se retrouvait impuissante à changer quoi que ce soit. De plus, certains adultes profitaient de cette situation pour se fournir du hasch auprès des jeunes. L'omerta qui régnait était très favorable à toute forme de business.

« Eh Mike, fit Child, y'a des secondes qui sont venus m'voir, ils veulent faire partie de la bande.

– Mais qu'est-ce que tu veux qu'on fasse de ces petits ?

– On s'en fout de leur âge, plus on est nombreux, plus on peut faire c'qu'on veut !

– Ça fait longtemps qu'on a pas bizuté des petits nouveaux ! » renchérit Benjamin.

L'attention de Mike fut d'un coup captée par autre chose. Une jeune fille seule, assise sur un muret, lui adressa un sourire discret. Aussitôt après, elle retourna à sa lecture. Il y avait quelque chose chez elle qui plaisait à l'adolescent. Ses cheveux teintés en rouge, son look assez original, ne le laissèrent pas indifférent.

« Vous vous souvenez quand on a foutu la gueule d'un seconde dans les chiottes ? Comment il chialait ! lança Cassandra, une des filles de la bande.

– Mais ça c'est rien comme bizutage, rétorqua Benjamin. Moi, vous m'avez obligé à draguer la prof de français !

– Mais t'es ouf, toi ! Tu la kiffais la prof, on t'a rien demandé ! Tu t'es autobizuté, mon gars ! »

Tout le gang éclata de rire sur cette anecdote.

« Eh les gars, lança Mike en coupant la conversation de ses compagnons, c'est qui la meuf là-bas ?

– Qui ? répondit Child. Celle qui est habillée en noir ?

– Ouais, elle.

– J'sais pas, elle doit pas être là depuis longtemps.

– Attendez-moi ici, les mecs··· »

Mike se dirigea vers la jeune fille. Depuis que tout le monde parlait de lui, il n'avait plus vraiment de gêne à aborder des inconnus. Quand l'adolescente l'aperçut du coin de l'œil, elle redressa le visage dans sa direction.

« Salut, dit-il.

– Heu··· Salut, répondit-elle, étonnée qu'on vienne lui parler. Qu'est-ce qu'il y a ?

– T'es toute seule ? T'as pas d'potes ?

– Bah si··· Enfin··· Y'a ma classe··· Pourquoi tu me demandes ça ?

– Je t'avais jamais vue, je voulais savoir qui t'étais.

– Je suis nouvelle, j'ai emménagé ici

pendant les vacances. »

Mike fut étrangement embarrassé, il voulait impressionner la fille par sa présence, pourtant, cela ne fonctionnait pas aussi bien qu'à son habitude.

« Ça te dirait pas de traîner avec nous ? Ce serait plus sympa··· » demanda-t-il.

La jeune fille fut prise au dépourvu, elle n'avait pas imaginé une seconde que ce genre de garçon pourrait lui faire une telle proposition.

« Mais je vous connais même pas ? rétorqua-t-elle.

– Tout le monde nous connaît ! Me dis pas que tu sais pas qui je suis ?

– Si··· T'es Mike··· Tu fous ta merde un peu partout··· »

Le jeune homme ne s'attendait pas une telle réponse. L'insolence dont la fille venait de faire preuve aurait normalement provoqué sa colère, pourtant, il ne l'admira que d'autant plus. Mike recherchait ce genre de profil, quelqu'un qui n'avait pas froid aux yeux.

« Tu fais quelque chose samedi soir ? demanda-t-il.

– Bah··· Je taffe mes cours.

– Ça te dirait qu'on aille boire un verre ? »

L'adolescente écarquilla les yeux, la rencontre tournait à de la drague. Elle referma son livre, se leva et fixa longuement le garçon dans les yeux. Elle fit un sourire presque imperceptible.

« Une autre fois, peut-être⋯ » finit-elle par dire avant de se retirer.

Mike resta un instant sur place alors que la sonnerie retentissait, il la regarda s'éloigner.

Chapitre 4 : Mi-novembre 1988

Dilemme

« Vas-y, viens, ça va être sympa ! lança Eddy à Stéphan alors qu'ils venaient tout juste d'entamer le week-end.

- Nan, mais j't'assure que je vais pas être à l'aise… Tu me connais… »

La nuit tombait doucement sur la ville bercée par les premières lumières au néon. Juste avant de quitter les cours, une amie d'Eddy lui avait proposé de venir passer la soirée chez elle pour se joindre à son groupe. Cette dernière avait ajouté qu'il pouvait inviter des amis et qu'elle avait l'habitude de recevoir du monde sachant que ses parents partaient régulièrement en week-end.

« Allez, Stéphan ! C'est pas une fête, juste une soirée en petit comité, on va rire !

- Ouais… Mais j'sais pas… On a notre entraînement du vendredi soir, et la compétition arrive bientôt…

- C'est pas grave si on loupe une fois ! J'suis sûr que c'est qu'une excuse pour pas venir... »

Stéphan fit alors une moue embêtée, il venait d'être démasqué. Depuis peu, il avait remarqué qu'Eddy était beaucoup moins rigoureux dans ses entraînements. En réalité, cela coïncidait avec l'entrée au lycée et sa popularité grandissante. On l'invitait aux soirées, aux rencontres sportives et à diverses sorties.

Mais voilà, Stéphan n'y voyait aucun intérêt dans tout cela, et pour lui, seule la compétition à venir avait du sens.

Il se souvint douloureusement de sa précédente défaite en quart de final de la compétition de Paris alors qu'il avait dû abandonner tant il était à bout de souffle. Ce jour-là, il avait reçu des coups si terribles qu'il s'était même fait la réflexion qu'il n'était peut-être pas fait pour les arts martiaux. De son côté, Eddy avait perdu par K.O. en finale face à un certain Jason Wuang. Les deux adolescents s'étaient alors promis de redoubler d'efforts afin de se montrer à la hauteur la prochaine fois.

Décidément, en repensant à ça, Stéphan n'arrivait pas à comprendre comment Eddy pouvait se montrer si insouciant et passer la soirée avec des gens qu'il ne connaissait qu'à peine.

« Si tu ne vas pas vers eux, tu ne les connaîtras jamais ! rétorqua ce dernier. La compétition est dans deux mois ! On peut quand même profiter un peu de notre week-end !

- Bon… Si on s'ennuie, tu me promets qu'on s'casse ?

- Oui ! J'te l'promets ! »

Il était très rare qu'Eddy parvienne à faire céder son ami, lui qui était d'une obstination sans faille, et il sauta alors sur l'occasion.

La soirée se déroulait plus au nord du centre-ville, à une quinzaine de minutes. À cette heure-ci, de nombreux bus circulaient dans cette partie plutôt calme de Méthée. La ville était divisée en trois grandes zones ; d'une part la côte est qui bordait l'océan, puis, plus au nord, les quartiers particulièrement difficiles, et enfin à l'ouest, le centre-ville où habitait Stéphan, essentiellement constitué du quartier des affaires ainsi que de résidences pavillonnaires.

« Tu la connais comment ? demanda le jeune homme, une fois installé dans le véhicule.

- Qui ?

- La fille chez qui on va…

- Émilie ? Elle est dans ma classe, répondit Eddy qui préféra rester debout.

- Tu m'en as jamais parlé…

- Nan, bah tu sais, les gens viennent, te parlent, et puis voilà… »

Eddy, qui avait débuté le Jeet Kune Do, l'art martial créé par Bruce Lee, un an et demi avant son compagnon, commençait déjà à se faire un nom dans le domaine. Il y avait quelque chose d'extraordinaire, d'inné dans sa manière de combattre.

C'était un grand noir athlétique dont les muscles saillants se dessinaient à travers ses habits. Ses yeux étaient à la fois si sombres qu'il était difficile de discerner l'iris de la pupille, et en même temps particulièrement brillants. Ses cheveux étaient coupés court sur le côté et plus longs sur le haut du crâne. D'origine ivoirienne, il était arrivé en France vers l'âge de cinq ans et s'était rapidement habitué à sa nouvelle vie.

« Elle te plait ? lâcha Stéphan comme s'il avait la question sur le bout de la langue depuis un certain temps.

- Quoi ? Émilie ? Nan ! Tu sais, on peut être ami avec une fille sans arrière-pensée… »

À peine eut-il achevé sa réponse que le jeune homme remarqua un groupe d'individus posé au fond du bus. La quinzaine, pas plus. L'un d'eux ne détourna pas le regard d'Eddy. Les traits tirés, les yeux fixes, c'était comme si le monde s'était évanoui entre eux.

De son côté, Eddy préféra faire mine de ne pas l'avoir remarqué et poursuivit la discussion :

« Et puis, j'suis pas sûr, mais je crois qu'elle a un mec…

- Raison de plus pour aller s'entraîner !

- Rha, Stéphan, tu veux pas parfois lâcher l'aff…

- Eh ! lança une voix au fond du véhicule. Vous auriez pas une clope ? »

Les deux garçons se tournèrent dans cette direction, Eddy reconnut l'adolescent qui le dévisageait depuis leur entrée dans le bus.

« Nan, désolé les gars, on fume pas, répondit-il, un sourire amical avant de se tourner vers son ami : Bref, fais-moi confiance, ça va être cool la soirée…

- Et sinon, vous avez pas une pièce ? Cinq balles, un truc comme ça… » reprit l'individu.

L'un de ses acolytes enchérit en lançant qu'ils avaient des têtes à avoir du fric sur eux.

« Nan, vraiment, on a rien » répondit Eddy avec le même ton diplomatique.

Cette fois-ci, le garçon du fond se leva pour se diriger dans leur direction. La tête penchée sur le côté, il prit un accent plus menaçant.

« Tu vas m'dire que si je fouille dans vos poches, je vais rien trouver ?

- Tu vas pas fouiller dans mes poches puisque j'te dis que je n'ai rien…

- Et pour monter dans le bus, t'as bien payé un ticket, hein ? »

Excédé, Stéphan se leva d'un bond pour se tenir droit face à lui.

« Bon, t'as pas entendu c'qu'il t'a dit ? On a rien !

- Pourquoi tu t'lèves toi ? Tu m'veux quoi ?

- J'sais pas, j'ai l'impression que tu comprends pas… »

Les trois complices du jeune homme venaient de se joindre au groupe, chacun tentant d'intimider par le regard.

« J'suis sûr que ton pote a du fric dans sa poche » poursuivit le garçon en glissant sa main dans la poche du pantalon d'Eddy.

Immédiatement, un étau lui comprima le poignet. La pression fut si lourde qu'il dût serrer les dents afin de retenir le gémissement de douleur qui montait en lui. Quand il baissa les yeux en direction de sa main, il comprit que l'adolescent, à qui il venait de tenter de faire les poches, lui bloquait le bras à la force de sa main.

« Je n'ai rien à te donner » répéta une dernière fois Eddy, le ton ferme.

En face, le garçon ne sut que répondre, il garda un silence humilié.

« Tu viens Stéphan, on doit descendre, c'est là... »

Dans les yeux déconcertés des trois autres complices, Eddy comprit qu'ils ne chercheraient pas plus longtemps les embrouilles ; leur acolyte avait cédé de manière inexpliquée à l'intimidation d'Eddy.

Une fois dehors, Stéphan demanda à son ami pourquoi il s'était contenté de discuter avec eux.

« On aurait pu tous les éclater, ces tocards... ajouta-t-il.

- Et après ? On aurait été content de perdre notre temps avec eux ? J'fais pas des arts martiaux pour ça, moi...

- Moi non plus ! Mais parfois, ça sert !

- Tu ne cherches qu'à venger l'agression que tu as subie...

- Mais qu'est-ce que tu racontes ? J'te parle pas du passé, mais d'aujourd'hui ! »

Eddy évita le sujet avec Stéphan en annonçant qu'ils étaient arrivés. Ils ne partageaient pas le même avis sur la question, alors autant ne pas s'attarder dessus.

Ils frappèrent à la porte d'une grande maison du quartier huppé de Méthée où croiser une voiture de luxe était moins rare que de voir un jeune faire son jogging. Stéphan ne mettait que rarement les pieds ici tant il était mal à l'aise avec cet étalage de richesse.

Une jeune femme ouvrit d'emblée ; joliment brune, le visage ouvert et accueillant.

« Salut les gars, allez-y entrez ! »

Elle fit la bise aux deux adolescents au moment où ils franchirent le pas de la porte.

« C'est... Stéphan, c'est ça ?

- Ouais...

- T'es dans notre lycée, à Jean Moulin ? enchaîna la jeune femme.

- C'est ça…

- J't'ai jamais vu ! Tu traînes avec qui ? »

Le garçon ne se contenta que d'un sourire aimable, il n'avait jamais vraiment apprécié qu'on l'assomme subitement de questions.

Pourquoi elle l'interrogeait comme ça ? se demanda-t-il. Qu'est-ce qu'elle lui voulait ? Elle allait ensuite tout répéter pour se moquer ?

« J'traîne pas… répondit-il, un peu évasif. Eddy a ses potes au lycée, mais sinon, on est voisin, c'est mon meilleur pote… »

L'adolescente ne sut que répondre, elle comprit bien d'après l'intonation que la réponse n'invitait pas à la discussion.

« Eh, salut Eddy ! lança un garçon quand ils arrivèrent dans le salon. T'as pu venir, ça fait plaisir !

- Ouais, j'ai négocié avec Stéphan, on avait un truc à faire… »

Il y avait trois garçons et deux filles posés sur les banquettes et chaises de la pièce. Eddy semblait tous les connaître ; on prit de ses nouvelles concernant son entraînement et sa décision ou non de se présenter aux élections de président des élèves.

De son côté, Stéphan s'étonna de voir son ami si bien acclimaté avec ces gens. Sachant qu'ils passaient une grande partie de leur temps en dehors du lycée ensemble, il ne voyait pas bien à quel moment Eddy avait pu sympathiser avec eux. Après réflexion, l'adolescent se dit que parfois, il se voilait la face ; les moments de solitudes s'invitaient chaque jour un peu plus dans son quotidien.

« J'ai bien réfléchi, répondit Eddy à l'ensemble des convives, et ouais, j'pense que j'vais m'présenter aux élections…

- Nan, c'est pas vrai !

- Trop bien, on va tous voter pour toi ! répliqua

Émilie, tout sourire.

- Merci, c'est sympa… Surtout que j'pense qu'il y a pas mal de choses à faire dans ce bahut, il est vieux et tout… »

Sans un mot, Stéphan écarquilla les yeux à cette annonce. Qu'est-ce qu'il allait foutre à se présenter en tant que président des élèves ? Le lycée n'avait jamais été leur terrain de prédilection et l'intégration s'était faite de manière expéditive, alors pourquoi s'intéresser à son fonctionnement ?

Merde, alors… se dit-il. Ils avaient quand même mieux à faire…

L'adolescent pensa alors qu'à cette heure-ci, on les attendait sans doute sur le parking souterrain de la galerie marchande des Ulysses, situé dans les bas-fonds de Méthée ; là où s'organisaient clandestinement des combats de boxe les vendredis et samedis soirs. Stéphan aimait sentir le tumulte des rues, entendre l'impact des coups, il y avait quelque chose de vivant dans ces zones nocturnes. De plus, même si cela n'enchantait pas Eddy, de son côté, Stéphan profitait de ces soirées pour se faire de l'argent sur les paris des combats. D'une pierre deux coups, se disait-il : cela était un vrai atout dans ses entraînements, mais en plus, il se faisait un peu de fric, alors pourquoi se gêner ?

Parfois, quand les deux adolescents souhaitaient s'entraîner seuls, ils n'hésitaient pas à pénétrer dans la grande salle du gymnase de la ville quand une porte avait été laissée ouverte. Généralement, il devait se passer bien deux à trois heures avant que le gardien ne remarque leur présence et ne s'engage dans une course-poursuite perdue d'avance avec eux.

Ça, c'était excitant ! pensa Stéphan. Là, il se passait quelque chose, il se sentait vivre !

Il jeta alors un coup d'œil autour de lui ; des jeunes, une clope à la bouche, une bière dans la main, discutant de leur lycée et du futur représentant. Nan, décidément, ce n'était pas sa tasse de thé.

« Et tu vas proposer quoi pour le lycée ? demanda un jeune home.

- Ce serait bien d'avoir des installations plus récentes, nan ? répondit l'intéressé. Une salle informatique, des trucs comme ça…

- Un babyfoot ?

- Ouais, et même une table de ping-pong ! Là, c'est un peu la dèche… »

On demanda l'avis à Stéphan, celui-là ne se contenta que d'une brève réponse évasive. Pour conclure, il sous-entendit que les élections n'étaient qu'un prétexte pour faire croire aux élèves qu'ils avaient la possibilité de participer à la vie de leur établissement. Néanmoins, personne ne prêta vraiment attention à cette dernière réplique.

« Et pour ceux qui foutent la merde, tu vas faire quelque chose ? demanda Émilie afin de relancer le sujet.

- Ah, tu sais, fit Eddy, en levant les yeux au ciel, ça c'est pas vraiment à nous de nous en occuper… C'est aux adultes…

- Ouais, c'est vrai…

- C'est vrai, sauf que les *adultes* font rien pour arranger les choses…

- T'abuses, reprit Eddy. Et puis, honnêtement, c'est vraiment si la merde que ça ? Les p'tites bandes, tu vas pas les chercher, et ils te laissent tranquille… »

Il y eut un bref silence, puis, l'un reprit la parole en affirmant qu'on avait volé son vélo la semaine précédente dans l'enceinte de l'établissement, et que malgré la plainte déposée, il n'y avait eu aucune suite.

« T'es sûr que c'est quelqu'un du lycée ?

- Mais oui ! J'suis sûr que c'est l'autre là, Mike…

- T'as une preuve ? rétorqua Eddy.

- Nan, mais… »

Là-dessus, Stéphan interrompit soudainement la discussion pour annoncer qu'il devait y aller. Il ne pouvait vraiment patienter plus longtemps dans cette pièce où le temps semblait s'être arrêté. On le regarda avec de grands yeux écarquillés et il ajouta ensuite qu'on l'attendait au parking de la galerie marchande.

« Mais, tu vas pas y aller seul à cette heure-ci ? répliqua Eddy.

- Mais si, t'inquiète, j'vais courir, j'ai l'habitude… »

Il salua son ami et quitta aussitôt la soirée. L'adolescent ne savait pas trop comment expliquer l'état d'esprit dans lequel il était plongé. Il y avait dans sa tête comme un vaste nuage noir l'empêchant de voir clair à la fois sur son présent, mais également sur son passé. Tout ça pour lui n'avait aucun sens, il en avait la conviction, pourtant, au fond de lui il bouillonnait d'envie d'avoir cette facilité, cette aisance qu'avait Eddy à aller vers les autres. Mais il ne l'avait pas, alors il préféra s'envoler.

L'adolescent serra son sac à dos, puis se mit à courir. Alors, une goutte tomba sur sa main, une deuxième, une troisième, puis une infinité.

Chapitre 5 : 6 décembre 1988

Rencard

Pendant les heures de cours, peu d'élèves fréquentaient les couloirs du lycée. Mike, qui avait pour habitude de sécher les maths, en profita pour taguer les murs des toilettes. Il écrivit toutes sortes d'inscriptions : les noms des rappeurs qu'il écoutait, le numéro de son département, des insultes envers la police, mais aussi les mots « Guerriers Fous. » C'était le nom qu'il avait donné à sa bande pour la rendre populaire. Mike trouvait qu'il y avait quelque chose d'agressif qui ressortait de ce nom et cela était à l'image de son gang.

Son bras droit, Child, ne pouvait l'accompagner aujourd'hui. Il avait été exclu toute la journée pour un vol dans les vestiaires qu'il avait commis. En réalité, les exclusions étaient pour eux bien moins une punition qu'un cadeau. Mike enviait son ami qui était sûrement en train de se prélasser devant la télé.

La veille, Child avait été dénoncé par un garçon qui avait cru pouvoir éviter les représailles grâce à la protection de la proviseure. Il avait vite déchanté quand en voulant se rendre aux toilettes, une *ombre* avait surgi dans son dos pour lui écraser le visage dans le miroir. Les choses étaient allées tellement vite que le garçon n'avait pu identifier son agresseur. C'était comme ça que Mike réglait ses comptes ; vite et bien. Il savait que s'il laissait passer le moindre manque de respect, ce serait une brèche vers le gouffre de la rébellion. Et ici, le chef des Guerriers Fous ne voulait laisser personne se dresser contre lui ou former sa propre bande. Après l'unification de toutes les bandes de crapules du secteur, il avait eu la mainmise sur une large partie du centre-ville ainsi que sur les quartiers du nord de Méthée. *On* lui avait confié qu'il pouvait faire ce qu'il voulait de cette zone tant qu'il n'approchait ni le port, ni la côte dans son ensemble ; ici avaient lieu des trafics d'un tout autre niveau.

L'heure avança et Mike se décida à quitter l'établissement sans se soucier des cours de l'après-midi. En descendant les escaliers, il aperçut sur sa droite l'entrée de la cafétéria du lycée. Elle était remplie d'adolescents qui attendaient l'ouverture de la cantine. Pourtant, entre mille visages, il discerna une silhouette qui lui était familière. Il s'agissait de la jeune fille qu'il avait rencontrée un mois plus tôt. Plongée dans sa lecture, elle était assise seule à une table. Mike se fit la remarque qu'il ne connaissait même pas son nom et qu'elle n'avait donné aucune suite à sa proposition.

L'adolescent changea alors de trajectoire pour se diriger droit vers elle. Quand il ouvrit la porte de la cafétéria, le brouhaha des discussions s'affaiblit. Des regards interrogateurs s'échangèrent, les élèves n'avaient pas l'habitude de voir le chef des Guerriers Fous débarquer ici. Mais le jeune homme ne les remarqua à peine, son attention était dirigée vers la femme. Il y avait quelque chose chez elle qui l'obnubilait. Son regard parcourut les longues jambes fines de l'adolescente et remonta jusqu'à son visage. Il admira ses yeux sombres, sa bouche très bien dessinée par un rouge à lèvres brillant et ses cheveux rouges qui tombaient en dégradé.

Mike s'empara d'une chaise et s'assit devant elle. Étonnée, la fille leva le regard en arquant un sourcil. Quand elle le découvrit, l'adolescente garda volontairement le silence pour lui faire comprendre qu'elle attendait de savoir ce qu'il voulait.

« Salut ! dit-il, d'un ton qui était entre celui qu'il employait pour les garçons de sa bande et celui qu'il adoptait pour ses conquêtes.

– Heu··· Salut···

– Tu fais quoi ?

– Bah, là je lis··· » répondit la jeune fille d'une manière évidente.

Ils se toisèrent du regard. Mike n'arrivait pas à comprendre pourquoi, avec cette fille, c'était différent. D'habitude, il les abordait avec une grande facilité et se montrait très à l'aise. Après une touche d'humour et de séduction, il obtenait un rendez-vous avec n'importe quelle fille accompagné du numéro de téléphone. Mais là, rien à y faire, c'était différent. Il n'arrivait pas à être à l'aise, à sortir son baratin habituel. L'envie de partir lui traversa même l'esprit, pourtant, il resta, il se sentait incontestablement attiré par cette fille.

« C'est l'histoire d'un mec qui croit qu'il a un double, poursuivit l'adolescente en faisant référence à son roman.

– Ouais, OK, coupa Mike. T'as réfléchi à ma proposition ? Aller se boire un verre un d'ces quatre ?

– Heu··· On ne se connaît même pas···

– Justement, ce sera l'occasion de faire connaissance ! »

L'attitude de la jeune fille trahissait sa pensée ; elle ne voyait pas où il voulait en venir. Elle n'était personne dans ce bahut.

« Mais pourquoi moi ? demanda-t-elle en calant son marque-page dans son roman. Tu peux avoir toutes les gonzesses que tu veux···

– C'est pas une demande en mariage, j'te demande juste d'aller boire un verre.

– OK, pourquoi pas··· Mais tu sais, je ne suis pas comme vous···

– Comme nous ? Tu veux dire quoi ?

– Tu sais très bien de quoi je parle··· Les rackets, le shit, et vos bizutages que vous faites aux secondes···

– Pourquoi tu m'parles de ça, j'te parle de toi et de moi ! répliqua Mike qui perdit patience.

– J'ai quand même le droit de savoir avec

qui je vais passer une soirée⋯

– Bon ! fit le jeune homme en se redressant. On se voit samedi soir, rendez-vous à la place du centre-ville⋯ »

Il lui tourna le dos et fit un pas en direction de la sortie avant de se rendre compte qu'il avait oublié un détail.

« Au fait, dit-il, tu t'appelles comment ?

– Sara...

– OK, moi c'est Mike⋯ »

Chapitre 6 : Fin décembre 1988

Souvenirs

Dehors, la nuit était déjà tombée depuis quelques heures. Un vent glacial soufflait sans interruption.

Les coudes appuyés sur son bureau, une lampe au-dessus de la tête, Stéphan était dans sa chambre. Il lisait l'un de ses nouveaux livres qu'il avait reçus à Noël. Il s'agissait de la biographie d'Albert Einstein pour qui il vouait une certaine passion.

Le jeune homme regarda longuement par la fenêtre. Avec la quantité de neige qui était tombée ces derniers jours, il ne pouvait distinguer grand-chose.

Quelque chose le préoccupa, des pensées furtives lui traversèrent l'esprit. Voilà déjà une bonne vingtaine de minutes qu'il était devant son livre, et pourtant, il n'avait pas encore tourné la moindre page. Il essaya malgré tout de se concentrer sur sa lecture, mais en vain. Son champ de vision bougea doucement à travers la pièce, ses yeux s'arrêtèrent quelques fois. Il regardait sa chambre mais sans lui prêter plus d'attention que cela. Ce qu'il regardait réellement c'était ses souvenirs. Il revit plein d'images du passé, plein de souvenirs enfouis. Il pensa à ses anciens amis, ceux qui avaient partagé ses premières bêtises. Il se remémora aussi son ancienne personnalité, son ancienne vie.

Quand il était plus jeune, il passait la plupart de son temps avec Jack Johnson, un garçon à peine plus âgé que lui. Les deux enfants habitaient juste en face l'un de l'autre et il ne se passait pas une journée sans qu'ils ne se lancent dans des aventures. Leur amitié avait dérivé sur celle de leurs parents qui s'invitaient régulièrement à dîner.

Un an plus tard, en 1978, Eddy Jammy avait emménagé à son tour dans le quartier. Stéphan, qui ne se rendait pas compte du mal qu'il faisait, s'était moqué de son fort accent.

Et, Eddy, très timide à cet âge-là, n'osa plus sortir de chez lui. Alors, Jack n'avait pas hésité à faire la remarque à son ami et ainsi le convaincre d'aller présenter ses excuses au nouveau résidant de leur quartier. Par la même occasion, Stéphan en avait profité pour lui demander de sortir jouer avec eux. Le jeune garçon avait accepté avec joie et, depuis ce jour, ils étaient tous les trois devenus inséparables.

Bien qu'il habitait la même rue, Jack n'allait pas dans la même école primaire que ses deux amis. Ses parents, chrétiens, l'avaient inscrit dans une école privée où il pouvait y apprendre la religion.

À l'époque, Stéphan avait plein d'amis dans sa bande : Paul, un petit obèse ; Mathieu, un fan de football ; Thomas, un Asiatique très sympa et Jérôme qui prenait souvent les manières d'une grande personne. Tous ces noms et encore bien d'autres lui revinrent en mémoire ; des ombres figées dans un royaume disparu. En y repensant, un léger sourire se glissa sur ses lèvres.

En dehors de la vie scolaire, dans ses moments de loisir, Stéphan était toujours avec ses deux inséparables amis : Eddy et Jack. Ils formaient un trio assez atypique, chacun ayant une personnalité bien affirmée. Leurs différences leur avaient même valu un surnom : le petit intello, le sportif et la tête brûlée.

Chaque match de sports qu'ils disputaient, ces trois-là étaient dans le même camp. Lorsqu'il y avait une fête, ils y allaient tous les trois ensemble. Si l'un n'y était pas invité, personne n'y allait ; cela allait de soi. Cette philosophie s'était imposée d'elle-même au sein du groupe.

Sur un coup de tête, ils avaient construit une cabane

dans la forêt près de chez eux. Avec l'aide d'adultes, ils avaient pu aller au bout de leurs envies. Les finitions avaient été conçues avec soin : une échelle pour y accéder, ainsi qu'un système de poulie pour y hisser des objets lourds.

Mais un jour, alors qu'ils s'y rendaient, les trois garçons découvrirent avec peine que leur maison de bois avait été démolie. Le coupable n'était autre que le vent, toutefois, ils avaient alors décidé qu'un jour, ils construiraient la bâtisse la plus solide qui résisterait à toutes les épreuves.

L'amitié qu'il y avait entre eux n'était pas celle entretenue par peur de finir dans l'anonymat. Elle était réelle, basée sur l'envie de partager du temps ensemble. Ils étaient solidaires, s'entraidaient à chaque problème rencontré.

C'était la manière dont Stéphan se remémorait cette époque, et cela lui provoqua chaque fois un pincement au cœur. En ce temps-là, tout était plus simple, se dit-il.

Il se souvint avec un petit sourire de la fois où il s'était fait pourchasser par un commerçant qui l'avait vu mettre une canette dans sa poche. Face aux parents, Eddy et Jack avaient alors maintenu avec force que Stéphan n'avait rien à voir avec cette histoire, qu'il était avec eux au moment du fait.

Les fous-rires étaient le quotidien, les confidences étaient le ciment.

Pendant toute sa période d'école primaire, le cœur de Stéphan ne battait que pour une seule fille, Lisa Mineaut.

N'ayant jamais été dans la même classe, il n'avait pas eu beaucoup d'occasions de discuter avec elle. Sur les conseils d'Eddy, Stéphan avait pourtant essayé de devenir son ami. Tentative qui était restée sans succès. En fin d'année scolaire, il avait organisé une fête uniquement dans le but de l'inviter. La jeune fille avait décliné au dernier moment l'invitation en prétextant une panne de voiture. Cela avait été un vrai coup dur pour Stéphan qui s'était déjà imaginé passer la journée en sa compagnie.

Par la suite, au collège, il l'avait totalement oubliée. À vrai dire, pendant cette période, hormis Eddy et Jack, Stéphan avait en réalité oublié tous ses amis, tous ceux qui avaient constitué son univers.

Jack Johnson était d'origine américaine. Durant la fin des années soixante, ses parents avaient beaucoup voyagé avant de se poser définitivement en France, à Méthée ; ville, certes très sulfureuse, mais dont la réputation de cosmopolite attirait particulièrement les gens de tout horizon. Ayant l'envie d'avoir un enfant, ils avaient cessé leur excursion à travers le monde afin qu'il n'ait pas une vie trop mouvementée.

Jack avait grandi dans la religion chrétienne et, étant très croyant, il la pratiquait avec grande ferveur. Peu après sa naissance, il avait été baptisé, puis avait fait sa communion vers l'âge de six ans. Il était inscrit à une école religieuse, faisait du catéchisme et allait à l'église tous les dimanches. Le crucifix dont il ne se séparait jamais lui avait été offert par ses parents. Ces derniers étaient très fiers de lui et disaient que c'était un bon chrétien.

Cet enfant de Dieu, né deux ans avant Stéphan et Eddy, s'était imposé naturellement comme le chef de la bande. Il avait le charisme pour tenir des décisions et les raisonner quand les choses tournaient mal. Son savoir, hérité de son travail acharné et de ses lectures permanentes, l'avait placé en première place de sa classe. Souvent, il enseignait ce qu'il venait d'apprendre à ses deux amis. Ils s'asseyaient sur un petit mur qui servait de séparation entre deux maisons abandonnées et Jack, lui, se mettait en face d'eux et parlait pendant des heures. Il y avait une telle passion dans sa façon d'expliquer que ses deux élèves étaient fascinés. Stéphan se souvint encore de tout ce qu'il lui avait enseigné. Il se souvint comme si c'était hier des manières, des grands gestes que Jack faisait quand il expliquait.

C'était un garçon de petite taille, ce qui l'arrangeait pour masquer la différence d'âge entre lui et ses deux compagnons. Il était blond avec les yeux bleus et portait des lunettes. Sa vue avait tendance à baisser depuis quelques années à force de lire à des heures très tardives sous un faible éclairage. Ses chemises, ses jeans et ses mocassins lui donnaient davantage de prestance. Les rares fois où il portait des joggings et des chaussures de sport étaient pour pratiquer une activité extérieure ; activité qui n'était généralement pas son fort.

Stéphan avait toujours le regard fixé sur son lit, mais ne faisait même plus attention à ce qu'il voyait. Il se repassa toujours en mémoire les souvenirs de son enfance. D'un coup, une voix se fit entendre :

« Stéphan, la fenêtre de ta chambre est bien fermée ? »

Le garçon mit quelques secondes pour revenir sur terre et réaliser ce qui se passait. C'était la voix de sa mère. L'adolescent jeta un œil sur sa fenêtre :

« Oui c'est bon maman, elle est bien fermée. »

Il mit un marque-page dans son livre, le ferma et le reposa sur son bureau. Puis, Stéphan se leva pour fermer la porte. La poussant, elle émit un léger grincement. Alors, il se dirigea vers la fenêtre et regarda à travers.

La rue était totalement déserte, pas un chat, *c'est normal avec le temps qu'il fait,* se dit-il. Il aperçut, juste au bout de la rue, une voiture roulant tout doucement pour ne pas déraper sur la neige. Les maisons qui faisaient face à la sienne étaient décorées de guirlandes électriques. Dans l'une d'elles, il arriva à distinguer la silhouette d'un homme en train de disputer son fils. Face à ce spectacle monotone, Stéphan se laissa emporter de nouveau par ses souvenirs.

Pendant les premières années où Eddy avait emménagé, ses parents lui interdisaient régulièrement d'aller voir ses amis. Et, lorsqu'il avait l'autorisation de sortir, il rentrait généralement assez vite chez lui. Les rares moments où Jack et Stéphan pouvaient profiter de sa présence étaient le mercredi après-midi.

À cette époque, Eddy avait quelques fois des ecchymoses sur le corps et prétextait qu'il était tombé dans les escaliers ou qu'il s'était cogné. Ses amis, bien qu'ils trouvaient cela étrange, ne s'étaient jamais vraiment posé de questions sur ces évènements. Un jour, les trois garçons aperçurent la mère d'Eddy marquée au visage d'une plaie. Stéphan, pour plaisanter, lui avait lancé :

« 'Va falloir arrêter de cirer vos escaliers… »

Mais Eddy ne l'avait pas pris comme il le fallait et s'était mis à pleurer. Sous l'émotion de son ami, Stéphan avait alors regretté ce qu'il avait dit et s'était excusé d'un air gêné. Il n'avait jamais imaginé le mettre dans un tel état pour une simple plaisanterie.

Un mercredi après-midi, lors d'un beau mois de printemps, Stéphan, Eddy et Jack avaient passé une excellente journée à s'amuser aux différents jeux dans un parc. Puis, ce fut l'heure de rentrer. Sur le chemin du retour, ils riaient encore des aventures qu'ils avaient faites. Il était environ dix-huit heures.

L'air était encore tiède grâce au Soleil couchant lorsqu'ils se quittèrent devant la maison d'Eddy. Quand ce dernier ouvrit la porte, son père se tenait droit derrière, l'air furieux. Aussitôt, le visage joyeux du garçon disparut, laissant place à de l'inquiétude. Ils se regardèrent pendant une bonne dizaine de secondes. L'adulte avait toujours ce regard fermé.

Devant ce spectacle, Jack se trouva un peu gêné. Ne sachant que faire, il lança un *au revoir* à son ami avant de s'éclipser. Celui-ci rentra tête basse sans répondre et la porte se referma brusquement sur son passage.

Les deux autres reprirent leur marche pour rejoindre leur maison. Quand Jack mit les mains dans ses poches, il remarqua qu'il avait toujours la montre qu'Eddy lui avait confiée afin de ne pas la casser pendant leurs amusements. Ils décidèrent alors de faire marche arrière. Jack appuya énergiquement sur la sonnette, personne ne répondit. Il sonna une seconde fois, toujours rien.

D'un coup, ils entendirent quelqu'un crier.

C'est la voix d'Eddy ! pensa immédiatement Stéphan, pétrifié.

Jack ouvrit la porte précipitamment. Les deux enfants firent irruption dans le salon et virent leur ami allongé à terre. Son père était dessus en train de lui infliger une correction. Sa main montait et redescendait à plusieurs reprises accompagnée d'un cri de douleur.

Jack courut et sauta sur l'homme pour les séparer. Mais ce dernier repoussa l'enfant d'un coup violent qui alla s'écraser contre le mur du salon avant de s'échouer sans force.

Stéphan, horrifié, ne pouvait plus bouger et regarda la scène bouche bée. Il entendit Eddy supplier son père d'arrêter. Sa vision parut ralentir, il avait l'impression que tout devenait petit, loin de lui.

Jack, adossé contre le mur, voulut à tout prix arrêter cela. Il regarda autour de lui si quelque chose pouvait faire office d'arme ; rien ! Il ne voyait rien qui pouvait l'aider. Il s'appuya sur un petit meuble pour se relever où il découvrit un téléphone. La prise était aux pieds de Stéphan.

« Débranche le câble ! » lui lança Jack.

Stéphan, pétrifié, ne bougeait toujours pas. Dans la précipitation, Jack se répéta plusieurs fois. Alors,

Stéphan tourna lentement la tête vers lui et balbutia :

« Dé... Désolé… »

Il va mourir... Cette idée lui traversa l'esprit.

Les cris d'Eddy retentirent de nouveau dans la pièce. Stéphan, ne pouvant plus les supporter, prit son courage à deux mains et plongea par terre pour débrancher le câble en question. Jack eut un léger sourire de réconfort. Il s'empara du téléphone et le jeta de toutes ses forces vers le bourreau.

Le téléphone atteignit sa cible et se disloqua à l'impact. L'homme s'écroula aussitôt comme une masse. Dans la foulée, Jack plongea au sol pour s'assurer que son ami était toujours conscient.

« Ed' ça va ? C'est bon, ton père te fera plus de mal ! »

Puis, il ordonna à Stéphan de trouver un autre téléphone pour appeler la police et les pompiers. Le jeune garçon ne sut comment s'y prendre, il était encore affolé par la scène qu'il venait de vivre. Par chance, un voisin, qui avait entendu les hurlements, arriva à ce moment-là et appela les secours. Dans les dix minutes qui suivirent, Eddy fut emmené à l'hôpital. Sa vie n'était certes pas en danger, mais les pompiers avaient insisté pour qu'il passe un scanner. Encore étourdi, le père fut emmené par la police.

C'était un alcoolique invétéré qui trouvait du réconfort en frappant sa femme et son fils quand ses démons le guettaient. Il refusait qu'Eddy ait des amis et l'interdisait de sortir comme pour avoir encore un semblant d'autorité afin d'exister dans ce monde. Son addiction à l'alcool, qui l'envahissait depuis de nombreuses années, avait fini par ravager sa vie et sa famille. Malgré cela, Eddy avait profité des moments où son père était au bar pour rejoindre ses amis.

Après cet incident, Eddy et sa mère avaient eu une vie plus paisible. Le père avait fait un séjour de quelques mois en prison et, à sa sortie, il avait été interdit de revoir une personne de sa famille. Par la suite, la mère avait demandé le divorce.

Quelque chose sortit Stéphan de ses pensées. Il regarda autour de lui avant de comprendre qu'on venait de frapper à sa porte.

« Oui ? » dit-il, d'une voix audible.

La porte s'ouvrit et Stéphan fut surpris de voir Eddy faire irruption dans sa chambre.

« Bah qu'est-ce que tu fais là ? lui demanda-t-il.

- On s'était dit qu'on s'voyait, t'as oublié ? »

D'un coup, tout devint clair dans sa tête. Il était tellement préoccupé par tous ses souvenirs qu'il en avait oublié son rendez-vous avec son ami.

« J'suis désolé, c'est ma mère qui t'a ouvert ?

- Ouais, mais y'a pas de problèmes.

- Vas-y, installe-toi, reste pas devant la porte. »

Eddy prit place dans le petit canapé du fond de la chambre. Une petite télévision lui faisait face. Stéphan ne s'en servait que rarement, mais de temps en temps, il n'était pas contre un moment cinéma.

« Tiens, je t'ai ramené le jeu dont je t'avais parlé, fit Eddy qui lui tendait un boitier de jeu vidéo. Tu verras, y'a pas mal d'action et de bastons.

- Ah cool ! On se fait une partie ? »

Stéphan prit le jeu et alluma la console. Une fois les manettes en main, ces deux-là, très en compétition, avaient pour habitude de se provoquer amicalement pour alimenter leur rivalité.

« Bon, cette fois-ci, j'espère que je vais pas t'éliminer en cinq minutes, j'ai toute ma soirée, moi.

- Tu f'ras moins ton malin dans cinq minutes, tu vas passer la soirée à pleurer dans les jupons de ta mère. »

L'ambiance qui s'installait entre eux dans ces moments-là les faisait beaucoup rire. Ils pouvaient s'envoyer des moqueries très cruelles, chacun d'eux savait au fond qu'il n'y avait aucune méchanceté.

Pourtant, après quelques minutes, Eddy n'eut aucune peine à vaincre son ami. Ils firent deux ou trois parties qui se terminaient inlassablement par la victoire de ce dernier.

« Bah alors, qu'est-ce que tu fais ce soir ? T'es pas en forme ? » lança-t-il.

Bien qu'il n'était qu'à une dizaine de centimètres de lui, Stéphan ne répondit pas. Il semblait ne même pas l'avoir entendu.

« Eh ! Stéph' » reprit Eddy en lui adressant une main sur l'épaule.

Son ami parut revenir d'un coup à lui. Il réalisa ce qu'il venait de se passer et, embêté, il s'excusa.

« J'suis désolé, je t'avais pas entendu…

- Tu m'avais pas entendu ? T'es sûr que ça va ?

- Heu… Ouais… Ça va, t'inquiète… »

Eddy connaissait très bien son ami et savait ce que voulait dire ce regard fuyant.

« Vas-y, tu sais que tu peux tout me dire, dit-il.

- Mais nan, je vais pas t'embêter avec ça…

- Qu'est-ce que tu me racontes ? On est potes, nan ? »

Eddy le regarda droit dans les yeux pour le mettre en confiance. D'un tempérament réservé, Stéphan n'avait pas toujours les mots pour se livrer.

« Je repensais à certaines choses… dit-il.

- À quoi ? »

Stéphan baissa la tête. Puis, il lui répondit :

« À Jack… »

Au début des grandes vacances de 1983, il n'avait alors que dix ans. Ce jour-là, il faisait particulièrement chaud. Stéphan était avec ses deux inséparables amis ainsi que d'autres garçons de son âge. Il était le plus jeune du groupe avec ses quelques mois de moins.

L'atmosphère était presque étouffante, le Soleil frappait depuis plusieurs jours. Les cinq garçons étaient tous torse nu et en short. De la sueur ruisselait le long de leur ventre et de leur dos. Ils étaient assis ou allongés sur l'herbe d'un terrain de football où personne ne jouait à cause de la chaleur écrasante.

« J'ai de l'argent, fit Paul, on peut aller acheter des boissons ! »

Tout le groupe répondit avec enthousiasme : « super idée ! » ; « allez, on y va ! » Les enfants partirent en courant pour se rendre au magasin à cinq cents mètres de là. Avec la température élevée, certains s'arrêtèrent de courir un instant avant de repartir de plus belle. Il ne restait plus qu'une centaine de mètres à parcourir. Jack, qui était le plus lent de la bande, se fit distancer par ses amis. Il essaya de leur dire quelque chose, mais aucun ne l'entendit, pris par l'excitation du moment. Stéphan, qui était l'avant-dernier, perçut à peine les paroles de Jack : « A... tion aux ...ures. » Il se dit que cela pouvait attendre et continua à cavaler. Lorsqu'il traversa la dernière route, il esquiva une voiture qui klaxonna sur son passage. C'était dangereux, mais tant pis se dit-il, le voilà arrivé !

Tout d'un coup, il entendit un crissement de pneus suivi d'une grande détonation. Dès lors, le temps lui parut ralentir. Il s'arrêta machinalement de courir ne voulant pas croire ce qu'il venait d'entendre. Stéphan crut un instant que son esprit lui jouait des jours. *Nan ! Le bruit devait être celui d'un simple dérapage,* se dit-il dans un élan d'espoir.

Sans qu'il ne s'en rende compte, des centaines d'images de Jack lui passèrent en mémoire. Il vit la cabane qu'ils avaient construite ensemble, les aventures à l'école, les fêtes et les bons moments passés ensemble. Il repensa aux fois où ils riaient de tout et de rien, des fois même sans raison.

Soudain, Stéphan, voyant les visages terrifiés d'Eddy, de Paul et de Thomas, retomba sur terre et revint à la réalité. À cette réalité qu'il refusa d'affronter. Il ne voulait pas savoir ce qu'il verrait en se retournant.

Était-ce un accident ? Mais où est Jack ? Est-il blessé? Nan, c'est pas possible...

Stéphan, qui avait instinctivement fait abstraction de tout ce qui se passait autour de lui, n'avait même pas entendu les cris poussés par les témoins de la scène. Il se retourna lentement vers la droite et vit une voiture bleue arrêtée de travers au milieu de la route. La portière était ouverte, le chauffeur avait dû en sortir pour aider la personne qu'il avait renversée. Le jeune garçon continua à tourner doucement son regard. À une dizaine de mètres derrière la voiture, il vit une basket, *c'est celle de Jack.* Stéphan murmurait tout bas, *Nan... Pas lui...*

Sa vision fut alors focalisée sur le corps de Jack, étendu à terre. Il voyait une énorme flaque rouge qui gisait autour de sa tête. Il voyait les jambes des personnes s'agitant de gauche à droite autour de lui. Certains apportaient des soins à Jack, quelqu'un l'avait recouvert d'une couverture, un autre lui mettait un peu d'eau sur le visage pour essuyer les traces de sang. Une ambulance avait déjà été appelée. Stéphan ne bougeait plus, il vit ses trois autres amis courir vers Jack, mais lui ne le pouvait pas. Finalement, il trouva la force d'avancer, doucement. Se frayant un chemin parmi les curieux qui avaient accouru, il s'arrêta net. Les jambes de Jack étaient repliées. L'une d'elles montrait une fracture ouverte au niveau de la cheville. Son torse, recouvert d'éclats de verre, était parsemé de coupures. Jack ne bougeait plus.

C'est peut-être qu'une fracture, peut-être qu'il ira beaucoup mieux dans quelque temps...

Stéphan venait de réaliser que, juste avant l'accident, Jack avait tenté de les prévenir de faire attention.

Voulant alerter ses amis, il s'était lui-même mis en danger et n'avait pas vu le véhicule débouler. *Si je n'avais pas couru, Jack non plus n'aurait pas couru...*

Rejoint par ses amis, il commença à divaguer et à parler tout bas : *c'est pas possible, je vais m'réveiller, ce sera qu'un mauvais rêve, puis j'irai chercher Jack et Eddy chez eux, on ira jouer...*

La sirène d'une ambulance se fit entendre au loin, Jack fut transporté d'urgence à l'hôpital. Stéphan était toujours là à contempler le sang. Eddy s'approcha de lui et le tint dans ses bras.

« Tu verras, il s'en sortira » lui dit-il afin de le réconforter.

Stéphan ne répondit pas. Il vit quelque chose briller sur le sol et s'en approcha lentement. Ses jambes étaient très lourdes. Le garçon se pencha et découvrit qu'il s'agissait du crucifix de Jack attaché à une chaîne. Il avait dû le perdre pendant l'accident. Stéphan le ramassa dans un mouvement sans énergie et le mit autour du cou. Dès que ses parents furent prévenus, ils vinrent le récupérer chez Eddy.

Le soir, Stéphan ne dit pas un mot à table et ne mangea guère, ses parents commencèrent à s'inquiéter de son traumatisme. Leur fils était du genre à se renfermer sur lui-même lorsqu'il était profondément touché, ils le savaient. Le téléphone sonna alors, sa mère répondit. Au bout d'une minute elle conclut par un *Merci, au revoir*, terne et sans conviction avant de raccrocher. Alors, elle se retourna vers sa petite famille :

« C'était la famille Johnson, dit-elle d'une triste voix. Les médecins ont fait tout ce qu'ils ont pu, mais Jack est décédé à l'hôpital… »

Elle finit à peine sa phrase qu'elle s'enfuit en larme dans la cuisine. Aux mots de sa mère, Stéphan eut l'impression de recevoir un énorme coup de poignard dans la poitrine. Sa respiration se bloqua. Cette fois-ci, le vide envahit son esprit. Il resta cloué sur sa chaise plusieurs heures. C'était un déchirement en lui-même. Une personne, une sécurité s'envolait et l'expédiait droit vers la dureté de la vie.

Jack est mort...

Son esprit, sa vie basculèrent. Une terrible colère s'installa en lui. Plus il se tourmentait l'esprit avec des milliers de questions, plus il tombait dans une confusion sans fin. Il resta sans savoir, *est-ce de ma faute ? Si j'avais compris ce qu'il criait, j'aurais arrêté de courir, aurait-il fait de même ?* Malgré le réconfort d'Eddy, ces questions restèrent sans réponses.

L'enterrement avait eu lieu trois jours après. Le petit cercueil blanc de Jack était garni de fleurs. Beaucoup de monde était venu pleurer sa mort. Stéphan avait collecté de l'argent pour lui offrir un coussin de soie qui symboliserait leur éternelle amitié et où reposerait sa tête pour toujours.

Par la suite, les parents de Jack étaient repartis aux États-Unis pour ne plus vivre dans les lieux où leur fils avait perdu la vie.

Dehors, la neige ne tombait plus. Les yeux de Stéphan brillaient, puis, une larme coula le long de sa joue. Il l'essuya du revers de la main, se leva, et regarda une nouvelle fois par la fenêtre. Sa vision était devenue trouble par les pleurs. Eddy était embarrassé. Il connaissait son ami, il connaissait ses peines, ses souffrances, pourtant, il n'avait jamais réussi à trouver les mots qui pourraient le faire avancer. Les images du passé coulaient dans la mémoire de Stéphan. Bien qu'il s'efforçait de les chasser, elles revenaient le hanter par millier.

Après le décès de Jack, Stéphan avait passé le reste des grandes vacances cloîtré dans sa chambre. Ses parents lui avaient proposé d'aller parler à un psychologue mais il savait qu'aucun mot ne pourrait décrire sa souffrance. De son côté, Eddy, qui était très affecté également, s'efforçait de se changer les idées. Il avait rendu plusieurs visites à son ami en espérant qu'il ne sombre pas davantage dans le chagrin. D'autres camarades avaient voulu lui rendre visite, mais Stéphan avait systématiquement refusé de les voir.

Cet épisode avait fait naître de nouveaux sentiments chez lui. Il avait perdu le goût de la simplicité et ne voulait plus voir personne. Sans se l'expliquer, il éprouvait même de l'antipathie envers eux. La seule personne dont il appréciait toujours la présence était Eddy. Lui seul avait partagé ce qu'il vivait. Stéphan savait au fond de lui que seul son ami pouvait comprendre la noirceur qui envahissait son esprit à cette époque-là.

Jack les avait beaucoup influencés, même après sa mort. Stéphan, impressionné par la culture générale de son défunt ami, s'était mis à la lecture. Il ne voulait plus perdre son temps à rire, plaisanter et jouer. Jack était mort alors qu'il s'amusait !

La seule chose qui l'intéressait à présent était le développement de ses connaissances et l'initiation aux arts martiaux afin d'être le meilleur mentalement et physiquement.

Depuis, Eddy avait pris le rôle de meneur que Jack avait jusqu'à présent. Pendant les entraînements d'arts martiaux, il dirigeait et donnait les consignes avec une extrême rigueur. Bien qu'il avait été énormément bouleversé par le décès de Jack, il s'était dit, avec le recul, qu'il fallait tourner la page et se faire une raison. Il ne pourrait jamais oublier son ami décédé, mais la philosophie d'Eddy était qu'il fallait vivre au jour le jour et prendre la vie comme elle venait.

Voyant que rien ne s'arrangeait pour Stéphan, il

décida d'user de toutes ses forces pour lui montrer une autre voie. Il savait que cette responsabilité était la sienne, et ainsi, il l'orienta vers les arts martiaux.

La rentrée des classes qui suivit ces vacances tragiques fut extrêmement compliquée. Stéphan ne parlait plus. Comme un fantôme, il errait dans les couloirs du collège sans âme. Il n'était plus que l'ombre de lui-même.

Quelques semaines s'étaient écoulées, l'histoire du décès de Jack s'était vite répandue parmi ceux à l'affut de la moindre histoire croustillante. Rares étaient les personnes n'ayant pas été mises au courant. L'une d'elles, qui n'avait pas vu Jack depuis le début de l'année scolaire, sortit une mauvaise blague sur son absence.

« Bon, il a pas encore fini de lire l'encyclopédie, l'autre intello ? »

Malheureusement, Stéphan, qui passait à ce même moment, l'entendit. Il ne put alors se contrôler et bondit rageusement sur le mauvais blagueur. Le garçon, hors de lui, se déchaîna de toutes ses forces. Au milieu de la cour, tous les collégiens s'étaient attroupés autour d'eux pour assister à la raclée. Stéphan le frappa sans répit et lui lança les pires injures. L'autre garçon ne pouvait rien faire à part se recroqueviller sur lui-même pour se protéger de la pluie de coups. Au bout de quelques minutes, des surveillants et des professeurs arrivèrent en trombe pour les séparer. Mais Stéphan ne voulait pas arrêter son massacre. Les grandes personnes l'attrapèrent et le tirèrent. Stéphan s'accrocha au T-shirt de sa victime qui ne résista pas longtemps avant de se déchirer.

Une bonne heure avait été nécessaire avant qu'il ne puisse retrouver ses esprits. Normalement, il aurait dû passer devant le conseil de discipline pour une telle agression, mais au vu de la situation tragique, il n'eut aucune sanction.

Il était plus de vingt-trois heures, Stéphan préféra ne plus se torturer l'esprit avec tous ces souvenirs. Mais chaque fois qu'il clignait des yeux, chaque fois qu'il regardait par la fenêtre de sa chambre, des images de son passé lui revinrent en tête.

Eddy le regarda silencieusement. Il ne sut trouver les mots qu'il fallait.

« Eh mec, 'faut plus penser à tout ça maintenant. C'est du passé ! dit-il, impuissamment.

- Ouais, je sais… Je sais que t'as raison, mais c'est plus fort que moi…

Il essuya les quelques larmes qu'il avait sur la joue. Eddy se sentit profondément mal face à la détresse de son ami contre laquelle il ne pouvait rien faire. Il y avait entre eux cette ambiguïté dans leur amitié. Eddy savait que Stéphan était comme un frère avec qui il partageait tout. Pourtant, il n'avait jamais réussi à décrire cet étrange sentiment qu'une barrière impénétrable les séparait. Le décès de Jack remontait à plus de cinq ans et Eddy regrettait ne pas avoir eu la force nécessaire de guider Stéphan sur sa propre route.

Il tenta de le réconforter une dernière fois avec des mots. Stéphan l'écouta, puis, il lui répondit que c'était juste un moment de faiblesse, que demain tout irait pour le mieux.

Quelqu'un frappa à la porte. C'était la mère de Stéphan qui leur signala qu'il commençait à se faire tard. Dans la foulée, Eddy précisa qu'ils n'avaient pas vu le temps passer, salua son ami et s'éclipsa.

Stéphan n'avait pas sommeil. Il se dirigea vers son bureau et tenta de reprendre sa lecture. Sans même l'entrouvrir, il reposa immédiatement son livre tant il savait qu'il n'arriverait pas à lire le moindre mot. Enfin lui vint une idée en tête, peut-être qu'une bonne douche lui extirperait toutes ses idées sombres et l'aiderait à trouver le sommeil.

Chapitre 7 : 30 décembre 1988

Une page qui se tourne

Elle ne fut pas étonnée du retard de Mike ; c'était sa manière de montrer qui avait le contrôle.

Sara était posée à la terrasse d'un café près de la galerie marchande des Ulysses. Elle avait imposé le lieu ; c'était ici ou nulle part. À vrai dire, c'était un endroit qu'elle affectionnait particulièrement pour le monde qu'il brassait. Bien qu'elle était elle-même de nature très solitaire, étrangement, être immergée dans la masse lui procurait une certaine satisfaction. L'adolescente aimait observer la nature humaine, comprendre le mécanisme des relations.

Les jambes croisées, son livre ouvert entre ses mains, elle resta l'esprit dans ses pensées. Comment se faisait-il que Mike vienne à elle ? Qu'avait-il à s'intéresser à une fille sans intérêt comme elle ? Elle se fit même la réflexion que tout ça n'était peut-être qu'un pari qu'il avait fait avec ses amis : séduire la première paumée qui passait devant eux !

Pourtant, l'insistance du garçon avait quelque chose d'authentique. Face à ses différents refus, Mike aurait dû se lasser et passer à autre chose depuis bien longtemps. Mais voilà, Sara avait fini par accepter de boire un verre avec lui. Au fond, cela amusa la jeune femme.

Elle sourit, seule, en sirotant son cocktail. Bien qu'elle était loin du profil des acolytes de Mike, avec le recul, elle trouva qu'il y avait quelque chose d'intrigant dans tout ça. Elle n'était personne, et d'un coup, le destin lui proposait de mettre un peu de piment dans son quotidien. Alors pourquoi pas ?

Au loin, elle aperçut le jeune homme, l'air dégagé, sûr de lui, grand par sa prestance, imposant par son regard. Elle lui trouva quelque chose de séduisant dans sa démarche, sa manière d'entreprendre. Sara ferma le livre qu'elle avait entre les mains, impatiente de goûter aux délices sucrés des tumultes de la rue.

Quand il l'aperçut, l'adolescent lui fit un sourire charmeur. Et si tout ça n'était qu'un jeu ? se demanda-t-elle, enjouée.

Chapitre 8 : 14 janvier 1989

La Compétition

Depuis qu'il s'était réveillé, Stéphan avait le cœur serré. Il avait attendu ce jour depuis si longtemps qu'il n'arrivait à peine à contenir ses émotions. Après plusieurs compétitions face à d'autres clubs de la région, Eddy et Stéphan avaient été qualifiés pour la grande rencontre sur Paris où ils allaient devoir défendre leur réputation.

Il était cinq heures du matin, la sonnerie du réveil de Stéphan retentit dans sa chambre. D'un coup de main, il écrasa le bouton pour la faire cesser. Couché dans son lit depuis plusieurs heures, il n'avait pas réussi à trouver le sommeil cette nuit-là. Dès qu'il fermait les yeux pour s'assoupir, des images floues le réveillèrent en sursaut. Il se leva énervé contre lui-même. Malgré toutes ses précautions pour être en pleine forme, il avait un terrible mal de crâne et une sérieuse envie de se recoucher.

Le tournoi commençait à dix heures trente à environ cinq cents kilomètres de chez lui. Le train qu'ils devaient prendre partait sur les coups de six heures pour arriver tôt dans la matinée. Une demi-heure plus tard, Stéphan sortit de la douche sans avoir encore prononcé le moindre mot. Il n'avala rien de peur de se sentir ballonner pendant le tournoi.

Stéphan attendit sa mère qui n'était pas encore prête pour les accompagner à la gare. Lui était déjà assis à l'avant de la voiture, le silence lui permettait de se concentrer. Dehors, il faisait encore nuit, les lampadaires éclairaient les rues.

En travaillant sur sa respiration, l'adolescent avait réussi à dissiper son énervement, il chantonnait tout bas un air qu'il avait entendu à la radio ; le titre lui échappa.

Après un instant, la portière du côté conducteur s'ouvrit et sa mère entra. En pleine concentration, Stéphan ne l'avait même pas vue arriver.

« Tu as ton ticket de train, lui demanda-t-elle.

- Oui, répondit Stéphan, il est dans mon sac. »

Sa mère mit en marche le véhicule. Elle passa la première vitesse et la voiture démarra pour s'arrêter vingt mètres plus loin devant chez Eddy. Malgré l'heure matinale, la mère de Stéphan klaxonna. Un voisin regarda par la fenêtre, puis tira le rideau bleu qui lui faisait face. Une dizaine de secondes plus tard, Eddy sortit de sa maison avec un grand sourire. Il bondit énergiquement dans la voiture en adressant un bonjour général. Stéphan lui répondit d'une faible voix et ajouta qu'il pouvait poser son sac à côté du sien. Une fois que la conductrice eut bien vérifié que celui-ci avait également son ticket de train, elle put enfin démarrer la voiture.

Arrivée devant la gare, le véhicule stoppé, la mère de Stéphan encouragea les deux sportifs et leur fit une multitude de recommandations.

Il était six heures vingt, le train roula à bonne allure. Dans leur compartiment, il n'y avait pas grand monde. Derrière eux était assis un vieil homme qui n'avait pas détourné le regard de son journal depuis que les deux garçons étaient montés dans le véhicule. Plus loin, au fond du wagon, se trouvait une femme d'une trentaine d'années accompagnée de deux garçons. Elle les gronda plusieurs fois pour leur demander d'arrêter de chahuter.

Stéphan semblait absent. Puis, le bruit d'une mouche volant au-dessus de sa tête le sortit de ses pensées. Ce petit perturbateur se posa sur la vitre du train. Stéphan le contempla se frotter la tête avec ses pattes avant, et d'un geste rapide et sec, il l'écrasa de sa main. À l'aide de son index, il balaya le cadavre de sa paume.

Derrière lui, une voix se fit entendre :

« Votre ticket, s'il vous plaît. »

C'était le contrôleur qui passait de compartiment en compartiment avec la même passion qu'un croque-mort.

Stéphan, sans dire un mot, lui donna son ticket. L'homme vérifia la validité avant de le rendre dans un geste sans énergie. Puis, quand Eddy récupéra à son tour son ticket, il s'adressa à son ami :

« Qu'est-ce qu'y a ? T'as presque pas parlé depuis qu'on a quitté Méthée.

- C'est rien, répondit Stéphan, évasif. J'suis juste un peu fatigué, j'ai presque pas dormi de la nuit. C'est peut-être la pression, ça fait très longtemps que j'attends de participer à cette compétition. 'Faut que je sois à la hauteur et j'ai peur de pas l'être. Et toi ?

- J'suis en pleine forme ! J'ai hâte de me retrouver sur le ring face à un adversaire. On va rencontrer tous les styles d'arts martiaux ! Ça va nous changer du Jeet Kune Do !

- Ouais, mais 'faudra pas s'prendre une raclée, répondit Stéphan. Mais bon, on risque pas de s'ennuyer…

- Moi, j'veux pas rencontrer de boxeurs direct, ils sont trop habitués à s'prendre des coups, poursuivit Eddy avec enthousiasme. Par contre, c'est con que le tournoi tombe un jour où notre entraîneur est parti pour la Chine… Y'aura personne pour nous encourager là-bas…

- Tu veux que je te dise, c'est pas ça qui va m'déranger. J'y participe pour la remporter, pas pour faire du spectacle. Mais, s'il te plaît, arrête de parler de la compétition, j'suis déjà assez stressé comme ça. J'préfère pas y penser jusqu'au moment venu, dit Stéphan d'une voix peu rassurée.

Après quelques minutes de silence, un bruit se fit

entendre au fond du wagon. C'était la femme qui venait de gifler l'un des deux enfants ; il ne cessait de se chamailler avec son frère. Celui-ci se mit à pleurer et provoqua le ricanement de Stéphan et Eddy qui tentèrent de se retenir. Après quelques instants, Eddy reprit la parole :

« L'année prochaine, c'est peut-être la dernière année où on sera ensemble dans le même bahut.

- Ah bon ! Mais pourquoi ? s'exclama Stéphan.

- J'aimerais aller dans une section informatique, tu sais que ça m'a toujours passionné. Et pour ça, il va falloir que j'aille dans un autre lycée. C'est pas très grave, on pourra toujours se voir après les cours. »

Neuf heures trente, le train arriva à destination et les deux garçons descendirent.

« Alors, tu sais où il faut aller maintenant ? demanda Stéphan.

- Bien sûr ! Avant de partir, j'me suis bien informé sur quel train et quel bus il fallait prendre, ainsi que sur les tarifs. J'ai pensé à tout ! Suis-moi, c'est par là. »

Ils marchèrent à peine sur cent mètres, sortirent de la gare et s'arrêtèrent sous un abribus.

« Tiens, c'est celui-là ! » lança subitement Eddy.

Il était neuf heures quarante-trois quand un bus s'arrêta devant eux. Les deux garçons montèrent avant de payer leur ticket. Le véhicule étant bondé de monde, ils n'eurent d'autres choix que de rester debout. Le bus s'arrêta plusieurs fois sans qu'Eddy ne donne la moindre indication, il avait l'air de connaître l'itinéraire par cœur. Vers dix heures, ils s'arrêtèrent une dernière fois et les deux garçons descendirent.

« On va où maintenant ? demanda Stéphan.

- On y est ! s'exclama son ami, regarde devant toi ! »

Stéphan leva la tête et découvrit un grand bâtiment sur lequel était inscrit sur la façade « Gymnase de

Coubertin ». En apercevant la foule qui se tenait devant l'entrée, ils comprirent rapidement que c'était un évènement à l'échelle nationale. Les deux garçons se frayèrent un chemin jusqu'à l'entrée. Les gens se bousculaient tandis que d'autres faisaient rentrer des banderoles pour soutenir leurs champions. Arrivés devant les portes, ils remarquèrent qu'il y avait deux entrées, une première pour les spectateurs et une seconde pour les participants. Les deux compétiteurs se dirigèrent vers cette dernière où ils durent attendre leur tour.

« J'commence vraiment à avoir le trac, regarde nos adversaires, ils ont l'air trop balèzes ! murmura Stéphan.

- T'en fais pas, on est pas des mauviettes non plus ! On a fait qu'ça de s'entraîner ! » répondit Eddy d'un air confiant.

Arrivés devant l'accueil, une jeune femme leur demanda dans quelle catégorie ils allaient concourir.

« Comment ça quelle catégorie ? s'étonna Eddy.

- Vous participez au tournoi des moins de quinze ans, des quinze-dix-huit ans ou des plus de dix-huit ans ? précisa l'hôtesse d'accueil.

- Ah ! Nous, ça sera quinze-dix-huit ans, répliqua le garçon.

- Quels sont vos noms, s'il vous plaît ?

- Eddy Jammy et Stéphan Sentana, du club de la ville de Méthée.

- Vous pouvez entrer, termina la femme après vérification sur les listes. Tout est en règle. »

Les deux garçons firent leur entrée dans les vestiaires où tous les participants se préparaient accompagnés de leur coach sportif.

« Tu t'rends compte de la chance qu'on a ? lança Eddy. On fait partie des trente-deux personnes qui ont le droit de participer au tournoi !

- Ouais bah 'faut remercier notre prof de

Jeet Kune Do, il nous a dégoté deux places !

- Il croit en nous ! 'Faut pas le décevoir !

- T'as raison, on a une chance ouf d'être là, reprit Stéphan. Mais les trente autres participants n'ont pas dû démériter leurs places... »

En tenue de combat, ils entrèrent dans la grande salle où se déroulerait la compétition. Voyant la masse de spectateurs, les arbitres, les rings et les autres participants, la pression et l'excitation montèrent encore d'un cran.

Eddy portait un habit traditionnel chinois, blanc et noir, tout comme Stéphan, à la différence que sa veste était mauve. Un dragon était cousu dans le dos et, de l'autre côté, au niveau du cœur, était écrit en chinois « Kung-Fu traditionnel chinois ». De ses hanches tombait une ceinture de soie qui se mariait avec son pantalon blanc. Stéphan était fier de son costume et en prenait le plus grand soin.

En attendant le début des épreuves, les deux experts en arts martiaux s'étaient installés dans les gradins pour admirer la scène. Il y avait trois rings d'environ seize mètres carrés pour chacune des catégories. Devant chaque ring se trouvaient trois chaises pour le jury.

La salle qui pouvait contenir plusieurs centaines de personnes se remplissait peu à peu dans un brouhaha constant. Des gens de toute la France étaient venus assister à cet évènement. Avec toute cette agitation, Stéphan sentit monter une vague d'angoisse. Toute cette foule qui n'attendait que de voir de beaux combats l'intimidait, il n'avait pas ce souvenir de la précédente compétition. *De quoi avait-il peur ? De perdre ? De gagner ?*

Il cogita.

Si je gagne, qu'est-ce que ça va m'apporter ? Est-ce que je vais fêter ça avec tous ces gens que j'connais pas?

...

Je vais pas me mettre à chialer, quand même... Ils vont se foutre de moi...

Et si je perds ? Nan ! C'est décidé, je remporterai ce foutu tournoi et je partirai tout de suite avec mon trophée !

À dix heures trente, comme prévu, la compétition débuta. Pour ouvrir l'évènement, l'organisateur du tournoi prit un micro pour faire un petit discours :

« Mesdames, mesdemoiselles et messieurs, je vous remercie d'être venus si nombreux et je tiens aussi à remercier tout particulièrement nos courageux participants ainsi que leurs entraîneurs. Je vous souhaite un bon après-midi et que le meilleur gagne ! »

Après les applaudissements des spectateurs, l'organisateur passa le micro à l'un des arbitres :

« Bonjour à tous. Avant de commencer, je tiens à rappeler les règles générales à tout le monde, dit-il d'une voix formelle. Tous les participants devront obligatoirement porter un casque de protection ainsi qu'une coquille. Les combats dureront cinq minutes, la victoire devra être remportée soit par K.O., soit par abandon, soit aux points si le temps est entièrement écoulé. Il est interdit de frapper dans les yeux ou dans la gorge. La compétition des plus de dix-huit ans se déroulera sur le ring de droite, celle des quinze-dix-huit ans sur le ring du milieu, et enfin, celle des moins de quinze ans sur celui de gauche. Le tirage au sort pour sélectionner l'ordre des combats a été fait par les organisateurs. Je laisse donc cinq minutes aux participants pour connaître le nom de leur adversaire ainsi que leur tour de passage. »

« Regarde Ed', mon adversaire s'appelle Thomas et apparemment il fait du karaté. J'passe au sixième combat, dit Stéphan.

- J'sais pas quel art martial pratique mon adversaire, mais en tout cas, il a l'air super balèze. J'l'ai vu et il mesure au moins un mètre quatre-vingt-dix. J'ai bien peur de m'faire éliminer au premier tour… »

Le premier combat commença et opposa un jeune asiatique à un petit roux à l'air timide. Stéphan et Eddy ne manquèrent aucune seconde de l'affrontement pour évaluer le niveau de chacun des compétiteurs ainsi que leurs faiblesses. L'Asiatique remporta le match en moins de trente secondes.

Les combats s'enchaînèrent. Quand vint le tour de Stéphan, il enleva sa veste afin de ne pas l'abîmer et ainsi être plus à l'aise.

« Bonne chance ! lui lança Eddy des gradins.

- T'inquiète pas ! J'me suis pas entraîné comme un dingue et fait tout ce chemin pour m'faire éliminer au premier tour… »

Il pénétra sur le ring. Son adversaire se tint face à lui, le visage fermé. Il était un peu plus grand que lui sans pour autant être plus robuste. Sa peau incroyablement pâle contrastait avec ses cheveux noirs, longs, et attachés en queue de cheval. Sur les hanches, il portait une ceinture de couleur marron qui indiquait son expérience dans les sports de combat. Il fit craquer les os de ses mains ainsi que ceux de sa nuque.

L'arbitre cria : « prêt », les combattants se mirent en garde.

« Allez ! »

Le karatéka attaqua directement avec un coup de pied au visage que Stéphan esquiva de justesse. Malgré sa rapidité, il ne vit pas arriver l'autre jambe qui le percuta de plein fouet. Stéphan s'écroula au sol. Son adversaire ne perdit pas un instant et bondit sur lui pour tenter une clef de bras. Stéphan reprit vite ses esprits et contre-attaqua très rapidement avec un uppercut au menton qui envoya voler son adversaire. Les deux opposants se relevèrent aussitôt en se mettant en position de garde.

Il est très agile et souple avec ses jambes. S'il me touche encore une fois avec ses pieds, je risque de perdre le combat. Le seul moyen pour pas qu'il m'atteigne avec ses jambes, c'est d'se battre aux corps à corps.

Il s'approcha furtivement de Thomas, son adversaire, et lui attrapa fermement les poignets. Celui-ci, surpris, ne s'attendait pas à une telle initiative de son opposant. Il ne sut comment réagir et força sur ses bras pour se délivrer de l'emprise de Stéphan. Ce dernier profita alors de la distraction de Thomas pour lui infliger un violent coup de tête dans le nez. Du sang coula abondamment.

Thomas avait toujours les poings prisonniers et Stéphan n'hésita pas alors à lui assener un nouveau coup, puis un troisième. Thomas se rendit à l'évidence, il n'avait pas réagi assez vite et, maintenant, il n'était plus en état de se battre. S'il ne jetait pas l'éponge, la seule chose qu'il pourrait gagner, c'était être défiguré.

« J'abandonne... »

Il n'avait presque plus la force de prononcer ce mot. Stéphan le lâcha, l'air victorieux. Thomas mit ses mains sur son nez pour stopper l'hémorragie tandis que le soigneur arrivait pour s'occuper de lui. Le vainqueur se rua vers son ami pour manifester sa joie. Ce dernier, enthousiaste, sauta dans ses bras :

« T'as gagné, bordel ! T'es l'meilleur ! »

Sans attendre, Stéphan se dirigea vers les toilettes en lui adressant un sourire. Il devait laver son front du sang qui n'était pas le sien.

Une demi-heure plus tard, ce fut au tour d'Eddy d'affronter *Goliath* ; c'était le surnom qu'ils avaient donné à son adversaire au vu de sa corpulence. Un garçon de deux mètres avec les épaules de la taille d'un ballon de rugby.

Le signal de départ retentit et Goliath fonça tout droit vers Eddy comme s'il voulait enfoncer une porte. Ses pas retentirent sur les tatamis. Eddy esquiva sur le côté ; son adversaire n'était pas aussi rapide qu'imposant.

J'sais pas quel art martial pratique ce gars-là, mais vu sa puissance, il vaudrait mieux pour moi qu'il me touche pas, pensa le pratiquant de Jeet Kune Do.

Goliath réitéra plusieurs fois ses attaques, mais en vain, Eddy les anticipa toutes avec succès. Le géant s'énerva et, cette fois-ci, il se rua le plus rapidement qu'il le put vers sa proie. Eddy, qui n'eut pas le temps d'éviter la charge, lui donna un coup de pied au niveau du genou pour stopper net son mouvement. Les deux opposants tombèrent au sol sous l'impulsion. Goliath s'écrasa alors sur Eddy dans un cri de douleur. Celui-ci arriva à se dégager du corps massif et à se relever. Cependant, son adversaire, lui, resta à terre. La manche de son pantalon laissait apparaître une jambe déformée. Eddy fut alors déclaré vainqueur par K.O. Il était heureux de sa victoire, mais pas de la manière dont il l'avait remporté.

Ce pauvre gars ne pourra plus marcher pendant plusieurs mois, se dit-il avec un goût amer.

Aux heures de repas, Stéphan et Eddy avaient réussi à passer les trois premiers tours éliminatoires avec succès. Le tournoi était en suspens pour laisser le temps aux compétiteurs de se reposer et de déjeuner. Les organisateurs avaient prévu un espace pour le repas ; une salle du gymnase avait été aménagée pour faire office de restaurant. Stéphan ne put avaler rien de plus qu'une salade, la pression de la compétition lui coupait l'appétit. De son côté, Eddy dégusta un sandwich au poulet.

« C'est fou c'qui nous arrive ! lança-t-il entre deux bouchées. On a passé les seizièmes, les huitièmes et les quarts de finale sans grandes difficultés !

- Parle pour toi, moi, j'ai dû affronter un boxeur, et

j'crois bien qu'il m'a pété deux côtes, ce con. Heureusement qu'j'ai réussi à placer quelques coups puissants qui l'ont mis K.O, répondit Stéphan, nerveusement.

- Ta demi-finale va t'opposer à l'Asiatique qui a disputé le premier match de la compétition, tu vois de qui j'veux parler ?
- Ouais, c'est celui qui a expédié son adversaire à l'hosto en à peine dix secondes, c'est ça ? Et j'te rappelle que c'est aussi celui qui m'a éliminé il y a deux ans… »

Tout en répondant, Stéphan vérifia l'heure de peur de manquer la reprise des épreuves.

« Voilà, c'est lui ! De c'que j'ai vu, il doit pratiquer du Kung-Fu et peut-être même du Chi Sao. J'sais pas si t'as vu comment il a déséquilibré ses adversaires en retournant leur énergie contre eux-mêmes. Il est très doué au corps à corps et si j'étais toi, j'me méfierais.

- Le Chi Sao... C'est pas l'truc où tu contrôles l'énergie de l'adversaire ? Les gars ne paient pas de mine, mais en réalité ils sont très dangereux. Ils savent détecter les failles dans la défense pour briser l'adversaire à ce moment-là. Si c'est le cas, t'as bien raison... »

Une voix se fit entendre par le haut-parleur :

« Avant la reprise de la compétition, nous avons l'honneur de vous présenter quelques démonstrations d'arts martiaux ! »

Les deux garçons retournèrent en hâte dans la salle principale au moment où le spectacle commençait. Tout d'abord, une démonstration de Karaté. Les pratiquants cassèrent des planches avec leurs pieds et leurs poings, puis, finirent avec quelques Katas. De leur côté, les Judokas montrèrent tout une panoplie de clés dans diverses situations ainsi que des mouvements de self-défense. S'en suivit un expert en Nunchaku qui manipula l'arme à une vitesse extraordinaire. Il enchaîna avec deux nunchakus toujours avec la même dextérité. Pour finir, Stéphan et Eddy assistèrent à plusieurs démonstrations de Tao de Kung-Fu dont ils connaissaient la plupart des mouvements.

Le public applaudit ce magnifique spectacle. Les deux garçons étaient encore époustouflés par la démonstration de Nunchakus alors que leur tour approchait.

La compétition reprit là où elle s'était arrêtée et l'organisateur fit de nouveau une annonce au micro :

« Mesdames, mesdemoiselles et messieurs, voici les demies finales tant attendues ! Nous allons accueillir Stéphan Sentana contre Jason Wuang sur les tatamis ! »

La pression monta chez Stéphan qui n'osait imaginer le niveau de son adversaire.

J'peux pas me faire battre cette fois ! 'Faut que je reste calme. Si j'attaque n'importe comment, il va m'avoir, c'est sûr !

Les deux opposants, face à face sur le ring, s'évaluèrent du regard. Jason ne laissait rien transparaitre de ses émotions. Il y avait quelque chose de déroutant dans son attitude.

« Allez ! »

Malgré le signal de départ, les deux adversaires ne s'attaquèrent pas tout de suite, ils s'observèrent. Hormis quelques feintes pour tester les réactions de l'autre, ils n'osèrent encore s'approcher mutuellement.

J'vais attendre qu'il passe à l'action, mieux vaut jouer la contre-attaque, se dit alors Stéphan.

Jason se décida à passer à l'offensive ; feinte de coup de poing droit suivi d'un coup de pied circulaire gauche. Le coup toucha Stéphan de plein fouet au visage qui tomba sur les genoux.

Quelle rapidité ! Putain, j'ai rien vu...

L'Asiatique attendit que son opposant se relève, ce que celui-ci fit sans tarder.

J'dois rester calme pour bien discerner tous ses mouvements, se dit Stéphan en posant la main sur sa joue enflée.

Jason Wuang repassa aussitôt à l'attaque avec une série de coups de poing. Stéphan, qui était un spécialiste de la contre-attaque, tourna la situation à son avantage.

Ça y est, c'est l'bon moment ! pensa celui-ci tout en administrant un coup de poing dans les côtes et un autre au visage de son adversaire.

Ah ah ! Il s'la ramènera moins comme ça !

Stéphan donna toute sa force dans son troisième coup pour mettre un terme au combat. Cependant, son opposant para l'attaque d'un mouvement de rotation du bras et l'éjecta au sol. Pendant une poignée de secondes, Stéphan ne comprit plus ce qui lui arrivait. Lorsqu'il retrouva ses esprits, il réalisa qu'il était allongé au sol, quelque chose coulait de son front.

De la sueur, pria-t-il.

Quand une douleur parcourut son crâne, il comprit ensuite que ce n'était pas de la sueur, mais bien du sang. Et cette fois-ci, c'était le sien. Une masse s'empara de son bras et le bloqua en arrière. Son assaillant était sur lui, il n'avait pas l'intention de lui laisser le moindre répit. Stéphan avait l'impression que son bras allait se disloquer tant la douleur était intense.

L'enculé... Il va... J'peux pas abandonner...

Le bourreau était prêt à aller jusqu'au bout pour remporter la victoire. La douleur arracha un cri à la victime qui figea la salle principale du gymnase de Coubertin dans un silence. Chacun retenait son souffle. Stéphan, allongé au sol, essaya de se sortir de cette mauvaise posture. Il gigota dans tous les sens avant de se ressaisir :

J'dois rester calme et m'contrôler. Comment m'tirer

de là ? Mon bras va céder... Merde...

La foule était pétrifiée. D'un coup, une voix s'éleva et lui cria de tenir bon. C'était celle d'Eddy qui croyait encore en son ami. Stéphan tenta de donner des coups de tête en arrière mais n'arriva pas à atteindre sa cible. Le sang qui ruisselait du haut de son visage commençait à lui brouiller la vue.

Qu'est-ce qu'il m'a fait ? Bordel ! J'ai rien vu...

Soudain, quelqu'un cria « K.O. ! » L'arbitre, ayant considéré que Stéphan ne pouvait plus rien faire, préféra mettre un terme au combat. Jason Wuang libéra Stéphan et lui tendit une main pour l'aider à se relever.

« Tu t'es très bien battu, lui dit-il.

- Toi aussi… » répondit Stéphan d'une faible voix.

J'ai perdu...

Il n'arriva pas à y croire. Il espérait tellement la victoire, elle était si près de lui, et en quelques secondes, son rêve s'était effondré. La voix de l'arbitre le déclarant K.O. résonna encore dans sa tête. Ses mains se crispèrent. Eddy descendit des gradins pour le rejoindre et constata la gravité de sa blessure. Les mots pour le réconforter étaient confus.

« Je… J'suis désolé pour toi, lui dit-il, attristé. T'as tout donné, mais 'faut avouer que ton adversaire était vraiment très fort… »

D'après l'expression de son visage, les mots de son ami n'eurent aucun impact sur son moral.

« En plus, il a un an de plus que toi ! Tu verras, dans quelque temps, tu l'battras sans problème ! Tu progresses sans cesse… »

Eddy se rendit à l'évidence, rien ne pourrait aider Stéphan. Il avait été touché dans son orgueil, abattu par tant de travail non récompensé.

« C'est bientôt ton tour. Toi, tu pourras l'mettre en échec et remporter le tournoi. Montre-nous ce que tu sais faire ! Bonne chance… dit Stéphan en mimant un sourire.

- Merci. Tu devrais aller voir les soigneurs pour nettoyer le sang que t'as sur le front, il commence à couler à flots.

- C'est rien. D'ailleurs, comment il m'a fait ça ? J'ai rien vu venir...

- Juste avant ta chute, il t'a frappé avec le tranchant du pied au niveau du front. Je dois bien avouer qu'il me fait flipper... »

Stéphan fit un petit signe de tête comme pour le remercier de sa réponse, puis, il se dirigea vers les toilettes. Les soigneurs l'interceptèrent pour lui demander de les suivre. Stéphan refusa et répondit qu'il n'avait pas besoin de leur aide, qu'il ne méritait pas leur soin.

La compétition s'enchaîna rapidement et Eddy était déjà attendu sur le ring pour sa demi-finale. Quand il vit arriver son adversaire, il ne put réprimer un sourire en se demandant comment un obèse avait pu arriver à ce niveau de la compétition. Toutefois, il savait qu'il ne fallait jamais sous-estimer quelqu'un et qu'il allait devoir se battre comme si sa propre vie en dépendait.

Pourtant, l'affrontement ne dura que quelques secondes. Eddy l'emporta sans même avoir déployé toute sa panoplie de coups. Durant les dix minutes de repos avant la finale, la foule était en extase à l'idée de voir de si grands combattants s'affronter.

« T'es vraiment très fort, t'as éliminé ton adversaire en moins de deux ! complimenta Stéphan.

- J'ai eu d'la chance, il était nul comparé au tien. Maintenant, ça va pas être la même histoire... »

J'aurais tellement voulu t'affronter en finale, pensa Stéphan.

En souriant, Eddy fit quelques mouvements d'échauffement et d'étirement avant le dernier match. Le regard fermé, il se concentra sur tout ce qu'il avait appris jusqu'à aujourd'hui.

De son côté, Stéphan fut intéressé par le tournoi des plus de dix-huit ans. D'après leur niveau, ils avaient dû tous recevoir un entraînement digne des moines de Shaolin et Stéphan comprit que pour progresser, il allait devoir observer et apprendre des autres.

« La finale des quinze-dix-huit ans peut enfin commencer ! Eddy Jammy contre Jason Wuang ! » lança le présentateur par les haut-parleurs.

À l'annonce, le finaliste sentit son cœur battre de plus belle, il respira un grand coup avant de se diriger vers le ring sous les clameurs du public. Eddy enfila son casque de protection tout en retraçant en mémoire des centaines de conseils qu'il se donnait à lui-même. Les deux finalistes furent face à face. Le vide était dans leur esprit, ils ne devaient commettre aucune erreur, la défaite les guettait au moindre faux pas.

J'dois faire abstraction de tout c'qui m'entoure afin d'me concentrer uniquement sur l'combat, pensa Eddy.

Il se maintenait en position de garde en attendant le signal de départ. Chaque seconde lui paraissait des minutes.

Qu'est-ce qu'il attend !?

L'annonce du départ retentit d'un coup. Les deux adversaires se battirent alors sans relâche, le combat semblait à égalité.

C'est bien, j'dois continuer comme ça !

Ils occupèrent tout le ring, des pieds et des poings volèrent de partout. Le combat fut d'une pure beauté. La foule applaudit, hurla et encouragea les combattants. Mais ces derniers ne les entendirent pas, ils mirent toute leur concentration dans l'attaque, la défense, la contre-attaque, l'esquive, la feinte et l'intention de battre l'adversaire par n'importe quel moyen. Les deux opposants cessèrent de se donner des coups pendant un bref instant, le souffle les rattrapa.

Il faut que je trouve la faille dans sa défense, pensa Eddy entre deux grosses bouffées d'air. *Son genou droit est souvent très avancé vers moi, 'faut qu'j'le frappe à ce moment-là.*

Le combat s'enchaîna. Comme prévu, dès que Jason avança vers Eddy, celui-ci frappa dans son genou avancé et l'affaiblit dans ses mouvements ; petite poussée vers la victoire ! Mais l'Asiatique n'avait pas dit son dernier mot, il trouva encore la force d'attaquer et se résolut à se battre avec les mains. Eddy reçut une pluie de coups de poing qui le contraignit à se courber pour se protéger. Le combat fut presque fini et les deux adversaires s'affrontèrent de nouveau à égalité. Eddy frappa, l'asiatique esquiva puis contre-attaqua immédiatement. Par la suite, il enchaîna plusieurs coups qu'Eddy para facilement. Celui-ci attrapa alors la jambe de son adversaire et la leva à toute vitesse. Jason chuta au sol et encaissa un coup de pied au ventre. Eddy donna un second coup que Jason intercepta pour le faucher. Les deux garçons se relevèrent le plus rapidement possible.

Stéphan, quant à lui, regarda et analysa chaque mouvement des combattants. Il ne put nier que leur niveau était nettement supérieur au sien ainsi qu'à celui de tous les combattants de leur âge.

Allez, j'dois le mettre K.O., le temps est bientôt écoulé ! se dit Eddy.

Mais aucun d'eux n'allait au sol, aucun d'eux ne montrait un quelconque signe de faiblesse ou de fatigue. Le combat se poursuivit sans relâche en attendant la fin.

Et d'un coup, l'arbitre cria « STOP ! »

Le vainqueur serait alors élu aux points, celui qui avait touché le plus de fois son adversaire. Il fallut quelque temps avant la délibération des juges et que le résultat ne tombe. Eddy voyait la victoire s'écarter de lui ; non seulement il n'avait pas réussi à mettre son adversaire au tapis, mais de surcroit, il crut bien qu'il avait reçu plus de coups qu'il en avait donnés. Les deux finalistes et l'arbitre étaient alignés face à la foule, puis l'arbitre leva le bras d'Eddy et déclara :

« Vainqueur de ce tournoi : Eddy Jammy ! »

S'en suivirent des cris de joie dans la salle, une larme de bonheur naquit des yeux du vainqueur qui n'arrivait pas à y croire. Celui-ci courut immédiatement dans les bras de son ami Stéphan et explosa de bonheur :

« J'ai gagné, j'ai réussi à remporter l'tournoi !

- T'es le meilleur, j'savais qu'tu réaliserais cet exploit ! » répondit l'autre.

Eddy retourna aussitôt voir Jason Wuang pour le féliciter et lui exprimer son respect. Il était le plus coriace, les plus doués des adversaires qu'il avait rencontrés dans sa vie. Par la même occasion, il lui demanda ses coordonnées dans l'espoir de s'entraîner avec lui un jour.

Avant de partir, Stéphan et Eddy ne voulurent pour rien au monde manquer la finale de la dernière compétition.

Après une bonne douche, le présentateur appela le gagnant de chaque catégorie pour la remise des trophées. Eddy reçut le sien des mains d'un des plus grands maîtres de Karaté, sous une pluie d'applaudissements et de flashs de photos.

Sur les coups de dix-neuf heures trente, les deux garçons, épuisés, étaient déjà dans le train du retour. Eddy admira son trophée, il ne pouvait s'empêcher d'afficher un sourire sur ses lèvres et n'arrivait toujours pas à réaliser l'exploit qu'il avait accompli.

Personne ne parlait. Un silence noyait les deux amis.

Stéphan lui, regarda par la fenêtre. Il vit le paysage défiler ainsi que le reflet de son visage blessé contre la vitre. Le bruit régulier du train résonnait dans ses oreilles.

« J'ai affreusement mal partout, mais en fin de compte, ça valait l'coup. Tu t'es vraiment bien battu, mais t'as pas eu d'chance au tirage. T'as combattu le chinois trop tôt, on aurait pu s'affronter, c'est dommage » dit Eddy.

Mais Stéphan ne répondit pas. Il avait toujours le regard dans le vide.

« Pourquoi tu parles pas ? » finit par dire son compagnon.

Après quelques instants de silence, Stéphan répondit enfin :

« Si Jack avait été là, il aurait sûrement été très fier de toi... »

Partie 2 : 1990

*L'Efficacité réelle passe par
l'abandon
de la résistance interne
et du conflit inutile*

Bruce Lee

Chapitre 9 : Fin août 1990

Rupture

« Chambre 202 » dit la réceptionniste à Stéphan en lui montrant du doigt l'ascenseur pour lui indiquer qu'il allait devoir monter à l'étage. Celui-ci se dirigea vers l'ascenseur et appuya sur le bouton pour l'appeler. Dans ses mains, il tenait un sac en plastique rempli de livres.

Près d'un an et demi s'était écoulé depuis sa défaite. Après la victoire d'Eddy au championnat, il avait eu la chance de paraître dans un grand magazine concernant les arts martiaux ainsi que dans le journal régional. Sa popularité avait parcouru toute la métropole de Méthée et le jeune homme s'était fait régulièrement interpeler dans la rue pour être félicité.

Les deux garçons en avaient fini avec la seconde et chacun s'était spécialisé dans une filière différente. En première, Eddy avait décroché la place de président des élèves pour deux ans soutenu par une large partie des élèves. De son côté, Stéphan n'avait cessé de s'entraîner à de multiples sports de combat pour rattraper son retard.

Arrivé à l'étage, une infirmière vint à sa rencontre quand celui-ci se dirigea vers un accès interdit au public.

« Vous cherchez quelque chose ? lui demanda-t-elle.

- Oui, je cherche la chambre 202, je viens rendre visite à un ami. »

L'infirmière lui demanda de la suivre. Quelques mètres plus loin, elle lui indiqua une porte avant de s'éclipser. Il ouvrit et entra.

Eddy était allongé dans un lit, il avait sa jambe et son bras gauches dans un plâtre. De nombreux bandages et pansements recouvraient son corps. Lorsqu'il vit arriver son ami, un léger sourire de réconfort s'afficha sur son visage.

« Comment tu savais qu'j'étais ici ? lança-t-il.

- L'hôpital a appelé ta mère qui m'a prévenu, répondit Stéphan. Elle m'a raconté c'qui s'est passé. T'étais en vélo et un chauffard a grillé un feu rouge et t'a renversé, c'est bien ça ? Si t'étais aussi bon en cyclisme qu'en arts martiaux, t'aurais pu éviter la caisse… » ironisa Stéphan pour détendre l'atmosphère.

Celui-ci se dirigea vers la fenêtre et l'ouvrit pour rafraîchir légèrement la pièce.

« C'est pas si grave que ça, le médecin m'a dit que je devais rester quelques semaines au lit. J'vais devoir garder les plâtres que deux mois. La seule mauvaise nouvelle, c'est qu'après il va falloir qu'je parte dans un centre spécialisé en rééducation.

- Ah bon ! Pourquoi ? s'étonna Stéphan.

- J'ai malheureusement été touché à la rotule et ils m'ont opéré pour remettre tout en place. Si je vais pas dans un centre de rééducation, j'vais avoir du mal à pouvoir remarcher correctement. L'ennui, c'est qu'il n'y a pas ce genre de centre dans le coin, j'vais devoir partir pour quelques mois… »

Un court silence s'imposa, puis Eddy reprit la parole :

« Y'a quoi dans le sac ?

- Ah ouais, c'est vrai ! J'avais oublié de t'le donner. Je t'ai ramené plein de bonbons et quelques livres. 'Faut bien que tu t'occupes dans cette petite chambre, répondit Stéphan.

- Merci, ça fait plaisir, en plus j'avais rien pour me distraire ! Pose le sac sur cette table s'il te plaît, demanda-t-il en la pointant près du lit.

- Sans toi, les entraînements d'arts martiaux vont être moins intéressants…

- T'en fais pas pour ça, fit Eddy, même si j'suis blessé, j'pourrai toujours venir te voir t'entraîner et j'te donnerai des conseils. Et à côté de ça, il te reste le club de Jeet Kune Do.

- Ouais, mais ce sera pas pareil, j'aimais trop te taper dessus, moi !

- Ah ah, ça reste à voir, ça… »

Les deux garçons se lancèrent un regard complice avant de s'esclaffer de rire. Stéphan ne pouvait s'empêcher d'ironiser l'écart qu'il existait en leurs deux niveaux.

« Par contre, pour moi, ça risque d'être bien relou, reprit Eddy. J'ai besoin de repos et j'suis obligé de rester inactif pendant quelques mois. Pour retrouver un bon niveau, j'vais devoir retravailler progressivement, reprendre l'entraînement au point de départ.

- T'auras mon soutien, j't'aiderai du mieux que j'pourrai. T'inquiète pas, pour l'instant, pense à guérir pour repartir sur de bonnes bases, OK ? » répliqua Stéphan.

Mais les deux adolescents se regardèrent amèrement, ils pensèrent tous les deux à la même chose : Eddy allait devoir traverser de nombreuses étapes avant de récupérer toutes ses aptitudes.

« En plus de tout ça, tu vas pas pouvoir participer aux deux compétitions auxquelles le club nous a inscrits, ajouta Stéphan tout en prenant une chaise près du lit avant de s'asseoir. Pour celle qui se déroulera au mois d'octobre à Méthée, j'pense que c'est foutu… Mais pour le grand tournoi de Paris en janvier, j'espère que tu seras entièrement rétabli. Oublie pas que t'as un titre à défendre là-bas !

- Ah ouais ! J'y avais même pas pensé ! C'est pas grave, j'ai plus urgent à penser. J'voulais te dire aussi que le lycée informatique a bien voulu me prendre pour la terminale. Il est à une trentaine de kilomètres d'ici, je vais devoir prendre le train très tôt tous les matins. Mais en attendant que je puisse de nouveau marcher, j'vais recevoir mes cours par correspondance, annonça Eddy.

- Alors ça y est, c'est officiel, on sera plus dans le

même bahut, soupira le garçon.

- C'est vrai qu'on aura un peu moins de temps pour se voir… Mais quand je serai rétabli et que ce sera les vacances, on pourra se voir autant qu'avant, crois-moi ! »

Tout en disant ces mots, l'adolescent fit une grimace de douleur.

« Tu vas bien ? lui demanda son ami, un peu soucieux.

- Pour te dire la vérité, j'ai mal dans tout le corps, bordel… avoua-t-il. Mon bras me fait atrocement souffrir, j'me suis cassé le coude et les médecins ont dû me mettre des broches. Ma jambe cassée aussi me fait mal. Et c'est pas tout, j'ai quelques côtes fracturées et plein de petites plaies sur tout l'corps. T'as vu le nombre de pansements que j'ai ? Je ressemble à une vraie momie… »

Stéphan sourit à la blague de son ami avant de poursuivre :

« J'te plains, mais ça devrait aller mieux avec le temps. Le chauffard devait vraiment rouler vite pour que tu sois dans cet état.

- Tu veux que je te raconte en détail c'qui s'est passé ? demanda Eddy sans attendre de réponse. J'étais en train de rentrer chez moi en vélo. Je devais traverser un carrefour, tu sais, celui à côté du Casino ? Et d'un coup, j'ai entendu un bruit de moteur débouler vers moi. J'ai regardé sur ma gauche mais c'était déjà trop tard pour l'éviter. Le gars m'est rentré dedans de plein fouet et j'ai été éjecté de mon vélo. C'est surtout la chute sur le sol qui m'a fait mal. J'ai été étourdi un petit moment et quand j'ai voulu me relever, j'me suis effondré aussitôt. Là, j'ai hurlé comme un ouf parce que la douleur est montée d'un coup.

- Qui a appelé une ambulance ? C'est le chauffard ? demanda Stéphan.

- Nan, cet enfoiré s'est enfui sans même se soucier de mon état. Mais des témoins ont relevé la plaque d'immatriculation, c'qui a permis à ma mère de porter plainte contre lui. C'est d'autres passants qui ont appelé une ambulance. Arrivé à l'hôpital, ça a été un défilé de médecins, de radios, de scanners avant de m'anesthésier. À mon réveil, j'étais dans cet état, c'est bien ma veine ! »

Comme si une pensée lui revint soudainement en tête, Stéphan répliqua :

« Au fait, ta mère m'a dit de te dire qu'elle passera te rendre visite en fin d'aprèm. Elle devrait pas tarder... »

Les deux adolescents discutèrent encore pendant quelques dizaines de minutes de l'accident jusqu'à l'arrivée de la mère d'Eddy. Stéphan, de son côté, préféra les laisser seuls. Il adressa un dernier mot à son ami :

« J'passerai te rendre visite le plus souvent possible. Bonne soirée et surtout, bon courage ! »

Il se dirigea vers la sortie et fit un petit signe de tête à l'infirmière pour la remercier de l'avoir aidé.

Putain, Eddy a vraiment pas de chance, il est obligé de manquer les entraînements d'arts martiaux pendant plusieurs mois... soupira Stéphan.

Chapitre 10 : 3 septembre 1990

Ouverture

Quand Stéphan se leva, il savait que ce ne serait pas une journée comme les autres ; pour la première fois de sa vie il allait au lycée sans être accompagné d'Eddy. Il appréhendait particulièrement la rentrée en terminale tant les enjeux étaient importants pour lui. Une fois le bac en poche avec un bon dossier, il espérait bien intégrer une école d'ingénieur.

Lorsqu'il arriva au lycée Jean Moulin vers huit heures vingt, beaucoup d'élèves étaient déjà sur place. Stéphan n'avait pas vraiment la tête à aller saluer les quelques connaissances qu'il avait et se dirigea directement vers les listes des classes qui étaient accrochées sur un tableau. Quand il trouva son nom, il apprit qu'il était en terminale S3 et que tous les élèves concernés devaient se rendre en salle 103 à huit heures trente. Autour de lui, les adolescents braillaient et s'enthousiasmaient en découvrant leur classe. Pour fuir cette situation et trouver le calme, le jeune homme monta aussitôt à l'étage et rejoignit la salle de rendez-vous. Il s'empara de la première chaise qui lui tomba sous la main et s'installa. Dans le couloir, des bruits de pas sourds résonnaient. Il lâcha un long soupir, ça y est, les vacances étaient terminées, c'était reparti pour un an !

Après quelques minutes d'attente, le reste de la classe arriva par petits groupes. On discutait, on affichait ses nouveaux vêtements de marque. Un garçon, les cheveux en bataille et l'air décontracté, prit place à côté de l'adolescent.

« Salut ! » lui dit-il.

Stéphan, surpris, se contenta de répondre d'un léger signe de la tête. Dans la foulée, le professeur principal entra à son tour dans la salle alors que les élèves étaient encore en train de se raconter leurs vacances. Il annonça sans plus attendre :

« Bonjour, je m'appelle M. Paco. Veuillez regagner vos places, s'il vous plaît. »

Le nom de celui-ci déclencha quelques rires dans la classe, même Stéphan afficha un sourire amusé. Le professeur portait un long parka beige et une sacoche qu'il posa sur son bureau. Il continua à se présenter et expliqua les choses nouvelles de la terminale. Stéphan jeta un œil autour de lui pour savoir s'il connaissait de vue l'un de ses camarades. Les premiers ne lui évoquaient rien de particulier, il ne les avait jamais vus. Puis, il en aperçut deux qui étaient dans le même collège que lui bien qu'il ne leur avait jamais adressé la parole. Il continua son tour de classe, et tout d'un coup, il reconnut quelqu'un qu'il n'avait pas vu depuis très longtemps. Il n'arriva pas à y croire et se frotta même les yeux avant de regarder de nouveau.

Si, c'est bien elle ! se dit-il.

Lisa Mineaut, la fille qu'il avait tant convoitée à l'école primaire et qu'il avait complètement oubliée au collège, resurgissait subitement dans sa vie. Elle se tenait juste là, à quelques pas de lui. Ses cheveux lui tombaient sur ses épaules en dégradé ; elle les dégagea d'un mouvement souple de la main. Stéphan ne put s'empêcher de la contempler, elle lui rappela tant de souvenirs.

Elle n'a pas changé…

« C'est qui ? Elle te plait ? lui murmura son voisin qui venait de le surprendre.

- T'occupe pas de ça ! » lui répondit sèchement Stéphan.

Le garçon le dévisagea d'un air surpris, se demandant pourquoi il lui répondait d'une telle manière. Il haussa les sourcils puis décida finalement de se retourner pour discuter avec quelqu'un d'autre.

Pendant la récréation, Stéphan ne se mélangea pas avec le reste de sa classe, il savait qu'il n'avait pas le truc pour paraître cool et avenant, alors il préférait jouer les solitaires. C'était la seule chose qu'il savait faire, se disait-il. Assis sur un banc du fond de la cour, il fit du rangement dans son sac d'école. Les professeurs donnaient toujours un tas de paperasse les jours de rentrée scolaire. Un bruit attira d'un coup son attention, quelqu'un se dirigeait vers lui. Stéphan le reconnut de suite, c'était le garçon qui était à côté de lui en cours.

« Pourquoi tu restes seul ? » lui demanda-t-il sans préambule.

L'interrogé ne répondit pas et détourna le visage. Pourtant, cela n'avait pas l'air de décourager le garçon qui vint s'asseoir à côté de lui.

« Ça doit être ennuyant de rester seul, nan ? Pourquoi tu viens pas avec nous ? insista-t-il.

- Ça te regarde pas ! répondit brièvement Stéphan.

- T'énerve pas mec, j'veux juste être sympa avec toi, répliqua calmement le garçon pour détendre l'atmosphère.

- J'ai pas besoin d'ta sympathie ! » s'exclama Stéphan, toujours avec le même ton.

Il sentait doucement la colère monter en lui. Habituellement, il lui suffisait de se montrer désagréable pour faire fuir ceux qui s'accrochaient. Le garçon sortit un paquet de cigarettes de sa poche et en proposa une à Stéphan qui ne se donna même pas la peine de répondre. Il trouvait déjà stupide de se détruire la santé en fumant, mais le faire dans l'établissement était pour lui une bêtise sans nom.

« T'es bizarre quand même ! T'as l'air de m'détester alors que tu m'connais même pas ! » lança le garçon.

Ça y est, c'est parti pour l'instant morale… pensa

Stéphan.

« Moi, j'préfère discuter avec quelqu'un avant d'le juger…

- Qui te dit que moi je veux te parler ?

- Juste le temps de la récréation, ça va tuer personne, si ? »

Bon, ce relou va pas m'lâcher tant que j'lui laisserai pas une chance de m'parler...

Le garçon remarqua dans le regard de Stéphan que celui-ci était sur le point de céder un peu de terrain.

« J'm'appelle Antoine, dit-il, et toi, de c'que j'ai compris, c'est Stéphan, c'est ça ? »

Le garçon se contenta de répondre d'un acquiescement de la tête.

« Tu connais des gens dans notre classe ? interrogea Antoine.

- Ouais, y'a juste deux garçons que je connais de vue. Ils étaient dans le même collège que moi.

- Ah ouais ? Et dans le bahut ? » poursuivit l'intéressé.

Stéphan prit un léger instant avant de répondre.

« J'ai pas beaucoup d'amis ici... Mon seul vrai pote s'appelle Eddy, mais il est dans un autre lycée, maintenant.

- Eddy, c'est le gars qui était président des élèves l'an dernier, c'est ça ? Et il a gagné un tournoi d'arts martiaux aussi, j'crois ?

- Ouais, c'est lui. Et toi alors ? Tu vas de groupe en groupe pour sympathiser avec tout le monde ?

- Bien sûr ! J'ai pas honte de l'avouer ! J'aime bien discuter avec les gens, chacun a ses histoires, répondit Antoine avant de demander avec hésitation : et… tu la connais Lisa ?

- Pourquoi tu demandes ça ? Elle t'intéresse ? répliqua Stéphan sur la défensive.

- Moi non, elle est trop inaccessible cette fille. Mais

à la manière dont tu la regardais tout à l'heure, j'me suis dit qu'elle te plaisait. Peut-être que j'me trompe ?

- C'est vrai qu'elle me plaisait beaucoup avant, mais tout ça, c'est de l'histoire ancienne… »

Antoine adressa un sourire amical à Stéphan. Ce dernier, encore sur la réserve, fit mine de ne pas l'avoir remarqué.

« Pourquoi tu dis qu'elle est inaccessible ? poursuivit-il.

- Bah tout le monde veut sortir avec elle, elle peut se taper qui elle veut ! Et on m'a dit qu'elle allait se présenter aux élections de président des élèves cette année, tous les garçons vont voter pour elle, même les filles l'adorent !

- J'savais pas… J'suis pas trop au courant de c'qui s'passe au lycée… Quand Eddy m'en parlait, j'lui faisais vite comprendre que ça m'gonflait…

- Ouais, j'vois ça. Mais tu veux pas m'en dire plus sur toi et elle ? demanda Antoine.

- Y'a pas plus de détails que ça, elle m'intéressait mais c'était y'a plus de cinq longues années, puis du jour au lendemain, j'l'ai plus jamais revue. Enfin… Jusqu'à aujourd'hui…

- Elle est au courant de toute cette histoire ?

- Nan, j'ai jamais eu l'occasion de lui dire. Toute façon, j'sais même pas si j'aurais eu le courage de lui annoncer. J'suis plutôt… Enfin… Pas très à l'aise avec les filles, quoi… » répondit Stéphan.

S'il répète c'que j'lui dis… Il va apprendre à me connaître… se dit-il.

« C'est dommage, t'aurais dû la tenir au courant, elle aurait peut-être craqué pour toi ! Et aujourd'hui, elle te plaît toujours autant ?

- J'sais pas… J'la connais pas…

- Bon, j'vais pas t'embêter plus longtemps avec ça, on va parler d'autre chose. Tu fais quoi dans la vie ? T'as un loisir particulier ?

- Heu… Ouais, je heu... »

Stéphan ne savait pas s'il pouvait aborder le sujet. Puis, il se lança finalement : « J'aime beaucoup les arts martiaux. »

Antoine le regarda stupéfait, il n'aurait jamais pensé qu'il était le compagnon d'entraînement d'Eddy. Il demanda avec engouement quel art martial ils pratiquaient.

« Disons qu'on n'pratique pas qu'un seul art martial.

- Alors ça doit être vraiment sérieux ?

- Pour moi ouais, c'est très sérieux ! s'exclama le jeune homme. J'm'entraîne plusieurs heures par jour. J'ai même une compétition le mois prochain.

- Tu dois avoir un niveau de ouf ! J'ai beaucoup de respect pour les personnes comme toi qui vont au bout des choses ! »

Stéphan voulut répondre mais fut interrompu par la sonnerie. Les deux garçons ramassèrent alors leur sac pour rejoindre leur classe.

Le soir, avant de rentrer chez lui, Stéphan décida de faire une escale par l'hôpital pour rendre visite à Eddy.

« Alors, c'était comment ta première journée de terminale ? lui demanda le blessé.

- Ça s'est très bien passé ! Mon professeur principal, M. Paco, a l'air super sympa. Et tu sais quoi ? Tu vas halluciner mais dans ma classe, y'a pas encore d'élève qui m'énerve, c'est bon signe ! dit-il pour plaisanter. J'me suis même fait un ami, enfin, pour l'instant c'est juste une connaissance, mais il a l'air sympa. J'essaierai de t'le présenter un d'ces quatre, si l'occasion se présente...

- Ah bon !? coupa son ami, énormément surpris par ce qu'il venait d'entendre. Quel est le nom du miraculé qui a réussi à obtenir ton amitié ?

- Arrête de t'foutre de moi ! J'suis pas si horrible. Il s'appelle Antoine, il est venu me voir et on a discuté de tout et de n'importe quoi, répondit Stéphan, un peu joyeux.

- J'suis content pour toi, vraiment ! Ça fait plaisir de t'voir de bonne humeur !

- Et toi alors, ça s'arrange ces blessures ? Et les cours par correspondance, c'est c'que tu attendais ?

- Ah oui ! Moi, ça va. Chaque jour j'me porte un peu mieux, bientôt je vais pouvoir me déplacer en chaise roulante. Sinon à part ça, les cours par correspondance, j'dois avouer que ça me plaît bien. J'ai pas de prof sans arrêt derrière moi. »

La discussion se poursuivit d'elle-même sur une vingtaine de minutes. Stéphan raconta sa journée dans les moindres détails, pourtant, il omit de lui parler de Lisa ; l'idée de repartir dans une discussion sur ses amourettes de jeunesse ne l'enchantait guère. Il se fit la remarque qu'il lui en parlerait à la prochaine opportunité.

« À part ça, j'voulais te demander si tu comptais toujours participer à la compétition qui se passera ici à Méthée ? demanda Eddy.

- Bah bien sûr !

- Y'aura les autres clubs aussi ?

- Ouais, mais cette fois-ci ce sera pas vraiment une compétition comme les autres. On fera beaucoup de démonstrations et c'est seulement à la fin que s'déroulera un petit tournoi. Et elle concernera que les pratiquants de Jeet Kune Do.

- Ça doit valoir le coup d'y aller !

- Mais tu pourras venir comme spectateur ? demanda Stéphan.

- J'pense que oui. D'ici là, j'pourrai me déplacer en fauteuil roulant, ça me permettra de quitter enfin cet hôpital et de rentrer chez moi… »

Chapitre 11 : 11 septembre 1990

Les Élections

« T'es allé voter ? demanda Antoine.

- Nan, pas encore, répondit Stéphan. J'attends que Lisa fasse son discours avant.

- Mais allez, arrête ! Tu sais qu'tu vas voter pour elle ! »

Les deux lycéens se dirigèrent vers la salle de conférence où les différents candidats au poste de président des élèves allaient faire leur dernier discours. Les votes étaient ouverts depuis les premières heures de la matinée, toutefois, Stéphan préférait savoir ce que Lisa avait à dire avant de se décider. Lors des élections précédentes, celui-ci ne s'était même pas donné la peine de se déplacer dans les isoloirs, pourtant, cette fois-ci, Antoine avait trouvé les mots pour le convaincre.

La première semaine de cours s'était écoulée très rapidement et Stéphan ne s'était pas rendu compte qu'il n'avait pas eu une minute à accorder à Eddy. Hormis un coup de téléphone en coup de vent la veille pour s'assurer que tout allait bien, le jeune homme n'avait toujours pas pu lui faire part de son enthousiasme en découvrant que Lisa était dans sa classe.

Les deux élèves de terminale se dirigèrent vers la salle de conférence, et, sur les conseils d'Antoine, Stéphan intercepta Lisa à l'entrée pour lui souhaiter bonne chance. Il fut vite rattrapé par sa timidité quand il se hasarda à lui faire un compliment. Les mots se perdirent dans sa bouche et sa phrase n'avait d'autre sens qu'un bref bafouillage. Lisa, amusée par la situation, lui fit le sourire de celle qui était candidate puis lui adressa un merci avant de s'éclipser avec son groupe d'amies.

« Bah allez, c'est déjà ça ! fit Antoine en lui adressant

une tape dans le dos.

- Tu parles, j'ai été ridicule, elle doit me prendre pour un looser…

- Un looser qui va voter pour elle ! »

Stéphan préféra ironiser la situation plutôt que de remuer le couteau dans la plaie. Ses chances avec elle étaient très minces, il le savait, et c'est pourquoi il ne cherchait pas vraiment à lui plaire. Le fait d'exister à ses yeux était déjà une forme de victoire.

La salle de conférence commençait à se remplir et les deux garçons n'attendirent pas une minute de plus pour s'installer. Les élections qui avaient lieu tous les deux ans attiraient l'ensemble de l'établissement. Entre ceux qui prenaient ça pour un concours de popularité, ceux qui voulaient soudoyer l'élu pour qu'il ferme les yeux sur leurs activités et le personnel administratif qui voulait influencer les élèves dans leur vote, chacun y trouvait son compte.

La salle de quatre cents places était trop petite pour contenir l'ensemble de l'établissement, les discours étaient donc retransmis en direct dans l'enceinte du lycée, rares étaient ceux qui se désintéressaient de l'évènement.

Stéphan jeta un œil autour de lui et découvrit la bande de Mike et de ses acolytes au fond de la salle. Ils riaient fort pour se faire remarquer, c'était comme un acte pour marquer leur territoire. Le garçon reconnut l'un d'eux : Benjamin, avec qui il avait eu une rixe au collège avant d'obtenir une exclusion temporaire. En observant avec plus d'attention, il crut reconnaître une fille qu'il avait déjà remarquée ; les cheveux rouges, un manteau en cuir. D'un coup, son regard croisa celui de Mike, le chef de la bande. Intimidé par sa prestance, Stéphan détourna le visage. Bien qu'il savait se défendre, il était préférable pour lui de ne pas avoir de problèmes dans le lycée.

« Qu'est-ce qu'y a ? » lui demanda Antoine.

L'adolescent n'avait pas remarqué qu'il s'était à moitié retourné sur sa chaise pour regarder derrière lui.

« Le gars là, Mike, qu'est-ce qu'il vient foutre ici ? demanda-t-il.

- J'sais pas trop… J'crois qu'il vient s'assurer que le nouveau président des élèves ne soit pas trop regardant sur ses trafics… Eddy a fait de bonnes choses en tant que président, mais il osait pas se mêler d'histoires comme ça.

- Ah ouais ?

- C'est ton pote, tu devrais l'savoir…

- J't'avoue que j'me suis jamais vraiment intéressé à la vie du lycée. Tu sais quoi, j'étais même pas venu le jour des discours et des votes l'an dernier… »

La proviseure, madame Adrianne, interrompit les conversations des spectateurs pour annoncer que les discours allaient commencer. La première candidate n'était pas spécialement populaire mais son dynamisme et son envie de faire bien lui valurent beaucoup d'appréciations. Le fait qu'elle soit en seconde était un avantage pour elle. Le vainqueur était élu pour une période qui pouvait s'étendre jusqu'à deux ans s'il ne quittait pas le lycée pour une réorientation ou une admission aux études supérieures. La jeune fille termina son discours sous des applaudissements et rejoignit son groupe de supporters après de nombreux remerciements. Puis, vint le candidat qui avait perdu l'année précédente face à Eddy. Il arriva du fond de la salle de conférence et, quand Stéphan l'aperçut, il ouvrit grand les yeux de stupéfaction. Il le reconnut immédiatement et ne put s'empêcher de glisser une insulte entre ses lèvres.

« Tu l'connais ? fit Antoine en voyant sa réaction.

- Ouais, c'est Arnold Hérauld. On peut pas dire qu'on soit vraiment ami…

- J'vois qui c'est, il fait partie de la bande de Mike

depuis peu. Méfie-toi d'eux, même si tu sais t'battre, ils rigolent pas.

- T'inquiète, c'est pas lui qui m'fera peur… »

Arnold monta sur les estrades, salua nonchalamment la proviseure et le personnel administratif avant de s'arrêter devant le pupitre où était posé un micro.

« Salut tout le monde ! s'exclama-t-il d'une voix très rassurée. Bon, pour moi ça va être rapide. Les choses marchaient bien jusque-là, j'vois pas pourquoi on changerait ! Eddy a mis en place plein de clubs et de projets, c'est ça qu'les lycéens veulent… Si vous votez pour moi, j'vous promets que rien n'changera par rapport à l'an dernier. Allez, à tout à l'heure aux urnes ! Ah oui… Et votez pour moi ! »

Il y eut un bref silence à la fin du discours tant les spectateurs ne s'attendaient pas à ce qu'il soit si court. Puis, quelques-uns applaudirent. Un mélange entre l'enthousiasme des acolytes de Mike et la formalité du personnel administratif. Arnold retourna à sa place en adoptant une attitude victorieuse.

Dans la foulée, la proviseure appela Lisa Mineaut pour entendre le dernier discours. Celle-ci se leva de sa chaise, respira profondément avant de se diriger d'un pas ferme vers le pupitre. Le discours de celui qui l'avait précédée l'avait mise hors d'elle, tout n'était que mensonge.

« Non ! fit-elle sans préambule. Beaucoup de choses sont à changer dans cet établissement ! Eddy était, certes, un très bon président des élèves en ce qui concerne la vie lycéenne et l'aide aux affectations et je continuerai dans cette voie ! Mais il ignorait totalement les problèmes liés à la sécurité, aux trafics, aux rackets, aux agressions, aux menaces, aux vols, à la dégradation des infrastructures, aux représailles et la liste est encore longue ! Car bien sûr, les auteurs de ces délits sont assez malins pour ne jamais se faire attraper et rester bien planqués dans l'ombre ! »

Lisa n'hésita pas à fixer Mike droit dans les yeux, chacun savait qui étaient visés. Celui-ci affichait un petit sourire en coin face à la pugnacité de son adversaire. Il éprouva même de l'admiration pour son courage.

« Cette situation de peur nous empêche d'étudier dans de bonnes conditions ! poursuivit-elle, toujours avec le même ton engagé. Il est hors de question de fermer les yeux plus longtemps. Je propose de mettre en place un système de messages anonymes qui permette à chacun de dénoncer ce qu'il sait, ce qu'il a vu ! On pourra ainsi être plus vigilant. De plus, je ferai en sorte qu'un agent de sécurité soit en permanence devant le lycée ! Et enfin, il devient impératif d'installer des caméras de surveillance à l'intérieur même du bahut ! D'après une première estimation, elles pourraient être financées en six mois grâce à la vente de gâteaux à la pause de dix heures. »

Tout en disant ces mots, elle brandit une feuille où étaient inscrits tous les calculs nécessaires.

« Si vous faites de moi la prochaine présidente des élèves, je vous promets de pouvoir étudier et vivre dans de bien meilleures conditions ! »

Le discours fut suivi d'une vive clameur de la part des spectateurs. Certains se levèrent de leur chaise pour l'applaudir et la soutenir. Cela faisait tellement longtemps qu'ils attendaient que quelqu'un se dresse face à la bande de Mike. Lisa remercia maintes fois ces supporteurs, toutefois, elle savait que rien n'était joué d'avance. Par le passé, Mike avait prouvé plusieurs fois qu'il savait corrompre n'importe qui.

« Whoua ! C'qui est sûr, c'est qu'elle a pas froid aux yeux ! lança Antoine.

- J'veux bien te croire, elle a un sacré tempérament… »

Les deux lycéens suivirent le mouvement de la foule

pour aller rejoindre les urnes. Les cours de l'après-midi avaient été supprimés au profit des élections.

« Bon, cette fois-ci, tu vas pas me dire qu'tu sais pas pour qui voter ?

- J'le sais depuis l'début, j'voulais juste une confirmation ! s'exclama Stéphan. J'savais qu'elle avait quelque chose en plus cette fille. T'as vu comment elle les a fixés sans relâche ?

- Qui ça ? Tu parles des Guerriers Fous ?

- *Des Guerriers* quoi ? répondit le garçon en s'esclaffant de rire.

- Ouais, j'sais pas pourquoi ils s'donnent ce nom chelou… Mais j'peux te dire que les gens en ont bien peur… »

Stéphan le regarda avec de grands yeux d'étonnement, il était dans ce lycée depuis deux ans et jamais rien de toutes ces histoires n'était venu jusqu'à lui. Il savait que Mike et sa bande faisaient la loi dans le lycée, mais à vrai dire, il ne s'y était pas intéressé plus que ça.

« Lisa a encore plus de mérites à faire c'qu'elle fait ! poursuivit-il. Elle est la seule à dresser une barrière face aux… *Guerriers Fous*…

- Si j'te connaissais pas, j'serais tenté de croire qu'elle te plait… répliqua son ami qui ne cacha pas le sous-entendu.

- Oh arrête, j't'ai déjà tout raconté…

- Justement ! »

Antoine lui adressa un sourire complice, il savait que c'était un sujet sur lequel il pouvait taquiner son ami. Dans la file d'attente pour voter, des groupes de lycéens scandaient le nom de Lisa tandis que les supporteurs d'Arnold n'hésitaient pas à chanter plus fort qu'eux des hymnes victorieux.

L'après-midi s'écoula lentement et Stéphan n'en

pouvait plus d'attendre les résultats. Malgré une pause déjeunée copieuse, il avait la sensation qu'une boule lui martelait le ventre. De son côté, Antoine était allé rejoindre un groupe d'amis avec qui Stéphan préférait garder ses distances. Ce dernier avait expliqué à Antoine qu'il n'avait rien contre son entourage mais qu'il aimait aussi la solitude et qu'avoir trop de monde autour de lui l'étouffait. Le jeune garçon se tint légèrement à l'écart de la foule qui envahissait le hall du lycée. D'où il se situait, il pouvait parfaitement voir la scène où seraient délibérés les résultats. Chaque fois qu'il assistait à un évènement de la sorte, il ne comprenait pas pourquoi les gens avaient besoin de s'agglutiner les uns sur les autres, de s'écraser contre le devant de la scène. D'un coup, Mike et sa bande passèrent devant lui avec leur cortège de railleries. Stéphan put distinguer parmi les paroles le nom de Lisa. Sans la moindre ambiguïté, le groupe n'hésitait pas à montrer du mépris pour la candidate adversaire. Pour Stéphan, il était évident que ce manque de respect avait pour but d'intimider les élèves pour influer leur vote. Il les regarda fixement sans une once de peur dans les yeux. Pour la première fois, il éprouvait de la colère envers eux. Jusque-là, il s'était contenté de trouver leur comportement puéril et stupide. Toutefois, l'insolence et la lâcheté étaient deux notions qui le mettaient hors de lui. Son regard croisa celui de la jeune fille qui était en permanence accrochée au bras de Mike. Elle était toute vêtue de noir et de rouge. La jeune femme dégageait une froideur qui allait de pair avec ses yeux perçants. Quand elle aperçut Stéphan, étrangement, elle lui adressa un sourire. Un sourire qui était entre l'intimidation et la sensualité. L'adolescent, qui ne s'attendait pas à cette réaction de la part de la jeune fille, ne sut que répondre. Il fut coupé dans sa réflexion par une annonce au micro :

« Voici le moment que vous attendez tous depuis des

heures ! fit madame Adrianne qui se prit au jeu de l'animation. Nous avons dû recompter plusieurs fois car nous avons rencontré quelques problèmes au moment de récupérer les bulletins de vote. »

Les lycéens étaient tellement excités que la proviseure dut leur demander plusieurs fois de garder le calme. Après un instant, elle reprit la parole :

« Je dois vous annoncer que nous avons rarement eu autant de mobilisations pour un candidat et j'en suis très satisfaite. Je suis sincèrement très fière et très heureuse que la succession d'Eddy Jammy, qui n'a pas pu être avec nous aujourd'hui, sera faite par… »

Elle marqua un temps de suspense.

« Lisa Mineaut ! » déclara-t-elle.

L'annonce fut suivie d'une immense clameur de la part des lycéens. Ils tapèrent dans leurs mains, frappèrent du pied, crièrent le nom de la gagnante. Lisa sauta dans les bras de ses amies en hurlant de joie. Les choses allaient changer ! À peine eut-elle le temps d'embrasser sa meilleure amie que la foule se rua vers elle pour la féliciter, l'enlacer, lui serrer la main. Elle avait l'habitude qu'on vienne facilement vers elle tant sa beauté fascinait les hommes, pourtant, l'amour qu'on lui offrait ce jour-là était tout autre. Sa popularité était un subtil mariage entre l'espoir que les choses aillent mieux et le respect de sa persévérance. Des têtes défilaient devant elle, des mots, des encouragements. Puis, d'un coup, elle tomba face à quelqu'un qu'elle reconnut, il était dans sa classe et l'avait encouragée avant son discours. Et si sa mémoire ne lui faisait pas faux-bond, il lui semblait qu'ils s'étaient déjà côtoyés en primaire. Il s'appelait Stéphan Sentana. Le jeune homme se dressa devant elle, l'air embarrassé, comme s'il ne savait comment réagir face à elle. Le mouvement de foule rapprocha les deux adolescents l'un vers l'autre. Lisa, sans se l'expliquer, embrassa sur la joue le jeune homme l'espace d'un bref instant avant que la masse de lycéens ne l'emporte vers d'autres félicitations.

Le jeune homme resta là, étonné. Avait-elle fait ça pour le remercier ? Il n'en savait rien. Sa pensée partit immédiatement sur autre chose. Une étrange chaleur au fond de lui, qu'il ne put décrire, s'exprima par un sourire discret.

Chapitre 12 : 12 septembre 1990

Le Bizutage

« Bon les gars, c'que j'vais vous demander d'faire pour intégrer la bande est très simple, lança Mike à une dizaine de garçons de seconde. Vous avez dix minutes pour rentrer dans c'magasin et piquer tout c'que vous pourrez, 'foutez le bordel si vous en avez envie… Si vous vous faites choper, j'vous déconseille de balancer mon nom. Toi, qu'est-c'que tu dis si les flics te demandent ? »

Il s'arrêta devant une jeune recrue en le fixant longuement du regard. Sa présence en imposait par sa voix dure, son autorité naturelle et sa détermination. Le garçon de seconde en face de lui répondit très intimidé qu'il ne dirait rien aux flics sur le lien qu'il avait avec la bande des Guerriers Fous.

« Une dernière indication, poursuivit le chef, celui qui sortira en dernier sera pas accepté dans le groupe. Il aura même intérêt à partir vite… »

Les jeunes nouveaux acquiescèrent tous de la tête, un certain silence avait envahi le groupe. Parmi eux, un garçon d'une carrure démesurée s'était fait remarquer. C'était parfaitement le genre de membre que souhaitait Mike ; quelqu'un qu'il pourrait envoyer quand ça chauffait.

« Allez-y les gars, et m'décevez pas ! »
lança le chef.

Les candidats aux bizutages se ruèrent vers le magasin d'agroalimentaire. Sa surface était suffisamment importante pour se séparer et s'occuper individuellement d'un rayon. Mike et ses acolytes ricanaient déjà à l'idée que certains se fassent attraper. Tous avaient connu le même genre d'épreuve avant d'intégrer le gang. Child avait dû grimper au sommet d'une grue en entrant par effraction la nuit, Benjamin, lui, avait déclenché les alarmes du lycée trois fois au cours de la même journée et, enfin, Arnold n'était pas en reste avec le jet de pierres qu'il avait été contraint de faire sur les fenêtres de la résidence de la proviseure. De son côté, Sara, qui avait fini par rejoindre la bande, avait eu un autre traitement. Mike ne savait pas comment aborder cette fille tout aussi attirante que mystérieuse. Il avait alors décidé de tester ce qu'elle valait vraiment en lui imposant un test particulièrement risqué. À la sortie du lycée, à la faveur de la nuit, Sara dut voler un scooter dans le garage. Après une longue hésitation de plusieurs semaines, elle s'était lancée dans l'aventure curieuse de voir ce que cela lui réserverait. Au cours des mois qui suivirent, elle avait préféré se montrer discrète pour ne pas attirer l'attention des professeurs ni entrer en conflit avec les autres filles du gang.

« Qu'est-ce qui t'prend d'un coup d'vouloir

recruter des secondes ? demanda Child à son chef. T'as toujours été contre···

– Lisa va bien nous emmerder maintenant qu'elle est présidente. Elle veut s'la jouer à pas avoir peur de nous, elle va vite comprendre qu'on veut pas d'elle quand tous les lycéens seront derrière moi !

– Tu vas recruter tout le monde ?

– Plus on est de fous, plus on rit, nan ? »

La bande de Mike se mit à rire. L'élection de Lisa avait provoqué une certaine tension au sein du groupe en divisant ceux qui étaient décidés à la chasser de son poste et ceux voyant là la fin de leurs activités.

« Elle a l'soutien de la direction et même d'la mairie, j'ai vu ça dans le journal régional. Qu'est-ce qu'on va faire quand y'aura des flics à la sortie ? Hein ?

– Y'aura pas de flics, rétorqua Mike. On va la dégager avant qu'elle fasse quoi qu'ce soit !

– Ça, c'est le genre de réaction que j'aime ! » lança Sara qui ne prenait que rarement la parole.

Le groupe s'arrêta, les yeux rivés vers elle. De par sa nature réservée, elle n'avait jamais vraiment su qu'elle était sa place ici. L'insistance de Mike avait fini par la convaincre qu'elle avait quelque chose à y gagner. Et au fond, c'était peut-être ça qu'elle cherchait : l'excitation du moment où on ignore comment la situation va tourner.

« Pour qui tu nous prends ? répliqua

Cassandra, l'une des filles de la bande depuis le premier jour. Tu crois qu'on est du genre à s'laisser traiter comme d'la merde ?

– J'ai jamais dit ça, pourquoi tu···

– Nan mais t'as l'air d'nous prendre pour des bouffons ! Tu sais, normalement quand on fait partie d'la bande, on peut plus partir ! Mais pour toi on peut faire une exception, si tu flippes déjà !

– Hey ! À quoi vous jouez là ? Vous croyez qu'c'est le moment d's'embrouiller ? Y'a pas plus important ? »

Les deux adolescentes restèrent silencieuses. Sara jeta un regard noir à sa rivale qui lui répondit par un sourire victorieux. Elle venait de viser là où ça faisait mal : sa légitimité au sein du gang. Cassandra était, jusqu'à peu, la seule fille à être acceptée par Mike et elle vivait très mal l'arrivée d'une seconde. Pourtant, il lui était très difficile de s'élever contre la volonté du chef envers qui elle avait un profond respect. Elle avait en mémoire l'époque où un certain Guillaume était le plus populaire du lycée, c'était il n'y a pas plus de deux ans. Toutes les filles étaient folles de lui, les garçons le copiaient et les professeurs l'admiraient tant il excellait dans toutes les matières ; le sportif beau gosse qui séduit par l'humour. Il était alors le modèle à suivre qui avait permis d'installer une certaine harmonie au sein de l'établissement. Mais pour Cassandra, cette période était l'horreur. Tout était calme, sans aventure, sans saveur. Elle fut sauvée par l'arrivée, en cours de seconde, de Mike, un garçon qui venait des quartiers nord de Méthée. Très rapidement les règles avaient changé, il avait très bien compris comment fonctionnaient les adolescents. En quelques semaines, sa réputation lui apporta ses premiers acolytes. Mike était ensuite passé à la phase deux de son plan. À la sortie du lycée, alors que tous les lycéens avaient été prévenus qu'il se passerait quelque chose sur le parvis, Mike avait fait en sorte que Guillaume soit au milieu de la foule. Ses complices avaient pris soin de bloquer les portes de l'établissement pour empêcher les surveillants de sortir. D'un coup, Mike avait bondi sur Guillaume pour lui régler son compte, et faire un exemple. En l'espace d'une vingtaine de secondes, il l'avait réduit en miettes. Le sang coulait sur les dalles du parvis du lycée. Il pleuvait des cris couverts par le grondement de tonnerre des Guerriers Fous qui s'extasiaient. La bagarre avait provoqué un véritable traumatisme chez les jeunes tandis que d'autres en avaient profité pour casser tout ce qui leur tombait sous la main ; Cassandra aux premières loges. Mike avait disparu aussitôt après avoir glissé une dernière phrase :

« Celui qui balance, il connaîtra l'même sort··· »

L'omerta s'était alors mise en place à ce moment précis. Quand les surveillants parvinrent à débloquer les portes pour se ruer sur les lieux, pas un témoignage, pas un indice. Le vent avait tout balayé. Par la suite, Mike avait absorbé toutes les petites bandes qui sévissaient ici et là pour en faire une seule dont il serait à la tête.

« Bon, qu'est-ce qu'ils foutent ? fit Arnold. Ça fait une plombe qu'ils sont partis !

– T'excite pas, tu crois qu'les vigiles les ont laissés faire quand ils ont débarqué à dix ?

– C'était ça ton plan ? Les jeter dans la gueule du loup ?

– J'voulais surtout voir ceux qui en ont assez dans l'froc pour envoyer chier les vigiles » répondit Mike, fixant l'entrée du magasin.

Ses amis rirent longuement, ils appréciaient particulièrement la psychologie de leur chef qui consistait à prévoir plusieurs coups à l'avance ce qu'il recherchait.

« Tiens, y'en a un qui sort du magasin, fit Child. Il a des trucs dans les mains. »

Le groupe reconnut immédiatement le premier vainqueur du test, il s'agissait du garçon dont la corpulence était nettement supérieure à la moyenne de son âge. Il arriva d'un pas fier vers eux, mastiquant quelque chose dans la bouche.

« Quelqu'un en veut ? » lança-t-il à leur approche.

L'adolescent tendit vers eux un sachet de

pains au chocolat. Dans son autre bras, il tenait des paquets de gâteaux et de bonbons.

« Ils sont où les autres ? J'suis le premier ?

– Ça m'en a tout l'air ! répondit Mike, l'air satisfait. Félicitations ! Tu fais partie de la bande !

– Les vigiles ont rien dit ? demanda Child.

– Quels vigiles ? Les gars osaient même pas m'regarder ! »

L'attitude flegmatique du garçon plut à Mike, c'était parfaitement le membre qu'il attendait : un bon soldat puissant prêt à tout pour obéir au chef. Les paquets de gâteaux s'échangèrent de mains en mains, les rires éclataient tandis que les autres candidats au test arrivaient par vague. Comme convenu, le dernier se fit jeter au sol et insulter. Il était hors de question de garder les perdants, ceux qui n'avaient rien dans le ventre. Le vainqueur, décidé à montrer sa fidélité à son chef, assomma le perdant d'un coup de poing. Mike l'observa, il sentit la montée en puissance de son gang et l'importance de son autorité face à ce garçon qui lui montrait un tel respect.

D'un coup, des sirènes de police se firent entendre au coin de la rue. Des lumières de gyrophare qui dansaient sur les façades des immeubles se rapprochèrent furtivement. Sans attendre, la bande de Mike s'éparpilla dans tous les coins pour échapper à la garde à vue. Des insultes fusèrent, des bras d'honneur se tendirent bien haut. Chacun connaissait tant les recoins de la ville qu'il devenait impossible de leur mettre la main dessus.

Mike, qui était un athlète né, n'eut aucun mal à distancer la bande. Il jeta un œil derrière lui pour s'assurer que tout allait bien. Là, il aperçut Sara à une dizaine de mètres derrière. Sans réfléchir aux conséquences, il s'arrêta net, tourna les talons et fonça aussitôt vers elle. Le garçon lui agrippa la main avant de repartir dans l'autre sens. Son aller-retour lui avait valu la poursuite d'un agent de police. Mike accéléra le pas et pénétra dans un petit chemin pour disparaître dans la nuit. Il en connaissait tous les embranchements et savait quel parcours suivre pour semer n'importe qui.

Après quelques minutes, ils s'arrêtèrent, essoufflés. Sara le remercia à maintes reprises, c'était la première fois qu'elle était confrontée à ce genre de situation. C'était un mélange de terreur et de plaisir procuré par l'adrénaline.

Mike entendit des pas derrière eux. Se retournant vivement, il fut soulagé en apercevant le garçon vainqueur du test.

« Tu nous as suivis ? fit-il.

– Je··· J'voulais pas qu'il vous arrive quelque chose » répondit l'adolescent entre deux bouffés d'air.

C'était exactement la réponse qu'il attendait de l'un de ses sbires. Il sentait que non seulement l'élection de Lisa n'allait rien changer pour eux, mais qu'en plus ils venaient de franchir une nouvelle étape. Le gang avait désormais assez de notoriété pour déclencher la peur jusqu'au poste de police.

« Tu sais, reprit Mike, je t'ai trouvé un nom dans la bande : Le Colosse ! »

Chapitre 13 : 8 octobre 1990

Nouvelle chance

Eddy était allongé sur la banquette arrière de la voiture. Cela faisait maintenant deux semaines qu'il était sorti de l'hôpital, il n'aurait pu y passer un jour de plus. En attendant une place libre dans un centre de rééducation, il était contraint de rester chez lui. Son accident l'avait suffisamment handicapé pour ne pas pouvoir retrouver son autonomie. Ne pouvant plus franchir les escaliers pour accéder à sa chambre, sa mère avait loué un lit d'hôpital pour l'installer dans le salon. La seule occupation qui remplissait ses journées était la télé en ayant le sentiment qu'il croupissait à l'ombre tandis que le monde continuait sans lui.

Ce jour-là était enfin sa première sortie depuis sa blessure. Bien que les médecins avaient conseillé qu'il reste alité au lit, sa mère, de son côté, l'avait autorisé à quitter la maison pour qu'il puisse encourager son meilleur ami à la compétition de Jeet Kune Do. Elle savait à quel point il était difficile pour Eddy de rester inactif.

Au volant de la voiture, elle demanda aux deux garçons si tout allait bien. Eddy répondit qu'il avait hâte d'y être. Puis il jeta un œil à Stéphan qui préféra garder le silence. Les compétitions lui faisaient toujours le même effet, toute son attention était portée vers les combats qui l'attendaient.

Arrivés là-bas, aidé de sa mère, Eddy s'installa avec difficulté dans son fauteuil roulant. Avec son bras et sa jambe cassés, il tirait à chaque fois une grimace de douleur au moment de manœuvrer son attirail.

« Tu veux que j'te pousse ? » demanda Stéphan.

Eddy voudrait répondre qu'il pouvait se débrouiller

seul ; être un fardeau pour les autres lui était insupportable. Toutefois, au vu son état, il accepta malgré lui l'aide de son ami.

« Je te fais confiance, Stéphan, indiqua la mère d'Eddy. Je viendrai vous chercher vers dix-huit heures. »

Ils la remercièrent puis entrèrent dans le gymnase.

Après plusieurs détours de pentes légères, les deux adolescents arrivèrent dans la salle principale. Elle était loin d'être aussi impressionnante que celle du gymnase de Coubertin, pourtant, Stéphan avait une affection toute particulière pour cette salle où il avait sué chaque jour dans le but de frapper encore plus fort. Il avait passé des heures et des heures à se défouler sur un sac de frappe quand les images de Jack venaient le hanter.

« Regarde, y'a déjà les autres participants dans leurs tenues de démonstrations » lui fit remarquer son ami, en montrant du doigt un groupe de jeunes gens.

Stéphan installa rapidement Eddy à sa convenance, puis de peur d'être en retard, alla directement dans les vestiaires pour se changer.

Quand il revint, il remarqua un nombre accru de spectateurs dans la salle par rapport aux années précédentes. Après un coup d'œil plus attentif, il comprit que des élèves de son lycée étaient venus assister à la compétition. Il sentit alors son cœur palpiter avec plus d'intensité. Parmi la foule, un garçon l'aperçut et vint aussitôt à sa rencontre ; il s'agissait de son nouvel ami, Antoine.

« Salut, tu vas bien ? lui lança-t-il.

- Ça va… Enfin j'commence à avoir un peu le trac avec l'arrivée des gens du lycée. Comment ils ont été au courant ? demanda nerveusement le compétiteur.

- C'est moi, pourquoi ? Il fallait pas ?

Stéphan émit un soupir.

- J'préfère qu'ça reste un peu… secret… Tu vois ?

- Ah ! J'suis désolé, vraiment ! répondit Antoine, navré. Tu m'avais dit que t'y participais, j'voulais voir comment tu te débrouillais. Et puis, j'me suis dit qu'ça serait plus amusant si j'venais avec du monde, pour t'encourager. Tu comprends ? Tu veux que je leur dise de…

- Nan, nan, c'est pas grave, ça partait d'une bonne intention, j'comprends… De toute manière, j'les connais même pas ces gens-là ! Allez, viens avec moi, j'vais t'présenter mon meilleur ami.

- J'te suis ! » répondit Antoine en enchâssant le pas.

Stéphan jeta un œil vers les gradins et aperçut Eddy en pleine conversation avec d'autres jeunes de la ville. Le contraire l'aurait étonné.

« Ed', lança Stéphan quand celui-ci fut disponible, regarde qui j'ai croisé ! Antoine, mon pote du lycée. »

Puis, il présenta Eddy à son tour. Les deux garçons se serrèrent la main.

« Comment vous vous êtes retrouvé dans une chaise roulante ? demanda Antoine.

- J'me suis fait renverser par une voiture, mais ça va mieux. T'sais, on a le même âge, tu peux m'tutoyer ou même m'appeler Ed' !

- Ouais, mais j'suis impressionné ! Stéphan m'en a dit tellement sur vous, heu... j'voulais dire *sur toi*. »

Stéphan et Eddy s'amusèrent de la maladresse d'Antoine, puis celui-ci poursuivit :

« Il m'a raconté qu'c'était toi qui l'avais entraîné aux arts martiaux et que t'avais gagné le grand tournoi de Paris. C'est dingue !

- Beaucoup d'mérite revient aussi à Stéphan, c'est lui mon meilleur compagnon d'entraînement ! » répliqua le garçon, gêné par tant de compliments.

Tous trois discutèrent ainsi jusqu'au début de la compétition. Antoine rejoignit alors son groupe tandis que Stéphan fut obligé de se présenter sur les tatamis avec les autres pratiquants de Jeet Kune Do.

Les premières démonstrations étaient des mouvements de self-défense. Un individu fit semblant d'agresser une personne puis celle-ci montra ce qu'elle pourrait faire pour se défendre. Stéphan ne fit pas partie de cette démonstration, il se chargeait de représenter les différents coups de pied et coups de poing de son sport. Des personnes vinrent accrocher un sac de frappe au milieu de la salle, cela signifiait que c'était à lui de jouer. Il se dirigea d'un pas hésitant vers le sac.

Toute ma classe me regarde, bordel ! 'Faut absolument qu'je fasse une belle prestation, se dit Stéphan.

Il se mit en garde devant le sac de frappe et débuta par de petits coups de poing pour s'échauffer. Puis, il frappa de plus en plus fort. Le sac bougea de tous les côtés sous le bruit des impacts. Les bras de Stéphan se déplacèrent de plus en plus rapidement, il donna toutes sortes de coups de poing qu'il connaissait : direct, crochet, uppercut, revers !

Il s'arrêta un instant, se reposa une dizaine de secondes, puis reprit aussitôt. Cette fois-ci, il laissa parler ses pieds, toujours plus fort, plus rapide. La puissance de ses coups était hallucinante. À chaque coup porté, le sac s'envola presque parallèlement au plafond.

Quand Stéphan finit sa prestation, les spectateurs l'ovationnèrent à n'en plus finir. Les gens de sa classe tentèrent d'applaudir plus fort les uns que les autres, ils l'acclamèrent : « Stéphan ! », « T'es l'meilleur ! », « Montre-nous encore ce que tu sais faire ! »

Les encouragements lui arrachèrent un sourire ; enfin une forme de récompense ! Pourtant, une pensée lui traversa aussitôt l'esprit et ferma instantanément son visage.

Qu'est-ce qu'ils m'veulent, ceux-là ? J'les connais

pas et j'leur ai jamais demandé de venir !

Il tourna alors le dos au public et rejoignit les autres combattants.

Quand les démonstrations furent terminées, Stéphan ramassa sa veste pour rejoindre Eddy. Sur le chemin, il se fit intercepter par les élèves de sa classe sous une nuée de compliments :

« Comment t'as fait pour devenir aussi fort ?

- Tu pourras m'apprendre ? »

Le grand pratiquant d'arts martiaux tenta de leur fausser compagnie mais fut stoppé par Antoine qui lui demanda s'il allait participer au tournoi. Il prit un temps puis s'efforça de répondre à son ami :

« Ouais, j'vais y participer…

- On est tous avec toi ! T'es le plus fort, on sait qu'tu vas gagner ! » lança une personne de la classe pour l'encourager.

À ces mots, Stéphan ne put s'empêcher d'afficher un sourire et de tenter d'être plus conciliant.

« Merci » dit-il.

Puis, il s'enfuit aussitôt rejoindre son ami en fauteuil roulant.

« Les gens d'ta classe ont l'air de beaucoup t'apprécier ! » dit Eddy, voyant son ami arriver.

- J'sais, mais moi ça me gêne, répondit-il, un peu nerveusement.

- Tu devrais être content, ils ont l'air super sympas. À ta place, j'serais un peu plus cool avec eux…

- Ouais, mais pourquoi d'un coup ils s'intéressent à moi ? Hein ?

- Bah c'est normal d'aller vers les gens qui ont quelque chose de spécial ! Nan ? Et puis, c'est pas c'que tu cherchais ? Être reconnu dans c'que tu fais ? »

Stéphan baissa la tête et réfléchit.

« Si, mais j'sais pas…

- Allez, t'prends pas la tête, prends les choses comme elles viennent !

- T'as raison… On verra bien… Ils sont venus m'encourager et moi j'les ai envoyés balader. C'est pas sympa d'ma part…

- Dis pas ça, c'est normal d'se sentir un peu oppressé quand on se retrouve au cœur des attentions, fit Eddy.

- Ouais, par contre, j'veux pas qu'ils prennent la confiance ! Tu me connais, j'en veux pas des faux-culs qui sont là quand ça les arrange… »

Eddy soupira.

C'est déjà un bon début, se fit-il comme réflexion. Après quelques secondes, il lui demanda :

« Le tournoi commence dans combien de temps ?

- Ça devrait pas tarder… »

Et Stéphan visa juste, quelques minutes plus tard le tournoi débuta. Il se prépara en mettant sa coquille, ses gants, ses protège-tibias ainsi que son casque de protection. Tout ce matériel était obligatoire pour ce genre de championnat. Ce n'était pas une compétition d'une grande renommée, seulement huit participants y étaient inscrits. Toutefois, le gagnant remporterait d'office sa place pour le prochain grand tournoi de Paris qui aurait lieu dans trois petits mois. Pour l'occasion, le journaliste d'une presse locale, *le Méthéen,* avait fait le déplacement.

Étant sorti dernier au tirage au sort pour le premier tour, Stéphan attendit avec impatience qu'on l'appelle. Le garçon était nerveux et il lui sembla que son cœur battait plus fort à chaque instant. Il examina les autres participants. Les trois premiers affrontements étaient assez beaux et pleins de surprises.

Tout à coup, son nom fut prononcé ! Ça y est, il devait se rendre sur le ring pour montrer ce qu'il avait dans le ventre. Les élèves de sa classe l'applaudirent et l'encouragèrent comme des forcenés. Pourtant, cela ne diminua en rien sa concentration. Il connaissait très bien ses adversaires avec qui il partageait le même club ; il les avait longuement observés.

Le combat débuta rapidement.

Stéphan ne laissa même pas à son adversaire le temps d'attaquer qu'il l'assomma d'un coup de pied agile. La foule ne s'attendait pas à un combat aussi vite expédié et mit un instant pour réaliser ce qu'il venait de se dérouler sous leurs yeux.

Le deuxième tour se déroula presque de la même façon, sauf que cette fois-ci, Stéphan administra deux coups de poing à sa victime. À chaque victoire, les éclats de la foule qui évaluaient sa popularité augmentèrent. Le public l'acclamait de plus en plus et il se retrouva désormais en finale.

Devant lui se trouva Julien, le fils du professeur de Jeet Kune Do. De ce fait, tout le monde disait de lui que c'était le meilleur du club. Mais Stéphan, lui, l'ayant vu plus d'une fois se battre, l'estima piètre combattant. Il lui avait trouvé plusieurs points faibles et se sentit en confiance. Il n'éprouva aucune panique face à ce qui l'attendait et sourit lorsque son adversaire entra sur le ring.

J'vais enfin pouvoir prouver qu'je suis bien meilleur que lui, pensa-t-il.

Dès le début de l'affrontement, Stéphan fit tout son possible pour malmener Julien. Très rapidement, il l'avait déjà touché trois fois au visage sans avoir été touché une seule fois en retour. Julien essaya de se ressaisir mais ne put rien faire face à l'agressivité de son adversaire. Son visage se recouvrit de sang et Stéphan continua de le frapper là où des hématomes apparaissaient déjà. L'arbitre ne siffla toujours pas la fin du match, comme si lui aussi prenait plaisir à mettre en lumière l'imposture de Julien. Ce fut ce dernier, terrassé par la douleur, qui déclara forfait. Stéphan leva le poing au ciel, *j'ai enfin remporté un tournoi !* se dit-il.

Le vainqueur lança un regard sans une once de sympathie au vaincu. Il fut fier de lui, il se tourna vers sa classe qui paraissait être en extase face à sa victoire pour leur adresser un sourire. Puis, le garçon courut rejoindre son ami Eddy. Celui-ci l'enlaça dans ses bras pour le féliciter.

« J'savais qu'tu gagnerais, tu l'mérites ! Et grâce à ça, t'es maintenant qualifié pour le tournoi de Paris ! »

La compétition s'était finie un quart d'heure à l'avance, étant donné la vitesse à laquelle s'étaient déroulés les combats. Aucun organisateur n'avait prédit une victoire aussi expéditive pour l'un des participants.

Le public se dispersa doucement, seul Eddy était resté sur les gradins dans son fauteuil roulant. Puis, Stéphan apparut de nouveau près de lui :

« J'ai pas été trop long ? Le temps d'me doucher et d'me changer, j'pouvais pas faire plus vite, s'excusa-t-il.

- Mais nan ! répliqua son ami. J'sais c'que c'est, moi aussi j'ai eu un emploi du temps de star à une époque ! »

Tout en plaisantant, les deux amis se retrouvèrent maintenant sur le parvis du gymnase en attendant la mère d'Eddy. Autour d'eux s'étaient regroupés les derniers supporters, imposant tour à tour une série de questions au vainqueur :

« T'as commencé quand les arts martiaux ? demanda l'un d'eux.

- Y'a huit ans, répondit le questionné.

- Et t'avais déjà gagné ?

- Ouais, des petites compét'. Mais celle-ci était importante pour moi ! »

Il avait toujours pensé que ce genre de situation le

gênerait davantage mais se prêta finalement de bon cœur au jeu. Il sourit, répondit aux questions et rit quelques fois.

Ça fait plaisir d'le voir comme ça, ça faisait longtemps... se dit Eddy.

C'est dommage, y'a presque toute ma classe sauf Lisa, remarqua Stéphan de son côté.

Au loin, ils virent arriver une voiture ; c'était la mère d'Eddy qui était pile à l'heure. Son fils grimpa dans la voiture avec difficulté, Stéphan l'aida pour replier son fauteuil et le ranger dans le coffre. De son côté, la femme était surprise de voir autant de monde autour d'eux et les deux garçons lui annoncèrent la victoire de Stéphan. Le félicitant d'une bise, elle ajouta qu'ils allaient fêter ça comme il se devait avec ses parents.

La voiture démarra, certains adolescents firent des signes de la main au grand vainqueur qui les rendit avec engouement.

Chapitre 14 : 9 octobre 1990

Popularité

Le lundi qui suivit la compétition, Stéphan se leva en ayant encore en tête les évènements de la veille. Il sentait encore l'impact de ses coups sur le visage de ses adversaires, il entendait résonner dans sa tête l'annonce au micro de sa victoire.

Une quarantaine de minutes plus tard dans le bus scolaire, il vit quelques personnes de sa classe qui lui firent de grands sourires. Il hésita à répondre, puis leur fit un signe de la main discret avant de s'asseoir en laissant une place vide à ses côtés. À l'arrêt suivant, un petit nombre d'élèves monta dans le bus. Stéphan perçut quelques bribes de leurs discussions et crut comprendre qu'ils parlaient de lui. Il tendit davantage l'oreille de curiosité quand, d'un coup, une fille, qui avait assisté au tournoi, prit place à côté de lui.

« Salut Stéphan, tu vas bien ? » lui demanda-t-elle.

Il répondit timidement :

« Heu… Ouais, ça va… »

Habituellement, les gens ne s'asseyaient auprès de lui que lorsqu'il n'y avait plus d'autres places. Les adolescents ne le traitaient pas comme un paria, mais il n'inspirait pas vraiment l'envie de sympathiser. Pourtant, ce jour-là, Stéphan sentait quelque chose de différent dans le regard des autres, comme une envie d'aller à sa rencontre.

Avant ma victoire, personne me parlait ! J'suis sûr qu'ils savaient même pas qu'j'existais… Maintenant qu'ils ont vu de quoi j'étais capable, ils rappliquent tous à mes côtés ! C'est quoi c'bordel ?

À ces pensées, le garçon ressentit une certaine aversion envers la fille assise à ses côtés. Il n'avait aucunement besoin de leur amitié intéressée.

Arrivant au lycée et se dirigeant vers les portes d'entrée, plusieurs personnes de sa classe se bousculèrent pour le saluer. Mais Stéphan, bien décidé à ne pas changer ses habitudes, leur adressa à peine la parole et s'en alla se poser sur un banc en attendant le début des cours.

Pendant la pause de la matinée, il se passa le même phénomène. Des gens inconnus à ses yeux vinrent à sa rencontre :

« Il paraît qu't'as gagné le championnat hier ? lui demandèrent certains.

- On m'a dit que t'étais l'un des meilleurs, tu t'battais comme un ouf ! » lancèrent d'autres.

Stéphan ne sut pas comment réagir face à leur insistance. Avoir autant de monde autour de lui n'avait jamais été ce qu'il recherchait et l'envie de les envoyer balader le traversa. Pourtant, quelque chose le retint. Il se souvint des paroles d'Eddy qui lui demandait de se montrer plus conciliant.

« Alors, c'est vrai ? reprit l'un du groupe.

- Quoi ? Vous avez jamais vu quelqu'un gagner un tournoi ? répondit le champion.

- Bah si, mais là c'est un tournoi d'arts martiaux ! Tu dois être trop balèze !

- C'était un tournoi entre les membres du club, c'est pas super important ! »

Plus il répondait, plus les élèves s'agglutinaient autour de lui.

« Arrête d'être modeste, mec ! Vas-y, montre-nous quelques coups !

- Que j'vous montre quelques coups ? reprit Stéphan qui avait l'impression d'être pris pour la bête de foire. J'vais pas me montrer en spectacle quand même !

- Mais si ! On veut voir des choses nous ! répondit une jeune fille. J'sais pas, moi, casse des planches !

- Bon ! C'est bien gentil de s'intéresser à moi, mais vous voulez pas me lâcher un peu là » répliqua Stéphan dont le ton était devenu plus rude tant l'agacement montait en lui.

Là-dessus, une voix qui lui était familière lui répondit :

« C'est bon, t'énerve pas ! On t'a pas vu à l'œuvre, on est curieux, c'est tout…»

Il se retourna avant d'être frappé d'étonnement ; c'était Lisa Mineaut ! Stéphan la regarda, embêté, et retint son souffle. Les images du baiser sur la joue qu'elle lui avait adressé le jour de son élection lui revinrent en mémoire. Ce n'était pas le genre de souvenirs qui l'aidait à reprendre la maitrise de lui-même.

« Nan, mais… c'est pas ça… J'ai pas la tenue pour, et j'suis pas échauffé… dit-il en cherchant ses mots.

- Bon bah, une autre fois peut-être… lança la présidente des élèves en indiquant du regard à ses copines qu'elles pouvaient tourner les talons.

- Nan, attends ! Y'a d'autres choses que j'peux vous montrer, genre de la self-défense ! »

Sur ses mots, un garçon l'agrippa au col pour le provoquer en lui demandant ce qu'il ferait pour se débattre. Ce n'était pas la provocation la plus intelligente qu'il pouvait faire à Stéphan. Ce dernier saisit le poignet de son *agresseur*, le pivota pour lui bloquer le bras puis frappa de son talon l'arrière du genou du garçon qui chuta en avant. Une clameur de surprise retentit de la part des élèves-spectateurs. Ce qu'ils venaient de voir était beau, précis et efficace.

Lisa vint s'asseoir à côté de lui et le regarda de ses grands yeux bleu turquoise. C'était comme si elle le rencontrait pour la première fois, comme si elle le redécouvrait. Elle connaissait le Stéphan timide de sa classe, réservé et même parfois désagréable. Pourtant, depuis le jour de son élection, elle ne savait comment expliquer une certaine curiosité vis-à-vis de lui.

« Je comprends mieux comment tu as pu gagner le tournoi ! dit-elle d'une voix qui n'était plus celle qu'elle adoptait en tant que candidate ou présidente, mais d'une voix qui semblait plus naturelle. On m'a dit qu'ils ne pouvaient rien faire face à toi ?

- Ouais, c'est vrai, j'avais un niveau bien supérieur à tout le monde, dit-il pour impressionner celle qu'il convoitait.

- Mais qu'est-ce que t'as fait pour avoir c'niveau ? demanda un autre.

- C'est l'entraînement ! répondit Stéphan. Plus tu t'entraînes, plus tu t'améliores. Moi, j'me suis énormément entraîné ! À vrai dire, j'fais que ça ; le soir après les devoirs, le week-end, les vacances. J'fais même quelques exercices le matin avant d'partir en cours... »

Quelques autres curieux voulurent l'interroger davantage au moment où Antoine intervint :

« Arrêtez de le questionner, vous vous prenez pour la police ? Allez partez d'ici ! Vous allez alerter les surveillants ! »

L'attroupement d'élèves se dispersa aussi rapidement qu'il s'était formé. Seuls Lisa et Antoine restèrent.

« J'suis désolé, c'est à cause de moi qu'tout le monde est au courant. Si j'leur avais pas demandé de venir à la compétition, ils t'harcèleraient pas aujourd'hui, dit Antoine.

- Dans deux ou trois jours, ça leur passera, et puis, ça me gêne pas tant que ça, répondit Stéphan tout en admirant du coin de l'œil les longs cheveux bruns et légèrement bouclés de Lisa.

- C'est d'ta faute aussi ! 'Faut pas avoir ce don ! plaisanta le garçon. Mais tu sais, y'en a qui t'envient pas mal…

- Ah bon ! Mais pourquoi ?

- Depuis c'matin, y'en a plein qui parlent de toi. Ils disent que t'as un niveau hors du commun, certains veulent même se mettre aux arts martiaux grâce à toi. Et forcément, toute cette popularité, ça crée de la jalousie…

- J'savais pas tout ça, les nouvelles vont vite, ici ! Tu peux m'dire qui est jaloux ? »

Antoine observa autour de lui puis montra quelqu'un du doigt.

« Tiens, tu vois celui-là là-bas, assis sur un banc ? Je crois qu'c'est le pire. Tout à l'heure, il était en train de t'insulter. Mais regarde bien, tu l'connais… »

Stéphan tenta d'apercevoir la personne entre les mouvements des élèves dans la cour. Et d'un coup, il ouvrit grand les yeux de stupéfaction.

« C'est…

- Ouais, c'est bien lui ! Arnold Hérauld ! Le gars qui était candidat face à toi Lisa, dit Antoine en regardant la fille avant de poursuivre en s'adressant à Stéphan : Et toi, tu l'détestes c'est ça ? Mais t'inquiète, c'est réciproque…

- Qu'est-ce qu'il t'a fait ? demanda Lisa.

- J'sais pas vraiment… On a jamais pu s'encadrer lui et moi. En primaire déjà, on passait notre temps à se battre. J'me souviens d'une fois où pendant un match de foot il avait triché, et ça avait fini en baston générale. Il s'la pète, il est arrogant… En plus de ça, il fait partie d'la bande de l'autre con de Mike et vient s'présenter aux élections de président des élèves avec un discours bidon…

- Je l'ai trouvé tellement ridicule ce jour-là, enchérit l'adolescente.

- Du coup, fit Antoine, ça devrait t'plaire qu'il soit si jaloux de toi !

- Pour dire la vérité, c'est vrai qu'j'me réjouis pas

mal de cette situation. J'ai jamais aimé c'type ! Alors si j'peux faire quelque chose qui l'ennuie, j'vais pas me gêner ! »

Pendant un court instant, le champion se demanda s'il ne rêvait pas cette scène : vainqueur d'un tournoi, la reconnaissance des autres élèves, et surtout, Lisa à ses côtés !

« Au fait, tu fais quel art martial ? demanda cette dernière.

- Du Jeet Kune Do. »

D'un coup, la jeune fille se leva avec enthousiasme :

« Tu voudrais bien m'enseigner les arts martiaux ? »

Stéphan, ne s'attendant pas à une telle demande, prit un certain temps avant de répondre :

« Heu... J'sais pas, c'est pas facile, tu sais… C'est beaucoup de travail ! Tu pourrais même te blesser, et...

- C'est pas grave, ça ! coupa Lisa. J'aimerais beaucoup savoir me battre comme toi ! »

Stéphan abdiqua tout en pensant que ce projet ne se ferait jamais. De son côté, la situation amusait Antoine qui lâcha un rire.

La sonnerie retentit, c'était la fin d'une longue récréation.

À la pause de midi, Stéphan jeta un œil dubitatif sur la couleur ocre de la sauce de ses spaghettis bolognaise. Il se demanda même si les cantines ne participaient pas en cachette à des concours pour dénaturer les aliments. Pour contrer ça, certains élèves ramenaient parfois des sandwiches faits-maison pour les jours où la carte proposée était bien positionnée pour la victoire.

D'ordinaire, Stéphan mangeait toujours seul dans son coin. Mais ce jour-là, beaucoup de gens souhaitèrent se mettre à sa table. L'adolescent se demanda bien pourquoi il avait subitement tant d'amis, tant de personnes qui l'appréciaient sans même le connaître. Il n'irait pas jusqu'à dire que cette reconnaissance en tant que champion le dérangeait, néanmoins, il venait d'apprendre ce que signifiait *le revers de la médaille*. Antoine lui était venu en aide pour tenter d'écarter les élèves trop curieux. En s'asseyant à côté de lui, il lui glissa qu'il avait l'impression d'être un agent de star, ce qui fit sourire Stéphan. Entre deux bouchées, il scruta la salle à la recherche de Lisa. Introuvable ! *Et si elle s'était déjà désintéressée de lui ?*

Comme aux premières heures de la matinée, tout le monde le questionna à propos des arts martiaux. Celui-ci n'avait plus une seconde à lui pour manger. Il eut une pensée de compassion pour Lisa qui, au vu de sa popularité écrasante, devait subir un calvaire d'une autre ampleur. Un groupe de garçons assis à la table d'à côté le dévisagea en s'échangeant discrètement quelques mots. Très observateur, cela n'échappa pas à Stéphan.

Qu'est-ce qu'ils ont ceux-là ? se demanda-t-il. *Ils ont rien d'autre à foutre que s'occuper d'ma vie ?*

À ce même moment, l'un d'eux se leva en poussant sa chaise pour se diriger d'un pas ferme vers la table de Stéphan. Il s'arrêta derrière lui :

« Alors comme ça, t'es un *expert* en arts martiaux ? Et m'dis pas l'contraire, tout le monde parle que d'ça ! »

Stéphan se retourna vers lui, le regarda de la tête aux pieds, et répondit :

« C'est vrai que j'pratique les arts martiaux. Mais je n'irai pas jusqu'à dire que je suis un expert…

- 'Fais pas l'malin ! Tu t'crois balèze parce que t'as remporté une compétition d'arts martiaux ?

- J'ai jamais dit qu'j'étais fort, répondit Stéphan, en ne montrant pas la moindre crainte. Ce sont les autres qui disent ça d'moi.

- Si tout le monde le dit, j'ai bien envie d'savoir si tu pourras m'battre. J'vais t'expliquer comment ça marche ici. Moi et ma bande on fait la loi dans ce lycée. Si tu veux t'imposer, tu vas devoir m'affronter. Allez, lève ton cul !

- Bon, lâche-moi ! Ton numéro c'était drôle deux secondes, mais là, toi et ta bande vous m'gonflez... » répondit Stéphan tout en poursuivant son repas.

Le garçon n'avait pas l'habitude qu'on le nargue quand il faisait des menaces. Lorsque son chef était là, tout était plus simple, mais à cet instant, il dut se débrouiller seul. Ne voulant pas perdre la face, il bomba le torse pour réaffirmer sa présence et chercha comment provoquer ne serait-ce qu'un semblant de terreur chez sa proie.

« T'as peur ou quoi ? lança-t-il d'une voix plus grave. Allez connard ! Lève-toi qu'j'te défonce ! »

Stéphan ne prêta même plus la moindre attention aux propos de son provocateur et fit mine de discuter avec Antoine. L'agresseur, qui prit cela comme un aveu de faiblesse, lui donna une petite tape dans le dos. Stéphan ne réagit pas. Puis, le garçon lui en donna une autre, un peu plus forte cette fois-ci. Là-dessus, Stéphan tourna légèrement la tête vers son adversaire afin de l'apercevoir du coin de l'œil. Voyant que son perturbateur s'apprêtait à lui redonner un coup, il se dégagea vivement de sa chaise pour esquiver l'attaque tout en exerçant une pression sur l'épaule de son adversaire. Le garçon s'écrasa sur la table, Stéphan l'attrapa alors par les cheveux et lui aplatit la tête dans son assiette de spaghettis.

Des éclats de rire moqueur explosèrent dans la salle, Stéphan non plus ne put s'en empêcher. Le jeune homme, à la tête pleine de spaghettis, se releva de la table en dégageant d'un revers de la main la sauce qu'il avait sur le visage. Il grommela que ça n'en resterait pas là, ce à quoi Stéphan répondit qu'il était curieux de voir la suite. Le garçon, désemparé, lança un regard menaçant à Stéphan avant de s'éclipser en direction des toilettes.

Le vainqueur rit face à la fuite de son adversaire.

« Putain, mais t'es un malade, toi ! lui lança l'un de ses nouveaux amis. T'as pas peur de t'en prendre à un mec comme ça ! J'ai adoré comment tu lui as mis la honte !

- C'est pas parce qu'il joue les costauds qu'il est invincible. 'Faut faire marcher son cerveau aussi, répliqua Stéphan. En ce qui concerne ce type, tout c'qu'il a dans les muscles, il l'a pas dans la tête ! »

Les garçons de sa table l'écoutèrent avec admiration comme s'ils vivaient par procuration leurs désirs de pouvoir se rebeller contre les plus forts. Stéphan appuya ses paroles de grands gestes de la main :

« En général, les personnes qui viennent vous agresser tête baissée ont rien dans l'crâne. Ils veulent jouer les durs devant leurs potes en s'en prenant aux plus faibles. Mais bon, pas d'chance pour lui, j'suis pas du genre à m'l'écraser. Et encore, j'ai été gentil... La prochaine fois, ce ne sera pas que des pâtes qu'il aura sur la gueule ! »

D'un coup, il changea de sujet comme s'il parlait de banalités :

« Ah merde ! J'ai plus d'spaghettis, vous croyez que le cuistot va m'resservir ?

- Tu devrais quand même te méfier de lui, reprit un garçon légèrement obèse. Il fait partie d'une bande et fait peur à pas mal de gens ici.

- Quoi ? C'est encore ces histoires de Guerriers Fous, là ?

- Ouais, c'est eux... Tu sais, j'ai un pote qui s'est pas laissé faire quand l'un d'eux l'a embrouillé. Mais les gars ont débarqué le soir même à plusieurs, ils l'ont massacré et brûlé son scooter. J'te jure, mon pote flippait tellement qu'il a même pas porté plainte !

- Je m'en fous d'ces histoires, moi, répondit Stéphan. Allez pas croire qu'ils vont m'faire peur parce qu'ils débarquent à plusieurs ! Un mec qui en a vraiment dans l'froc, il vient tout seul…

- J'te comprends, mais tu devrais quand même écouter c'qu'il te dit, conseilla Antoine. Même si tu sais t'défendre, tu devrais quand même te méfier d'eux. Ils font tout en cachette, ils obtiennent toujours c'qu'ils veulent ! Demande à Lisa, tu verras, elle te confirmera que la proviseure et même les flics ont du mal à les coincer… »

Dans la salle, certaines personnes riaient encore de ce qu'il venait de se passer. C'était comme un courant d'air frais qui avait traversé la cantine. Qu'importe ce que les élèves disaient, Stéphan savait qu'il avait fait le bon choix.

Le soir, assis à l'abribus du lycée pour attendre le bus, Stéphan se vit une nouvelle fois accompagné de ses nouvelles connaissances. Maintenant qu'il commençait à identifier quelques-unes de ces têtes, il supportait avec plus de facilité leur compagnie.

Un premier bus arriva et emporta avec lui une vingtaine d'élèves pour les quartiers les plus éloignés. L'une des filles fit la bise à tout le monde, y compris à Stéphan, pour leur dire au revoir. Cela devait bien faire cinq ans que ça ne lui était plus arrivé. Son visage devint tout rouge, il sentit ses mains devenir moites face à cette situation peu commune pour lui. Antoine l'avait remarqué, mais préféra ne pas lui en faire part. Il aimait le voir à la fois intimidé et amusé par la situation.

Un autre bus arriva dans la foulée qui cette fois-ci était celui de Stéphan. Généralement, il se passait la même chose dans le bus qu'à la cantine scolaire, Stéphan s'asseyait dans son coin pour rester seul. Ce jour-ci fit une nouvelle fois exception. Une jeune fille vint s'installer à côté de lui alors qu'il avait le regard dirigé vers l'extérieur. En voyant le visage de cette personne, son cœur bondit dans sa poitrine. Lisa était revenue vers lui ! Deux fois dans la même journée ! Il dut se pincer pour vérifier qu'il ne s'agissait pas d'un rêve.

« Ça te dérange pas si je m'installe ici ?

- Heu… Nan… Bien sûr que nan… Je pourrais rien refuser à la présidente des élèves… tenta-t-il comme trait d'humour.

- J'espère que t'as pas oublié la promesse que tu m'as faite, tu m'apprendras les arts martiaux ? » demanda-t-elle, d'un ton suffisamment charmeur pour faire succomber n'importe qui.

Stéphan ne s'attendait pas à une telle question, pensant que ce projet ne se ferait jamais.

« Alors, tu me réponds ! dit-elle en voyant Stéphan hésiter à répondre. De toute façon, tu m'as déjà dit oui, ce matin, donc tu peux plus revenir en arrière. Quand on dit quelque chose, on le fait ! »

L'adolescent était piégé, il ne pouvait plus changer d'avis. Il se réconforta à l'idée que ce serait de nouvelles occasions de passer du temps avec elle.

« D'accord, si tu veux j't'entraînerai. Mais j'te préviens, ce sera difficile, finit-il par dire. Tu risques de t'casser des choses, ce serait dommage de…

- Ça, je m'en fiche ! J'ai toujours aimé les arts martiaux. Tu sais, j'en ai pratiqué plein en club. J'ai fait du karaté, du judo et du Tae Kwon Do !

- J'savais pas qu'tu en avais déjà fait autant… Mais pourquoi tu veux que je t'entraîne si tu en fais en club ? demanda-t-il.

- À chaque fois, j'en ai fait un ou deux ans puis je suis passée à autre chose. J'aime bien changer. Tout le monde m'a dit que tu avais largement dominé la compétition ce week-end, et que tu avais fait une belle démonstration, aussi. »

Un silence de quelques minutes s'installa. Stéphan ne savait plus quoi dire. S'il lui parlait, il se trouvait idiot

134

face à elle, et s'il gardait le silence, il se trouvait encore plus idiot de rater une occasion comme celle-ci ! Il repensa au jour des élections, au baiser sur la joue lors de sa victoire.

« On commence quand notre premier entraînement ? poursuivit Lisa pour tenter de briser la barrière que se créait cet étrange garçon.

- J'sais pas, quand tu veux... répondit Stéphan, le visage tout rouge.

- Ça te dit mercredi après-midi ?

- Heu... Ouais... C'est parfait ! »

Quand est-ce qu'il arrive ce bus ? Lisa est à côté d'moi, et j'sais pas quoi dire, bordel ! Elle doit m'trouver vraiment naze... pensa amèrement Stéphan.

Malgré ses efforts pour paraître naturel, il n'arrivait pas à montrer une attitude dégagée, confiant. Il passa ses mains dans ses cheveux à de nombreuses reprises comme pour évacuer la tension.

Quelques minutes plus tard, le véhicule arriva enfin à destination. Les élèves descendirent les uns après les autres et se dissipèrent pour rentrer chez eux. Bien que les mots avaient du mal à sortir, Lisa et Stéphan restèrent un peu pour discuter.

« Bon bah j'rentre chez moi… » lança Stéphan qui ne trouva rien d'autre comme porte de secours.

Lisa s'étonna de cette réaction et fit une moue qui exprimait sa déception.

« Ça te dirait de me raccompagner chez moi ? tenta-t-elle.

- Pourquoi ? répondit-il sur la défensive.

- T'en as d'autres des questions de ce genre ? »

La fille semblait amusée par la situation, ce qui ne laissa pas Stéphan indifférent.

« Si je veux que tu me raccompagnes, c'est pour continuer à discuter et en plus ça me ferait plaisir ! T'inquiète pas, j'habite qu'à cinq minutes d'ici. Un gars comme toi devrait pouvoir survivre à ça ! »

À ces mots, elle lui adressa un clin d'œil. Stéphan ne savait pas comment se l'expliquer, il avait une occasion en or entre les mains, pourtant, quelque chose le retenait. Pour lui, tout ça était nouveau. En l'espace de quelques jours, sa vie venait de basculer du tout au tout et ses idées devenaient parfois confuses. Face à cette fille, cette princesse à ses yeux, il décida de se ressaisir :

« Bon d'accord, si j'ai une chance d'y survivre, je veux bien te raccompagner ! » dit-il en souriant.

Ils accompagnèrent les gestes aux paroles et marchèrent en direction de chez Lisa. Il y avait encore un mois, elle ne prêtait même pas attention aux garçons de sa classe, toutefois, elle se demanda maintenant comment elle avait pu ignorer un garçon qui dégageait autant de charme. Celle-ci parlait beaucoup. Elle avait un don pour enchaîner les sujets avec des coordinations parfaitement maîtrisées. Stéphan, lui, marchait, timide face à elle. Être avec elle était agréable, reposant.

Il écoutait la voix de la jeune fille, et entendait son cœur battre…

Chapitre 15 : 6 novembre 1990

La Visite

La sonnette retentit, la mère d'Eddy se leva de son fauteuil pour aller ouvrir la porte. C'était Stéphan qui rendait une nouvelle visite surprise à son ami.

« Bonjour ! Je suppose que tu viens voir Eddy ?

- Ouais ! J'ai enfin pu m'libérer un peu…

- Il est dans sa chambre, tu peux monter. »

Eddy n'était plus obligé de dormir sur le canapé du salon et arrivait maintenant, bien qu'avec difficulté, à franchir les escaliers.

Stéphan enleva ses chaussures, *j'espère qu'il va pas m'en vouloir de pas être venu l'voir depuis plusieurs jours,* pensa-t-il, en grimpant à l'étage.

Frappant à la porte de la chambre d'Eddy, il entendit des bruits provenant de la pièce.

« Entrez ! » lança une voix à l'intérieur.

Le visiteur entra et vit son ami au téléphone. Ce dernier lui fit un signe pour indiquer d'attendre quelques instants. L'invité prit une chaise du bureau et s'assit prêt de la fenêtre. La chambre était plutôt spacieuse et ressemblait à s'y méprendre à une salle de sport.

« Salut, ça m'fait plaisir de t'voir ! lui dit Eddy tout en raccrochant le combiné. Je t'ai pas vu depuis au moins deux semaines !

- J'suis trop désolé, mais j'ai pas eu beaucoup de temps à moi ces derniers jours avec le lycée et tout l'reste…

- T'inquiète pas, j't'en veux pas ! J'sais que Lisa et Antoine veulent te voir en dehors du lycée. Quand j'serai plus dans ce fauteuil roulant, j'pourrai sortir dehors avec tes nouveaux potes. »

Le soir où Stéphan avait raccompagné Lisa devant

chez elle, il s'était alors empressé de tout raconter à son meilleur ami.

« J'suis content qu'tu l'prennes comme ça ! répondit-il. Alors quoi d'neuf pour ton centre de rééducation ?

- C'est marrant qu'tu m'poses cette question car c'était justement eux qu'j'avais au téléphone. Ça y est, j'sais quand j'dois y aller ; c'est le quinze novembre. Quand j'serai là-bas, j'pourrai marcher avec des béquilles. Si c'est pas une bonne nouvelle ça !

- Le quinze de ce mois ? Déjà, merde ! D'ici là, j'viendrai t'rendre visite tous les jours. Et tu reviens quand ?

- J'serai de retour le quinze février.

- Trois mois ! C'est long…

- J'vais avoir un plan de rééducation bien chargé. Dans un premier temps, j'vais réapprendre à plier les genoux, à marcher et à courir. Et y'aura des séances de massage, ça va être super ! Ensuite, j'vais faire de la muscu, de la course à pied, de la corde à sauter et plein d'activités sportives comme du foot, du basket et même de l'escalade, informa Eddy qui était très enthousiaste à l'idée de partir. Espérons qu'ce soit des masseuses…

- T'as de la suite dans les idées, toi… fit Stéphan avec un large sourire. C'est bien, il a l'air complet ton planning de rééducation. T'es tombé dans un bon centre !

- Le seul problème, c'est qu'il paraît qu'on peut recevoir des coups d'fil uniquement d'ses parents et pas plus de deux fois par semaine. Apparemment, il faut vraiment se couper du monde pour mieux s'en sortir. Mais j'suis quand même bien pressé d'y aller, parce que le fauteuil roulant, j'commence à en avoir sérieusement marre. Pour aller dans le salon, ma mère est obligée de descendre mon fauteuil par les escaliers et ensuite de m'aider à descendre. J'peux jamais sortir sans qu'ce soit une véritable galère…

- J'te comprends, ça doit pas être facile…

- Mais après ça, j'peux t'dire qu'je vais m'entraîner deux fois plus qu'avant, j'serai encore meilleur !

- J'suis sûr que tu retrouveras vite ton niveau d'avant. C'qui est dommage c'est qu'finalement tu vas pas participer au grand tournoi de janvier.

- C'est pas très grave, y'en aura d'autres…

- Ouais, mais moi j'vais faire comment si t'es pas là ? Hein ?

- Comment ça ?

- Bah on devait la passer ensemble cette compétition ! J'vais faire comment si t'es pas là pour m'aider ? M'encourager ?

- Ça va, t'as pas fini de t'plaindre ? rétorqua Eddy. C'est pas toi qui dois aller je n'sais où pour t'remettre sur pied !

- Excuse-moi, c'est pas c'que j'voulais dire… Tu sais…

- J'te comprends, mais c'tournoi, tu t'entraînes, tu le remportes ! Tu le sais, ça ? »

Stéphan préféra ne pas répondre, il ne voulait pas émettre de pronostics qui pourraient lui porter malchance. D'un ton plus calme, Eddy lui demanda s'il se souvenait de la hargne qu'il avait eue au moment de commencer les arts martiaux.

« Bien sûr qu'j'me souviens ! J'étais dans une colère noire et j'avais envie qu'ça sorte ! »

Stéphan revit dans sa mémoire les images de l'agression qu'il avait subie plus jeune et qui l'avait emmené sur la voie des arts martiaux. Il ne parlait que très rarement de cet évènement.

« Au fait, tu m'as dit qu'tu entraînais Lisa, reprit Eddy. Comment ça s'passe ?

- Pour l'instant, j'lui ai donné que deux cours, donc elle a pas pu apprendre grand-chose. Mais j'dois avouer qu'elle s'débrouille bien, en plus, elle a l'air super motivée !

- Tu l'as rencontrée grâce à ta victoire au tournoi, c'est ça ?

- Ouais, enfin, elle est dans ma classe aussi, ça aide… C'est bizarre comment les choses se sont enchaînées… J'm'y attendais pas !

- J'en suis presque jaloux ! Moi, j'ai pas connu la même chose quand j'ai gagné l'grand tournoi de Paris alors qu'j'étais paru dans des magazines d'arts martiaux.

- C'est peut-être parce que moi j'l'ai remporté ici, à Méthée. Sous les yeux des gens de ma classe.

- Ouais, t'as sans doute raison, ça doit être ça... fit Eddy.

- J'dois avouer qu'en compétition, j'avais un niveau bien supérieur aux autres. Ils pouvaient rien faire face à moi ! J'me rappelle, chaque fois qu'je donnais un coup, les spectateurs hurlaient comme des oufs, ils étaient tous derrière moi, ajouta Stéphan, plein d'engouement.

- J'comprends mieux pourquoi maintenant…

- Dès le lendemain d'ma victoire, on m'a sauté dessus pour m'poser plein de questions ! Ils veulent tous des démonstrations, y'en a même qui me provoquent en duel !

- Ah ouais ! Et toi, qu'est-ce que tu fais ?

- Bah j'arrive toujours à éviter l'affrontement, mais des fois j'ai envie de répondre, quand même… J'dois dire que cette popularité commence à m'plaire en fin de compte...

- Mais heu… J'voulais t'poser une question… ajouta Eddy, hésitant.

- Ouais, vas-y.

- Cette Lisa dont tu m'parles, c'est bien la même qu'celle qui te plaisait à l'école primaire ?

- Ouais, c'est elle, c'est la même… J'peux rien t'cacher…

- J'en étais sûr ! J'sais que ça remonte à très loin tout

ça, mais elle t'plaît toujours ? demanda son ami.

- Heu… J'sais pas… Tu sais, ça fait quelque temps qu'on s'voit et j'commence seulement à mieux la connaître, répondit Stéphan en réfléchissant encore à la bonne réponse.

- Mais oui, t'as raison, t'prends pas la tête, laisse les choses s'faire toute seules. J'me rappelle qu'elle t'attirait beaucoup, rien n'pouvait t'arriver de mieux ! J'ai quelques souvenirs d'elle, j'crois qu'c'est une fille bien. J'espère que depuis elle a pas changé…

- Je pense pas, elle a quand même assez de convictions pour être présidente des élèves.

- Ah ouais, c'est vrai, c'est elle qui m'succède ? Comment elle est ?

- Bah pour l'instant, c'est assez récent, donc j'peux pas dire grand-chose. Mais elle est bien dans ta lignée. »

Stéphan n'osa parler de la critique qui était faite à l'encontre d'Eddy de fermer les yeux sur les bandes qui sévissaient dans le lycée. Tandis que Lisa, de son côté, en avait fait son fer de lance.

« Tu sais Ed' pour l'instant on est juste ami, enfin, j'suis juste son prof de Jeet Kune Do, reprit-il.

- Vous allez où pour vous entraîner ? M'dis pas que vous allez dans la forêt ! s'étonna Eddy.

- Mais non, j'suis pas fou ! J'vais pas la faire courir jusque là-bas, ça fait loin pour elle. J'ai trouvé un bon endroit : la plage. En novembre, y'a quasiment personne avec le froid.

- J'savais qu'malgré mon absence, tu réussirais à continuer l'entraînement sérieusement. J'parie que t'as pensé à la plage pour t'renforcer les jambes, s'déplacer dans le sable, c'est pas toujours évident !

- T'as tout deviné ! J'ai trouvé un bon exercice, on se bat en allant dans l'océan jusqu'à avoir l'eau au niveau des genoux. C'est crevant mais bien efficace !

- Ah j't'envie, quand même ! soupira Eddy. Tout

c'que tu m'racontes me rappelle quand on s'entraînait des heures, c'était tellement bien. J'avais l'impression d'être libre, de bouger comme j'voulais. Maintenant, j'suis prisonnier d'cette foutue chaise roulante ! Mais dans quelque temps, tout va redevenir comme avant. Et j'me réjouis déjà à l'idée d'pouvoir s'entraîner à trois !

- Ouais, espérons qu'elle s'arrête pas d'ici trois semaines…

- T'as l'air d'tenir à elle, tu veux pas qu'elle parte ! Vous vous êtes déjà embrassés ?

- Quoi ?! répliqua Stéphan, commençant à rougir. Mais ça va pas, toi ? J'la connais à peine et j'ai jamais dit qu'elle m'intéressait !

- Ah ah ah, j'te taquine ! J'sais bien qu'tu penses pas à tout ça pour l'moment. Quoi qu'il arrive, j'ai hâte de revenir du centre, ça va être une nouvelle vie…

- Ouais, ça va être génial ! »

Chapitre 16 : 28 novembre 1990

Le Cinéma

« Prends le pop-corn, Stéphan ! lança Antoine.

- Ouais, t'inquiète, mais crois pas qu'tu vas taper dedans ! »

Stéphan savait que son ami aimait particulièrement ce genre de sucreries et s'amusa à le faire languir. Ce dernier, voyant qu'après plus d'un mois Stéphan n'osait toujours pas faire le premier pas vers Lisa, avait proposé de se faire une sortie cinéma tous ensemble. Pour éviter de mettre son ami mal à l'aise avec le côté trop formel d'un premier rendez-vous, Antoine s'était volontairement joint à eux. Et il s'était secrètement réjoui de cette décision lorsqu'il avait vu que Lisa avait eu la bonne idée d'emmener avec elle ses deux meilleures, et ravissantes, amies. Détail dont il n'avait pas fait l'impasse.

« Qu'est-ce qu'il m'a pris d'accepter de venir voir un film d'horreur ? fit Lisa, le visage peu rassuré.

- T'aimes pas ça ?

- Ça me fait trop flipper ! C'est Zoé et Margaux qui ont voulu voir ça ! »

La jeune fille jeta un œil faussement accusateur à ses deux amies qui pouffèrent de rire.

« Arrête ! Tu dis ça, mais je sais qu'tu vas adorer, répliqua Zoé.

- Au pire, elle pourra se blottir dans les bras d'un homme fort ! » ajouta Antoine.

C'était sa manière de se venger amicalement de Stéphan qui se débrouillait pour que le paquet de pop-corn ne passe pas entre ses mains.

Le groupe s'installa dans la salle bondée de monde. Par chance, cinq places situées au centre étaient encore disponibles. Lisa s'empressa alors de les rejoindre, et après deux bousculades et un pied écrasé, elle bondit sur un fauteuil pour le réserver.

« Quand tu veux quelque chose, tu l'as, toi ! lui dit Stéphan en prenant place à côté d'elle.

- Tu crois pas si bien dire ! »

Après cinq minutes, les publicités n'avaient toujours pas commencé que le groupe manquait déjà de friandises.

« J'ai rien eu ! lança Antoine. Vous avez tout mangé, c'est abusé !

- 'Fallait être plus rapide, aussi !

- Tu vas voir la prochaine fois vous verrez même pas la couleur du sachet ! »

Ses amis éclatèrent de rire en le narguant et Stéphan glissa que c'était bon pour sa ligne. Seule Zoé, qui eut un peu de compassion, se rapprocha de lui pour l'enlacer dans ses bras. Si c'était le prix à payer pour ne pas manger, Antoine était prêt à se mettre à la diète.

« Bon, allez, la plaisanterie a assez duré, reprit Stéphan. J'vais t'en chercher !

- T'es sûr ? Merci, mec !

- Mais ouais, t'inquiète ! »

Stéphan s'excusa auprès de Lisa qui devait se lever pour le laisser passer. Au passage, sa main frôla celle de la fille. Le contact était doux, agréable. Le garçon se demanda si cela avait été intentionnel. Quand il s'écarta, un adolescent qu'elle ne connaissait pas vint s'asseoir à la place laissée libre. Il lui demanda si elle accepterait de venir boire un verre avec lui après le film. Lisa avait toujours eu horreur de ce genre de dragueurs qui saisissait la première occasion pour venir l'aborder. Elle lui répondit amicalement qu'il pouvait se ranger ses phrases toutes faites là où elle pensait. Le jeune homme, sans un autre mot, partit se réfugier dans l'obscurité de la salle. Margaux se pencha alors vers Lisa dans un fou rire, elle avait toujours adoré les répliques cinglantes de celle-ci quand elle était énervée. Puis, elle lui demanda si elle voulait être seule avec Stéphan après le film.

« Pourquoi tu dis ça ? s'étonna la présidente des élèves.

- Bah, arrête, ça fait un mois qu'vous vous tournez autour !

- C'est toi qui t'fais des idées ! On est ami, rien de plus !

- Pas à moi, fit Margaux, j'suis ta meilleure amie, tu peux tout m'dire ! En plus, j'ai bien vu comment vous vous regardez... »

Un sourire réservé se dessina sur les lèvres de Lisa.

« Bon, c'est vrai qu'il est mignon... lâcha-t-elle.

- Ah, tu vois !

- Mais... »

Elle hésita un instant.

« Tu trouves qu'il me regardait ?

- Tu plaisantes ? 'Faudrait être très naïve pour pas l'voir !

- Je suis sûre que tu me taquines... On s'aime bien, c'est tout ! Il est content de m'avoir comme élève pour donner des cours d'arts martiaux, va rien chercher d'autre...

- Ouais, t'as raison... répondit son amie. Et puis si ça s'trouve, il veut juste coucher avec toi...

- Mais nan... Je suis sûre que c'est un mec bien ! »

Stéphan attendait dans la file son tour pour acheter des pop-corn. Il jeta de nombreux regards sur sa montre de peur de manquer le début de la séance. S'il était rien qu'un peu paranoïaque, le garçon aurait été certain que la caissière se jouait de lui en prenant le plus de temps possible pour encaisser les clients. L'envie de retourner dans la salle sans rien prendre le traversa, puis, il pensa à Antoine qui se sentirait réellement laissé pour compte.

« C'était un resto qu'il fallait vous faire si vous avez la dalle ! » entendit-il derrière lui.

La voix ne lui était pas inconnue, il se retourna et tomba des nues quand il découvrit la personne.

« Qu'est-ce que tu m'veux ? répliqua-t-il.

- Bah rien, j'vous ai vus prendre des pop-corn tout à l'heure. Et là, j'te revois ici, j'ai trouvé ça amusant… »

Stéphan ne savait pas comment réagir face à cet individu qui se montrait étrangement amical.

« J'comprends pas pourquoi tu m'parles… T'es un pote de Mike, et moi j'suis plutôt du côté de Lisa. J'pense pas qu'tu ignores qu'ils sont pas trop amis…

- Perso, c'est leurs histoires, moi j'm'en fous… »

Bien que le garçon avait l'air assez détaché de tout ça, Stéphan resta méfiant. Quelque chose derrière cette discussion devait se tramer.

« Et tu t'appelles comment, déjà ? demanda-t-il.

- Child !

- *Child !* Pourquoi Child ? » demanda Stéphan.

Le nom l'amusa.

« Ouais, c'est mes potes qui m'appellent comme ça. Comme j'fais jeune, tu vois…

- Ah ouais… C'est assez original !

- Et toi, c'est bien Stéphan, hein ? Le gars qui a gagné l'tournoi, c'est ça ?

- Ouais, c'est moi. Mais… Ils sont là tes potes ? Mike et tout ?

- Nan, ce soir j'suis venu avec une copine. J'suis pas tout l'temps avec la bande, ils sont sympas, mais à petite dose… »

Depuis le début de la conversation, la queue n'avait avancé que de quelques centimètres.

« C'est dingue, j'vais lui apprendre son métier, à elle… lança Child.

- Grave, elle saoule ! J'vais louper le film, là…

- Si ça arrive, tu demandes à être remboursé ! »

146

- C'est des radins, ils vont m'déduire c'que j'aurais vu » répliqua Stéphan.

Les deux garçons se mirent à rire bruyamment et n'hésitèrent pas à manifester ainsi leur mécontentement. Après une dizaine de minutes d'attente et une vingtaine de francs dépensée, ils purent enfin rejoindre chacun leur salle.

« Vas-y, mec, bon film !

- Toi aussi ! »

« C'était génial ! lança Margaux en sortant du cinéma alors que la nuit était déjà tombée.

- Nan ! Moi j'ai pas aimé ! répliqua Lisa, le visage qui exprimait bien son état d'esprit.

- Y'avait plein de sang, c'était super ! »

Le film avait provoqué de nombreux cris dans la salle tant le suspense était important. Lisa s'était même surprise à plonger dans les bras de Stéphan sur une scène. Gênée, elle s'était ensuite redressée en s'excusant tout bas. Cela n'était pas passé inaperçu auprès de leurs amis qui en avaient profité pour les taquiner.

« Bon, qu'est-ce qu'on fait maintenant ? reprit Stéphan. On s'balade ?

- Heu… Nan, j'crois qu'on va rentrer nous, répondit Zoé en désignant Margaux et elle du doigt.

- Vous êtes sûres ?

- Ouais, on veut pas louper l'dernier bus.

- Bon bah, j'vais aller avec vous » ajouta Antoine, le sourire aux lèvres.

Stéphan avait la nette impression que ce départ soudain n'était pas sans arrière-pensée. Margaux, Zoé et Antoine les saluèrent avant de s'éclipser en direction de la gare.

« Bon, qu'est-ce qu'on fait, du coup ?

- Tu veux te balader, il y a un parc pas loin, nan ? proposa Lisa.

- Le parc de la Tanière est trop loin, mais j'connais un petit coin sympa derrière le Casino.

- Ça me va, on va se poser là-bas ! »

Les deux adolescents se promenèrent dans une ambiance nocturne faiblement éclairée par les lampadaires de la ville. Lorsqu'ils passèrent devant des jeux pour enfant, la jeune fille insista pour que Stéphan la pousse sur la balançoire. Ce dernier avait déjà remarqué qu'elle avait à la fois un côté très mature, sérieux et entreprenant, et un autre bien plus enfantin et insouciant.

Il n'hésita pas à la pousser tellement fort que la balançoire se retrouva presque parallèle avec le sol. Lisa se cramponna de toutes ses forces et émit un cri qui était entre l'immense plaisir et la peur totale. Quand il l'arrêta, les deux furent saisis d'un long fou rire.

« T'es un malade ! lança-t-elle.

- Bah quoi ? C'est ça faire de la balançoire, sinon c'est pas drôle ! »

Stéphan vint s'asseoir sur le second siège. La Lune brillait entre les feuillages des arbres, ils l'observèrent dans un silence reposant. Au loin, des vrombissements de moteurs de voiture se faisaient entendre.

« Au fait, dit l'adolescent, Zoé, elle serait pas un peu intéressée par Antoine ?

- Ouais, je pense… Mais tu sais Zoé, avec les mecs, elle prend, elle jette… Elle est pas du genre à être très fidèle…

- Ah ouais ? J'la voyais pas comme ça… Mais en y réfléchissant, j'pense pas qu'Antoine cherche la femme de sa vie… »

Son intonation exprimait volontairement une certaine ironie.

« Et toi, alors ? T'en es où ? reprit-il.

- Moi ? Pour l'instant, rien de spécial…

- Arrête ! J'vois toujours plein de mecs tourner

autour de toi !

- Bah c'est ça d'être présidente des élèves, on a toujours plein de monde autour… Mais c'est pas pour autant qu'on tombe sur des mecs bien !

- Ouais, j'imagine… répondit Stéphan. Et après ça, tu vas tenter les présidentielles ? »

La fille rit à l'idée de son ami et lui répondit qu'elle devait dans un premier temps penser à son poste actuel.

« Mais pour la suite, on verra… conclut-elle.

- Tu voudrais être au gouvernement ?

- Je sais pas… Ou Maire de Méthée, ça ferait pas de mal une femme à la tête de la ville !

- Ouais ! Et quand j'vois comment t'es investie dans le lycée, j'me dis que tu ferais une super maire !

- Merci, c'est gentil… »

Ils se regardèrent l'espace d'un instant. Puis, une pensée lui traversa l'esprit : l'embrasser ! Stéphan chassa aussitôt cette idée, il n'allait pas compliquer les choses entre elle et lui juste parce qu'il voulait laisser parler ses sentiments. Qu'est-ce qu'il croyait ? Qu'une fille aussi belle s'intéresserait à lui ? Alors qu'elle pouvait avoir qui elle voulait ? Il savait que leur relation était purement amicale et que Lisa n'était pas sur la même longueur d'onde que lui.

« Au fait, ça avance tes projets pour stopper la bande de Mike ? demanda-t-il pour faire taire ses pensées.

- C'est assez lent, mais on en a parlé à la première réunion avec la proviseure du lycée. Pour les caméras, elle avait pas l'air très convaincue malgré mon tableau qui montrait qu'un budget pouvait être dressé.

- Ah merde, c'est embêtant ça.

- Et c'est pas tout ! En ce qui concerne l'idée de mettre un agent de sécu devant le lycée, elle m'a répondu qu'elle préférait attendre. Ça fait plusieurs mois qu'il ne se passe plus rien à la sortie, mais c'est parce que Mike est trop malin ! Il n'est jamais directement impliqué dans une magouille, on peut pas lui mettre la main dessus !

- Si les gens parlaient plus, ça aiderait…

- Je suis tout à fait d'accord avec toi ! Rappelle-toi, il y a deux ans à la sortie, un garçon qui s'appelait Guillaume, il s'était fait défoncer devant tout le monde, mais personne avait balancé !

- Ouais, j'me souviens, on était en seconde.

- C'est pour ça qu'il continue à faire ses trafics et ses rackets en toute impunité ! »

Stéphan remarqua que le ton de la jeune fille changeait du tout au tout lorsqu'elle était dans son rôle de présidente des élèves. Elle était réellement investie de sa mission et irait jusqu'au bout.

« Du coup, il te reste plus qu'à mettre en place un système de messages anonymes pour balancer c'qu'on sait ? demanda-t-il.

- Ouais, c'est déjà ça… Mais je vais pas laisser tomber pour le reste ! »

La soirée s'écoula dans la fraicheur automnale. Lisa raconta son parcours scolaire et de ses réussites, tandis que Stéphan ponctuait la discussion de plaisanteries qui firent mouche auprès d'elle. Sur les coups de vingt-deux heures, elle indiqua que ses parents n'allaient pas tarder à venir la chercher et qu'ils devaient retourner devant le cinéma. Quand ils arrivèrent au lieu de rendez-vous, elle resta un instant muette, puis, elle lança avec un sourire charmeur qu'elle attendait avec impatience la prochaine soirée.

Chapitre 17 : Début décembre 1990

Un Ami... ?

« Nan, tu dois pas faire comme ça ! dit Stéphan à Lisa. Tourne ta hanche si tu veux donner plus de puissance à ton coup de pied. »

Cela faisait près de deux heures que ces deux-là s'entraînaient dans une salle du gymnase de Méthée en évitant de se faire repérer par le gardien.

Tenant *une patte d'ours* à la main, il lui enseignait le coup de pied circulaire. La fille frappa du droit, puis du gauche, ses coups étaient relativement puissants.

Elle a énormément progressé depuis qu'je l'entraîne, pensa Stéphan. *Elle a gagné en souplesse et en rapidité. Si ça continue comme ça, elle pourra même participer aux compét'.*

Des amis de Lisa, Zoé et trois autres adolescents, étaient venus l'encourager. Ce n'était pas vraiment au goût de Stéphan qui préférait rester discret et ne pas faire de ses entraînements un spectacle, mais Lisa lui avait expliqué que c'était à titre exceptionnel. De son côté, Antoine, qui n'était pas tenté par ce genre de sortie, avait préféré rester chez lui.

« Parlez pas si fort ! ordonna Stéphan. Le gardien va nous entendre. Il n'attend qu'une chose : nous mettre la main dessus !

- On est désolé, dit l'un des spectateurs. Il vous a déjà attrapés ?

- Nan, mais j'voudrais pas qu'ça commence aujourd'hui ! »

Lisa poursuivit son exercice. Après quelques dizaines de coups de pied, elle passa à des séries de musculation des jambes. Son souffle devenait lourd.

Il commençait à se faire tard, dehors les lampadaires

étaient déjà allumés. Lisa était épuisée, pleine de sueur et espérait que l'entraînement prendrait bientôt fin. Tout d'un coup, la porte de la salle s'ouvrit et claqua contre le mur. Le petit groupe sursauta au bruit, puis, un long silence s'imposa dans la salle. Ils regardèrent en direction de l'entrée qui était plongée dans l'obscurité. Dans l'ombre de la porte se tint une silhouette. Un homme ! Le perturbateur entra dans la salle en grommelant, c'était le gardien ! Il les dévisagea un à un avant d'hurler :

« J'savais que c'était vous ! Vous allez pas vous échapper, j'vous aurai cette fois-ci ! »

L'homme bondit alors dans leur direction à toute allure. Il n'y avait pas une seconde à perdre en réflexion, il fallait courir ! Stéphan s'empara de son sac d'entraînement ainsi que la patte d'ours avant de déguerpir. Lisa et les autres étaient déjà sortis par l'issue de secours en anticipant la réaction du gardien. L'un des garçons tint la main de Zoé pour l'aider à détaler le plus vite possible. L'homme manqua de peu de les arrêter et se refusa à quitter le gymnase pour les poursuivre à l'extérieur.

Quant à Stéphan, qui dut faire un détour pour ramasser ses affaires, il se trouva désormais à l'opposé de la porte qui lui rendrait sa liberté. Le gardien voulut la verrouiller pour l'enfermer comme un rat, puis, palpant ses poches, il se rendit compte qu'il avait oublié les clés dans sa loge. Coup de chance ! Stéphan se hâta alors vers la porte qu'avait empruntée le gardien pour entrer. Ce dernier fit de même. Malheureusement, le traqueur arriva le premier et ricana à l'idée d'en avoir attrapé au moins un. Il allait enfin pouvoir raconter autre chose à ses collègues que ses éternelles humiliations !

Stéphan se stoppa net pour prendre à contre-pied le gardien et se diriger à toute allure vers l'issue de secours. Son assaillant, pris par surprise, le poursuivit et gagna alors du terrain. Stéphan semblait épuisé après l'entraînement qu'il avait subi et le poids de son sac à dos ne venait pas arranger les choses. Le pourchassé s'arrêta subitement, se baissa et exécuta une vive rotation sur lui-même. Pendant son mouvement, il faucha le gardien qui s'écroula au sol.

Stéphan reprit aussitôt sa course et arriva à franchir la fameuse porte alors synonyme de liberté.

Le petit groupe de Lisa, qui l'attendait dehors, l'applaudit et le félicita de la façon dont il était parvenu à s'en sortir. Un vrai spectacle !

À l'issue de secours réapparut le gardien, le poing en l'air et les insultes à la bouche. Toutefois, Stéphan et les autres ne s'en souciaient guère, ils avaient maintenant largement le temps de s'enfuir et ne manquèrent pas de lui répondre par des rires et des doigts levés bien haut.

« J'vous aurai bande de p'tits morveux, la prochaine fois, j'appelle les flics ! » hurla le gardien, furieux de sa nouvelle défaite.

Le petit groupe courut quelques centaines de mètres pour se poser dans un espace vert. Ils riaient encore de ce qu'il venait de se passer. L'adrénaline commençait seulement à redescendre.

« Vous avez vu comment le gardien s'est ridiculisé quand Stéphan l'a fauché ? lança un membre du groupe. J'espère qu'il va pas nous reconnaître quand on ira au gymnase avec le lycée !

- Mais nan, il faisait nuit, et au pire, il a aucune preuve ! »

Tout le monde se mit à rire. Lisa s'écroula dans l'herbe, exténuée.

« Je n'en peux plus, ton entraînement m'a tuée, lâcha-t-elle.

- J't'avais prévenue qu'ça serait pas facile ! répondit Stéphan.

- Ouais, il n'y a que quand on est dedans qu'on réalise...

- L'important c'est d'persister, et pour l'instant, tu tiens bon. »

Lisa sourit face à ces compliments, elle n'avait pas envie de le décevoir. Stéphan et le reste de la bande prirent place à leur tour sur l'herbe.

« T'as commencé à quel âge ?

- Y'a déjà quelques années, répondit l'adolescent.

- Ah ouais ! Moi, j'pensais qu't'en faisais depuis tout petit pour avoir ce niveau !

- Ça doit faire... huit ans qu'j'en fais.

- Et qu'est-ce qui t'a donné l'envie d'commencer ? »

Stéphan se fit la remarque que seule une poignée de personnes connaissaient les raisons de son initiation aux arts martiaux.

Quand il avait huit ans, le garçon prenait des cours particuliers de français après l'école. Pour s'y rendre, le trajet ne faisait pas plus d'un kilomètre. Sa mère avait insisté plusieurs fois pour l'accompagner en voiture car elle n'appréciait guère le savoir seul près des quartiers mal fréquentés du nord de Méthée. Mais il avait refusé.

Un jour, alors que celui-ci rentrait de ses cours, il croisa le chemin de trois adolescents. Ils n'avaient même pas quinze ans, et pourtant ils fumaient déjà. L'un d'eux avait une cicatrice sur le côté gauche du visage qui ressemblait à un coup de couteau. La balafre dessinait un trait droit et net. L'un des deux autres était très grand et très mince pour son âge. Et enfin, le dernier, qui semblait être le leader du groupe, était un petit costaud à l'air arrogant.

C'était dans une petite ruelle, Stéphan passa à côté d'eux sans oser les regarder, contrairement à eux, qui le fixaient sans relâche et le dévisageaient. Juste après les avoir dépassés, Stéphan se sentit rassuré ; ils ne lui avaient pas cherché d'histoires.

« Eh gamin, viens voir ! » lança subitement l'un des garçons.

Stéphan s'arrêta, le cœur tambourinant, il les regarda alors en sachant ce qui l'attendait s'il allait à leur rencontre. Le jeune garçon préféra alors tourner les talons sans un mot pour poursuivre sa route. Sa main gauche tremblait. Avec un peu de chance, ils le laisseraient partir.

Il voulait plus que tout au monde se retourner pour voir si les trois adolescents le suivaient, mais il ne le pouvait pas, quelque chose le retenait. C'était la peur, la peur de provoquer agitation et colère dans la bande qui continuait à l'appeler. Après un instant, Stéphan se dit que c'était bon, qu'ils étaient passés à autre chose.

D'un coup, il fut projeté en avant et s'écrasa par terre. L'un des garçons lui avait donné un coup de pied dans le dos. Il fut la proie du jeu sadique de ces crapules animées par l'envie de tabasser. Stéphan essaya de se relever au plus vite pour fuir, mais il était trop tard, les malfrats étaient déjà sur lui.

Après avoir repris ses esprits, le jeune adolescent put constater avec peine qu'on lui avait volé quelques-unes de ses affaires et l'argent de poche qu'il avait sur lui. Il se releva péniblement en gémissant, se maintenant le bras de l'autre main. Arrivé chez lui, là seulement, il s'aperçut de son état : un bras cassé et un œil poché.

Je me vengerai ! s'était-il juré. *Plus jamais je me laisserai faire !*

Après cela, il ne recroisa jamais la route de ses agresseurs. Vint alors à lui une révélation qui allait occuper toute sa vie : pratiquer les arts martiaux.

« Et t'as jamais retrouvé ces types ? Merde !

- Nan, et j'peux vous dire qu'ils ont beaucoup de chance !

- Mais avant que tu connaisses Lisa, tu t'entraînais tout seul, c'était pas un peu ennuyant ? demanda l'un d'entre eux.

- Ah ! Mais tu t'trompes, je m'entraînais pas seul, j'étais toujours avec mon meilleur ami, Eddy, répondit Stéphan.

- *Eddy Jammy* ? demanda Zoé. L'ancien président des élèves ?

- Ouais, c'est lui. Il en faisait déjà depuis plus d'un an et il m'a incité à en faire avec lui. Il m'a appris beaucoup d'choses, j'ai énormément de respect envers lui.

- C'est vrai, je l'avais vu dans un magazine d'arts martiaux, il a remporté un tournoi, j'crois… poursuivit un autre.

- Ouais, c'est ça, il a remporté le grand tournoi de Paris. Le prochain, j'espère bien le remporter à mon tour, ajouta Stéphan.

- On sera tous avec toi ! »

La bande encouragea le jeune homme pour la prochaine compétition qui approchait à grands pas.

« J'savais même pas que vous vous connaissiez toi et Eddy, reprit Zoé. J'vous avais jamais vus ensemble.

- C'est vrai qu'on s'voyait pas beaucoup quand il était encore au lycée… C'est peut-être pour ça qu'personne ne sait qu'on est ami. Mais j'peux vous dire qu'en dehors du bahut, on est toujours ensemble !

- Moi j'trouve ça bizarre, tu nous dis qu'c'est ton meilleur ami, mais vous vous voyiez pas quand vous étiez dans le même lycée ? interrogea l'un d'eux.

- J'sais qu'ça peut paraître un peu bizarre, répondit Stéphan, mais Eddy avait son groupe de potes… Je traînais pas avec eux…

- Et toi, c'était qui tes amis ? Antoine ? » demanda Lisa.

Stéphan prit un temps avant de répondre, il hésita à

dire la vérité, et finalement, il se lança :

« Nan, Antoine j'le connais que depuis l'début de l'année. Je… J'avais pas beaucoup d'amis avant… À vrai dire, j'en avais pas. J'préférais rester seul… pour des raisons personnelles…

- Ah ouais, j'me souviens, t'étais souvent sur les bancs de la cour ? Nan ? demanda l'un des garçons.

- Ouais… J'ai un côté assez solitaire.

- Bah moi j't'avoue que quand j'te connaissais pas, tu donnais pas trop envie de venir te voir… » ajouta Zoé.

Stéphan la regarda l'air étonné, comme s'il venait de découvrir l'image qu'il renvoyait de lui-même.

« Mais c'est plus le cas maintenant, t'es plutôt sympa ! »

La fille remarqua qu'elle venait de toucher Stéphan et tempéra alors ses propos.

« Nan, mais c'est pas grave… répondit le garçon. Je m'en doutais sans vraiment m'l'avouer… Y'a des choses qui ont fait qu'j'ai eu besoin d'm'isoler… »

Lisa lui adressa un sourire, elle n'avait pas envie que ses amis le mettent mal à l'aise.

« Pour en revenir sur c'que tu disais sur Eddy, il avait pas honte d'être vu avec toi parce que t'avais pas de potes ? reprit l'un des garçons.

- Nan, tu t'trompes, répliqua vivement Stéphan. J'peux t'assurer qu'il avait pas honte de moi. J'vous l'ai dit, il avait son propre groupe...

- Ouais, donc c'était pas vraiment ton meilleur ami, coupa Zoé. T'étais son pote d'entraînement.

- Mais si, il venait me parler pendant les récréations, dit Stéphan d'un ton moins prononcé. Et puis, qu'est-ce que ça peut t'faire ? Où tu veux en venir ?

- Le prends pas comme ça ! J'trouve cette histoire pas très claire, c'est tout… »

La réplique avait jeté un froid dans la discussion. Stéphan ne comprenait pas pourquoi elle prenait une telle tournure. La copine de Lisa avait la fâcheuse habitude d'appuyer là où ça faisait mal. C'est vrai que parfois Stéphan en voulait à Eddy de ne pas avoir été toujours à ses côtés et de s'être montré dur, néanmoins, il savait aussi qu'il ne pouvait pas compter que sur lui.

« Qu'est-ce que tu entends par *pas très claire* ? reprit-il.

- Alors c'est peut-être parce que j'ai pas spécialement de sympathie pour lui, mais il m'a toujours paru louche…

- *Pas de sympathie ?* Mais tout l'monde l'adorait ! On l'invitait à toutes les soirées ! Il est même devenu président des élèves !

- Ouais, bah justement ! Il a léché l'cul de tout le monde pour avoir sa place, mais il a fait quoi ensuite ? Des ventes de gâteaux et des réunions de vie scolaire ? C'était ça son programme ? Moi, j'aurais voulu qu'il nous débarrasse des bandes qui foutent la merde ! Heureusement qu'on a Lisa avec nous maintenant !

- Zoé, tu peux éviter de me mettre dans votre discussion, s'il te plaît ?

- Bah quoi ? J'ai pas raison ?

- Si, on est d'accord avec toi » répondit l'un des garçons.

Stéphan jeta un œil sur Zoé et les deux autres adolescents. Il était évident qu'ils partageaient tous le même avis. *Des gens du lycée n'aimaient pas Eddy ?!* Il en resta bouche bée. Quelque part, il y trouva aussi un brin de réconfort, Eddy était tellement parfait et adoré de tous que cela en devenait parfois agaçant.

« Et t'as le même avis ? demanda-t-il à Lisa.

- Heu… C'est pas une question évidente… »

Elle avait besoin de trouver ses mots avant de répondre.

« C'est sûr qu'en tant que président, il a parfois préféré faire profil bas, mais je vais pas le juger.

Maintenant que je suis à sa place, je mesure la difficulté. Après, de savoir si tu étais son ami ou s'il te prenait pour un bouche-trou, je peux pas dire, je ne vous ai jamais vu ensemble…

- Ah ouais, c'est vrai ça ! Comment ça s'fait qu'on t'a jamais vu avec lui depuis qu'on t'connaît ? enchaîna Zoé.

- Ah, ça c'est normal, il est parti quelques mois dans un centre de rééducation, il a eu un accident d'voiture, répliqua Stéphan.

- Et alors, il te donne des nouvelles ? » poursuivit-elle.

Stéphan se mit à réfléchir.

« Il m'a pas envoyé de cartes postales, mais il m'a appelé une fois. Sans préciser d'raisons, il m'a dit que j'pourrais pas trop l'joindre. Enfin, il m'avait dit que seuls ses parents pouvaient lui téléphoner…

- J'suppose que tu connais ses parents, demanda l'un.

- Ouais, j'les connais, enfin, il ne vit qu'avec sa mère.

- Et elle te tient au courant d'ce que fait Eddy dans son centre ?

- Nan, elle m'a rien dit de spécial, à part qu'ça s'passe bien.

- Tu vois, il est parti depuis quelque temps et il pense même pas à toi ! Qu'il peut pas téléphoner à ses potes, OK, même si j'trouve ça chelou, mais il pourrait au moins faire passer un message par sa mère.

- Si j'étais toi, j'aurais une bonne discussion avec lui… suggéra Lisa d'un ton hésitant afin de ne pas le heurter. Et si ses réponses ne te conviennent pas, tu pourras commencer à te poser quelques questions… »

Stéphan fixa la fille, surpris. Dans le groupe, seule Lisa, qu'il voyait régulièrement, avait eu avec lui des discussions plus intimes. Ce que pensaient les autres, au fond, il s'en moquait bien. Mais que de tels mots sortent de la bouche de cette fille, cela le frappa au visage comme un coup de poing.

« Mais nan ! On s'connaît depuis l'enfance, je sais qu'il me considère comme son meilleur ami, dit-il en essayant de se convaincre.

- C'est ce qu'il t'a dit, et toi tu l'as cru. Il t'a dupé comme il a dupé ses électeurs ! Voilà c'que j'pense, enchérit l'un d'eux.

- Même si ça fait des années qu'vous vous connaissez, poursuivit la fille, est-ce que ça veut dire quelque chose ? On peut connaître quelqu'un depuis toujours sans pour autant être attaché à lui... »

Stéphan ne sut plus quoi répondre, il baissa la tête pour ne pas montrer son visage affecté par leurs paroles. *Même s'ils en voulaient à Eddy pour avoir été un mauvais président des élèves, était-ce une raison pour le descendre en tant qu'ami ?*

« Tu sais, Eddy a été deux ans dans ma classe, et je l'ai jamais entendu parler de toi !

- Stop ! lança subitement Stéphan. Je sais pas ce qu'il pense réellement de moi, mais pour l'moment, je préfère ne pas en parler. C'est l'une des seules personnes à m'avoir soutenue lorsque j'étais mal, alors je refuse que vous parliez de lui comme ça, mettez-vous bien ça dans l'crâne ! Je vous serai reconnaissant si vous arrêtiez de parler d'ça... »

La bande s'excusa d'avoir été si loin dans leurs propos, ils s'étaient laissés emporter par l'intensité du moment. La discussion bifurqua alors sur le sujet du gardien et ils imaginèrent ce qui aurait pu se passer s'ils s'étaient fait attraper. Stéphan, lui, ne dit plus un mot, il n'avait plus le moral à ça. D'un coup, il annonça au petit groupe qu'il voulait rentrer chez lui et se retira après les avoir salués. Quand il fut à une vingtaine de mètres, le jeune homme entendit la voix de Lisa qui appelait derrière lui. Il se retourna au moment où celle-ci arriva à son niveau.

« Ça te dérange pas si je te raccompagne chez toi ?
Pour toutes les fois où tu l'as fait !

- Bien sûr que nan » répondit-il.

Son intonation n'était plus aussi enthousiaste que les
autres jours. Le garçon n'habitait pas loin et le trajet fut
de courte durée. Arrivés devant sa maison, Lisa tint à
préciser :

« Tu sais, je voulais m'excuser de ce que j'ai dit sur
ton ami, ce n'était que mon ressenti…

- J'sais bien qu'tu l'as pas fait avec de mauvaises
intentions. Mais j'espère qu'tu comprends maintenant
pourquoi je n'aime dévoiler ma vie, il y a toujours des
gens pour chercher à nous briser…

- J'espère que tu ne me comptes pas parmi ces
personnes. Si je t'ai dit tout ça, crois-moi, c'est pour ton
bien. Je suis ton amie et je ne veux pas qu'il t'arrive
quelque chose !

- Ouais, j'te comprends, j'ferais sans doute la même
chose pour toi… assura Stéphan.

- Moi, je t'aime bien, j'espère que toi aussi, dit-elle
avec sincérité, t'as confiance en moi ? »

Stéphan poussa un grand soupir, ses idées étaient trop
confuses pour l'instant pour apporter une réponse claire.

« Tu sais, j'fais rarement confiance aux gens. Et
quand ça m'arrive, c'est très peu... Mais j'dois bien
avouer qu't'as l'air différente des autres… »

Opposition

Quelque chose avait attiré l'attention d'Arnold dans la discussion d'un groupe de filles qui passait à côté de lui. Un nom qu'il entendait souvent ces derniers temps et qui l'agaçait : « Stéphan » ; ce gars envers qui il éprouvait une profonde aversion depuis toujours. Il y avait quelque chose qui se dégageait de lui d'insupportable, et pour Arnold, c'était déjà une forme de provocation en soit.

En tendant l'oreille, il put comprendre que les filles du groupe en faisaient l'éloge et souhaitaient le rencontrer. Les mots se perdirent quand elles s'écartèrent de lui.

« Eh, vous avez entendu, là ? lança-t-il à sa bande.

– Nan, y'a quoi ? demanda Mike, en roulant une cigarette.

– J'arrête pas d'entendre des gens parler d'un mec ! »

La bande de Mike avait décidé de passer la pause à l'étage de l'établissement afin d'être à l'abri des regards. Ces derniers temps, ils avaient ressenti une intensification de la pression qui les entourait. Les policiers tournaient plus souvent autour du lycée et la proviseure et les surveillants gardaient un œil attentif sur leurs activités.

« Tu parles de qui ?

– Le gars, il s'appelle Stéphan !

– C'est qui ça ? s'étonna le chef.

– À c'qu'il paraît, il a gagné un tournoi d'arts martiaux. Tous les gens en parlent, genre il est balèze. »

Benjamin acquiesça d'un signe de la tête, cette histoire était aussi arrivée jusqu'à lui.

« J't'en avais déjà parlé, dit-il. Tu t'souviens le gars qui a foutu la honte à Tarek à la cantine, il lui a écrasé la gueule dans des pâtes. C'était lui !

– Ouais, j'me souviens···

– Il voulait qu'on aille le venger. Stéphan s'en est pris à l'un d'nous !

– J'vais pas me mouiller pour c'con d'Tarek ! répliqua le chef. J'vous ai dit d'faire profil bas, qu'on était trop dans le collimateur. Les flics sont sur nos culs et lui il continue à agresser des gens devant tout l'monde ! C'est bien fait pour lui, il fait plus partie du gang. Et pour le tournoi de c'gars, Stéphan, ça devait être bidon···

– Mais bien sûr, enchérit Benjamin, si on avait participé, on aurait gagné !

– Pourquoi *on* ? Nous, on l'aurait gagné, toi, t'aurais rien fait du tout ! » répliqua le Colosse sur le ton de l'ironie.

Depuis que ce garçon avait intégré le gang, il avait su trouver rapidement sa place en tant que bras droit de Mike. Sa carrure impressionnante était à l'image de la réputation de la bande. Par ailleurs, madame Adrianne s'était quant à elle peu enthousiasmée de cette alliance. Le Colosse n'était pas scolarisé dans son établissement, pourtant, cela ne l'empêchait pas de s'infiltrer dans la cour en escaladant les grillages pendant les heures de pause. Le garçon profitait un bon quart d'heure de ses amis avant de se faire systématiquement repérer et raccompagner au portail par les surveillants.

« Nan, mais sérieux, reprit Arnold, tout l'monde parle de lui, si ça continue, il pourrait prendre ta place ! »

Bien que Mike savait que les intentions de son complice étaient uniquement préventives, il n'appréciait guère l'idée qu'on puisse remettre en doute son autorité. Il rangea les différentes cigarettes qu'il venait de rouler dans une petite boîte puis répondit :

« Mais laisse tomber, c'est un bouffon c'mec⋯ Il a gagné sa p'tite ceinture à un tournoi, et alors ?

– Bien sûr qu'c'est un bouffon ! poursuivit Sara. Mais c'est justement l'occasion pour affirmer ta place. Le premier gars qui s'croit important, 'faut lui faire comprendre qu'ça s'passe pas comme ça ! »

Cassandra la dévisagea et dénigra ouvertement son opinion. Pour elle, Mike n'avait pas à se rabaisser à nettoyer les miettes. Si quelqu'un de la bande avait un problème avec ce Stéphan, c'était à lui d'aller régler ses comptes. La fille voyait d'un mauvais œil le fait que la petite nouvelle devenait plus tactile avec Mike. La veille, elle l'avait même surprise en train d'adresser des regards sans équivoque à son chef.

« C'est bon, on va pas s'prendre la tête avec lui, reprit le chef. J'vais aller le voir, et au pire, il pourra rejoindre la bande··· Ça pourrait être bon d'avoir un gars qui sait s'battre ! »

Le ton humoristique qu'il avait employé permettait en réalité de faire passer un message. Depuis quelque temps, il trouvait que ses troupes, hormis le Colosse, se ramollissaient et qu'elles devenaient moins agressives.

« Ouais, bah j'te conseille de faire ça vite ! répondit Arnold. Il devient un peu trop populaire à mon goût··· »

La sonnerie retentit.

« Bon, les gars, cette fois-ci on va éviter d'traîner trop dans les couloirs, la proviseure veut nous tomber dessus à la première occasion···

– Elle saoule trop elle, si ça continue, 'va falloir faire quelque chose ! répliqua Sara.

– Quoi ? Brûler sa caisse ? »

La fille afficha un sourire satisfait à cette réponse, elle aimait les idées démentielles. Alors que les couloirs se remplissaient doucement d'élèves, la bande n'avait pas encore trouvé la motivation pour rejoindre les cours.

« Eh Mike, fit Benjamin, tu sais pas c'qu'il a Child ? Ça fait deux semaines qu'on l'voit presque plus, il sèche trop les cours là !

– J'sais pas trop c'qu'il fout⋯ Il doit avoir une meuf⋯

– Quoi ? C'est une raison pour oublier ses potes ? »

Avant même qu'il ne puisse répondre, Arnold attrapa vivement le bras de Mike pour lui montrer quelque chose.

« Tiens ! J'l'ai trouvé, cet enfoiré ! Regarde le gars qui monte les escaliers, c'est lui, c'est Stéphan ! lança-t-il.

– C'est lui l'gars dont tout le monde parle ?

– Ouais, bordel ! »

Mike demanda alors à sa bande de ne pas bouger, il voulait régler cette affaire immédiatement. Il dévisagea le garçon de la tête aux pieds et se dit qu'il n'était pas spécialement impressionnant, c'était à se demander comment il avait pu remporter un tournoi. Mais Mike n'était pas dupe pour autant, sous son jogging et son T-shirt larges pouvait se cacher un véritable corps d'athlète.

« Eh, toi ! lança-t-il à l'adolescent.

– Qui moi ?

– Ouais⋯ C'est toi Stéphan ?

– Ouais, qu'est-ce qu'y a ?

– J'dois te parler ! Viens !

– Bah vas-y, j't'écoute ! »

Le garçon ne semblait ni être surpris de la

venue de Mike ni être intimidé par lui. C'était comme s'il s'était attendu à cette rencontre depuis un certain temps. Il lui fit comprendre qu'il ne le suivrait pas, s'il voulait discuter, ce serait ici.

« On m'a parlé d'toi, tu t'bastonnes bien, c'est ça ?

– Heu··· Ouais··· En compétition. »

Stéphan ne voyait pas bien où le chef des Guerriers Fous voulait en venir. Par méfiance, il resta sur ses gardes.

« Tu viens m'voir pour l'histoire d'la cantine, c'est ça ? demanda-t-il.

– Nan, c'est pas mes affaires ça. J'voulais savoir si ça t'intéresserait d'rejoindre ma bande ? »

L'adolescent s'étonna de la demande. Il se sentait si différent de ce garçon, qu'est-ce qu'il irait faire avec lui ? Les complices de Mike se tenaient derrière eux à une dizaine de mètres et un détail sauta immédiatement aux yeux de Stéphan : Child n'était pas dans le groupe.

« Attends, j'te suis pas là, répondit-il. Pourquoi tu viens m'demander ça ?

– Bah tu vois, tout le monde parle de toi, c'est cool, mais ça va pas durer ! Alors qu'si tu nous rejoins··· Tu seras vraiment populaire ! »

Stéphan le dévisagea longuement, puis jeta de nouveau un œil sur la bande. Il reconnut Arnold et Benjamin. Il y avait aussi un gars vraiment costaud et une fille plutôt jolie. Et enfin, cette fille qu'il avait vue plusieurs fois, vêtue de noir et d'un regard ténébreux sublimé de maquillage rouge.

« J'crois que ton informateur s'est mal renseigné⋯ dit-il. J'soutiens Lisa, moi. Et ta bande de gamins, là, c'est pas mon truc ! »

La phrase avait résonné dans l'esprit de Mike comme une provocation. Il n'avait pas le souvenir depuis qu'il était le chef de la bande qu'on se soit montré insolent à son égard. Son regard se durcit.

« Fais comme tu veux, mec, mais traîne pas trop tout seul, ça pourrait être dangereux pour toi⋯ »

Le chef s'éclipsa avec sa bande aussi vite qu'il était venu, laissant Stéphan interrogateur sur ses intentions.

Chapitre 19 : 24 décembre 1990

Le Lieu de toutes les connaissances

Stéphan se redressa vivement de son lit, il n'en pouvait plus d'attendre patiemment la fin de la journée. Pour lui, Noël était le plus beau jour de l'année. La veille au soir, il était allé voir avec ses deux parents la parade de Noël qui avait lieu tous les ans dans Méthée. Elle partait de la mairie pour défiler sous des gerbes de confettis et feux d'artifice jusqu'au parc de la Tanière plus au sud où un concert terminait en apothéose la soirée.

Mais dans l'immédiat, l'attente était trop longue. Le jeune homme descendit à toute allure les escaliers pour retrouver sa mère dans la cuisine. Celle-ci était occupée à préparer le dîner du soir et les décorations.

« T'as besoin d'aide, maman ? lui demanda-t-il.

- Ah, tu es là ! répliqua-t-elle lorsqu'elle l'aperçut. Je suis désolée mais tout est quasiment fini. Il ne me reste plus qu'à faire cuire la dinde et les préparatifs seront finis.

- J'voulais m'occuper pour faire passer l'temps, ajouta Stéphan, déçu.

- En attendant, tu peux aller faire un tour dehors. Il y a plein de neige partout, pourquoi tu n'irais pas t'amuser ?

- Bonne idée ! » s'exclama le jeune homme.

Il saisit son manteau et son écharpe dans l'armoire de l'entrée avant de les enfiler.

« Maman, la dernière fois que t'as vu la mère d'Ed', elle t'a pas donné de nouvelles ? Ou un mot pour moi ?

- Tu m'as déjà posé la question et je t'ai répondu que non, elle ne m'a rien dit de particulier. Mais rien ne t'empêche de lui rendre une petite visite, ça lui ferait plaisir.

- Ouais, j'aurai sûrement plus d'info'… »

Stéphan fut soudainement interrompu par un visiteur frappant à la porte. Il l'ouvrit et découvrit avec joie Lisa accompagnée d'Antoine, tous deux vêtus de gros bonnets et de gants.

« Salut Stéph', lança la fille, enthousiaste. Tu sors ? Il y a de la neige partout !

- On pourra se faire une bataille ! ajouta Antoine.

- Salut ! J'suis trop content d'vous voir ! J'm'ennuyais à mourir, vous tombez à pic ! »

Avant de sortir, Stéphan remonta précipitamment dans sa chambre et réapparut avec deux livres en mains. Il adressa un signe à sa mère et rejoignit ses deux compagnons.

« Qu'est-ce que tu vas faire avec ces bouquins ? demanda Antoine.

- Excusez-moi d'vous prévenir seulement maintenant mais j'dois faire un saut à la bibliothèque. Aujourd'hui, elle ferme à quatorze heures et j'préfère pas attendre.

- Si tu ne comptes pas y rester des heures, ça devrait aller… » répondit Lisa avec un air faussement agacé.

Elle commençait à connaître les petites manies de Stéphan et s'en amusa.

« Ah ! ajouta l'adolescent, l'air désolé. J'dois aussi faire un tour rapide chez la mère d'Eddy. J'veux savoir s'il a donné des nouvelles.

- J'espère qu'on va pas passer l'après-midi à te suivre, répliqua la fille avec une pointe d'ironie. Sinon la bataille de boule de neige, on la fera sans toi !

- Ça, c'est hors de question ! J'vais faire vite et après, ça va être votre fête ! »

Stéphan pénétra dans le jardin de son ami et sonna à la porte. La mère d'Eddy répondit avec son grand sourire habituel. Depuis l'accident de son fils, ses proches essayaient de lui rendre de nombreuses visites.

Divorcée, elle se retrouvait désormais seule à la maison. La famille Sentana lui avait alors proposé de se joindre à elle pour célébrer le réveillon de Noël. Stéphan l'avait toujours connue attentionnée et aimante. Il avait eu énormément de chagrin pour elle lorsque, sur le quai de la gare, elle avait dû quitter son enfant partant pour le centre de rééducation.

« Bonjour madame ! lança-t-il.

- Bonjour Stéphan, répondit la femme d'une voix douce. Je suis heureuse de te voir. Mais ne reste pas devant la porte, vas-y, entre !

- Je suis désolé, mais j'ai pas le temps, mes amis m'attendent. Je voulais savoir si vous alliez bien et si Ed' avait donné des nouvelles.

- Merci de te soucier de moi, mais je vais bien. Le travail m'aide à ne pas voir le temps passer.

- Je suis content d'entendre ça.

- Eddy n'a pas eu beaucoup de temps pour m'appeler. Je ne l'ai eu que cinq minutes au téléphone il y a deux jours. Il m'a assuré que tout se passait bien et qu'il reprenait des forces. Il a ajouté que la nourriture de la cantine était bonne et qu'il s'était déjà fait un ami.

- Je suis heureux pour lui, dit Stéphan, l'air préoccupé. J'avais peur qu'il se sente dépaysé. Mais il a rien ajouté d'autre ? »

La mère d'Eddy réfléchit quelques instants.

« Tu sais, on n'a pas eu énormément de temps pour discuter, répondit-elle après réflexion. Il n'a pas pu m'en dire plus. Mais dès que j'ai d'autres nouvelles, je viendrai immédiatement te les transmettre.

- Merci, lança le jeune homme. Je vais devoir vous laisser. On se voit ce soir pour le réveillon, n'oubliez pas !

- Oh non, je n'oublierai pas ! À ce soir, Stéphan !

- À ce soir ! »

Il quitta la résidence d'Eddy et rejoignit ses amis. Lisa le vit arriver et lorsqu'il fut assez prêt, elle lui lança une boule de neige en plein visage. Antoine et Lisa rirent de la réussite de leur piège. De son côté, Stéphan ne réagit presque pas.

« Bah ! Pourquoi tu dis rien ? s'exclama la fille, déçue du manque de réaction. Y'a un problème ? »

Le garçon se contenta d'adresser un sourire à son amie. Normalement, il aurait trouvé son piège très drôle et serait rentré dans le jeu sans attendre. Mais cette fois-ci, il semblait préoccupé par quelque chose.

« Tu m'entends ? insista-t-elle.

- Ouais… Désolé, je réfléchissais…

- Elle t'a dit quoi la mère d'Eddy pour que tu sois dans cet état ?

- Rien d'spécial… Eddy va bien, son centre est super, la nourriture est bonne…

- Alors pourquoi t'as l'air tracassé ? poursuivit Antoine.

- Pour rien, laissez tomber ! Il n'y a rien ! dit Stéphan pour cacher son humeur.

- Donc on peut y aller ?

- Ouais… 'Faut juste que je passe à la bibliothèque avant !

Chaque fois que Stéphan pénétrait dans ce lieu qui lui était cher, il ne pouvait s'empêcher de garder le silence en signe de respect. Il appréciait particulièrement l'architecture aux traits rectilignes de la Grèce antique. Y avait-il une histoire derrière cette esthétique ? Stéphan l'ignorait. Pour lui, ce bâtiment avait été son ami, son sauveur, dans les moments les plus difficiles. Alors que parfois il était ravagé par le chagrin et la solitude, il venait se réfugier ici. Il voyageait à travers les centaines de rayons et piochait au hasard les livres qui lui paraissaient les plus intéressants. Quelques années plus tôt, quand Jack venait de décéder et qu'Eddy n'était pas toujours là pour le soutenir, le sport, mais aussi la lecture, avaient été comme une main tendue.

Tandis qu'il montait à l'étage, Lisa et Antoine l'attendaient dans le hall d'entrée. Il déposa ses livres sur le bureau des retours et adressa un sourire à l'hôtesse d'accueil.

« Bonjour Stéphan, dit-elle en répondant à son sourire. Comment vas-tu ?

- Je vais bien, merci ! Je voulais savoir si vous aviez reçu de nouveaux romans depuis la semaine dernière ?

- Ah non, pas encore. La prochaine commande arrivera d'ici quelques jours.

- Très bien, merci, bonne journée ! » conclut-il en faisant demi-tour.

Avant de rejoindre ses amis, il se décida à faire un petit détour par le rayon « littérature française ». Il avait déjà lu plusieurs dizaines de romans qui ornaient ces étagères. Stéphan les parcourut en diagonale et découvrit des auteurs comme George Sand, Émile Zola ou encore Victor Hugo. Tous, et bien d'autres encore, l'avaient déjà fait rêver et voyager dans le temps. Il franchit quelques mètres et se retrouva plongé dans la littérature américaine. Lorsqu'il était plus jeune, il avait été emporté et fasciné par ce style nouveau dont l'un des piliers avait été Mark Twain. Le rêveur s'était intéressé de très près à des écrivains comme Julius Horwitz, Alex Haley et Richard Wright. Ces hommes qui racontaient la vie dans les quartiers pauvres des États-Unis avaient enrichi l'esprit du jeune garçon et élargi son champ de pensées. Stéphan aimerait comme eux, partager son histoire par les écrits et faire rêver le monde.

Il descendit les escaliers et retrouva ses deux compagnons occupés à lire les expositions du hall concernant divers écrivains du siècle dernier.

« On peut y aller, lança-t-il en arrivant à leur niveau.

- J'étais jamais venu ici, dit Antoine en sortant son nez des pancartes. C'est intéressant tout c'qui est dit.

- Ouais, y'a souvent des expositions sur un peu tous les sujets.

- Tu viens souvent dans cette bibliothèque ?

- J'ai une carte d'abonné et j'peux retirer plusieurs bouquins par semaine » informa Stéphan qui se dirigea vers la sortie.

Lisa referma son long manteau et enfila son bonnet.

« Vous voulez aller où ? Il fait froid, dit-elle en frissonnant.

- J'connais un petit café sympa dans le coin, répondit Antoine. On pourrait aller boire un verre. Qu'est-ce que vous en pensez ?

- Ça me tente ! » s'exclama la présidente des élèves.

Stéphan répondit d'un hochement de tête.

« Venez, suivez-moi ! » fit Antoine.

La ville était entièrement recouverte de neige. Les flocons tombaient toujours comme de grosses boules de coton tandis que les voitures roulaient doucement pour ne pas déraper. Lorsque les trois compagnons passèrent devant un petit lac gelé, ils découvrirent des enfants qui s'amusaient à se tirer sur une luge et à s'envoyer des boules de neige. Lisa sourit. Le monde merveilleux des enfants l'avait toujours fait rêver. Elle aurait voulu rester à cet âge magique.

« Stéphan ! dit subitement Antoine. T'as pas fini d'me dire ce que cette bibliothèque représentait pour toi. Les deux fois où tu m'en as parlé, t'avais l'air super enthousiaste.

- C'est vrai ? Je m'en rends même pas compte ! Mais quand j'y réfléchis, je sais pourquoi tu dis ça. Tu sais, lors de mes premières années de collège, quand je rentrais des cours et qu'il n'y avait personne pour me tendre la main, je me réfugiais dans ce lieu. C'était en plein hiver, j'm'en souviens. J'avais pas le moral de rentrer chez moi alors j'venais dans cette bibliothèque et j'me promenais dans les étages. Et puis peu à peu, j'ai lu des dizaines de livres, puis des centaines, je m'arrêtais plus ! Je crois qu'les livres m'ont énormément aidé… »

Lisa et Antoine se regardèrent perplexes, ils n'avaient pas l'habitude que leur ami se confie à eux.

« Pourquoi tu parles souvent de ton enfance comme d'une période traumatisante ? demanda l'adolescente qui profita de l'occasion. Je veux pas paraître indiscrète, mais tu parles souvent de *moments difficiles.*

- C'est pas indiscret, répondit Stéphan avec une pointe de nostalgie dans la voix. C'est vrai que tout n'a pas toujours été rose dans ma vie. Mais j'vais mieux…

- Si tu veux nous parler… ajouta Lisa.

- J'vous raconterai tout si vous voulez, mais attendons d'être au café. L'endroit me semble mieux choisi ! »

Antoine les invita à entrer dans le café qui se trouvait au coin d'une petite rue marchande. Il secoua sa veste pour enlever la neige et fit un signe à un gros bonhomme derrière le bar.

« Antoine, comment vas-tu ? dit-il. Je te sers quelque chose ?

- Salut Sergio ! Je vais prendre un café court. Je suis avec deux amis » répondit Antoine en désignant ses compagnons.

Le gros bonhomme sortit du bar pour les saluer.

« Je vous sers quoi ? demanda-t-il aimablement.

- Moi je vais prendre la même chose qu'Antoine, répondit Lisa un peu timide.

- Et pour moi ce sera un jus d'ananas ! enchaîna Stéphan.

- Deux cafés et un jus d'ananas, très bien, répéta le serveur.

- On est placé au fond de la salle, merci » conclut Antoine en dirigeant ses amis.

Ils prirent place près de la vitre qui donnait vue sur de nombreuses boutiques décorées de guirlandes électriques et de boules de Noël.

« J'arrive pas à croire que les fêtes de fin d'année soient déjà là ! s'exclama Stéphan en observant le monde qui se bousculait à l'entrée des magasins.

- Eh ouais, ça passe drôlement vite ! poursuivit Antoine.

- Je trouve ça super, lança joyeusement Lisa. Dire que ce soir on va être recouvert de cadeaux. Je suis déjà tout excitée !

- C'est beau d'voir Noël avec des yeux d'enfants ! » répliqua Stéphan pour taquiner l'adolescente.

Le serveur apporta les boissons. Le groupe le remercia avant que celui-ci ne disparaisse de nouveau. Alors qu'un silence s'imposa, Stéphan sirota son jus de fruits. Après quelques secondes, il devina la cause de ce moment de répit.

« Vous êtes en train de penser à c'que j'vous ai dit tout à l'heure ? » demanda-t-il.

Il attendit, toutefois, aucun des deux n'osa répondre.

« Allez, soyez pas timide, j'sais bien qu'vous voulez savoir, continua Stéphan. De toute façon, j'vais pas vous laisser éternellement dans l'mystère !

- Je ne suis pas timide, répondit Lisa, mais je ne veux surtout pas te brusquer et t'obliger à quoi que ce soit…

- Tu m'obliges à rien, c'est moi qui ai amené le sujet ! Et puis, on est amis maintenant… »

Il baissa la tête et ne savait pas par où commencer.

« Vous savez, dit-il après un temps de répit, j'ai encore jamais confié ce que je vais vous dire. Sachez que pour moi, ce sera pas facile.

- On te comprend, t'en fais pas » assura Antoine en posant sa main sur l'épaule de son ami.

Stéphan lâcha un grand soupir, il fallait se lancer.

« Alors voilà, y'a maintenant quelques années, avec Eddy, on avait un ami. Il s'appelait Jack. On était inséparable ! »

Il sourit tristement, la nostalgie revenait. Il ferma les yeux pour se ressaisir et poursuivit son histoire.

« On avait environ dix ans. Vous savez comment sont les garçons à cet âge-là, toujours à chercher l'aventure et à s'amuser. Jack était vraiment une personne exceptionnelle. J'me rappelle, j'étais en sécurité avec lui, avec son savoir et sa sagesse. »

Lisa et Antoine se lancèrent un regard inquiet, redoutant le pire.

« Stéphan, interrompit la fille, tu n'es pas obligé de continuer. Ça te fait de la peine et…

- Je t'assure que ça va. Ça m'fera le plus grand bien d'en parler et de le partager avec des amis.

- D'accord, alors on t'écoute » dit Antoine.

Stéphan se racla la gorge avant de poursuivre.

« Pendant les grandes vacances qui séparaient l'école primaire du collège, il a été renversé par une voiture. Il est décédé quelques heures après l'accident. Pour moi et Eddy, ça a été très dur. J'me suis renfermé sur moi-même, j'me retrouvais souvent seul. J'ai eu la bibliothèque comme refuge, mais au fond, j'étais encore seul…

- Nous sommes désolés, dit Lisa, d'un air sincère.

- J'vous remercie. J'sais, ça peut paraître bête, c'était y'a tellement longtemps…

- Dis pas ça Stéphan, c'est arrivé à un moment de ta vie où tu te construisais. Il a fallu trouver quelque chose sur quoi te raccrocher.

- Et durant la période qui a suivi l'accident, Eddy a fait quoi ? demanda Antoine après avoir bu une gorgée de son café.

- On a tous les deux réagi de manières bien

différentes. Moi, j'vivais que par ce souvenir, et Eddy, lui, essayait d'aller de l'avant. Face à lui, j'avais peur. Peur qu'il ne comprenne pas ma réaction ou qu'il tente de me faire rencontrer d'autres personnes. J'aurais alors eu l'impression de trahir Jack. Mais il avait raison, je peux pas vivre que par ce drame, je dois m'épanouir !

- On t'aidera comme on peut, fais-nous confiance » lança Lisa.

Elle posa sa main sur celle de Stéphan.

« Merci, je savais que vous comprendriez. Et j'dois dire que depuis que j'vous connais, ça va beaucoup mieux, vous m'avez beaucoup aidé à m'libérer l'esprit. Je sens que j'peux faire de nouvelles choses… »

Le compliment avait touché ses deux amis.

« Mais ça veut dire qu'Eddy n'était pas souvent là pour toi ?

- Si, il l'était… Enfin, de temps en temps… À sa manière…

- Ça a dû être terriblement éprouvant pour toi, perdre ton meilleur ami et te retrouver seul. C'est ça qui t'a poussé à pratiquer les arts martiaux ?

- Nan, j'en faisais déjà depuis mon agression, mais c'est vrai qu'ça m'a aidé à m'évader.

- Tu pratiquais du sport pour éviter de repenser à tout ça…

- J'ai essayé d'me rendre fort mentalement et j'me battais physiquement.

- Eddy était alors ton mentor ?

- C'est exact ! Et qu'est-ce qu'il était dur ! Je souffrais pendant les entraînements, mais encore une fois, j'voulais pas me montrer faible, alors j'disais rien » expliqua Stéphan.

Le serveur revint et demanda s'ils reprendraient quelque chose. Antoine refusa poliment et le serveur s'éclipsa.

« Ce type m'épate ! lança Antoine. Eddy a su vaincre

sa peine et en plus il a essayé d'être dur avec toi pour pas te laisser couler !

- Ouais, il est incroyable !

- Tout à l'heure, c'était bien sa mère qu'on a vue ? demanda le garçon.

- Ouais, c'était elle.

- Et elle t'a donné des nouvelles ?

- Elle m'a dit qu'il allait bien et qu'il guérissait.

- Il ne t'a toujours pas laissé de messages ? demanda précipitamment Lisa

- Nan, toujours pas... Mais tu sais, il est très occupé et il doit avoir la tête ailleurs.

- Ça fait aucun doute ! » assura Antoine.

Lisa jeta un œil dehors et vit la neige qui tombait en flottant dans l'air avant de toucher le sol. Elle avait toujours trouvé que l'hiver avait quelque chose de surnaturel et de merveilleux. Quand l'eau se transformait en neige, tout semblait alors plus calme. Les rues et les toits des maisons se transformaient en coton immaculé.

« J'avais oublié que ce soir c'était le réveillon de Noël ! dit-elle avec un large sourire. Vous allez avoir quoi comme cadeaux ? Vous savez ?

- Mes parents vont m'payer un voyage pour les grandes vacances » répondit Antoine, enthousiaste.

Lisa écarquilla les yeux en entendant cela.

« Eh bah ça va, tu te fais plaisir, toi ! T'en as de la chance ! Et toi Stéphan ?

- Comme d'habitude, des livres d'arts martiaux, un nouveau nunchaku et d'autres petites choses…

- C'est super ! Tu m'as encore jamais montré de nunchakus, tu en apporteras un pour le prochain entraînement ?

- D'accord, mais tu m'y feras penser.

- Pas de problème.

- Et toi ? Le père Noël va t'apporter quoi ? demanda-t-il en rentrant dans son jeu.

- Mes parents me font toujours des surprises, ils me connaissent très bien. Donc je sais pas ce que je vais avoir mais j'ai confiance en eux ! »

Les trois compagnons discutèrent encore quelques minutes. Antoine regarda sa montre et informa qu'il devait rentrer chez lui pour se préparer. Il paya l'adition avant de quitter tous ensemble le bar ; c'était son cadeau de Noël, lança-t-il. Dehors, Antoine leur adressa un joyeux Noël puis les quitta. En regardant l'heure, Stéphan se souvint que Lisa lui avait dit la veille qu'elle irait voir Margaux et Zoé dans l'après-midi.

« Ouais… J'avais rendez-vous avec elles pour passer un petit moment ensemble…

- Bah t'y vas pas ?

- J'ai pas trop envie… Je préfère rester avec toi !

- Mais elles vont t'attendre ! répliqua Stéphan. C'était l'occasion de vous voir avant de fêter Noël avec ta famille.

- Mais nan, elles sont chez Zoé… Elles vont pas s'ennuyer ensemble… »

Bien qu'il était embarrassé que Lisa pose un lapin à ses copines, il se réjouit secrètement de se retrouver en tête-à-tête avec elle. Un détail lui revint malgré tout en mémoire :

« Par contre, il est déjà dix-huit heures trente, j'vais pas tarder…

- Ah bon, déjà ?!

- Ouais, j'suis désolé, mais si tu veux j'te raccompagne ?

- Bien sûr que je le veux ! » s'exclama la fille.

Ils traversèrent la rue enneigée des centres commerciaux et débouchèrent sur un petit quartier. Les arbres dénudés embellissaient la rue. Les décorations de Noël ornaient les façades des maisons en scintillant.

« Regarde là-bas ! lança Lisa qui montrait un groupe d'enfants. C'est une chorale de Noël, ils toquent aux portes et offrent un chant ! »

Ils passèrent alors devant les enfants et entendirent leurs douces voix.

« J'trouve que Noël a vraiment quelque chose de magique, dit Stéphan en regardant son amie. Les gens oublient un peu leurs problèmes, le paysage devient beau malgré l'froid.

- J'ai toujours pensé la même chose… »

Ils arrivèrent devant la maison de la présidente des élèves. Stéphan lui souhaita une bonne soirée, il voulut l'enlacer dans ses bras, puis se retint. Pour Lisa, il était encore un peu trop tôt pour se quitter, elle lui demanda alors s'il accepterait de se voir le lendemain.

« Bien sûr ! répondit vivement le garçon. Mais tu seras pas avec ta famille ?

- Si, mais je veux te voir un peu. J'ai un cadeau pour toi… »

La nouvelle le frappa de plein fouet. Comment réagir quand une fille qu'on apprécie énormément veut nous offrir un cadeau ? se demanda-t-il. Il bégaya que ça lui ferait énormément plaisir puis ajouta qu'il avait aussi pensé à elle.

« Très bien, alors on se voit demain ! Joyeux Noël ! répondit la fille en lui faisant un baiser sur la joue pour le saluer.

- Joyeux Noël… » répéta Stéphan.

Son cœur palpitait. Lisa poussa le portillon de son jardin et fit un signe de main avant de disparaître avec un grand sourire.

Stéphan revint sur ses pas et colla sa main sur sa joue. La scène qui venait de se dérouler repassa en boucle dans sa tête. Sur le chemin, il croisa de nouveau la chorale et entendit, avec joie, un nouveau chant.

Chapitre 20 : 12 janvier 1991

Le Challenger

Ayant remporté le petit championnat de Méthée, Stéphan s'était alors entraîné sans relâche dans l'attente de ce jour. Il allait enfin pouvoir prendre sa revanche au grand tournoi de Paris.

Il ne s'y rendait pas en train cette fois-ci, mais en voiture avec Antoine, Lisa et quelques-uns de leurs amis. Une bonne vingtaine d'élèves du lycée avait insisté pour l'accompagner et le voir à l'épreuve. Seuls treize avaient eu la chance de se trouver une place dans l'un des trois véhicules.

Il était cinq heures trente du matin, le réveil avait été difficile, mais Stéphan était maintenant prêt. Il attendit patiemment que ses amis viennent le chercher en espérant qu'aucun imprévu ne leur tombe dessus. Il ne savait ni quelles étaient ses chances de remporter le tournoi, ni quelle confiance il devait placer dans chacun de ses nouveaux admirateurs. Tout ce qu'il savait, c'était qu'Eddy n'avait donné aucune nouvelle par le biais de sa mère depuis deux semaines et qu'il ne lui avait pas non plus souhaité bonne chance pour la compétition.

La sonnette retentit malgré l'heure matinale et le garçon ouvrit immédiatement la porte. C'était Lisa en personne qui était venue le chercher.

« Salut Stéph' ! Tu viens, les voitures sont garées juste au coin de la rue. »

Le compétiteur prit son sac de sport au moment où sa mère vint lui dire quelques mots et lui faire une bise sur le front.

« Bonjour Madame Sentana ! » s'exclama Lisa excitée par la journée à venir.

La mère referma la porte derrière les deux adolescents, son visage affichait une satisfaction qu'elle n'avait plus eue depuis longtemps.

Dehors, la neige continuait de tomber et recouvrait tout de blanc. Leurs traces de pas étaient vite effacées.

« J'espère que tu te sens en forme, dit Lisa sur le petit trajet qui les menait au reste du groupe.

- Ça peut aller... J'suis un peu anxieux... Cette compétition... J'espère que j'ferai pas comme la dernière fois... » s'inquiéta-t-il.

Trois voitures étaient garées en ligne. Dans celle en tête de file se trouvaient cinq personnes ; deux filles et trois garçons. Stéphan les reconnut, il y avait Zoé et d'autres élèves de sa classe. Le garçon distingua à travers les vitres enneigées beaucoup de mouvements et de joie causés par son arrivée. Dans celle en deuxième position, il n'y avait personne sur la banquette arrière, c'était sûrement celle dans laquelle ils allaient voyager. Le conducteur était un élève de Terminale du lycée qui avait déjà son permis de conduire. On le surnommait *Le Géant* pour sa taille qui frôlait les deux mètres. Antoine, lui, était assis sur le siège passager. Ces derniers ne discutaient pas, ils avaient l'air d'écouter paisiblement la musique de l'autoradio en attendant leur arrivée. À l'intérieur de la dernière voiture, des personnes leur adressaient des saluts de la main. Tous les supporteurs auraient sûrement voulu sortir afin de lui dire bonjour et l'encourager pour le tournoi qui l'attendait, toutefois, l'heure avançait et il était hors de question d'être en retard.

Stéphan et Lisa montèrent dans la voiture destinée à les accueillir.

« Salut champion ! s'écria Antoine. On sera treize à t'supporter, d'autres voulaient venir, mais bon, 'faut pas que tu prennes la grosse tête, non plus !

- Merci, ça m'touche beaucoup, répondit Stéphan,

183

souriant. Mais il reste encore une place ici.

- Je sais bien, mais ça c'est pas moi qui décide... »

Il adressa un clin d'œil complice à Lisa qui lui rétorqua d'arrêter de dire des bêtises.

La première voiture commença à avancer difficilement sur la neige. Le conducteur du véhicule de Stéphan mit le contact et démarra à son tour suivi de la dernière voiture.

Le trajet était long et il ne faisait pas chaud dans les voitures. Ils roulaient déjà depuis un bon moment alors que l'impatience montait. Stéphan ne ressentait pas de stress particulier malgré ce qui l'attendait. Il se remémora la dernière compétition, le moment où il s'était fait disqualifier par Jason Wuang et la victoire d'Eddy.

« Stéph', tu penses qu'on arrivera à l'heure ? demanda Antoine en le sortant de ses souvenirs.

- Ouais, il doit pas rester plus d'une heure de route, répondit celui-ci. On arrivera une demi-heure en avance.

- Antoine, tu peux participer à ce tournoi, toi aussi ? suggéra Lisa.

- Nan mais ça va pas ! répondit-il. Si j'y participe, j'vais me faire démolir. De toute façon, pour concourir à ce genre de championnat, 'faut être qualifié à l'avance, comme l'a été Stéphan.

- En fait, raconte-nous comment s'est passé ton dernier tournoi à Paris, demanda la fille à Stéphan.

- Mon dernier tournoi ? J'vous ai déjà raconté mille fois c'qui s'est passé, j'ai perdu en demi-finale…

- Mais on veut savoir comment ça s'est passé en détail ! Allez, mets-nous dans le bain ! lança le Géant.

- Bon, si vous voulez, mais pour moi, il s'agit d'un très mauvais souvenir. »

Stéphan relata la défaite qu'il avait subie au précédent championnat.

« Eddy devait être un grand expert en arts martiaux avant sa blessure, conclut Antoine après que Stéphan eût fini de narrer son histoire. Tu m'parais déjà très fort, mais t'as rien pu faire face ce Jason Wuang, qui lui, s'est fait disqualifier par Eddy. J'arrive même pas à imaginer son niveau… »

Un silence s'installa dans la voiture, chacun eut une pensée pour Eddy qui, en plus d'avoir été président des élèves, était aussi champion en titre durant les deux dernières années. Stéphan poursuivit alors :

« Cette fois-ci, j'ai toutes mes chances de remporter la victoire, j'ai bien progressé depuis c'temps, j'me suis entraîné comme un dingue ! En plus, le fait d'avoir entraîné Lisa m'a permis de revoir les bases fondamentales du Jeet Kune Do. J'me sens vraiment prêt à affronter c'qui m'attend aujourd'hui !

- T'as raison ! enchérit la fille. Et puis Eddy ne participera pas à cette compétition, t'auras plus de chances de la remporter… »

Il y avait tellement de monde sur le parvis du gymnase de Coubertin qu'ils durent se garer sur un parking d'un centre commercial aux alentours.

« Moi, j'rentre tout de suite dans le gymnase, annonça Stéphan. 'Faut qu'je signale ma présence sur les listes d'inscriptions et qu'j'me change.

- OK, dit le conducteur. Nous, on va attendre les autres devant le gymnase pour leur dire qu'il y a de la place ici. On te rejoindra à l'intérieur.

Stéphan commença à s'éloigner quand Lisa le rattrapa en courant :

« Je viens avec toi ! » lui dit-elle.

« Ils ont l'air de plus en plus proches ces deux-là, confia Antoine au Géant.

- J'pense que c'est plutôt elle qui s'est attachée à lui,

répondit l'autre.

- C'est pas c'que m'a dit Stéphan, lui aussi l'apprécie beaucoup.

- 'Toute façon, c'est pas nos histoires, laissons-les faire. Au fait, comment tu l'connais ?

- J'l'ai rencontré cette année, il est dans ma classe. Et Lisa aussi, d'ailleurs. On est devenu de bons amis. Et toi, tu l'connais d'où ?

- Moi ? J'le connais pas…

- Ah bon !? s'exclama Antoine, stupéfait. Alors pourquoi t'es venu à la compétition ?

- J'le connais grâce à sa réputation, on est tous au courant d'ce tournoi, alors moi, j'ai voulu venir. J'ai envie de voir c'que c'est un grand champion…

- Je savais pas, ça m'étonne…

- J'suis pas l'seul dans ce cas, reprit le conducteur. Tu sais que sur les dix autres personnes qu'on attend, il doit y en avoir pas plus de deux qui le connaissent bien. Justement, quand on parle du loup, les voilà ! »

Celui-ci montra du doigt les deux voitures arrivant sur le parking. Il leur indiqua qu'il ne servait à rien de rester ici car il n'y avait plus de place et indiqua qu'un parking était disponible à une centaine de mètres. Une fois garés, les supporteurs se rejoignirent devant le gymnase.

« Vous avez fait un bon voyage ? demanda l'un.

- Ouais, ça va, c'était pas si long, répondit Zoé.

- 'Faut qu'on rentre vite dans l'gymnase pour avoir les meilleures places ! » lança un troisième.

En attendant l'arrivée du champion de Jeet Kune Do, Lisa contempla l'immense salle bondée de monde dans laquelle allaient se dérouler les plus beaux affrontements. Elle songea au stress que Stéphan pouvait alors ressentir et se dit qu'il allait avoir besoin de soutien. À ce moment-là, elle le vit réapparaître à la porte des vestiaires.

« Elle est super belle ta tenue de combat ! admira-t-elle.

- Ce sont des vêtements traditionnels chinois, commenta le garçon. J'adore m'battre avec ces habits, ils sont souples et légers. »

Ils se dirigèrent vers le tableau où étaient inscrits les tours de passage pour les combats. Stéphan était dans la première partie du tableau, il allait disputer le deuxième affrontement contre un pratiquant du Ju Jitsu. Il continua à parcourir l'ordre de passage des confrontations pour savoir s'il connaissait d'autres participants. Dans la deuxième partie, il aperçut un nom qui lui était familier, un certain Jason Wuang. Cette nouvelle ne l'étonna guère, il savait que le garçon voudrait retenter sa chance. D'un coup, il entendit une voix derrière lui :

« Alors Stéphan, ça y est, t'es inscrit ? »

C'était l'un des garçons du groupe venu le supporter.

« Ouais, j'suis inscrit et j'vais disputer le deuxième combat.

- Ça sera une partie d'rigolade pour toi, tu verras, tu les vaincras tous facilement !

- Je crois vraiment pas, répondit Stéphan sur la réserve. J'avais participé à la catégorie des quinze-dix-huit ans lors de l'ancien tournoi. Aujourd'hui, j'suis en plus de dix-huit ans, ça sera plus difficile !

- Mais t'inquiète pas, tu l'as dit toi-même, t'as beaucoup progressé depuis l'ancien championnat ! encouragea le conducteur de son véhicule.

- Y'a un détail dont j'vous ai pas encore fait part, soupira Stéphan. Jason Wuang, celui qui m'a disqualifié lors de la précédente compétition, participe aussi à celle-ci. En plus, comme on est pas dans la même partie du tableau, si on s'rencontre, ce sera en finale !

- Tu vas pouvoir prendre ta revanche ! » dit Lisa, la voix pleine d'espoir.

Depuis quelques jours, elle regardait le compétiteur d'une nouvelle manière. Ses yeux étaient remplis d'étincelles.

Il était dix heures trente, la compétition commença. Un présentateur annonça au micro le déroulement de la journée.

« Il nous saoule avec son bla-bla ! balança un garçon de la bande.

- T'as raison, en plus on sait déjà tout c'qu'il nous raconte » répondit Stéphan en souriant.

Le premier combat débuta après la présentation, il opposa deux judokas. Le public regarda le match avec passion, chacun encourageant son participant préféré.

Subitement, un Asiatique de moyenne taille surgit devant Stéphan et lui tendit la main pour le saluer.

« Bonjour ! lui dit-il. Tu te souviens de moi ? »

Stéphan lui serra machinalement la main et prit un léger temps avant de répondre, son attitude avait changé.

« Oui, je me souviens de toi... » répondit-il mal à l'aise.

Lisa, à ses côtés, entoura son bras autour du sien. Elle sentit qu'il avait besoin de soutien.

« Ton ami qui avait remporté le dernier tournoi n'est pas là ?

- Il n'a pas pu venir, il s'est blessé...

- Ah c'est dommage. Il s'appelle Eddy je crois, c'est ça ? demanda-t-il.

- Ouais, c'est bien ça, répondit Stéphan.

- J'aurais bien voulu le revoir, je voulais lui demander s'il avait envie de s'entraîner avec moi. C'est une des seules personnes qui a réussi à me battre. »

Stéphan ne répondit pas et n'adressa même plus un regard à son interlocuteur.

« Sinon, tu pourrais me donner ses coordonnées pour que je puisse le contacter, s'il te plaît ? demanda l'Asiatique.

- Heu… Ouais, d'accord, si tu veux. Je te les donnerai pendant les heures de repas, répondit Stéphan, le ton hésitant.

- Merci, toi aussi tu pourras venir t'entraîner avec nous si ça te fait plaisir.

- Ouais, on verra…

- Je dois y aller, j'espère qu'on va se rencontrer lors des confrontations, à tout à l'heure ! » conclut le garçon.

Stéphan, préoccupé, le vit s'en aller. Alors que Lisa le fixait droit dans les yeux, il ne fit même pas attention à elle. Antoine le coupa alors dans ses pensées :

« C'était qui, c'gars ?

- Jason Wuang.

- Ah ! C'était donc lui !

- Et ça continue… souffla Lisa de manière juste assez audible pour que Stéphan l'entende.

- Tu parles de quoi ? demanda-t-il.

- Je parle d'Eddy, il va s'entraîner avec ce Jason et toi, tu vas encore te retrouver seul !

- Mais nan, tu l'as entendu, il a dit que j'pourrai venir…

- Jason a dit ça, rétorqua Lisa, mais Eddy, lui, qu'est-ce qu'il va en penser quand il pourra s'entraîner avec un gars comme lui ? »

Elle se trompe… mais j'peux pas lui en vouloir, elle dit ça pour mon bien… se dit Stéphan qui, sans s'en rendre compte, venait de glisser sa main le long du bras de Lisa pour lui caresser les doigts. Il la fixa droit dans les yeux, puis, lui répondit que même si Eddy avait des défauts et qu'il n'avait pas toujours été présent, il restait un ami fidèle. Puis, après un temps, il ajouta que de toute façon il ne serait plus jamais seul, qu'elle serait toujours là pour lui et pour les entraînements.

« Qu'est-ce que c'est qu'ces histoires ? demanda Antoine qui perçut quelques bribes de la discussion.

- C'est rien ! répondit sèchement Stéphan.

- On soupçonne Eddy, son soi-disant meilleur pote, de se servir de lui » dit un membre du groupe.

Stéphan reconnut le jeune homme, il était là le soir où ils avaient discuté de ce sujet après la course-poursuite avec le gardien du gymnase. Il aurait préféré qu'il se taise plutôt que de répondre à sa place. Ce qu'il y avait entre Eddy et lui ne concernait personne d'autre qu'eux.

« *Eddy* ? reprit Antoine. Stéph' m'a dit qu'c'était un gars super !

- C'est c'qu'Eddy lui a fait croire.

- Eddy est un hypocrite, lança Zoé. Regarde c'qu'il a fait quand il était président des élèves, que des belles promesses pendant que les Guerriers Fous continuaient leur business.

- *Les Guerriers Fous ?* répéta Antoine, les yeux écarquillés. Nan, mais attends, il était président des élèves, pas agent du FBI !

- Arrêtons avec ce sujet ! ordonna Stéphan. OK ?

- Il ne lui a même pas souhaité bonne chance, tu ne trouves pas ça étrange ? demanda Lisa à Antoine, outrepassant l'ordre de Stéphan.

- Bah… J'sais pas quoi dire là, ça me tombe un peu dessus… répondit-il. J'sais que certains d'entre vous ont une dent contre lui, mais 'faut pas tout confondre non plus... J'veux pas porter de jugement hâtif et la seule fois où je l'ai rencontré, il m'avait semblé être honnête et plutôt sympa.

- Tu verras qu'on a raison ! lança l'un des supporteurs. Y'a plein de gens qui l'adorent parce qu'il se la joue cool, mais ça va pas durer…

- J'vous ai dit d'arrêter de parler de ça ! ordonna Stéphan en haussant la voix. Qu'est-ce que vous comprenez pas ? Le premier combat vient de se finir, c'est mon tour maintenant. Encouragez-moi au lieu de dire des conneries ! »

Sans même se retourner, il se dirigea vers la zone de combat accompagné des applaudissements de ses supporteurs.

L'affrontement commença, Stéphan lança l'assaut en premier. Il savait qu'il ne devait pas perdre ce combat, ni aucun autre d'ailleurs. Ce dernier attaqua avec une série de coups de poing, son adversaire les esquiva tous et contre-attaqua avec un coup de pied retourné que Stéphan reçut en pleine tête. Avec la puissance du coup, il chuta inévitablement. Ses idées furent confuses l'espace d'une brève seconde avant de se ressaisir.

Les supporteurs commencèrent à douter de sa victoire, le coup était trop puissant.

Son adversaire décida de passer à l'attaque et réussit à le toucher au ventre. Stéphan tomba à quatre pattes.

« Ça y est, c'est foutu, lança l'un des garçons venus le supporter. Il va perdre ! »

L'opposant de Stéphan se dressa à une trentaine de centimètres de lui. Ce dernier baissa ses bras et sourit en le regardant mal en point à terre.

Enfin, il baisse sa garde, se dit Stéphan tout en surgissant pour infliger à son adversaire le plus grand uppercut qu'il avait jamais donné. Son opposant, touché de plein fouet au menton, s'écroula au sol. L'arbitre s'interposa entre les deux combattants le temps que le pratiquant de Ju Jitsu se relève. Celui-ci était étourdi et eut du mal à revenir dans le combat. L'arbitre laissa l'affrontement continuer malgré tout. Stéphan attrapa le poignet de son adversaire et le tira vers lui de toutes ses forces. Quand son opposant fut à proximité, il lui assena un coup de pied très puissant à l'abdomen.

L'autre tomba K.O. et Stéphan remporta son premier match ! Il était maintenant qualifié pour les quarts de finale.

« C'est fou ce que t'as fait ! s'exclama Lisa, abasourdie. Pendant un moment, j'ai bien cru que t'allais perdre.

- C'est vrai qu'il était fort, mais j'savais c'que j'faisais, répliqua Stéphan.

- Qu'est-ce que tu veux dire par là ?

- J'voulais le laisser m'toucher, juste pour m'échauffer un peu. Puis, quand j'ai vu qu'il avait baissé sa garde, j'ai pas hésité à l'attaquer avec des coups puissants.

- Tu veux dire que t'as fait exprès de ne pas te battre à fond dès le début pour tester ton adversaire ? demanda l'un, admiratif.

- Ouais, c'est exactement ça ! Alors, j'sais que c'est risqué comme tactique, mais quelques fois, ça marche bien. »

Le groupe assista aux autres combats. Stéphan, lui, observa ses adversaires, il voulait connaître le niveau de ses prochains opposants. Certains étaient très forts et quelques combats furent de toute beauté, surtout ceux de Jason Wuang. Il remporta tous ses combats en mettant K.O. ses adversaires en moins de trois minutes. Stéphan de son côté gagna le quart de finale assez facilement, il était congratulé par ses amis mais savait que, désormais, tout ne serait plus si simple. Pour la demi-finale, il allait devoir affronter un Karatéka de haut niveau, quant à Jason, lui, il serait opposé à un adepte de boxe anglaise.

La suite de la compétition reprendrait après la pause déjeuner, à quatorze heures. Stéphan et ses amis mangèrent dans un restaurant japonais près du gymnase. Le repas était un vrai festin, tous furent heureux de la qualité de la nourriture.

En retournant au gymnase, Stéphan rencontra Jason qui lui demanda comme prévu les coordonnées d'Eddy. Celui-ci accepta et s'éclipsa quelques minutes pour les lui noter.

« Merci !

- Y'a pas de quoi, répondit le garçon en lui tournant le dos pour partir.

- Attends, s'il te plaît ! demanda l'Asiatique. Je voulais te dire… Je suis quasiment certain qu'on va se rencontrer en finale…

- Quoi ?! Qu'est-ce que… répliqua Stéphan, interloqué.

- Je t'ai bien observé et je dois dire que tu es le meilleur de tous les autres participants, avoua Jason. J'adore affronter des experts, ça me permet d'évoluer à mon tour.

- C'est vrai, t'as sans doute raison, il y a de grandes chances pour qu'on se revoie en finale. Mais dis-toi bien une chose, je te ferai aucun cadeau. Si tu fais une seule erreur, j'hésiterai pas à en profiter pour te mettre K.O. une bonne fois pour toutes !

- Ça me plait beaucoup de me battre contre quelqu'un qui ne veut rien d'autre que la victoire, je peux alors repousser mes propres limites. À tout à l'heure, en finale… »

Tout en prononçant ces mots, Wuang effectua le salut chinois, qui consistait à fermer un poing dans l'autre main et à baisser légèrement la tête, comme signe de respect. Stéphan fit de même et ils se quittèrent pour rejoindre leur groupe d'amis respectif.

« Alors, ça y est, tu lui as donné c'qu'il voulait ? demanda Antoine, le voyant arriver.

- Ouais, je le lui ai donné. J'dois dire en fin de compte que Jason est quelqu'un d'bien. Je mentirais si je disais qu'il me fait pas peur, mais il pratique les arts martiaux avec une grande considération et cherche à repousser ses limites. J'espère bien le rencontrer en finale…

- J'sais pas c'qu'il t'a raconté, dit Antoine, mais ça

avait l'air intéressant.

- Au fait, dit l'un du groupe, pendant que tu parlais avec Jason, y'avait une démonstration d'arts martiaux de ouf, c'était super !

- Ce qui signifie que les épreuves vont bientôt reprendre » conclut Stéphan, en forme pour la suite.

Dans la foulée, le présentateur s'empara du micro et annonça le début des demies finales.

Stéphan avait quelques minutes pour s'échauffer, il en profita pour faire des étirements et quelques coups dans le vide. Il se rendit sur la zone de combat où se trouvait déjà son adversaire. L'arbitre se mit entre les deux compétiteurs et leur demanda s'ils étaient prêts. Les réponses furent affirmatives, le combat pouvait donc commencer.

Le Karatéka attaqua et Stéphan répliqua immédiatement. Voyant que son adversaire ne se décidait pas à stopper ses offensives, Stéphan se résolut à jouer sur l'esquive et la contre-attaque. Il évita encore et encore les coups portés par son assaillant, puis plaça un bon direct dans la mâchoire quand il le put. Le Karatéka chargea avec des coups de pied, Stéphan ne put que reculer face à la rapidité de son adversaire mais arriva à bloquer une jambe pour le faire tomber à terre. Il lui sauta précipitamment dessus en lui donnant plusieurs crochets au visage. L'arbitre vint les séparer, le Karatéka se releva et le match reprit. Le combat se poursuivit et arriva au gong sans grande action particulière, Stéphan se contentant de parer et de contre-attaquer. Le vainqueur fut élu au point et Stéphan gagna haut la main, accédant ainsi à la finale comme Jason l'avait prédit. Ses amis lui sautèrent au cou et le félicitèrent.

Enfin, j'participe à la finale du grand championnat, ça fait tellement longtemps qu'j'attendais ça... pensa Stéphan. *Et cette fois-ci, je ne perdrai pas !*

« Regardez, Jason va disputer son match de demi-finale ! » annonça Lisa.

Stéphan ne voulait surtout pas manquer une seconde de ce combat, il voulait observer Wuang, le connaître par cœur. Comme prévu, Jason était bien plus fort, plus rapide que son adversaire, il remporta l'affrontement sans la moindre difficulté.

La finale allait donc opposer Stéphan Sentana à Jason Wuang.

Dix minutes de pause furent respectées entre les demies finales et la finale. Le groupe de Stéphan le félicita encore de ses exploits et l'encouragea pour son prochain combat. Stéphan, lui, resta concentré, il savait que l'affrontement suivant serait le plus dur qu'il avait à mener. Il savait qu'il ne devrait commettre aucune erreur et qu'il devrait rester concentré pendant tout le combat. Il avait observé Jason Wuang pendant ses matchs et connaissait ses points forts et ses points faibles. Il savait qu'il ne devrait pas agir sans réfléchir et qu'il devrait souvent feinter son adversaire tant celui-ci était extrêmement rapide.

Il restait encore quelques minutes avant le début du combat, Stéphan se focalisa sur sa respiration afin de ne pas être perturbé par autre chose. Il essaya de chasser ses pensées négatives pour ne pas entraîner une perte de contrôle du corps et du temps de réaction. Il connaissait bien le style de son opposant et allait se battre en donnant le meilleur de lui-même, se battre comme si ce combat était le dernier, comme si sa propre vie en dépendait.

Le présentateur demanda alors aux finalistes de se présenter au centre du ring. Stéphan enleva sa veste chinoise dans un souci d'efficacité et soucieux de ne pas la déchirer. Les deux finalistes entrèrent dans l'arène sous une immense clameur de la foule.

« Bonne chance ! lança Lisa suivie par tous ses amis.

- On est tous avec toi !
- Tu vas gagner !
- Courage ! »

Stéphan les regarda, souriant, confiant.

« Ed' m'a même pas appelé pour m'souhaiter bonne chance, dit-il. J'vous remercie d'être tous venus m'encourager, ça m'fait énormément plaisir !

- Eddy t'a pas encouragé, c'est vrai ! s'exclama Lisa. Peut-être a-t-il peur de se faire dépasser par son propre élève, mais nous, on est là pour te soutenir ! Vas-y, tu vas lui montrer qui est le meilleur à ce Wuang ! »

La fille n'avait plus le caractère de fer qu'elle montrait en tant que présidente des élèves, sa voix était douce, admirative, subjuguée. Stéphan se dirigea vers le ring, confiant. Il vit Jason Wuang s'avancer à son tour. Les deux finalistes arrivèrent au centre de la zone de combat et se saluèrent. Chacun dans la foule retenait son souffle, le calme s'installa dans la salle.

Le signal de départ retentit, le silence de mort était toujours présent. Jason n'attaqua pas immédiatement, il savait que Stéphan l'avait beaucoup observé et qu'il pourrait facilement contre-attaquer.

J'peux pas le toucher sur une simple action, se dit Stéphan. *J'dois l'obliger à créer des failles dans sa garde !*

Il tenta une feinte de coups de poing, cependant Wuang ne réagit pas.

Il doit savoir que j'veux l'attaquer sur une série de coups, comment faire pour le toucher ? Son adversaire fit quelques mouvements de bras, comme s'il fouettait l'air, quand subitement, il envoya un vrai coup à la vitesse de la lumière qui vint s'écraser sur la joue de Stéphan. Ce dernier parvint à se mettre à distance de sécurité de son ennemi.

Il m'a touché ! L'enfoiré… Mais ça va, j'ai rien…

Stéphan fit alors une feinte de coup de pied au niveau

du genou, Jason ne réagit toujours pas. Il réitéra sa ruse une seconde fois, Wuang eut enfin l'air d'y croire, puis il renouvela sa feinte, et cette fois-ci, son adversaire leva la jambe pour se protéger. À une vitesse hors du commun, l'expert en Jeet Kune Do enchaîna alors un coup de pied ravageur au visage de son adversaire. Celui-ci tomba au sol et Stéphan en profita pour lui redonner un coup à la mâchoire.

Je l'avais prévenu que j'lui ferais aucun cadeau !

Wuang se releva, la joue légèrement enflée. Son opposant repartit aussitôt à l'attaque très rapidement et le toucha plusieurs fois à l'abdomen. Stéphan tenta un coup au visage mais se fit éjecter en avant et tomba à terre. Son assaillant était déjà sur lui au moment où il voulut se relever, le menaçant d'une clef de bras. C'était exactement de cette manière que Stéphan avait perdu lors de leur précédent affrontement.

Nan ! J'perdrai pas une seconde fois !

Stéphan parvint à lui saisir un bras et eut l'idée de le mordre de toutes ses forces. Dans ce tournoi multisports, tous les coups étaient permis. Sous la douleur, Jason céda et préféra libérer son prisonnier. Les deux finalistes se retrouvèrent de nouveau face à face, le public était en folie, il hurlait, encourageait et applaudissait les deux prodiges. Mais Stéphan n'entendait rien, il était dans son monde et ne voyait rien en dehors de ce qui se passait sur le ring.

Ça fait maintenant un bon moment que l'combat a commencé… J'sais pas qui de nous deux est l'meilleur, mais j'dois en venir à bout par n'importe quel moyen !

Les adversaires se battirent et ne commirent aucune faute, Stéphan préféra rester sur la défensive et Jason sur l'offensive. Toutefois, au Jeet Kune Do, chaque défense permet une contre-attaque, et chaque attaque une défense. Jason donna des séries de coups de poing, ce qui engendra une faille au niveau de ses jambes, Stéphan en profita alors pour lui assener un coup de pied très violent dans le mollet. L'expression de son visage trahit l'intensité de la douleur. Stéphan recommença son attaque une deuxième fois puis une troisième, Wuang bloqua le dernier et blessa Stéphan au tibia. Mais celui-ci profita du millième de seconde où Jason avait baissé sa garde pour lui envoyer un puissant crochet, du sang gicla de sa bouche. Sans qu'il ne puisse réagir, il se reçut un deuxième puis un ultime coup de poing. Wuang ne tint plus debout, ses jambes vacillèrent, et, dans sa chute, il parvint à placer un dernier uppercut. Stéphan, à son tour, perdit l'équilibre et s'échoua au sol. Les deux finalistes étaient à terre, exténués. Le gong final retentit et le gagnant devrait alors être élu aux points. Jason avait touché plus de fois Stéphan, logiquement, le Chinois devrait l'emporter. Mais de son côté, Stéphan s'était relevé juste après le signal de fin alors que Wuang était resté inerte au sol. Il remporta donc la victoire par K.O.

Le speaker prit le micro et le déclara champion du grand tournoi de Paris. Celui-ci n'arriva pas à y croire, c'était encore un de ses rêves. Pourtant, en croisant le regard de Lisa, il savait que c'était bien réel. Il courut vers Antoine et ses amis, hurlant de joie, malgré son visage plein de sang et son corps endolori. Lisa plongea dans ses bras et l'embrassa sur la joue sous l'émotion :

« T'es le meilleur ! T'as gagné ! »

Ses amis le félicitèrent et le portèrent à bout de bras. Du monde défilait devant lui tandis qu'une musique de victoire retentissait.

« J'ai gagné ! Enfin, j'suis champion ! » cria-t-il de toutes ses forces dans cet instant si merveilleux, presque irréel.

Stéphan leva le poing au ciel, signe qu'il était désormais le numéro un !

Chapitre 21 : 28 janvier 1991

L'Insomnie

Il était trois heures du matin, Stéphan se tourna et se retourna dans son lit, il n'arrivait pas à dormir. Les pensées défilaient dans son esprit sans qu'il n'y puisse quelque chose.

Dehors, des gouttes de pluie venaient s'écraser violemment contre les fenêtres de sa chambre. Pourtant, le jeune homme avait réussi à s'endormir sur les coups de vingt-trois heures mais s'était réveillé en sursaut peu de temps après. Quelque chose le préoccupait, ce n'était pas le bruit de la pluie.

Ces deux derniers mois ont été presque les plus mouvementés d'ma vie, pensa-t-il. *Grâce à ma victoire au tournoi, j'suis trop populaire au lycée ! C'est ouf ! Au fond, ça me plait cette situation, Lisa m'lâche plus depuis quelque temps, j'espère qu'elle m'apprécie vraiment... Elle est tellement...*

Un éclair se fit voir à travers la fenêtre, suivi d'un grondement de tonnerre. Stéphan sursauta. Plus il pensait à dormir, plus ses esprits devenaient confus et le tourmentaient.

'Faut que j'dorme, il est quelle heure ? Trois heures trente. Demain j'ai cours, 'faut que j'dorme. Pourquoi j'y arrive pas ? J'dois penser à rien.

Pense à rien, pense à rien, pense à rien, j'pense à quelque chose là ? Merde, j'pense que j'dois pas penser ! 'Faut pas que j'pense à ne pas penser !

Il resta coincé dans l'abîme de ses pensées. Pourquoi n'arrivait-il pas à s'endormir ? Pourtant il se sentait fatigué, ses paupières étaient lourdes, il les laissa tomber comme d'épais rideaux de fer. Mais une fois refermées, son esprit partait ailleurs. Il se souvint... Jack, son enfance, puis Eddy... Son meilleur ami. Malgré ce que certains pouvaient penser de lui, Stéphan savait qu'il était son ami, il le savait...

Le garçon repensa aux tournois auxquels il avait participé et à son évolution, à sa popularité.

J'suis enfin heureux... Enfin le travail récompensé... Je n'souhaite rien de plus...

Il pensa à ses nouveaux amis, à Antoine, Zoé, Margaux... Et aux autres... Ils étaient arrivés brusquement dans sa vie, mais après tout, n'était-ce pas ce qu'il attendait ?

D'un coup, Stéphan tapa de toutes ses forces dans le mur, de colère. Pourquoi n'arrivait-il pas à dormir ? Le bruit avait dû réveiller sa mère. Ce n'était pas son intention...

L'énervement se confondait sans cesse avec le flottement de son esprit pour remonter sans cesse à la surface. Le visage d'une personne qui lui était cher se dessina.

Demain j'vois Lisa pendant l'après-midi, j'ai hâte d'y être. Mais 'faut d'abord que cette nuit sans fin se termine et que je m'endorme...

Ce week-end, j'me suis vraiment bien amusé avec elle, c'est quelqu'un d'adorable, j'me suis jamais senti aussi bien avec une fille, même si quelques fois... Je sais pas... Ça m'a fait énormément plaisir qu'elle soit venue m'encourager à la compétition, c'est une des raisons pour laquelle j'ai gagné, je n'pouvais pas perdre devant elle, je n'aurais pas pu, je n'aurais pas supporté...

Stéphan regarda le ciel nuageux à travers sa fenêtre, pour la première fois depuis quelques heures il ne songea à rien, mais cela ne dura pas, ses pensées revinrent à la charge.

Même Antoine et tous les autres sont venus m'encourager, je pouvais pas rêver mieux.

...

Eddy lui, n'était pas là... Mon meilleur ami... Mon meilleur... ? Enfin, j'peux pas lui en vouloir, il est dans son centre de rééducation, loin d'ici.

...

Un coup de téléphone pour me souhaiter bonne chance n'aurait pas aggravé l'état de son genou... S'il l'a pas fait, c'est qu'il a eu des empêchements... OK... Des empêchements...

Ça m'fait bien rigoler que les amis de Lisa pensent qu'Eddy m'aime pas et qu'il se sert de moi pour s'entraîner aux arts martiaux.

Ils lui en veulent pour avoir été un président assez moyen, mais ça m'regarde pas, ça... S'ils savaient comme on est proche...

Par contre, il m'a toujours pas appelé depuis ma victoire... Comment ça se fait ?

...

Mais merde ! Qu'est-ce qu'il fout ? Même sa mère je la vois plus, ça m'inquiète... pensa-t-il après un immense soupir.

Stéphan regarda son réveil, l'heure passait sans que le sommeil ne vienne. Il écouta attentivement les bruits qui l'entouraient et entendit le son du tapotement de la pluie sur les fenêtres accompagné du sifflement aigu du vent. La trotteuse de l'horloge paraissait plus présente que jamais. Il avait l'impression que la pendule se trouvait à quelques centimètres de son oreille.

Quatre heures douze du matin, il était encore éveillé. Stéphan décida de se raconter une histoire pour s'aider à s'endormir, cela lui permettrait de se dégager de ses pensées.

Qu'est-ce que je pourrais me raconter comme histoire ?

L'histoire d'un champion d'arts martiaux ? Nan, 'faut pas que ça ressemble à ma vie... L'histoire d'une

petite fille, ouais, ça c'est mieux. Elle s'appelle… Heu…
Comment elle pourrait s'appeler ?

…

Wendy !

C'est une petite fille qui est très pauvre et… et qui vit
toute seule parce que ses parents sont décédés quand
elle n'était encore qu'une enfant. Ouais, ça c'est bien
comme histoire !

Puis heu… elle habite dans une cabane en paille…
Avec un petit chat qu'elle a adopté.

Et tous les meubles qu'elle possède sont ceux que les
villageois d'à côté ont jetés. Ouais c'est ça, elle habite à
côté d'un village, où elle y travaille très dur pour gagner
sa vie…

Nan, c'est pas intéressant ça, elle ne travaille pas, les
villageois l'aiment pas, parce que… parce qu'elle heu…
elle est sale…

Nan, elle est propre, elle s'lave tous les jours dans le
petit fleuve près d'sa cabane. Et ils ne l'aiment pas parce
qu'elle vole, ouais c'est ça, elle vole des pommes et du
pain chez l'épicier et le marchand de fruits pour se
nourrir, mais personne n'arrive à l'attraper parce
qu'elle court très très vite. En plus, elle est très maligne !

C'est bien ça ! C'est une petite fille super
débrouillarde.

Et elle a une amie qui habite dans le village, c'est sa
meilleure amie, des fois elle lui apporte à manger. C'est
la seule qui l'aime bien.

Mais ses parents veulent pas qu'elle voie Wendy.
Donc elles doivent se voir en secret, et… et font plein de
trucs ensemble. Elles sont super amies.

Ça, c'est une vraie amitié !

…

Une vraie amitié…
Elles ne se trahiraient pas… Nan, jamais…

…

202

Eddy non plus me trahirait pas...

La fille du village soutiendrait Wendy dans n'importe quelle situation...

...

Pourquoi Eddy m'a pas appelé pour me souhaiter bonne chance ?

Est-ce que je compte si peu pour lui ?

Un gigantesque éclair vint déchirer le ciel assombri par les nuages suivi d'un énorme bruit de tonnerre qui tira Stéphan de ses pensées. La tempête était de plus en plus violente, il regarda sa fenêtre qui aurait pu s'ouvrir en éclat sous la force du vent.

Quel orage ! J'ai bien cru que la foudre allait casser la fenêtre et foutre le feu à la maison...

Le temps passa, il était presque cinq heures trente.

Quelques fois, Wendy et son amie partent à l'aventure, pensa Stéphan pour continuer son histoire.

Elles vont... sur le fleuve avec un radeau...

...

Mais pourquoi Eddy m'appelle pas ? Pourquoi il ne l'a jamais fait ?

Il a dit qu'il pouvait recevoir des coups de téléphone uniquement de sa mère, il aurait pu m'faire passer un message par elle.

Bon ! Je dois arrêter de penser à ça ! S'il l'a pas fait, il devait avoir une bonne raison...

Alors Wendy et son amie...

Elles sont sur leur radeau et... Elles... veulent partir ensemble quelque part loin d'ici.

...

Et si Lisa et les autres avaient raison... Si Eddy se servait de moi uniquement pour s'entraîner...

...

Nan, c'est impossible !

...

Mais après tout, pourquoi pas ?

Il était pas souvent là pour m'soutenir dans la vie...

Qu'est-ce que j'raconte, il était là après la mort de Jack, il me soutenait...

Par contre, pendant les entraînements il s'en foutait d'me frapper comme un ouf, il disait que c'était pour me renforcer...

C'était vrai ? Ou juste pour s'entraîner, lui ?

Souvent, après les entraînements, il rentrait en courant sans m'attendre, il disait que ça faisait partie de l'entraînement, que c'était pour améliorer notre endurance. Je m'rends compte qu'il voulait juste rentrer sans avoir à me parler...

Je m'suis fait avoir ? C'est pas possible...

Bon ! 'faut que j'arrête de penser à ça, c'est mauvais !

C'est des conneries...

...

Retournons sur Wendy et sa copine, elles veulent s'échapper pour ne plus avoir à supporter les gens du village qui harcèlent Wendy.

...

Ça c'est une vraie amitié...

...

Comme moi et...

...

Jack...

...

Lui était vraiment mon ami, ça j'en suis sûr, il m'avait appris tant de choses.

Mais Eddy aussi m'enseigne tout ce qu'il sait...

Il l'aurait pas fait s'il ne m'aimait pas !

...

Ou bien voulait-il juste passer son temps avec moi, quand il n'avait pas d'autres amis ?

...

Ça n'a pas de sens...

...

Nan, il est mon ami...

...

Quelques fois... il rentrait tard le soir... Et quand sa mère le grondait pour ses retards, il disait qu'il était chez moi et je confirmais...

...

Je voulais le protéger plus que tout...

...

J'ai jamais réellement su ce qu'il faisait en réalité... Il devait être avec ses autres potes... Et il se servait de moi comme motif de retard...

Pourquoi Eddy m'a pas considéré comme son vrai ami ? Comme ses autres amis qu'il voyait de temps en temps... Quoi ? Je suis trop un bouffon pour qu'il traîne avec moi ?

On se connaît depuis tout petit...

...Je me souviens que quand Jack est mort, il avait pas l'air très affecté, il me disait qu'il était profondément triste, mais qu'il fallait se faire une raison et continuer de vivre.

Mais ça veut dire qu'il méprisait Jack... Ça...

Il a vite pris le rôle que Jack avait au sein du groupe, comme si sa mort n'était pas si importante que ça.

Je me rends compte qu'il s'en foutait de lui aussi et il le voyait quand il avait pas d'autres amis...

On était ses deux potes du quartier quand il galérait...

C'est vrai aussi qu'il venait me voir au collège quand il était tout seul. Et quand y'avait tous ses potes, là, il venait pas me voir !

Il est obsédé par le fait d'être au centre des attentions ! Les autres ont raison ! Il est devenu président des élèves juste pour être populaire, le reste il s'en foutait... Il m'a jamais parlé des Guerriers Fous, il faisait comme s'ils existaient pas...

...

Mais qu'est-ce que j'raconte, moi ? Eddy est mon ami, et ça depuis toujours !

...

J'ai passé tant de bons moments avec lui, ...Tant de rires, ...Tant de discussions, ...Tant de mystères venant de sa part.

Pourquoi il rentrait en retard quelques fois ? Que faisait-il ?

Pourquoi il a été si peu affecté par la mort de Jack ?

Pourquoi il venait presque jamais me voir au collège ?

...

Peut-être que j'arrive pas à y croire parce qu'une personne qui fait ça est vraiment... une ordure...

...

J'pourrais pas lui pardonner, jamais !

Jack est mort et c'est en partie de ma faute, j'me suis confié et réfugié auprès d'Eddy, mais si j'avais su quel ami il était en réalité, j'aurais jamais perdu tout ce temps avec lui...

Il m'a pas appelé parce qu'il se fout de moi, pourquoi aurait-il pris la peine de m'souhaiter bonne chance ? Il a sûrement mieux à faire...

De toute façon, j'en veux pas de ses encouragements.

Il a pas pleuré comme il le fallait la mort de Jack,

Il venait pas m'voir au collège quand j'étais tout seul,

Il se servait de moi comme d'un punching-ball pendant ses entraînements,

Et il m'a presque pas donné de nouvelles depuis qu'il est parti.

Qu'est-ce que j'ai fait pour mériter ça ?

...

Je pensais être un type bien...

...

Wendy et son amie, sa vraie amie, vont partir

ensemble, pour quitter ce village qui leur fait du mal...

Moi aussi j'dois quitter à mon tour ce village... Tous ceux qui me font du mal...

Et rejoindre mes vrais amis, ceux qui sont toujours derrière moi dans les moments difficiles.

Lisa...

Elle, elle me comprend, elle a vu directement qu'Eddy était vicieux et elle a essayé de m'prévenir... D'ailleurs, elle se retrouve à rattraper ses erreurs en tant que présidente !

Je lui dois un grand merci.

Qu'est-ce que j'aurais fait sans elle ? Serais-je resté aveugle face à ce qu'Eddy fait ? Est-ce que j'aurais remporté ce tournoi ?

Je sais pas...

Elle m'a sauvé...

Comme cette fille qui a sauvé Wendy du village...

Il faut que je me laisse embarquer par elle, comme Wendy par son amie, pour plus subir le mal...

Stéphan regarda son réveil, il est six heures cinquante, c'était bientôt le moment de se lever, d'aller en cours.

Il n'avait pas réussi à dormir de toute la nuit, ses pensées l'en avaient empêché.

Une nuit d'insomnie, une nuit de révélations.

Il se leva et partit en direction de la salle de bain.

Jack est parti, il m'a laissé seul. Lisa, ne m'abandonne pas, je te donne mon entière confiance...

Chapitre 22 : 8 février 1991

Trafics

D'un geste rapide et précis, Arnold graffa le visage d'un boxeur sur le mur qui longeait un chemin de fer. Il avait un talent incontestable pour ce genre de peinture. Le personnage avait une expression très agressive et proférait des insultes envers la police et l'État.

Mike le regardait avec satisfaction, il savait que pour répandre davantage la popularité de sa bande, il ne fallait pas se limiter qu'aux trafics. Graffer les murs des quartiers nord jusqu'au centre-ville était un bon moyen de se faire connaître.

« Qu'est-ce que vous en pensez ? demanda Arnold en se retournant vers sa bande.

– C'est parfait !

– Mortel ! »

Le chef examina le dessin final, le sourire aux lèvres.

« Attends, il manque un truc ! »

Il s'avança vers Arnold pour s'emparer de la bombe de peinture. Il la secoua en s'approchant du mur, puis, ajouta les lettres G.F.

« *Guerriers Fous !* 'Faut bien signer, sinon à quoi ça sert d'faire des chefs-d'œuvre ? » fit-il.

Le Colosse rit d'une manière très grave. Il se posa sur un banc en ouvrant une canette de bière.

« Tu vas t'arrêter où ? demanda-t-il. Le gang s'étend déjà sur tout l'quartier, si on s'agrandit trop, ça va alerter les keufs···

– J'ai pas dit que j'voulais foutre la ville à feu et à sang, mais tu sais c'que ça représente ça ? »

Mike montra le graffiti du doigt.

« Ça marque notre territoire. Si un connard ou une bande de loosers s'ramènent ici, ils sauront qu'il faut vite foutre le camp d'ici.

– Tu marques notre territoire ?

– 'Faut bien, quand j'vois que certains s'barrent sans donner de nouvelles···

– Tu parles de qui là ? répliqua Cassandra.

– Tu l'as vu récemment Child, toi ? »

Mike monta le ton. Il fixa chacun de ses acolytes les uns après les autres pour leur faire comprendre que, cette fois-ci, il ne blaguait pas.

« OK ! reprit-il. 'Faut pas s'foutre de ma gueule trop longtemps. Quand on est dans la bande, on l'reste ! Ce bâtard nous esquive, il répond plus aux appels, ma patience est arrivée à bout ! »

Il était rare que la bande assiste à un excès de colère de la part de leur chef, lui qui savait habituellement se contenir pour réfléchir posément à une solution.

« Le premier qui l'voit, il m'appelle direct ! J'vais mettre un terme à cette plaisanterie !

– Et pourquoi on irait pas chez lui

directement ? » lança Sara.

Elle se rapprocha de lui en enroulant son bras autour du sien. Depuis quelque temps, elle arrivait à devenir plus tactile avec lui.

« Là, tout de suite, j'ai des trucs à faire⋯ J'attends un mec, il m'doit du fric !

– Et j'crois pas que ce soit à toi de dire à Mike c'qu'il doit faire ! » rétorqua Cassandra.

Elle n'avait plus aucune retenue vis-à-vis d'elle et se moquait des conséquences. Cassandra était une fille qui savait particulièrement bien se battre et espérait provoquer la fille pour la contraindre à en venir aux mains.

« Bon, qu'est-ce qui t'arrive, toi ? Tu m'cherches ? répliqua Sara.

– Ouais, j'en ai marre d'entendre ta grande gueule pour⋯

– Eh ! J'en ai ras-le-cul d'vous entendre vous prendre la tête toutes les deux ! interrompit Mike. Si ça continue, vous allez dégager ! »

Les deux filles se toisèrent du regard avec un mépris palpable. L'intonation du chef avait imposé le silence et rappelé qu'il ne voulait pas de conflits au sein du gang. Un bruit de moteur vint perturber la dispute.

« Bon ! Le gars est là ! » dit-il quand il vit arriver un homme en scooter.

L'individu se gara à une dizaine de mètres d'eux. Il était grand, fort, âgé d'une trentaine d'années. Quand Mike s'approcha de lui, il afficha un air enjoué, ravi de le voir.

« Salut Mike ! lança-t-il. Comment ça va ? »

L'homme lui tendit la main pour le saluer, néanmoins, le chef des Guerriers Fous ne partageait apparemment pas le même engouement. Les traits de son visage s'étaient transformés en quelque chose de plus dur et laissaient apparaître une mâchoire solide.

« T'as mon fric ? fit-il sans salutations.

– Heu··· Tu sais···

– Quoi ? La réponse est simple, tu l'as ou tu l'as pas !

– Je l'ai pas, mais je t'avais prévenu que ça prendrait du retard···

– Tu te fous d'ma gueule ? Tu m'avais dit *quelques jours* et ça fait trois semaines que j't'ai filé ton shit, tu m'as pris pour un bouffon ? » cria Mike, enragé.

Le trentenaire n'appréciait guère qu'on lui parle de cette manière, il avait essayé d'adopter un ton plus convivial mais cela n'avait pas empêché ce qu'il avait redouté.

« Bon, gamin, tu vas me parler autrement, dit-il. Tu vas arrêter de jouer les caïds avec moi. Ton fric, je l'ai pas, je vais pas te le chier ! »

Mike s'avança d'un pas menaçant vers lui. La différence d'âge n'était pas un facteur qui le dérangeait.

« Et je fais quoi, moi, hein ? Je fournis des gars, et j'attends gentiment qu'ils se décident à payer ? Tu vas bien m'écouter sale enfoiré de mes deux, le fric, je l'ai pas demain, j'te défonce ta p'tite gueule de bourgeois !

– Parle-moi autrement ! Je suis pas ton pote ! Continue à menacer les gens comme ça, et je te balance aux flics !

– Ah ouais ? Et tu vas leur dire quoi aux flics ? Que tu t'fournis ton shit auprès des lycéens ? C'est ça ? »

Mike poussa l'homme tant la colère montait en lui. Il voulut le saisir par le col de sa veste mais se fit repousser. Leurs voix résonnaient dans la ruelle.

« Tu sais quoi ? reprit l'homme. Comme tu veux jouer aux cons, ton fric, tu l'auras pas !

– Quoi ? J'aurai pas mon fric ? »

Mike changea d'intonation. Son client crut alors à une victoire, il sourit en répétant qu'il ne verrait jamais la couleur des billets. Pourtant, il n'avait pas prêté attention au mouvement de recul de la part de Mike qui s'était accompagné d'un regroupement de sa bande se ruant vers lui. L'homme eut à peine le temps d'entendre « allez-y les gars » qu'un garçon lui bondit dessus. C'était donc comme ça que Mike réglait ses problèmes ? eut-il à peine le temps de penser. Ce lâche envoyait ses sbires quand ça tournait mal.

Mais l'homme ne se laissa pas faire, il envoya un coup de poing au premier qui osa s'approcher et l'assomma à terre. À peine remis de ce premier affrontement, qu'une seconde vague lui tomba dessus. Il donna des coups à tout va pour se défendre, il frappa de ses poings, de ses pieds et même de la tête. Il était hors de question de perdre la face contre des mômes. D'un coup, il sentit des mains le saisir, ses jambes se soulever et son corps basculer en arrière. Il s'écrasa impuissamment au sol.

Puis, il reçut une pluie de coups. Des mains. Des pieds. Des cris. Du sang. Des rires. Un craquement. Une envie de vomir.

À quelques mètres du lynchage, Sara, aux côtés de Mike, contemplait le spectacle. C'était la première fois que son chef réglait ses comptes devant elle. Habituellement, il savait se faire plus discret.

« T'es pas obligée de regarder, si tu veux··· » lui dit-il.

Cependant, la fille ne réagit pas. Cassandra se réjouit à l'idée que Mike puisse considérer Sara comme une âme sensible. Par le passé, celle-ci avait fait preuve de beaucoup de dévotion pour montrer qu'elle avait du cran.

« Tu devrais écouter Mike, lança-t-elle à sa rivale, c'est pas pour les loosers ce genre de chose. »

Sara ne prit même pas la peine de se retourner vers elle. Elle jeta un œil dans la ruelle et aperçut un tas de détritus laissé par les commerçants du coin. Sans un mot, elle lâcha le bras de Mike pour se diriger vers les ordures. Prenant ce comportement comme une fuite, Cassandra souffla pour exprimer son mépris.

Sara n'y prêta pas attention, elle arriva devant les détritus et après une courte inspection, elle trouva exactement ce qu'elle cherchait. Entre les sacs-poubelle et les appareils électroménagers hors d'usage était dressée une barre métallique. Elle se tenait droite comme si elle attendait son propriétaire. Sara s'en empara, testa sa résistance, puis revint vers l'attroupement. Son pas était plus ferme, plus sûr. Quand elle arriva près de l'homme qui se faisait tabasser, il parvint à lever le regard vers elle. Il la vit écarter ses agresseurs d'un mouvement de bras et leur demander d'arrêter. L'homme, malgré la douleur qui lui traversait le dos et le sang sur le visage, lui adressa un sourire pour la remercier. Il eut même le temps de penser qu'elle était plutôt jolie. Aussitôt après, son visage se déforma par la terreur. La femme brandit alors une barre, ses yeux brillaient, son sourire devint mauvais, et d'un mouvement sec, elle l'envoya dans l'épaule de la victime. Un craquement d'os retentit, mais personne n'eut le temps de réagir qu'un second bruit surgit du dos de l'homme. L'adolescente frappa à de nombreuses reprises. Fort. L'adrénaline décuplait son envie de faire mal. Elle riait. La barre se leva et retomba, chaque fois plus énergiquement.

D'un coup, elle fut stoppée dans son

excitation. Une voix l'arrêta. Une main se posa sur la sienne. La fille ressentit en elle la jouissance qui retombait, c'était comme si elle avait quitté son corps quelques instants. Elle se tourna sur sa gauche et découvrit Mike, une expression nouvelle sur son visage.

« C'est bon, j'crois qu'il a eu son compte··· » fit-il.

La fille était essoufflée comme si elle venait de faire un sprint. Le gang l'observa, plongé dans un mutisme qui exprimait à la fois de la stupéfaction et du questionnement.

Sara se rapprocha de Mike, une distance infime les séparait. Elle jeta la barre derrière elle qui frappa le sol dans un bruit métallique. Ils se regardèrent, se contemplèrent. La seconde s'écoula doucement.

Puis, l'adolescente vint l'embrasser d'un baiser qui effleura à peine ses lèvres. Ce dernier, déconcerté, n'exprima pas un souffle. Avant qu'il ne pût réagir, il vit la fille s'écarter de lui avec un immense sourire. Un sourire qui était resté trop longtemps dans l'ombre.

Chapitre 23 : 10 février 1991

La Fête

Allongé sur le lit de sa chambre, la tête dans ses bras croisés, Stéphan attendait patiemment la fin de la journée. Dehors, il faisait incroyablement beau pour un jour de février. Une chaleur nouvelle éclaira sa chambre.

Le jeune homme entendit le téléphone sonner au rez-de-chaussée puis sa mère qui décrocha.

« Stéphan, c'est pour toi ! » lança-t-elle du bas des escaliers.

Celui-ci ouvrit la porte de sa chambre et descendit énergiquement à l'étage inférieur. Il s'empara du combiné avant de remercier sa mère.

« Allô ?

- Allô Stéph', c'est Lisa, tu vas bien ? entendit-il.

- Ah Lisa, ouais, ça va ! Pourquoi tu m'appelles ? On doit pas s'voir avant ce soir, nan ?

- Ouais je sais, répondit-elle. Mais je voulais m'assurer que tu venais bien, parce que des fois tu dis que tu viens et puis finalement…

- Mais bien sûr que j'viens, coupa-t-il, sachant que Lisa avait l'habitude de s'expliquer à n'en plus finir. Ça m'fait très plaisir d'aller à cette fête avec toi…

- Ah OK, bon, et bien je viens te chercher dans une heure. T'es prêt ?

- *Une heure ?* Bah je suis pas encore lavé, j'savais pas qu'on y allait si tôt…

- Bon dépêche-toi de te préparer ! ordonna-t-elle. Je voulais te voir avant de partir à la fête, il y a une chose dont je voudrais te parler. Antoine m'a dit qu'il viendrait nous chercher chez toi, OK ?

- Heu… Ouais, pas de problème… À tout à l'heure…

- À tout à l'heure ! » répondit-elle avant de

raccrocher.

Pourquoi elle veut m'voir avant d'aller à la fête ?
Elle veut m'dire quoi ? se demanda-t-il, avec une pointe
d'anxiété. *En plus, elle est encore jamais entrée chez*
moi... Vite ! 'Faut qu'je range ma chambre, j'ai qu'une
petite heure...

La sonnette retentit, Stéphan ouvrit d'emblée la
porte, il attendait depuis cinq bonnes minutes l'arrivée
de Lisa avec impatience.

« Salut ! » lança-t-il.

- Je vois que t'es prêt ! répondit-elle. J'avais peur que
tu sois encore sous la douche.

- Heu… Nan… J'ai eu du mal à choisir les vêtements
que j'allais porter, mais ma mère m'a aidé, elle connaît
bien la mode… »

Lisa sourit, elle connaissait le côté peu rassuré de
Stéphan dès qu'il s'agissait de son physique. Elle put lire
sur son visage que celui-ci était intéressé de savoir si elle
appréciait sa tenue.

« Tes vêtements sont classes ! finit-elle par dire. Tu
vois qu'il n'y a pas que les joggings qui te vont !

- Merci… Mais vas-y entre, reste pas devant la
porte. »

Au même moment, sa mère passa dans le couloir.

« Bonjour madame Sentana ! dit Lisa de vive voix.

- Bonjour Lisa. Tu es magnifique ! »

La jeune fille portait une robe mauve doublée d'un
voile transparent.

« Merci beaucoup ! » s'exclama l'adolescente.

Ses yeux brillaient. Stéphan fut vexé d'avoir été
devancé par sa mère dans la course aux compliments. Il
ajouta alors d'un ton hésitant qu'il partageait le même
avis et qu'elle aussi portait mieux les robes que les
joggings d'entraînement. Lisa fut amusée par sa répartie.

« Tu veux faire quoi en attendant Antoine ? demanda

le garçon.

- Je sais pas, comme tu veux…
- On monte, j'vais te montrer ma chambre.
- OK, je te suis. »

Ils montèrent à l'étage et Stéphan lui ouvrit la porte.

« Ça va, pour une chambre de mec, elle est plutôt bien rangée, complimenta Lisa. C'est plutôt rare…

- Heu… Oui… Bah moi j'la range souvent, j'aime pas l'désordre… »

Elle se dirigea vers la petite bibliothèque qui était accrochée au mur.

« T'as plein de livres ! remarqua-t-elle. Tu les as tous lus ?

- Bien sûr ! Et encore, ils sont pas tous là, certains sont dans la bibliothèque du salon…

- C'est là qu'on voit que t'es un mordu d'arts martiaux, y'a que ça !

- Ouais, enfin, ils sont presque tous de Bruce Lee. Mais j'te l'ai déjà dit j'crois, j'apprends surtout avec les livres.

- C'est vrai. Tu pourrais m'en prêter un ?

- Ouais, avec plaisir. 'Faudra juste que tu fasses attention…

- Je me sers parfois des livres comme sous-tasses, c'est pas un problème ? » répliqua-t-elle avec un sourire.

Elle poursuivit l'exploration de la chambre et découvrit de nombreux posters sur les murs. La plupart concernaient les arts martiaux mais d'autres montraient aussi des paysages des quatre coins du monde. Face à la fenêtre, elle tomba sur un télescope pointé en direction du ciel.

« Je savais pas que tu avais ce genre de matériel, dit-elle en le regardant de plus près.

- Ce sont mes grands-parents qui me l'ont offert pour mon anniversaire. J'le sors en été quand il fait beau !

- Ah c'est super ! s'exclama Lisa. Tu pourras me

montrer un jour ?

- À la prochaine occasion, je manquerai pas de t'appeler.

- Enfin… Sauf quand il s'agira de mater la voisine… » répondit-elle.

Stéphan avait remarqué que lorsque Lisa était de bonne humeur, elle n'hésitait pas à faire beaucoup d'humour. La fille s'assit sur la chaise près du bureau avant de demander si Eddy l'avait enfin appelé.

« Nan ! rétorqua Stéphan, sèchement. Il l'a pas fait ! Il préfère sûrement s'amuser avec ses nouveaux potes de son centre de rééducation !

- Mais pourquoi tu dis ça ? demanda Lisa, surprise. Tu m'as toujours maintenu que c'était ton meilleur ami, et d'un coup tu commences à avoir des doutes ?

- Ouais, j'ai vu clair dans toute cette histoire. J'ai beaucoup réfléchi et j'me suis rendu compte que t'avais raison.

- Ça me fait plaisir que tu m'écoutes enfin. Mais t'en as parlé avec Eddy ? Et il a répondu quoi ? »

Un léger silence s'installa.

« Nan, je lui ai pas encore dit, il sait rien…

- Tu lui as pas dit ? Mais il faut quand même que tu saches ce qu'il a à dire, peut-être que je me trompe…

- Ah bordel ! 'Faut savoir c'que tu veux ! C'est un faux-cul ou pas ?

- Stéphan, tu peux parler autrement quand tu t'adresses à moi ? »

L'adolescent sembla d'un coup réaliser son langage et s'en excusa. Lisa poursuivit alors :

« J'ai pas changé d'avis, je pense qu'il y a quelque chose qui va pas dans toute cette histoire, mais tu devrais quand même lui parler pour savoir ce qu'il en est, peut-être qu'il se justifiera.

- Nan, j'veux plus lui parler ! J'te l'ai dit, je l'ai découvert, t'avais raison… Toutes ces histoires de président, cette envie de se montrer, ses secrets… J'en peux plus moi ! J'me voilais la face je pense, parce qu'au fond, ça m'a toujours dérangé…

- Oui, mais je veux quand même que tu discutes avec lui ! Fais ça pour moi. Il y a toujours une infime chance pour qu'on se trompe. Au moins, tu auras fait les choses bien, et tu n'auras rien à te reprocher. On tire pas un trait sur plus de dix ans d'amitié comme ça… »

Il hésita longuement avant de lui faire part de sa décision.

« Bon, si tu m'le demandes comme ça, j'veux bien aller m'expliquer avec lui. Mais à la moindre erreur de sa part, j'lui adresserai plus jamais la parole ! »

Stéphan s'assit sur son lit, il n'avait plus envie de parler de ça. Lisa observa de nouveau la chambre, elle remarqua les nombreux objets d'entraînement d'arts martiaux. Sur le mur situé près du lit, il y avait un grand poster représentant un yin yang entouré de deux flèches et de quelques idéogrammes chinois. Au-dessus, il y était écrit « Philosophie du Jeet Kune Do ».

« Au fait, dit Stéphan en brisant le silence, tu m'avais pas dit au téléphone que tu voulais m'annoncer quelque chose ?

- Ah si ! C'est vrai, répondit la fille en faisant mine de jouer avec son élastique qu'elle avait habituellement dans les cheveux. Heureusement que tu me le rappelles. Je voulais te dire que depuis quelque temps… Enfin… On commence à bien se connaître, et je t'apprécie vraiment beaucoup…

- Heu… Merci… Moi aussi, t'es quelqu'un de… »

À ce moment-là, la sonnerie de la porte d'entrée retentit, Stéphan, légèrement agacé, s'excusa et se leva pour aller ouvrir. C'était Antoine, il était arrivé un peu à l'avance pensant qu'il ne les dérangerait pas.

« Vas-y, entre… lui dit Stéphan, surpris de cette avance. Lisa est déjà en haut dans ma chambre. Enlève tes chaussures et monte… »

Antoine s'exécuta avant de les rejoindre.

« J'vous dérange pas au moins ? demanda le jeune homme.

- Mais nan, tu nous déranges jamais, on faisait que discuter…

- Salut Lisa ! » dit Antoine tout en entrant dans la chambre.

Celle-ci lui renvoya son salut sans plus de conviction.

« On peut y aller quand vous voulez !

- On y arrivera un peu avant l'heure, mais pourquoi pas tout d'suite ? répondit Stéphan.

- OK, on fait comme ça ! » conclut la jeune femme.

Elle se leva, prit son sac et indiqua aux garçons de la suivre.

Les trois jeunes gens s'y rendirent à pied, la fête n'était qu'à cinq minutes de chez Stéphan. À vingt-et-une heures, la nuit était déjà tombée et les étoiles recouvraient le ciel.

Antoine frappa à la porte, une jeune fille, qui ne laissa pas le jeune homme indifférent, ouvrit. Elle les invita à entrer et à se débarrasser de leur manteau et de leurs sacs. Ils avaient apporté quelques boissons qu'ils déposèrent sur la table de la cuisine.

De nombreux supporteurs de Stéphan étaient présents et l'accueillirent en chef. La piste de danse était très vaste, du rock'n roll sortait des enceintes. Des spots de lumières de toutes les couleurs illuminaient la pièce. Les danseurs se montraient déjà en spectacle, certains avaient un sens inouï du rythme.

Mais j'sais pas danser ! pensa Stéphan, en s'écartant machinalement de la piste. *J'espère qu'ils vont pas m'obliger sinon, ça va être la honte de ma vie !*

Quelqu'un vint à sa rencontre :

« Salut, mec ! Ça va ? »

Stéphan connaissait le jeune homme, il s'était surpris à discuter avec lui lors d'une séance de cinéma.

« Child ? C'est ça ? demanda-t-il. Qu'est-ce que tu fais ici ?

- C'est plutôt à moi de t'poser cette question. C'est la première fois que j'te vois à une fête, qu'est-ce qui t'amène aujourd'hui ?

- C'est Lisa et Antoine qui m'ont invité. Ils ont beaucoup insisté, donc, me voilà !

- Ah OK ! Tu sais danser ? »

La conversation avec ce garçon lui paraissait naturelle, pourtant, il ne pouvait s'empêcher de penser que Child lui demanderait un service.

« Nan, pas du tout. Quand j'danse on dirait un robot, j'suis complètement crispé.

- Ah ah ah ! Mais nan, c'est pas très compliqué de danser, il suffit de bouger au rythme de la musique. Tu fais des arts martiaux, nan ? Pour toi, ça devrait pas être très difficile ! »

La discussion fut interrompue par l'arrivée de Lisa et Antoine.

« Ça y est, t'as déjà sympathisé avec quelqu'un ? » demanda-t-elle.

D'après le sourire amical qu'elle adressa à Child, Stéphan se fit la remarque qu'elle ne devait pas savoir qu'il faisait partie de la bande de Mike.

« Il est venu m'voir et on a discuté un peu… » dit-il.

La musique changea, c'était une des préférées de la fille.

« J'adore cette chanson, venez danser ! » dit-elle, haussant la voix pour couvrir le son de la musique.

En marchant au rythme des percussions, Antoine et l'autre garçon la rejoignirent sur la piste. Stéphan, lui, resta figé, il songea au comportement étrange de ce Child. Qu'est-ce qu'il avait à gagner à venir lui parler ?

« Pourquoi tu viens pas ? lui demanda Lisa.

- C'est que… Heu… À vrai dire, je sais absolument pas danser.

- Mais c'est pas du tout un problème, ça ! Regarde ! Y'en a plein qui savent pas bouger, mais ils vont quand même sur la piste. On est là pour s'éclater, pas pour un concours du meilleur danseur. »

Stéphan hésita encore.

« Allez viens ! » ordonna-t-elle tout en le tirant vers la piste.

Il bougea doucement ses différents membres pour entrer dans la musique. Stéphan se sentit complètement hors du rythme. Usé, rouillé. Mais peu à peu, il se laissa aller, Lisa l'encouragea pour le mettre en confiance. Ses mouvements n'étaient pas tout à fait coordonnés mais il sentit resurgir en lui quelque chose qu'il n'avait pas ressenti depuis longtemps : s'amuser avec des amis dans une fête, sans complexe ni conflit intérieur. Il en éprouva même du plaisir. La chanson se termina, Lisa et sa bande se mirent de côté.

« Tu sais que tu ne danses pas si mal que ça, pour une première fois ! complimenta-t-elle.

- Mais nan, dis pas n'importe quoi, répondit-il, timidement. T'as bien vu qu'j'étais pas du tout dans le rythme… »

La jeune femme leva les yeux au ciel avec un sourire, puis changea de sujet :

« Tu viens ? Je commence à avoir faim, y'a un buffet là-bas » lança-t-elle en montrant du doigt le fond de la salle.

Les deux amis s'y dirigèrent.

« Tu manges quoi ? Moi je vais prendre une part de gâteau ! s'exclama la fille, ayant l'habitude d'avoir les yeux plus gros que le ventre.

- J'vais rien manger, j'ai pas très faim. En plus, c'est pas très bon de bouffer des trucs aussi gras…

- J'ai remarqué que tu vivais souvent emprisonné de

certaines règles que tu t'imposes toi-même. J'ai rien contre, c'est même plutôt bon d'un côté, mais je pense qu'il faut quelques fois se laisser aller.

- T'as sans doute raison, mais c'est pas facile de changer ses habitudes... »

C'est chelou, quand c'est elle qui me dit les choses, je...

« 'Faut bien un début à tout ! ajouta-t-elle. Vas-y, fais-moi plaisir, mange avec moi.

- Je t'ai déjà fait plaisir en dansant tout à l'heure...

- Là, c'est différent, je veux voir si tu changerais tes habitudes pour moi... » dit-elle d'une voix persuasive.

Elle coupa sa propre part en deux et la tendit à son ami. Stéphan la fixa et ne put résister à la tentation de lui faire plaisir quand il la regardait droit dans les yeux.

« Bon, c'est bien pour toi que j'le fais... céda Stéphan. Mais j'vois pas c'que ça changera sur mes habitudes que j'mange maintenant ou non.

- C'est déjà un bon début ! »

La fête se déroula agréablement bien, Stéphan et Lisa s'amusèrent comme des fous. Il était presque minuit et la nourriture du buffet avait laissé place à des plats vides, la piste de danse, de son côté, était pleine à craquer. Quand l'ambiance du slow plana dans la pièce, chacun se dépêcha de trouver sa partenaire. Lisa courut immédiatement en direction de Stéphan :

« Viens, c'est un slow, on va danser ensemble ! dit-elle avec engouement.

- Ah mais heu... Déjà que j'danse mal, mais les slows c'est... C'est catastrophique... » répondit Stéphan, très intimidé.

L'adolescente, énormément déçue, hocha de la tête et se mit un peu de côté. Quand il aperçut cela, Antoine vint le voir pour lui demander pourquoi il avait refusé son offre sachant qu'il n'attendait que ça.

« Mais j'sais pas danser, j'vous l'ai déjà dit cinquante fois, rétorqua ce dernier.

- T'es vraiment naze ! Lisa t'invite à danser et toi, tu refuses ! Tu l'aimes bien cette fille, nan ?

- Ouais, je l'aime bien, mais…

- Eh ben vas-y alors ! coupa Antoine, qu'est-ce que t'attends ? Qu'on t'la pique ? Et puis dire *je sais pas danser* c'est pas une excuse… C'est pas pour tes talents de danseur qu'elle veut partager cette danse avec toi. Allez, rate pas ta chance, fonce !

- T'as raison, j'ai été bête… J'vais y aller ! »

Stéphan se dirigea vers Lisa pour lui proposer à son tour de partager la danse, celle-ci accepta volontiers.

« Excuse-moi d'avoir refusé tout à l'heure, j'suis un peu…

- Timide, oui je sais ! interrompit-elle, mais c'est pas grave ! »

Elle l'entraîna gentiment vers la piste, l'enlaça et se laissa emporter. Puis, au son langoureux de la musique, elle posa sa tête sur l'épaule de son cavalier.

La danse se termina, Stéphan, légèrement fatigué, se dirigea dans un coin où se trouvaient des chaises et des fauteuils tandis que Lisa rejoignit Zoé et Margaux regroupées devant le buffet vide. Stéphan s'assit à côté de Child, il était intrigué de savoir ce qui se cachait derrière sa subite sympathie.

« Alors, comment tu trouves cette fête ? demanda le garçon.

- Ça va, l'ambiance est sympa !

- Vous avez l'air très proches, Lisa et toi ?

- Ouais, on l'est devenu en très peu de temps. Mais tu devrais l'savoir, Mike doit la surveiller…

- Pourquoi tu m'parles toujours de lui ? Hein ?

- T'es bien son pote, nan ?

- Ouais, juste un pote ! Mais j'en ai des tas d'autres

aussi ! En plus, ça fait un bail que j'l'ai pas vu... »

Le garçon semblait sincère, son agacement était un signe de franchise.

« Vous vous êtes embrouillés ? poursuivit Stéphan.

- Nan, c'est juste que ses histoires, ses embrouilles, et tout... Au bout d'un moment, ça saoule !

- Bon bah ça fait plaisir de voir qu'y a au moins un mec de raisonnable dans sa bande ! »

Child donna une tape complice dans le dos de Stéphan, il appréciait son humour.

« Et l'autre gars, c'est qui ?

- Il s'appelle Antoine, c'est grâce à lui que j'connais Lisa et les autres. C'est aussi lui qui a amené tous ces gens pour m'encourager au tournoi. Ça, c'est un vrai pote !

- Ah ouais c'est vrai, on m'en a parlé d'ce tournoi ! J'aurais bien aimé être là, on m'a dit qu'c'était ouf à voir...

- T'en fais pas, y'en aura d'autres des compétitions. Tu pourras venir à la prochaine ! »

Un léger silence s'en suivit, Child sortit un paquet de cigarettes et le tendit à Stéphan.

« T'en veux une ? proposa-t-il.

- Nan merci, j'fume pas...

- Ah bon ! Et ça t'arrive de boire d'l'alcool pendant les fêtes ? demanda-t-il.

- Non plus... répondit Stéphan se sentant coupable de ne pas être dans l'atmosphère des jeunes gens de son âge.

- Tu sais, c'est pas un crime de pas fumer ou de pas boire, dit Child. Mais, t'as déjà essayé ?

- Nan, c'est mauvais pour la santé...

- C'est ça qui t'gêne ? Ça fait pas d'mal si tu l'fais une fois de temps en temps, c'est comme tout...

- Ouais, j'le sais bien, mais ça m'a jamais tenté. J'préfère rester loin de tout ça...

- Quelques fois, c'est bon de plus se sentir soi-même,

de quitter la réalité. T'as jamais eu envie d'oublier tous tes problèmes pour quelques instants ?

- Si, ça m'est arrivé, plus d'une fois même ! Mais qu'est-ce que tu veux dire... ? » demanda Stéphan, intrigué.

Child mit une main dans sa poche et en ressortit quelque chose. Stéphan regarda, surpris :

« C'est... Un joint ? demanda-t-il, un peu choqué.

- Ouais. T'as l'air étonné ?

- C'est que... C'est la première fois qu'j'en vois un...

- Tu veux fumer ?

- Nan, tu sais c'est pas mon truc ça...

- C'est pas grave, j'espère que ça te fait rien si je fume devant toi...

- Je sais c'que je pense de tout ça... soupira Stéphan.

- T'as surtout l'air borné sur certaines choses...

- Peut-être, t'as sans doute raison... Mais ça fait pas d'mal de l'être un peu, nan ?

- Tu veux que j'te raconte une histoire ?

- Quoi ? Pourquoi me raconter une histoire ?

- Attends, j'vais t'la raconter et tu vas comprendre, dit Child. C'est l'histoire d'un mec, il est jeune. Il voulait tout réussir dans sa vie. Quand il entreprenait quelque chose, il le faisait à fond. Il travaillait à l'école et le soir chez lui. Il mettait ses amis de côté, parce qu'il disait qu'il préférait apprendre aujourd'hui et avoir un bon métier plus tard pour gagner sa vie...

- J'vois pas où tu veux en venir... coupa Stéphan. Si tu veux faire une comparaison avec moi...

- Attends, j'y viens ! Il voulait avoir des amis, mais plus tard, quand il sera adulte. Il préférait perdre sa jeunesse à travailler pour avoir plein d'argent, des potes et une femme plus tard. Il n'avait alors pas de temps à se consacrer. Et aussi, il détestait tout c'qui pouvait lui faire perdre son temps, comme s'amuser, jouer, délirer, ou même fumer et boire pour passer du bon temps. Et puis un jour, alors qu'il se promenait dans la rue, une voiture qui contrôla pas son dérapage, l'écrasa et le gars mourut... Maintenant, tu peux m'dire où est la morale de cette histoire ?

- C'est vrai que j'sais pas quoi dire... Même si la morale de ton histoire est un peu tirée par les cheveux...

- Ouais, j'vois c'que tu veux dire ! Mais bon, on pense toujours que ça arrive qu'aux autres, jusqu'au jour où on est les autres ! »

Stéphan fuit le regard, il ne voulait pas laisser transparaitre ce qu'il prenait lui-même pour du doute. Il avait toujours su que la mort de Jack avait provoqué chez lui une rigidité d'esprit qui l'avait emmené très loin dans les arts martiaux, bien que cela s'était fait au prix de beaucoup de sacrifices. Une douleur sombre remonta parfois à la surface. Quelque chose dont il ne pouvait en décrire les origines. Et dans ces moments-là, une idée le traversait : *être comme tout le monde...*

Child lui tendit le joint :

« Tu fais c'que tu veux, c'est toi qui vois, si t'as envie de quitter quelques fois ta réalité, alors n'hésite pas ! Pour moi, y'a pas d'souci... Mais dis-toi une chose, on a qu'une vie, mec... »

J'sais que j'risque rien... Et j'pourrai pas juger sans avoir essayé...

« Alors ? T'as envie ? » insista le garçon.

Stéphan était indécis, il savait que ce n'était pas son genre de faire ça. Il repensa à tout ce qu'il venait d'entendre : *prendre les risques de ne pas s'éclater pour un futur meilleur, ou bien vivre au jour le jour ?* Puis, d'un coup, il se lança. Il prit le joint et tira une grosse bouffée, la fumée lui piqua la gorge, il crachota, mais, à part ça, rien ne se passa.

« Vas-y, hésite pas, tu peux y aller ! » s'exclama Child.

Stéphan tira une seconde fois. Lentement, il se sentit

comme soulevé, complètement détendu. Peu à peu, ses problèmes lui paraissaient loin d'ici. Il vit certains de ses souvenirs s'écarter inexorablement de lui. Ils s'éloignèrent de plus en plus jusqu'à n'être plus qu'un point au fond de sa rétine. Il avait subitement l'impression de n'être plus totalement lui-même.

Des rancœurs de la racine s'était répandue la haine, et de la haine avait poussé l'envie d'être le numéro un.

Plus tard dans la soirée, les invités commencèrent à ranger leurs affaires et l'intensité de la musique faiblissait doucement. Des groupes d'amis se quittèrent après de longues accolades, ils n'avaient pas assisté à une telle fête depuis quelques années. La dernière fois que Stéphan s'était pris à danser avec autant de passion, il ne devait avoir pas plus de dix ans. Des garçons, impressionnés par ses capacités physiques, lui réclamèrent quelques démonstrations. Comme ils étaient insistants, Stéphan rétorqua qu'il pouvait leur montrer autre chose. Il dégagea la piste de danse puis effectua un saut périlleux arrière sous le regard admiratif de ses amis. Il n'avait jamais été du genre à se montrer en spectacle, et il ne savait pas si c'était les effets du hasch, toutefois, à cet instant-là, il apprécia ce moment. Dans une salve d'applaudissements, les fêtards lui en demandèrent davantage. Le jeune homme fut sauvé par Lisa qui vint l'interrompre pour lui demander de la raccompagner. L'heure passa sans qu'ils n'y prêtent attention. Quand Stéphan enfila sa veste, Antoine le remercia d'être venu, sa présence lui avait fait grandement plaisir. Il finit par lui glisser quelques mots à l'oreille, Stéphan sourit en lui répondant qu'il n'avait pas de souci à se faire. Sur le point du départ, son regard croisa celui de Child. Il lui adressa un signe de la main ; un salut. Ce soir, ses idées étaient trop confuses pour penser à tout ça ; les intentions de Child, ses amis,

Eddy... Il préféra se concentrer sur le présent, sur ce qui l'attendait dans l'immédiat.

Sous les lumières qui éclairaient les rues nocturnes, sous le ciel noir parsemé d'étoiles, il regarda Lisa marchant à ses côtés. Quelque chose avait changé, il ne savait pas quoi, mais il en avait la conviction. Il était plus calme, plus heureux. Ce n'était plus de l'intimidation qu'il éprouvait face à elle, mais juste de l'admiration. Le monde n'était plus celui qu'il connaissait, les regards étaient différents.

Stéphan raconta à la fille tout ce qui lui passait par la tête, il aimait voir ses yeux briller au son de ses paroles. Ils en profitèrent pour faire un petit détour par le parc, Lisa avait promis à ses parents de rentrer avant trois heures du matin, pourtant, à cet instant-là, elle s'en moqua totalement. Ce n'était plus important. Même l'obscurité de la nuit ne remettait pas en doute son envie d'être là, avec Stéphan.

Les deux adolescents se posèrent sur un banc, il était impossible de voir à plus de deux mètres mais cela leur offrit une certaine intimité. Elle se sentait en sécurité, son quotidien de présidente des élèves lui semblait loin, presque une autre vie.

Stéphan, confiant, se rapprocha d'elle, ils se tenaient chaud l'un et l'autre. Il parla, rit, lui tint la main. Quand un silence tomba entre eux deux, ils s'échangèrent un regard. Un long regard tendre et complice. Le garçon s'approcha davantage d'elle, ses pensées s'envolèrent. Puis, sans qu'il ne s'en rende vraiment compte, il était en train de l'embrasser.

Partie 3 : 1991

L'Enfer, c'est les autres

Sartre

Chapitre 24 : 15 février 1991

Retour

Il ouvrit hâtivement la porte de cette maison qu'il n'avait pas vue depuis trois longs mois. Il contempla chaque recoin ; rien n'avait changé. Pourtant, il avait l'impression que cela faisait déjà une éternité qu'il n'avait pas vécu ici, il se demanda même comment tout ce qu'il voyait avait pu rester si intact.

« Va poser tes affaires dans ta chambre, lui dit sa mère. Si tu veux, je te donne un coup de main.

- Nan merci ! répondit le garçon. Je suis complètement rétabli, j'ai plus besoin d'aide ! Après ça, j'vais faire un tour pour revoir un peu tout le monde !

Il monta les escaliers à toute allure, l'excitation de revivre ici, de revoir sa mère et bientôt ses amis l'incita à se précipiter.

Eddy regarda sa chambre, *enfin...* souffla-t-il, *après toute cette galère j'retrouve mon chez-moi ! J'rangerai mes affaires plus tard...*

Il frappa énergiquement à la porte, puis, impatient, il refrappa une seconde fois. Personne ne répondit. Eddy patienta quelques secondes, puis rebroussa chemin, déçu. Pourtant, il se serait juré d'avoir entendu des voix à l'intérieur. Quand celui-ci arriva à la hauteur du portail du petit jardin, la mère de Stéphan ouvrit la porte :

« Ah c'est toi Eddy ! Alors, t'es rétabli ? Ça fait plaisir ! »

Elle avait le teint pâle.

« Ouais, j'suis complètement guéri, merci ! Stéphan est là, s'il vous plaît ?

- Heu… Non, il n'est pas là… répondit-elle.

- Ah ! Mais peut-être vous savez où il est ?

- Non, je ne sais pas, il est sorti avec des amis, je crois…

- Bon et bah tant pis alors, répondit Eddy, attristé. Vous pourrez lui dire que je suis passé ? »

La femme acquiesça d'un signe de la tête.

« Merci, au revoir !

- Au revoir Ed´... »

Il décida finalement de rentrer chez lui. Là, il téléphonera à ses autres amis.

C'est bizarre qu'il soit pas là... J'lui avais pourtant dit que je rentrerais le 15 février, il a pas pu oublier !

De retour chez lui, sa mère lui montra un bout de papier où était inscrit un numéro et un nom :

« Quelqu'un t'a appelé pendant que tu étais sorti, il avait déjà essayé de te contacter il y a un mois. Je lui ai dit que tu le rappellerais quand tu serais de retour, lui dit-elle.

- Merci. »

Eddy lit le papier : Jason. *Qui c'est ça, Jason ?* Il regarda le numéro mais cela ne lui évoqua rien en particulier.

Jason... ?

Le garçon saisit le téléphone et composa le numéro. À la troisième sonnerie, une voix avec un léger accent asiatique décrocha :

« Allô ?

- Bonjour, je suis Eddy, on m'a laissé un message disant que vous avez essayé de me joindre plusieurs fois.

- Ah c'est vous ! C'est vrai que ça fait pas mal de temps que j'attends votre appel. Votre mère m'a tenu au courant de votre accident et m'a annoncé que vous reviendriez aujourd'hui. Je me suis donc permis d'appeler.

- Ouais, elle me l'a dit. Mais je suis désolé, je ne sais pas qui vous êtes…

- Je suis Jason Wuang, on s'était rencontré lors du

grand championnat de quatre-vingt-neuf.

- Ah ça y est ! Je me rappelle de vous ! Comment allez-vous depuis ces deux dernières années ?

- Moi ça va, sauf que je viens de perdre une nouvelle fois en finale, et cette fois-ci, face à votre ami, Stéphan ! Enfin, je pense que vous en êtes informé…

- Ouais, ma mère me racontait tout c'qui se passait ici, répondit Eddy. J'ai pas encore eu l'occasion d'en parler avec Stéphan…

- J'ai remarqué qu'il avait énormément progressé… C'est fou !

- Stéphan est un très grand pratiquant, il a sûrement dû me dépasser depuis l'temps…

- Au championnat de quatre-vingt-neuf, je l'avais vaincu assez facilement, mais cette année, c'est lui qui m'a éliminé. Je me suis demandé comment il avait fait pour se perfectionner autant. Puis je me suis souvenu de vous, et je savais que c'était vous qui l'aviez entraîné…

- Et où voulez-vous en venir ? demanda Eddy, intrigué.

- Je voulais vous proposer de vous entraîner avec moi. »

Le garçon ne s'attendait pas à cela, mais cette proposition lui plut d'emblée.

« Oui, ça me ferait plaisir ! Vous êtes un excellent adepte d'arts martiaux donc vous pourriez beaucoup nous apprendre à Stéph' et à moi.

- Pas autant que vous, j'vous rappelle que vous m'avez éliminé deux fois, dit Jason avec une pointe d'ironie. En parlant de Stéphan, vous n'avez pas peur que tout cela le gêne ?

- Nan, j'pense pas, pourquoi ? Il aime s'exercer avec des personnes pratiquant d'autres arts.

- Bon, eh bien c'est d'accord ! Mais il faut se fixer une date et un lieu de rendez-vous.

- Où habitez-vous ? demanda Eddy.

- Près de Paris.

- Ah, ça fait loin ! Moi et Stéph', on habite à Méthée !

- Je savais tout ça, je me suis renseigné en regardant les listes des inscriptions du championnat. Mais j'ai trouvé une solution, car mon oncle habite aussi à Méthée, et j'y vais assez souvent pendant les vacances scolaires, si vous voulez, je vous rappellerai quand j'y serai.

- OK, pas de problème, on fait comme ça !

- Merci d'avoir accepté ma demande !

- De rien, c'est un plaisir pour moi.

- Je dois vous laisser à présent, au revoir.

- Au revoir. »

Elle jeta un œil discret par la fenêtre et inspecta les lieux :

« Je crois qu'il est tombé dans le panneau, annonça Lisa à Stéphan.

- T'es sûre ? demanda ce dernier.

- Mais oui, je te dis ! Il est rentré chez lui y'a cinq minutes et depuis il est pas ressorti. »

Lisa s'éloigna de la fenêtre et vint s'asseoir à côté de Stéphan. Celui-ci passa son bras autour du cou de sa petite amie.

Depuis la soirée, ils s'étaient vus tous les jours sans exception et avaient déjà partagé un repas avec les parents de Stéphan. Le lendemain de la fête, Lisa avait prétexté à Zoé et Margaux qu'elle ne se sentait pas bien pour annuler un rendez-vous et rester avec son petit-copain.

« Stéph', pourquoi tu veux plus lui parler ? » demanda Antoine, intrigué.

Il n'avait pas été tenu au courant par Stéphan de sa décision, ce dernier préférait rester discret sur ce sujet. Dans sa chambre, il avait invité ses amis ainsi que Child. Au cours de la matinée, il était tombé sur lui en se baladant dans la galerie marchande des Ulysses et, de fil en aiguille, le garçon avait naturellement rejoint le groupe.

« C'est pas que j'veux plus lui parler, mais j'veux plus jamais entendre parler de ce traître. Je n'aime pas les faux-culs !

- Quoi !? s'exclama Antoine, qui tombait de haut. Pendant la compétition tu disais qu'il était ton meilleur ami et que vous vous connaissiez depuis toujours !

- Derrière, tout n'était pas aussi simple, coupa Lisa. Tu sais ce que les gens disent sur lui…

- Ah bon, et qu'est-ce qu'il a fait Eddy ? Moi, je l'avais vu y'a quatre ou cinq mois, et il avait l'air plutôt cool…

- C'est parce qu'il cache bien son jeu, répondit Stéphan. Il est cool en face, il essaie d'obtenir la sympathie de tout le monde, mais moi, j'ai vu l'envers du décor, il était très dur avec moi. Et en plus, on en a déjà parlé Antoine, rappelle-toi, il a rien foutu quand il était président des élèves. La seule chose qui lui importait, c'était sa popularité. La situation catastrophique que connaît le lycée aujourd'hui est d'sa faute !

- Tu vas un peu loin, là, tempéra Lisa. Avant qu'il arrive, le lycée était déjà mal en point, il n'a fait qu'empirer les choses. Ce n'est pas que sur les épaules du président des élèves que repose la sécurité. Mais tu te souviens de la promesse que tu m'as faite ?

- Ouais, je m'en souviens…

- C'est quoi cette promesse ? » reprit Antoine.

Cette histoire attisait particulièrement sa curiosité. De son côté, Child restait silencieux, il avait compris que Lisa et Antoine ignoraient les relations qu'il avait eues par le passé avec les Guerriers Fous.

« Il doit aller parler à Eddy pour lui donner une chance de se justifier, répondit Lisa.

- Parce qu'il sait rien de tout ça ?

- Nan, il sait pas…

- Là, par contre, je suis d'accord avec Lisa, tu devrais quand même lui en parler, conseilla à son tour Antoine.

- Si j'ai envie que Stéphan parle à Eddy, c'est parce qu'il y a toujours une chance pour qu'on se trompe, argumenta la fille. Mais en ce qui me concerne, je pense qu'il y a anguille sous roche…

- Mais bien sûr, c'est un traître ! Après c'qu'il a fait… soupira Stéphan.

- Ouais mais qu'est-ce qu'il a fait, concrètement ? insista Antoine.

- Tu veux que j'te dise c'qu'il a fait ? répondit-il en levant la voix, et bien il se foutait d'ma gueule ! Il disait qu'on était ami, mais en réalité, il se servait de moi juste comme compagnon d'entraînement. À part ça, il venait jamais m'voir quand j'galérais tout seul au collège !

- Mais peut-être qu'il avait une raison…

- Des raisons ? Sur quatre ans ? Tu sais quelle galère j'ai traversée pendant toute cette période ? Je t'ai raconté comment j'étais après la mort de Jack, et lui, il était où ? Avec ses potes ! Moi, je n'existais que quand lui était tout seul !

- J'comprends… répondit simplement Antoine, préférant rester concis tant qu'il n'avait pas toutes les informations sur ce sujet.

- T'as raison mec, ajouta Child, si on t'prend pour un con c'est normal de pas t'laisser faire. Ce gars, Eddy, je sais qui c'est, j'ai jamais pu l'blairer…

- Y'a d'autres manières de dire ça, coupa Antoine. J'veux bien comprendre que Stéphan soit en colère contre lui, mais 'faut pas oublier que s'il a été président des élèves c'est qu'il devait avoir quelques admirateurs… Et des convictions… »

Ces deux-là s'étaient rencontrés lors de la dernière fête et avaient passé un bon moment de la soirée à discuter. Antoine avait ensuite confié à Stéphan qu'il était étonné de le voir sympathiser avec quelqu'un qui ne lui ressemblait pas. Il avait déjà vu Child plusieurs fois par le passé, et bien qu'il était très sociable, Antoine n'était encore jamais allé à sa rencontre.

« J'dis c'que je veux sur ce genre de personne » répliqua Child.

Son ton s'était durci.

« Ça, j'en doute pas que tu dis ce que tu veux...

- C'est pas le moment de se disputer vous deux ! lança Lisa. L'important est de savoir ce qu'Eddy pense réellement de Stéph'.

- Moi je sais c'qu'il pense de moi, répondit l'intéressé, sûr de lui. J'ai longtemps été manipulé, mais aujourd'hui ça va changer, 'faut que j'trouve mes vrais amis. Y'a trop de choses qui se passent en ce moment, j'ai du mal à y voir clair. 'Faut que j'voie comment les choses vont évoluer. »

Chacun se tut pour laisser place à la réflexion.

Qu'ils arrêtent de m'saouler avec Eddy... C'est du passé...

Lisa lança de nombreux regards à Stéphan pour capter son attention, elle savait qu'il était en pleine réflexion sur la confiance qu'il pouvait attribuer aux nouvelles personnes qui entraient dans sa vie. Elle avait une profonde admiration pour la volonté dont il faisait preuve et la manière dont il avait affronté les étapes de sa vie. Si elle le pouvait, elle s'adonnerait à lui pour l'aider à s'épanouir davantage.

De leur côté, Antoine et Child évitaient de se croiser le regard, ils s'étaient dit tout ce qu'ils pensaient et il n'était pas nécessaire d'en rajouter devant Stéphan. Cependant, la manière dont Child se mordillait les lèvres trahissait une certaine gêne. Il ne pouvait dire si le comportement d'Antoine était de la peur à l'idée d'entrer dans un débat avec lui, ou bien du mépris parce qu'il était nouveau.

« Maintenant, je m'en fous de tout ça, c'est aujourd'hui qui m'intéresse ! » dit Stéphan en brisant le silence.

Chapitre 25 : 21 février 1991

Défi

Pendant les pauses déjeuner, Mike avait décidé de ne plus aller à la cantine du lycée. En réponse aux pressions exercées par le nouveau système qui venait d'être mis en place, celui de pouvoir transmettre des messages anonymes à la conseillère principale d'éducation, le chef des Guerriers Fous avait préféré faire profil bas. Lui et ses acolytes mangeaient désormais dans la cafétéria pour être à l'abri des regards. Un garçon de la table d'à côté se hasarda à jeter un œil sur lui, néanmoins, il comprit bien rapidement qu'il ne devrait jamais recommencer. Mike évita tout affrontement verbal afin de ne pas laisser de preuves, toutefois, il adressa au garçon un regard si noir qu'il le dissuada immédiatement de s'occuper des affaires qui n'étaient pas les siennes.

« C'est quand même ouf c'qu'elle a fait Sara, nan ? lança Arnold. Le gars, elle l'a massacré !

– Parle moins fort, bordel ! répliqua Mike. J'arrête pas de t'le dire !

– Désolé, mais je suis encore sur l'cul ! Si tu l'avais pas arrêtée, qu'est-ce qu'elle aurait fait ?

– La question se pose pas, je l'ai arrêtée, nan ? »

Le sujet devenait délicat, maintenant qu'ils

avaient échangé un baiser, Mike la considérait réellement comme sa petite amie. Critiquer cette fille était prendre le risque de se mettre la bande à dos. Depuis le premier jour où il l'avait vue, le chef avait toujours su qu'elle avait quelque chose de spécial et, de ce fait, il avait longuement insisté pour qu'elle les rejoigne. Aujourd'hui, il savait. Cette fille avait un tel cran qu'elle ne reculait devant rien, et Mike se réjouissait à l'idée qu'il avait lui-même révélé ce potentiel.

« Eh mec, j'continue à croire que si elle remet ça, ça pourrait nous foutre dans la merde ! poursuivit Arnold. Là, on a de la chance que le gars porte pas plainte, il flippe trop ! Mais quand ça va arriver, on aura les flics sur l'cul, et pour de bon, cette fois !

— Bon, Arnold, j'te dis que je gère la situation, t'as plus confiance ? »

Il l'interrogea du regard avant de continuer :

« J'irai lui parler à Sara… J'vais lui dire que ça s'passe pas comme ça, on réagit pas sans réfléchir. Ça t'va ?

— Ouais, j'sais qu'elle t'écoutera…

— Elle est encore nouvelle, elle a fait une erreur, ça arrive à tout le monde… Elle a voulu nous en mettre plein la vue, c'est tout ! Et j'peux te dire qu'avec une histoire comme ça, les gars nous paieront c'qu'ils nous doivent, maintenant ! »

De l'entrée de la cafétéria, Benjamin leur fit d'un coup des signes énergiques de la main. Il avait vu quelque chose de très intéressant et leur indiqua de se dépêcher. Mike et Arnold se levèrent en demandant aux autres garçons de la bande de rester à leur place.

« Qu'est-ce qu'y a ? fit discrètement Mike à son approche.

– Regardez, juste là ! »

Benjamin montra du doigt le contrebas du hall du lycée, là où les élèves se posaient quand il faisait trop froid à l'extérieur. Et, parmi la foule, Mike le repéra immédiatement. Il était assis sur un banc, l'air décontracté, discutant avec d'autres jeunes.

« Cet enfoiré de Child se montre enfin ! lança Benjamin, fier de sa prise.

– Putain, 'faut pas manquer cette occasion ! répondit Arnold. Il se planque depuis des mois sans explication ! On fait quoi Mike ? »

Le chef des Guerriers Fous ne répondit pas. Il avait le regard fixe, imperturbable. Le groupe qui accompagnait Child ne l'avait pas laissé indifférent. À côté de lui, riant comme de bons amis, il remarqua ce gars dont tout le monde parlait depuis quelques mois : Stéphan. Ce dernier aussi l'avait aperçu en retour. Il ne lâcha pas le regard. Mike bouillonna de colère, *pour qui s'prenait ce petit merdeux ?* Il lui avait déjà fait un affront en refusant d'intégrer sa bande, et aujourd'hui, il osait le défier du regard. Stéphan était inébranlable, ses yeux ne tremblaient pas. Il était juste à une dizaine de mètres en contrebas. Mike sentait quelque chose de différent depuis la dernière fois où ils s'étaient parlé, comme une confiance en lui accrue. Durant ce duel silencieux du regard, rien n'existait plus en dehors d'eux deux, le monde n'était plus rien. Il pouvait même percevoir le bruit de respiration de ce soi-disant champion d'arts martiaux.

« Eh Mike, qu'est-ce qu'on fout ? » dit une voix accompagnée d'une tape dans le dos.

Le garçon était frustré, Benjamin venait de le sortir du défi lancé par l'insolence de son, désormais, rival.

« On peut pas foutre la merde dans le lycée, dit-il. On va s'faire chopper pour rien···

– On va pas le laisser partir, quand même !

– Nan··· Toi et Arnold, allez voir cet enfoiré de Child pour lui dire qu'on l'a repéré et qu'il sache c'qu'on fait des fuyards··· »

Mike omit volontairement de parler de Stéphan, il savait que ses acolytes n'avaient pas prêté attention à sa présence. De plus, il en faisait dorénavant une affaire personnelle.

« Vous faites un sacré couple quand même ! lança Child. La présidente des élèves avec l'champion de France d'arts martiaux !

- Merci ! Mais c'est pas pour ça qu'on est ensemble » répondit la fille.

Elle lança un sourire affectueux à son petit ami.

« Nan, c'est pas pour ça, confirma celui-ci. Mais c'est vrai que ta popularité m'a toujours impressionné ! C'est comme ça que je t'ai connue, et bien avant que tu me remarques… »

La réplique de Stéphan fit rire le groupe. Il était vrai qu'il y avait encore quelques mois, Lisa ne lui prêtait pas la moindre attention, tandis qu'aujourd'hui, son amour pour lui était plus que palpable. Zoé fit même remarquer qu'elle ne pouvait pas passer un moment avec elle sans entendre parler de Stéphan.

« Et tout ça, c'est grâce à qui ? ajouta Antoine adoptant une attitude fière de lui. Il osait même pas lui parler !

- Arrête, dis pas ça devant tout l'monde ! »

Stéphan fit mine d'être embarrassé par la situation, en réalité, il appréciait beaucoup le fait qu'être en couple avec Lisa soit devenu concret.

« Alors les bouffons, on s'amuse bien ? » lança une voix sur sa gauche.

Tous les reconnurent, il s'agissait d'Arnold et de Benjamin, les bras droits de Mike. Stéphan les avait aperçus quelques minutes plus tôt dans la cafétéria mais ne pensait pas qu'ils se déplaceraient pour régler leur compte devant tout le monde. Dans le groupe, seul lui avait connaissance du passé qui liait Child aux Guerriers Fous et se doutait de la cause de leur interruption.

« Tiens, mais qui voilà ? reprit Benjamin d'un ton ironique. C'est notre ancien pote, nan ?

- Ouais, c'est bien lui ! »

Benjamin posa une main faussement amicale sur l'épaule de Child.

« Toi l'traite, tu vas venir avec nous !

- Vas-y, lâche-moi, j'suis pas ton chien ! » répliqua le garçon.

Lisa, médusée, ne comprit pas qui se passait sous ses yeux mais cela ne lui disait rien de bon. C'était la première fois qu'elle était directement confrontée à eux et redouta le pire. Antoine et ses copines assistaient à la scène sans réagir, sans répondre. Chacun savait que les histoires avec la bande de Mike finissaient toujours mal.

« Heu… Les gars, vous voulez pas régler vos affaires autrement ? dit Lisa.

- De quelles affaires tu parles ? On veut juste lui parler…

- Vous moquez pas de nous ! s'exclama la fille. On sait tous comment les Guerriers Fous procèdent ! »

Les deux garçons s'échangèrent un regard en souriant.

« *Les Guerriers Fous ?* fit Arnold en s'adressant à son acolyte. Tu sais c'que c'est, toi ?

- Nan, j'vois pas ! »

La situation les amusait, tant qu'ils ne se montraient pas agressifs, ils savaient qu'ils n'encourraient aucun risque et prenaient donc plaisir à les mener en bateau. Cette fois-ci, l'impatience gagna Stéphan qui se leva pour s'interposer entre eux et Child. Il retira la main de Benjamin de l'épaule de son ami.

« Bon vous commencez à vraiment m'saouler tous les deux, vous voulez pas foutre le camp ? » lança-t-il.

Il essaya de se contenir.

« Toi, tu commences à t'la raconter un peu trop ! J'crois que t'as oublié qui commandait dans ce bahut…

- Quoi ? Tu parles de ta petite bouffonne de Mike ? Quand j'vois qui il envoie pour régler ses affaires, j'me dis qu'on a pas grand-chose à craindre de c'mec… »

Child manifesta ouvertement son mépris à leur égard en affichant un air provocateur. Autour d'eux, les lycéens s'attroupèrent pour les écouter, ils n'avaient jamais entendu personne leur parler de cette manière.

« Tu devrais faire attention à ta manière de parler, ça pourrait s'retourner contre toi ! répliqua Arnold.

- *Faire attention à moi ?* Ça fait des années que tu m'traites dans le dos, t'as jamais osé venir m'voir en face !

- Quand ça va te tomber dessus, tu verras rien venir…

- Bon bah voilà, lança Lisa, on attendait que vous montriez vos vrais visages en public pour vous virer du lycée ! C'est chose faite !

- C'est la salope des profs qui vient d'me parler là ? C'est lui qui... »

Arnold fut interrompu par un coup de poing ravageur qui le renversa en arrière.

« TU CROIS PARLER À QUI COMME ÇA ? hurla Stéphan. TU PARLES À MA COPINE LÀ ! »

La scène avait été tellement rapide que personne ne pût réagir. Benjamin voulut aider son ami, toutefois, Stéphan était déjà sur lui. Furieux, il attrapa Arnold par le col et lui répéta sa question à de nombreuses reprises. La bagarre avait alerté les élèves qui s'ameutèrent précipitamment autour d'eux. Le mouvement propulsa les deux garçons près de la porte d'entrée et, sous la force du tumulte engendré par les élèves, une vitre explosa. Des cris retentirent. D'un coup, des surveillants bondirent sur eux pour les empoigner. Ils les emportèrent de force dans le bureau de la proviseure sous les insultes que les deux adolescents se lançaient.

Chapitre 26 : 23 février 1991

La Collision

Le Soleil tapa fort pour cette journée rarissime de mi-février, seuls quelques nuages flottaient dans le ciel. Un vent léger vint caresser le visage de Stéphan et de sa copine. Ces derniers étaient assis sur le sable tiède du bord de l'océan, scrutant l'horizon et spéculant sur l'avenir.

Autour, quelques cris et rires d'enfants, qui commençaient déjà à se baigner dans le grand espace bleu, retentirent. Les parents prenaient soin qu'ils ne s'éloignent de trop.

« L'été va bientôt arriver, dit Stéphan, tu comptes partir en vacances ?

- Ouais, je vais sûrement partir avec mes parents en Italie. Mais c'est pas encore sûr. Et toi ?

- Moi ? J'aimerais bien partir dans un pays lointain avec tous mes amis. Ça serait génial...

- J'y ai déjà pensé, mais pour ça, il faut beaucoup d'argent... répondit Lisa.

- Ouais, je sais... Un jour, je réaliserai ce rêve, tu verras, on partira tous ensemble en vacances. Toi, Antoine, Child, moi et tous les autres.

- T'es comme un enfant quand tu parles de tes rêves, tes yeux brillent ! »

Elle le regarda avec admiration.

« Dans quel pays tu voudrais partir ? reprit-elle.

- J'sais pas encore, la Chine ou le Brésil...

- T'as raison, ça serait vraiment sympa !

- Et puis, ça nous ferait un peu quitter cette ville pourrie...

- Dis pas ça, Méthée est une jolie ville, c'est ce qu'en font certaines personnes qui noircit le tableau... »

Les rayons lumineux du Soleil éblouissaient Stéphan qui contemplait ce beau dégradé de couleurs allant du bleu marine de l'océan au bleu clair du ciel. Lisa sembla d'un coup tracassée par quelque chose, comme si elle hésitait à aborder un sujet en particulier. Stéphan insista pour savoir de quoi il s'agissait, il supportait mal les non-dits entre eux.

« Je sais pas si tu veux en parler, dit-elle.

- De quoi ?

- De ce qui s'est passé au lycée, il y a quelques jours... »

L'adolescent se doutait bien qu'il s'agissait de cela. Il soupira.

« Et bien, quoi ? J'␣t'ai déjà tout dit... La proviseure a estimé que j'avais pas à frapper en premier, et que c'était d'␣ma faute...

- C'est pas vraiment de ça que je veux parler, tu as eu un rapport, et même si je trouve ça injuste, cette histoire est classée...

- Pour moi, elle est pas *classée* ! Le gars vient nous embrouiller, il t'insulte, et c'est moi qui prends un rapport ! Crois-moi, j'␣vais pas les laisser faire sans réagir...

- Bah tu vois, c'est là où je voulais en venir ! Tu l'as frappé devant tout le monde, et du coup c'est toi qui as pris. Les témoins ont confirmé ça !

- Ils ont pas osé témoigner contre eux parce qu'ils flippent, mais on va pas les laisser faire plus longtemps. Tu voulais que je fasse quoi ? Que je le laisse te manquer de respect comme ça ? répliqua le garçon.

- Qu'est-ce que ça peut me faire qu'un type comme lui m'insulte ? On aurait pu se servir de ça contre eux. Mais en s'abaissant à leur niveau, en répondant par la force, regarde où ça t'a mené ! Ils ont gagné. Tu leur as donné raison ! »

Le garçon détourna le visage, la remarque de sa

copine ne l'avait pas laissé indifférent.

« Désolé... » souffla-t-il.

Bien qu'il s'en voulait d'avoir mal agi, il ne put s'empêcher de penser qu'il avait fait cela pour elle.

« Stéphan, te mets pas dans cet état... Je suis touchée que tu aies voulu me protéger, mais on aurait pu mieux agir...

- Et qu'est-ce qu'on fera la prochaine fois ?

- Il faudra rédiger des rapports avec des témoins pour qu'ils passent en conseil de discipline. Et pour ce qui est de délits plus graves, il faut porter plainte auprès de la police. »

Le garçon haussa les sourcils sans répondre.

« Tu veux bien me promettre de ne plus te battre avec eux ? » demanda la fille, d'un ton conciliant.

Elle dut insister pour enfin obtenir une réponse de son compagnon :

« Oui... Oui, j'te le promets... »

La jeune femme posa alors sa main sur la sienne. Ensemble, ils pourraient mettre un terme aux agissements des Guerriers Fous, elle le savait. Quand elle avait appris quelques jours plus tôt que Child avait fait partie de la bande des Guerriers Fous, elle n'en avait pas tenu rigueur Stéphan de lui avoir caché la vérité ; il l'avait sans doute fait dans le but de ne pas stigmatiser son ami. C'était pour ce genre d'intentions qu'elle l'admirait et croyait en lui. Stéphan, après quelques instants de silence, se leva et lui tendit la main :

« Tu viens, on va marcher un peu, j'ai envie de me dégourdir les jambes ! »

Enchantée, elle lui saisit la main et se laissa soulever par la force de son petit ami.

« Tu veux aller vers où ? demanda-t-elle alors.

- J'ai envie de me promener dans le parc de la Tanière, y'a beaucoup de monde qui commence à sortir avec un si beau temps. Ça devrait être agréable de passer par là-bas.

- C'est pas tout près, mais OK, pas de problème ! »

Ils se tinrent la main et longèrent la plage jusqu'à l'ancien port de la ville avant de bifurquer sur la droite en direction du parc.

Les feuilles des arbres et les quelques milliers de merveilleuses plantes commençaient à renaître. Après avoir survécu à un rude hiver, elles revenaient de plus belle. Le printemps faisait revivre la nature éteinte brusquement par la saison froide en la rendant magnifique et puissante, jusqu'aux prochaines saisons.

Ils quittèrent la plage pour les grands espaces verts, marchant main dans la main et savourant chaque instant de cette après-midi. Sur le chemin, ils rencontrèrent quelques amis, *ça fait toujours plaisir de voir les potes.* Ces deux-là les saluèrent avant de poursuivre leur balade.

Arrivant à destination, Stéphan avait vu juste : beaucoup de monde était de sortie aujourd'hui, profitant de ce bel après-midi. Au loin, ils virent une dizaine de personnes jouer au football, et, sur le côté gauche, quelques enfants s'amusaient sur une place de jeux. Ce beau parc longeant le stade avait toujours attiré beaucoup de gens chaque année. Il s'étalait sur une large partie de la ville et accueillait de nombreux évènements et des personnes de tout horizon, ce qui avait valu à Méthée l'appellation de ville cosmopolite. Le jeune homme venait régulièrement ici pour se balader, bien souvent pour apaiser sa solitude. Toutefois, on racontait aussi que certaines zones du parc de la Tanière devenaient sensibles une fois le Soleil couché.

Stéphan et Lisa le traversèrent et se posèrent sur l'herbe fraîchement coupée.

« Je viens pas souvent ici, dit la jeune fille, mais c'est vrai que c'est un bel endroit. J'y viendrai plus souvent à l'avenir.

- En plein été, y'a encore plus de monde, poursuivit Stéphan. Et quelques fois, y'a même des spectacles et des trucs de ce genre…

- Regarde là-bas ! s'exclama Lisa en pointant du doigt l'ouest du parc. On dirait qu'il va bientôt y avoir un concert !

- Ça va être sympa, 'faut que j'me renseigne sur les dates... »

Plusieurs camions, remplis de matériel, étaient déchargés par des personnes qui montaient la scène. Des techniciens du son les assistaient.

Lisa observa tout ce monde qui l'entourait, puis subitement, elle annonça à Stéphan :

« C'est fou, il y a deux personnes qui ont l'air de s'entraîner aux arts martiaux, là-bas. Tu les connais sûrement ! »

Celui-ci jeta un œil et fronça les sourcils. C'était inimaginable, il n'avait jamais vu d'autre personne que lui s'exercer ici.

« Mais, t'as raison ! s'exclama-t-il. Ils pratiquent les arts martiaux ! Et c'est ouf, d'après leur garde, j'ai l'impression qu'ils font même du Jeet Kune Do. C'est la première fois que j'vois des gens pratiquer ce sport en dehors du seul club que je connais !

- Bah ça doit être des gars de ton club alors.

- C'est difficile à dire, ils sont très loin…

- Tu veux pas qu'on se rapproche ? Si tu les connais, tu pourras toujours t'entraîner avec eux.

- OK, on y va... » acquiesça le jeune homme, intrigué.

Ils se levèrent et avancèrent vers ces deux mystérieux pratiquants. En s'approchant, ils distinguèrent que l'un d'eux avait la peau noire et que l'autre était légèrement bronzé. Puis, arrivant à une vingtaine de mètres, ils aperçurent de plus en plus les traits du visage de chacun jusqu'à devenir familiers.

Merde ! C'est pas possible… se dit Stéphan, d'un coup. *C'est… C'est Eddy, bordel !*

« Viens, on part d'ici ! ordonna-t-il alors à Lisa.

- Pourquoi tu veux… »

Stéphan ne laissa pas sa copine finir sa phrase, il l'empoigna par le bras et la força à faire demi-tour. Celle-ci ne put résister, elle fut emportée par sa force.

« Pourquoi tu fais ça ? demanda-t-elle, ne comprenant pas l'étrange attitude de son petit ami.

- Je t'expliquerai… »

D'un coup, ils entendirent un cri venant de derrière :

« STÉPHAN !

- Il t'appelle ! lança Lisa, étonnée.

- Te retourne surtout pas ! » répondit précipitamment le garçon qui chercha la sortie du parc.

C'est alors qu'ils entendirent les bruits de pas d'une personne accourant derrière eux.

Il arrive… Merde ! Qu'est-ce que j'vais faire ?

Subitement, il sentit une main se poser sur son épaule puis une voix claire :

« Stéphan ? »

Celui-ci se retourna, malgré lui, et enleva d'un revers de main celle posée sur son épaule. Ce que craignait Lisa se réalisa : que la rencontre avec Eddy leur tombe dessus alors qu'ils n'y étaient pas préparés.

« Stéphan, tu me reconnais pas ou quoi ? demanda l'interpelant.

- Si...

- Ça fait une semaine que j'suis revenu et je t'ai toujours pas vu. Ta mère m'a dit que t'étais trop occupé avec tes cours, que t'étais malade, et d'autres choses que j'ai pas comprises.

- Ouais, je sais…

- Tu m'fuis ou quoi ? »

Eddy regarda curieusement le jeune homme, quelque chose était différent dans son attitude.

« T'es bizarre, qu'est-ce qui s'passe ? »

Stéphan ne répondit pas, ne le regarda même pas dans les yeux.

« J'sais que t'es occupé, mais j'espère que tu trouveras du temps pour qu'on puisse s'entraîner ensemble. Ça fait tellement longtemps…

- Nan… répondit sèchement Stéphan.

- Quoi !? répliqua le garçon cherchant à découvrir son jeu.

- T'as très bien entendu, j'ai dit qu'on s'entraînera plus jamais ensemble ! Toutes ces conneries, c'est fini...

- Mais… qu'est-ce qui t'prend ?

- J'ai plus envie de servir de cobaye à tes entraînements... J'ai tout compris... »

Un silence s'en suivit, ils s'observèrent froidement. Eddy connaissait bien Stéphan depuis leur enfance et savait qu'il pouvait se montrer parfois lunatique, dur et sévère. Pourtant, il sentit que cette fois-ci il ne s'agissait pas d'un simple saut d'humeur.

« Stéphan... fit Lisa, discrètement. Les choses ne devaient pas se passer comme ça...

- Ah ah... Tu plaisantes, c'est ça ? Pendant une seconde j'ai bien cru que t'étais sérieux… dit Eddy pour se rassurer.

- ARRÊTE ! ordonna sèchement Stéphan. J'ai été suffisamment longtemps ton esclave lors des entraînements ! Ça suffit maintenant ! Alors joue pas les rigolos...

- Stéphan, écoute-moi... lui glissa de nouveau Lisa à voix basse.

- Qu'est-ce qui t'arrive ? J'ai l'impression que t'es plus tout à fait toi-même. Tu veux qu'on parle ?

- Au contraire ! rétorqua alors le jeune homme, le sourire aux lèvres. Maintenant, je suis moi-même ! Avant, je n'étais que le bouche-trou, l'esclave, et maintenant, je suis libre !

- Mais qu'est-ce qui s'est passé pendant ces trois mois, hein ?

- Ça m'a justement permis d'avoir un peu de recul sur tout ça, j'ai compris la réalité et j'ai enfin ouvert les yeux…

- *Ouvert les yeux ?* Mais qu'est-ce que tu dis ? J'ai toujours été là... pour toi…

- Ah ouais ? Et t'étais où pendant les récréations au collège quand on s'moquait de moi, hein ? T'étais où après les entraînements quand tu te barrais devant ? J'avais envie d'crever tellement j'avais mal, et toi, tu m'attendais jamais…

- Qu'est-ce que tu m'sors, d'un coup ? Tu sais très bien qu'ça faisait partie des entraînements, moi aussi j'avais mal, mais on devait rentrer en courant. Et c'est pour ça qu'tu fais la gueule ? envoya Eddy dont le ton venait légèrement de se durcir.

- Tu voudrais m'faire avaler ces conneries, sérieux ? J'te servais juste de sac de frappe, tu m'tapais dessus et une fois l'entraînement fini, tu t'barrais sans m'attendre !

- J'commence à croire que t'es devenu fou, on a essayé de te monter la tête contre moi !

- Et je remercie ceux qui l'ont fait ! Ils m'ont fait réaliser quel président lamentable tu as été, tu voulais juste te faire mousser, être la star du lycée... »

Stéphan n'eut pas le temps de finir sa phrase qu'une voix se fit entendre derrière Eddy :

« Qu'est-ce qui se passe ? Il y a un problème ? »

Stéphan pencha la tête pour découvrir l'identité de l'intervenant, il le reconnut immédiatement :

« Tiens, voilà Jason Wuang ! » dit-il tout en serrant le poing de colère.

Lisa, voyant ce geste, saisit la main de Stéphan pour tenter de le calmer.

« Bon, bah, l'affaire est réglée à ce que je vois, t'as

plus besoin de moi ! poursuivit-il.

- Et toi, j'vois que t'as une nouvelle petite amie, répliqua Eddy sur le même ton, c'est peut-être elle qui te monte la tête contre moi ? La nouvelle présidente des élèves qui crache sur l'ancien...

- Je t'interdis de parler d'elle comme ça, t'entends ?

- Excuse-moi, mec, mais tu comprends, j'aimerais savoir c'qui s'est passé... Tes reproches...

- Il s'est passé que tu t'entraînes avec Jason maintenant, tu n'as plus besoin de moi...

- Bien sûr que j'ai besoin d'toi, t'es mon meilleur pote ! Jason m'a appelé pour s'entraîner et j'ai accepté ! Où est le mal ?

- Un meilleur pote qui donne aucune nouvelle pendant trois mois...

- J't'avais prévenu qu'on pouvait appeler que ses propres parents. Les médecins disaient que c'était mieux pour récupérer, que j'devais me focaliser que sur ça, se justifia le garçon.

- T'aurais pu essayer d'me contacter par l'intermédiaire de ta mère, m'souhaiter bonne chance pour le tournoi... Et tu l'as pas fait... Mais tu sais quoi ? Tout ça n'a plus d'importance maintenant, les choses sont comme ça...

- J'ai merdé, OK ? J'suis désolé ! C'est vrai que pendant ce séjour, j'avais la tête ailleurs... Mais j'ai pensé que tu comprendrais...

- Je l'ai appelé quand il était au centre, se permit d'ajouter Jason, mais sa mère m'a confirmé que seuls ses parents pouvaient le contacter...

- FERME-LA ! cria soudainement Stéphan. Qu'est-ce que tu crois, toi ? Que je vais m'laisser avoir par ces conneries ? Tu connais rien d'nous, d'moi ou d'mon passé, tu t'ramènes et tu crois m'faire la leçon ?

- Il n'a jamais voulu te faire la leçon, Stéphan » rectifia Eddy ; son agacement face à l'entêtement de l'adolescent augmenta à chaque réplique.

Stéphan les dévisagea, il n'avait plus envie de les écouter ni entendre parler d'eux. Ils n'avaient plus rien à se dire. Il prit la main de Lisa avant de leur tourner le dos pour rejoindre la sortie du parc, fou de rage.

Impuissant, Eddy les regarda s'éloigner.

Chapitre 27 : 28 février 1991

Nouveau style d'entraînement

« Viens ici, s'il te plaît, tu vas m'aider » dit Stéphan à l'un des garçons venus l'admirer.

Le jeune homme se leva et demanda ce qu'il pouvait faire pour donner un coup de main. Le champion de Jeet Kune Do lui expliqua alors qu'il devait tenir la *patte d'ours* ; un petit sac de frappe transportable avec un ou deux bras.

L'assistant avait fait partie des supporteurs de Stéphan au championnat de Paris, il se faisait appeler *Le Géant* par ses amis. Haut de quasiment deux mètres, c'était un excellent joueur de Basket-Ball.

« Comme t'es grand, tu vas pouvoir tenir la patte d'ours à une hauteur élevée, dit Stéphan pour argumenter l'utilité de ses exercices. Comme ça, j'pourrai entraîner la souplesse de mes jambes. »

Celui-ci s'échauffa dans la salle du gymnase qui était alors interdite au public. Il avait réussi à forcer la porte d'entrée sans faire de bruit quand le gardien dormait dans sa loge.

Lisa n'avait pas envie de s'exercer ce jour-là, elle était épuisée par ses semaines de cours et préféra se poser sur une chaise, oubliée dans le fond de la salle. Child était là lui aussi, il observait avec extase les prouesses de son ami. En effet, ce dernier avait réussi à faire une vingtaine de pompes sur seulement deux doigts. Puis, il avait enchaîné avec une série de sauts périlleux et d'autres acrobaties. Une dizaine d'autres personnes étaient venues également, tous sans exception étaient enthousiasmés par les démonstrations du champion en titre.

Plusieurs filles n'hésitèrent pas à lui lancer des

compliments. Malgré la présence de Lisa, elles lui demandèrent si elles pouvaient toucher ses muscles. Celui-ci refusa gentiment pour ne pas mettre mal à l'aise sa copine.

Bien que Stéphan l'avait invité, Antoine manqua le rendez-vous, prétendant que le gardien était prêt à tout pour leur mettre la main dessus. De plus, il lui avait confié qu'il avait déjà passé assez de temps ces derniers jours en présence de Child et de ses histoires mensongères.

Le Géant tint la patte d'ours du mieux qu'il pouvait, Stéphan frappa encore et encore de toutes ses forces.

« Lève-la un peu plus haut, s'il te plaît. »

Son adjoint plaça le petit sac de frappe à hauteur de visage. Grâce à ses coups de pied très souples, Stéphan percuta la cible de plein fouet à plusieurs reprises. À chaque attaque portée, le Géant recula de quelques centimètres. Malgré sa masse corporelle, il n'arrivait pas à contenir les charges trop puissantes.

J'dois faire mieux qu'ça ! pensa Stéphan entre deux attaques.

Les spectateurs étaient éblouis par la prestation et faisaient un boucan infernal pour l'encourager en criant tout en l'applaudissant. La démonstration virait au spectacle.

« Ça a rien de compliqué, un peu d'entraînement et c'est bon, modéra le complimenté.

- Baissez un peu l'ton, les gars. Le gardien va nous entendre, dit l'une des supportrices. Même s'il dort, on va finir par le réveiller.

- T'inquiète pas, répondit Stéphan, j'ai tout prévu ! S'il arrive, on s'échappera par l'issue d'secours, regardez, j'ai bloqué la porte avec un bâton en dessous ! »

Dans le coin de la salle, ils purent effectivement apercevoir une porte restée ouverte donnant sur l'extérieur.

« Je me demandais pourquoi il faisait si froid, constata l'une des filles.

- Et puis au pire, si quelqu'un s'fait prendre, tu pourras toujours intervenir pour le libérer... » plaisanta quelqu'un.

Stéphan avait l'air fier du plan qu'il avait mis au point pour contrer une éventuelle apparition du gardien. Il aimait tout prévoir et agir en conséquence.

« C'est super ! Même si on se fait prendre, y'aura toujours moyen de s'en tirer ! Tu penses à tout, toi !

- Ouais c'est vrai, t'as raison ! confirma un autre.

- Exagérez pas... dit Stéphan qui préféra rester modeste. Je suis venu ici plus d'une dizaine de fois, c'est normal que j'pense à ce genre de détail.

- Lisa, t'as vraiment d'la chance ! lança Vincent, un garçon qui suivait Stéphan depuis le tournoi de Méthée. Personne vient t'embêter, tout le monde sait à qui il pourrait avoir affaire...

- T'as oublié l'histoire avec Arnold, le pote de Mike. Lui, il a pas hésité à venir me chercher au lycée ! Mais bon, quand je saurai me défendre toute seule, je lui ferai sa fête ! répondit Lisa avec humour.

- Tu pourrais même participer à un tournoi, continua Stéphan.

- J'y ai déjà pensé, le prochain est dans près d'un an et demi, d'ici là j'aurai encore progressé.

- Je me souviens de la compétition comme si c'était hier, dit le Géant à Stéphan. T'étais incroyable, j'ai adoré !

- Ouais, moi aussi ! » approuva un autre.

Stéphan enfila sa veste chinoise pour ne pas refroidir.

« J'étais là aussi quand t'as affronté l'autre con des Guerriers Fous, poursuivit le Géant. Tu lui en as fait voir de toutes les couleurs !

- J'ai presque rien fait, rétorqua Stéphan. On m'a

empêché de le finir...

- Moi j'étais pas là, c'est dommage, j'aurais voulu voir ce mec s'faire laminer, dit Samantha, l'une des amies de Child.

- Moi non plus j'étais pas là... ajouta Vincent. Ce que j'les déteste ces Guerriers Fous, pour qui ils se prennent ?

- On m'a raconté qu'ils avaient démoli la caisse d'un mec qui avait eu une embrouille avec eux. Si j'étais plus fort, j'les défoncerais ! dit le Géant.

- Stéph´ en a déjà éclaté un, et facilement en plus, je suis sûre qu'il pourrait les battre !

- Me mêlez pas à tout ça, les gars, répliqua le garçon concerné. J'ai fait l'erreur d'en frapper un devant tout le monde, j'ai promis de ne plus recommencer... »

Il regarda Lisa.

« Tu pourrais juste leur faire peur pour les dissuader de faire la loi au lycée et dans la ville, argumenta Samantha.

- Comment tu veux que j'fasse ça ? Je suis tout seul, et eux ils ont un gang très bien organisé !

- T'es pas seul, répondit Vincent, on est là, nous !

- Vous ? Vous savez vous battre ? Vous savez ce que c'est de recevoir des coups ? »

Stéphan parlait à tous ; il était bien beau de vouloir se rebeller contre les oppresseurs, encore fallait-il en avoir les moyens.

« Mike plaisante pas, vous l'savez très bien ! Restez loin de lui si vous voulez pas d'ennuis...

- Je comprends ta position Stéphan, mais l'union fait la force, nan ? Moi non plus je veux pas me battre avec eux, mais on peut se soutenir ! Nous aussi, on pourrait monter une bande à notre tour, un truc comme ça. Ça les ferait réfléchir à deux fois avant de s'en prendre à nous !

- Ouais, c'est pas bête ça ! approuva Samantha.

Qu'est-ce qu'ils racontent ? Monter une bande...

soupira Stéphan.

Le petit groupe de supporteurs discuta avec enthousiasme de cette nouvelle idée.

« Y'en a marre de se laisser maltraiter par ces racailles !

- On va pouvoir leur montrer de quoi on est capable...

- Lisa, t'es d'accord avec nous ? On a besoin de la présidente des élèves comme soutien !

- Heu... Si le but est la solidarité entre nous, alors pas de problème. Surtout que je lutte pour que les gens acceptent de témoigner sans peur de représailles. Mais si c'est pour aller se battre contre eux, alors là, je m'y oppose fermement !

- Mais nan, on ira jamais s'battre contre ces dingues ! Mais on pourra les affronter autrement, leur tendre des pièges pour les prendre en flagrant délit... »

Le sujet devint tellement intense que les adolescents se levèrent. Stéphan coupa cette grande discussion :

« Vous croyez vraiment que s'unir contre eux va servir à quelque chose ? Ils ont terrassé toutes les bandes du quartier, et c'est une poignée de lycéens qui va les arrêter ? Mike est bien plus intelligent et organisé qu'on veut bien le croire... »

Les questionnés ne répondirent pas, ils s'observèrent en attendant une réponse de la part de leurs camarades.

« Vous arriverez peut-être à les mettre en échec une fois, mais ils reviendront par la suite, poursuivit Stéphan, soyez-en sûrs...

- Alors qu'est-ce que tu veux qu'on fasse ? demanda Samantha, perdue. On s'laisse faire ?

- J'vais vous dire ce que je pense, après vous ferez ce que vous voudrez. La bande ne doit pas servir à les affronter ou les balancer, vous allez perdre sur ce terrain-là. Elle doit servir là où le lycée et les flics ne peuvent rien : vous défendre !

- Le lycée ne fait rien pour les élèves ? rétorqua Lisa.

- Je n'ai jamais dit qu'il ne faisait rien ! Les messages anonymes, les caméras et l'agent de sécu sont des bonnes idées, mais elles prennent énormément de temps à être mises en place. La mobilisation des élèves contribue à aller dans le bon sens...

- Mais à quoi sert la bande si c'est pas pour se battre contre eux ? demanda le Géant.

- Monter une bande, ça peut être une excellente idée, mais que si vous êtes très nombreux ! Des dizaines, des centaines, tout le lycée s'il le faut ! Le but est de les intimider assez pour que les Guerriers Fous évitent de vous chercher. Ils iront foutre leur merde ailleurs. »

Tout le monde l'écoutait.

« C'est sûr, ça les arrêtera pas pour autant, mais c'est le boulot des flics ça ! » conclut-il.

Ses compagnons avaient l'air enchantés par son analyse : organiser un clan pour dissuader l'autre bande de jouer les terreurs avec eux.

« Mais on peut faire quoi pour qu'ils aient peur de nous ? demanda Child.

- J'suis sûr qu'ils flippent bien de Stéphan depuis l'histoire de la cantine et la bagarre avec Arnold, sinon, ils auraient déjà riposté, avança Vincent.

- C'est vrai ça ! acquiesça Child. Stéph´ t'es avec nous ? »

Le jeune homme eut envie de rire face au comportement déplacé de Child, qui, il y a encore peu, faisait partie du gang de Mike.

« Heu… Je sais pas s'ils ont peur de moi, répondit-il, j'crois plutôt qu'ils essaient de s'faire discrets... Et pour la bande, j'ai toujours été un peu solitaire, moi, je sais pas si...

- Ça, c'est quand t'étais avec Eddy ! coupa Child. Les choses changent, et de toute façon, t'es déjà des nôtres !

- Ouais, c'est vrai, ça... On est déjà une bande, en

fait...

- En plus, t'as déjà une forte influence, et Lisa aussi, d'ailleurs, poursuivit Samantha. Au lieu d'être juste adhérant au clan tu pourrais même en être le chef !

- QUOI !? s'écria Stéphan. En être le chef ?

- Mais ouais, elle a raison ! s'exclama Child. T'es le plus fort de nous tous, t'as du charisme, tu pourrais même nous apprendre à nous défendre. Et en plus, si on réfléchit bien, c'est grâce à toi qu'on est tous réunis ici, tu nous connais tous !

- J'sais vraiment pas... J'peux pas décider ça comme ça...

- Allez, t'as cette faculté de fédérer les gens, poursuivit Vincent. Qui d'autre que toi pourrait faire ça ? »

Tout le monde l'encouragea à accepter ce poste. Il était devenu évident que Stéphan était le seul à pouvoir être le chef de cette bande.

« Bon... Si vous insistez... Mais d'abord, j'veux l'accord de Lisa, dit-il en direction de sa copine.

- Dans la mesure où on est absolument d'accord sur le fait que la bande soit non-violente, bien sûr que je suis d'accord, répondit-elle. Vas-y, fonce !

- Bon, alors j'veux bien être le chef du groupe, mais à une condition, que vous vous entraîniez tous aux arts martiaux. »

Des éclats de joie explosèrent dans la salle, ils pourront enfin contrer la terreur des Guerriers Fous. Bien que les élèves trouvaient la condition imposée par Stéphan assez étrange, si c'était le prix à payer, ils acceptèrent bon gré mal gré de s'initier au Jeet Kune Do.

Chef du groupe... pensa-t-il. *Ça va aller jusqu'où, tout ça ?*

« Mais au fait, poursuivit le Géant, pour être connu et reconnu, il nous faut un nom de clan !

- T'as raison ! J'y avais pas pensé !

- Stéphan, c'est toi qui vas choisir, comme t'es le chef, proposa Samantha.

- Un nom ? Vous m'en demandez beaucoup pour une première mission, plaisanta-t-il. Aidez-moi, quand même...

- Le *Stéph'Groupe* » suggéra le Géant.

Plusieurs rires éclatèrent, beaucoup se moquèrent de cette idée.

« Tu t'crois dans un dessin animé ?

- Arrêtez de rire, c'était juste une idée, dit le garçon, vexé. J'aimerais bien vous y voir...

- On a besoin d'un nom qui nous caractérise bien !

- La bande de Stéphan, proposa l'un.

- Nan, c'est nul » rétorqua un autre.

Certains cherchèrent avec sincérité, mais tous en vinrent à l'évidence que cela était loin d'être une tâche aisée.

« Méthée Clan ?

- Moi j'aime pas, mais j'aime bien l'idée que ça finisse par le mot *Clan*, commenta Samantha.

- Ouais, c'est provocateur ! »

Là-dessus, Stéphan venait de proposer une idée mais pas assez fortement pour être audible.

« Quoi ? demanda Samantha.

- Nan, c'est naze... répondit-il.

- Mais si, vas-y, dis-nous !

- J'ai dit *J.K.D. Clan* pour Jeet Kune Do. Comme vous allez tous apprendre les arts martiaux... Je vous ai dit que c'était nul comme idée... »

Un léger silence s'en suivit, ils réfléchirent à ce qui venait d'être proposé.

« Moi, j'aime bien !

- Moi aussi !

- C'est original !

- Allez, on prend ça ?

- OK, pas de problème !

Le brouhaha augmentait, tout le monde se réjouissait de ce nouveau titre. L'idée d'une bande était subite, pourtant, elle venait de s'imposer comme une évidence dans leur esprit. Stéphan les regarda en soupirant, il appréciait qu'on le nomme chef, cela dit, il se demanda ce qu'il pouvait leur apporter.

Il commençait à se faire tard, la nuit était déjà tombée et Stéphan rangea son sac d'entraînement. De l'extérieur, les lampadaires éclairaient faiblement la salle. Le groupe discutait encore de l'organisation et de la formation de leur bande. Ils racontèrent ce qu'ils aimeraient faire et imaginèrent ce qui pourrait se passer avec les Guerriers Fous.

Lisa rejoignit le nouveau chef :

« Ça va ?

- Bah ouais... Pourquoi ça irait pas ?

- T'as subitement plein de responsabilités. J'espère que ce sont pas des contraintes pour toi...

- Nan, ça me fait plaisir d'me rendre utile. Je sais qu'il y aura quelques fois des histoires avec l'autre bande, mais ce sont mes potes, ils ont besoin d'aide, donc j'vais leur apporter. »

À travers les vitres de la salle, trois gyrophares passèrent à toute allure.

« Tiens ! dit Stéphan. C'est les flics, qu'est-ce qui s'passe ?

- Je sais pas, répondit Lisa. J'ai pas vu la direction qu'ils ont prise...

- Il s'est sûrement passé quelque chose dans le centre-ville, un braquage ou une agression... Dans cette ville, tout est possible... Ce serait drôle si c'était les Guerriers Fous, ça règlerait tous nos problèmes...

- Ah ah ah, ça serait trop beau ! »

Lisa sourit, elle entoura son bras autour de celui de Stéphan et l'embrassa un court instant pour lui montrer son admiration.

« Bon, 'faut plus traîner par ici, on doit y aller maintenant. J'préviens les autres » dit Stéphan.

Quelle drôle de journée, j'invite tout le monde à mon entraînement, et voilà que j'finis chef de meute…

« Préparez vos sacs les gars, on doit y aller ! »

Le groupe de supporteurs rangea ses affaires. Les discussions avaient faibli et chacun pensait à retrouver le confort de leur maison.

D'un coup, la porte d'entrée de la salle émit un léger grincement, seuls quelques-uns s'en préoccupèrent.

Un courant d'air… ? pensa Stéphan en se dirigeant vers la sortie de secours.

Puis, il perçut des bruits de pas derrière la porte en question, il s'arrêta pour l'observer. Fixant la poignée, l'adrénaline monta en lui.

Qu'est-ce que…

Le groupe était dispatché entre ceux qui étaient déjà dehors, hors de portée de vue, et ceux encore assis par terre.

Stéphan fixa toujours cette fameuse poignée quand, soudainement, il la vit se baisser. La porte s'entrouvrit doucement. Il était trop tard pour y avoir du monde dans le gymnase, se dit Stéphan.

Une tête apparut alors et regarda Stéphan avec calme, un sourire se lit sur le visage du mystérieux individu.

Qui est-ce ? Bordel…

L'homme entra dans la salle avec un flegme déconcertant.

C'est… C'est le gardien… !

« COUREZ !!! » cria alors Stéphan de toutes ses forces.

Les nouveaux disciples de Stéphan ne comprirent pas immédiatement ce qu'il voulait dire et le regardèrent interloqués.

« Quoi ? demanda le Géant. Qu'est-ce que…

- COUREZ, J'VOUS DIS ! C'EST L'GARDIEN !!! »

Il n'eut pas besoin de le répéter une nouvelle fois, tous se mirent à détaler le plus vite possible. Vincent, qui ne voulait surtout pas se faire attraper, poussa une fille près de la sortie de secours pour passer avant elle. Son front frappa le rebord de la porte ; le choc la fit chuter.

Stéphan, lui aussi, prit ses jambes à son cou. Quand il fut à une dizaine de mètres de l'issue, il jeta un œil autour de lui pour s'assurer que tout le monde puisse s'en sortir. Les gens se bousculèrent près de la sortie, certains portèrent des sacs qui gênèrent le passage.

« Nan, lâchez-moi, j'ai rien fait ! » cria une autre fille.

Stéphan se retourna et vit qu'elle était retenue par le gardien. Il posa alors son sac pour foncer en direction de la prisonnière. Celle-ci tenta de se débattre, en vain, le gardien était beaucoup trop fort pour elle. La fille, impuissante, hurla et se mit à pleurer, elle n'avait pas voulu tout ça en suivant la bande. D'un coup, elle sentit son bras se dégager, elle entendit un craquement ; son assaillant était au sol.

« Allez, barre-toi ! » lui lança Stéphan.

Celui-ci venait d'infliger un coup de pied dévastateur au gardien

Merde...

Il regarda dehors pour apercevoir ses amis mais ne vit que des lumières de couleurs. Il ne distingua pas grand-chose avec la distance. Stephan se précipita ensuite pour récupérer son sac et repartit aussitôt vers la porte de secours. Au sol, il perçut quelque chose. Une masse tremblotante. Intrigué, Stéphan se rapprocha vivement et découvrit la fille qui s'était fait bousculer au moment de fuir.

« Ça va ? demanda-t-il, inquiet.

- Nan, j'ai mal... »

Elle gémissait. Le garçon se baissa pour voir ce qu'elle avait tout en prêtant attention au gardien, celui-ci venait de se relever. Il se dirigea vers eux avec difficulté en se tenant les côtes de sa main droite. Boitant et grimaçant de douleur, il se jura tout bas qu'il les aurait.

Stéphan examina la jeune fille à terre ; du sang coulait de son front.

« J'vais te porter !

- J'ai mal…

- Tu vas voir, on va s'en sortir, il nous aura pas ! »

Il la prit dans ses bras et la souleva dans un grand effort, la fille passa ses bras autour de son cou. La sortie n'était qu'à quelques mètres d'eux, néanmoins, Stéphan n'arrivait presque plus à bouger, son sac était lourd, il pensa même à l'abandonner mais se le refusa : trop d'objets personnels dedans. De plus, il était exténué par ses exercices d'entraînement. Après quelques pas, il sentit que ses muscles allaient lâcher.

Nan, j'dois pas céder maintenant, cette fille compte sur moi…

Ses biceps lui faisaient horriblement souffrir et, malgré ses efforts, le gardien gagna inexorablement du terrain.

Qu'est-ce que j'peux faire ? Bordel…

« Je t'aurai… » dit le gardien entre deux pas qui lui procuraient autant de douleur que de plaisir.

Putain, j'vais quand même pas devoir m'battre contre lui… pensa amèrement Stéphan. *C'est la seule solution pour sortir cette fille d'ici…*

Celui-ci trouva alors l'énergie pour faire quelques foulées de plus, il arriva quasiment à l'encadrement de la porte.

Ah ah, la liberté est là, les autres pourront m'aider…

Il regarda dehors mais ne distingua que des lumières dans sa direction qui l'éblouirent et l'empêchèrent de voir ce qui se passait à l'extérieur.

« VENEZ M'AIDER ! » cria-t-il avec les forces qui lui restaient

Puis, parvenant enfin à discerner quelques silhouettes, il réitéra son appel.

Mais merde, qu'est-ce qu'ils foutent ? C'est quoi ces lumières ?

Il avança encore d'un pas alors que le gardien en fit de même.

Ça y est, cette fois-ci, ils vont m'voir ! Y'a Vincent... Child... Mais où est Lisa ? Ah, ça y est j'la vois, elle est à côté du Géant...

Mais c'est qui ces gens autour d'eux, bordel ? C'est eux qui m'éblouissent avec leurs lumières.

'Faut que j'me dépêche, le gardien avance ! J'tiens absolument pas à me battre contre lui...

Progressant encore de quelques centimètres, il put percevoir presque en détail ce qui se passait.

C'est bon on est sorti ! Ils sont tous là ! J'les vois. Mais... pourquoi ils ont tous les mains sur la tête ? Il s'passe quoi !?

« Je t'avais dit que je t'aurais... dit le gardien en ricanant.

- Quoi ? »

Trop tard, Stéphan comprit enfin.

Les voitures de flics qui sont passées tout à l'heure...

« Attendez, je cherche le nom dans le registre. Oui, c'est bien ça, suivez-moi je vous prie. »

Ils traversèrent les couloirs étroits aux murs immaculés et entrèrent dans une salle aux airs sinistres.

« Voilà Madame Sentana, vous devez signer ici » annonça l'agent de police.

En face d'eux se trouvait une petite cellule où une poignée d'adolescents étaient assis sur une planche fixée au mur faisant office de banc.

« Ce qu'ils ont fait n'est pas bien méchant, ils ont

crocheté plusieurs fois une serrure pour entrer illégalement dans une des salles du gymnase. Ils devront donc rembourser les dégâts.

- Je vous remercie de ne pas être trop sévère avec eux, dit la mère, la voix pleine de culpabilité.

- Cependant votre fils, lui, est accusé de coups et blessures sur le gardien du gymnase. Ce dernier ayant porté plainte, votre fils devra comparaître devant la justice, vous recevrez une convocation d'ici peu.

- Quoi ? Mon fils a frappé quelqu'un ? Mais il n'a jamais...

- Il dit que c'était pour protéger une de ses amies, enfin, vous verrez ça avec lui et la Justice… »

L'agent de police ouvrit la cellule et retira les menottes de Stéphan qui l'attachaient à l'un des orifices du mur.

Chaque enfant était attaché et attendait ses parents. Consternés, ceux de Lisa étaient venus la chercher quelques minutes auparavant. Ils n'avaient jamais eu le moindre problème d'éducation avec elle ni à l'école, ni avec la police.

« Je voulais tout de même vous recommander de faire plus attention à votre fils, poursuivit l'agent avant de refermer la porte de la cellule. Une des filles a été blessée, elle s'est ouvert le front. Ce n'est pas bien grave, mais cela aurait pu être pire.

- Je ferais plus attention… » répondit laconiquement madame Sentana.

Quel sale début pour le J.K.D. Clan, pensa Stéphan en passant la porte du commissariat.

Chapitre 28 : 3 mars 1991

Chef de clan

Le signal libérant les élèves pour la récréation retentit, il était dix heures, tout le monde se hâta de sortir pour retrouver la chaleur du jour. La vaste cour devant le lycée Jean Moulin ressemblait vaguement au parc de la Tanière : beaucoup d'herbe et quelques bancs sous de géants arbres offrant des coins d'ombre où il était agréable de s'y prélasser.

Eddy était là, assis sur la pelouse, il attendait depuis une dizaine de minutes cette pause pour revoir ses amis qu'il n'avait pas vus depuis trop longtemps à son goût. Voilà bientôt trois semaines qu'il était revenu, néanmoins, entre ses cours, qu'il prenait toujours par correspondance, ses séances de kinésithérapie et la reprise des arts martiaux, celui-ci n'avait plus une seconde à consacrer à ses proches.

Il aperçut au loin un groupe de personnes qu'il connaissait bien et se décida à aller à leur rencontre.

« Salut, les gars ! » lança-t-il.

Les lycéens se retournèrent vers lui, et après un court instant, lui sautèrent dans les bras.

« Salut Ed.', ça fait plaisir de t'voir, ça fait tellement longtemps !

- Moi aussi j'suis content d'vous voir » répondit-il avec le sourire.

Parmi ce petit groupe se trouvaient quelques-uns de ses amis d'enfance avec qui il n'avait pas perdu le contact : Paul, qui avait bien maigri depuis son enfance, Mathieu, qui commençait à se faire un nom dans le monde du football régional, mais aussi Thomas et Jérôme qui étaient toujours les mêmes.

« Alors, quoi d'neuf ? demanda Mathieu.

- J'me suis remis de mon accident et j'ai repris l'entraînement, c'est dur mais je m'y habitue.

- J'ai appris que t'étais à l'hôpital, j'avais trop flippé pour toi ! Mais j'suis soulagé, j'vois qu'tu vas mieux, poursuivit Thomas. C'était comment ton centre de rééducation ?

- J'en ai bavé pendant trois mois, mais le centre était cool ! À part la bouffe à la cantine qui était dégueulasse... »

Ses amis rirent.

« Et vous, vous devenez quoi ? reprit Eddy.

- Je vais sans doute redoubler la seconde, mes parents vont m'interdire de partir en vacances… dit Mathieu.

- Ah, c'est con ça…

- C'est pas si grave, j'pourrai quand même m'entraîner au foot ici pendant deux mois…

- Toujours aussi fan à ce que j'vois, répliqua Eddy en adressant une petite tape amicale dans le dos de son compagnon.

- Moi, pendant les grandes vacances j'vais travailler pour m'faire un peu d'argent, informa Paul.

- Vraiment ? Et où ça ?

- J'vais vendre des beignets sur la plage, ça va être sympa…

- Au moins, tu seras occupé... »

Une personne arriva alors dans le groupe et adressa un salut général.

J'l'ai déjà vu quelque part celui-là, pensa Eddy, *mais où ?*

« Vous parlez de quoi ? demanda le nouveau venu.

- On était en train de se raconter c'qu'on allait faire de nos vacances, dit Jérôme d'une voix rauque, n'ayant pas encore ouvert la bouche depuis le petit matin.

J'suis sûr que je l'ai déjà rencontré, mais où ? Au lycée ? Nan, c'était pas là. C'est bizarre mais on dirait que lui me reconnaît pas…

« Ça y est, j'me souviens ! » lança-t-il d'un coup.

Les autres se retournèrent vers lui en se demandant ce qui lui prenait.

« Quoi ? demanda Mathieu.

- Ah… Heu… » bégaya-t-il, pris au dépourvu.

Tout le monde le regarda en attendant une explication, Eddy s'adressa directement au nouveau venu :

« Tu t'souviens pas d'moi ?

- Bah si, tout le monde te connaît, t'es Eddy… On s'était vu à la compétition de Méthée.

- Ouais, c'est bien c'que j'me disais ! C'est Antoine, toi, c'est ça ? »

Le garçon acquiesça d'un simple signe de tête, il semblait distant avec lui.

« Alors, qu'est-ce qu'il devient Stéphan ?

- Bah là, depuis une semaine il a moins de temps pour moi. Mais t'as qu'à aller le voir, sinon…

- Vu que c'est ton pote, t'es pas sans savoir qu'il veut plus me parler… répliqua Eddy. Et toi, pourquoi tu l'vois moins ?

- C'est un très bon pote, mais là, il est souvent avec Lisa et un autre gars, Child. Lui, j'peux pas l'encadrer, donc Stéphan essaie de partager son temps… »

C'est donc pas lui qui essaie de monter Stéphan contre moi, songea Eddy.

« J'ai entendu parler d'ça, reprit Thomas en le regardant. Il paraît que Stéphan et toi vous vous êtes pris la tête ?

- J'dirais pas ça comme ça, répondit Eddy. Depuis mon retour, il veut plus du tout m'adresser la parole ! Et ses explications sont assez vagues…

- Pendant ton absence, il est devenu pote avec des gars qui t'aiment pas trop, expliqua Antoine, avec une certaine retenue. Ils t'accusent d'être à la base des problèmes dans le lycée.

- C'est débile comme accusation ! Et en plus, ça a rien à voir entre lui et moi !

- Ouais, je sais, c'est pour ça que j'ai essayé d'le raisonner, mais y'avait pas que ça comme problèmes.

- Y'avait quoi d'autre ? demanda Eddy.

- Il m'a raconté son passé, et c'qu'il a traversé... »

Antoine fixa droit Eddy dans les yeux pour lui faire comprendre à quels épisodes il faisait référence.

« Et il m'a dit que t'étais pas souvent là pour lui... ajouta-t-il.

- J'en étais sûr ! Pourtant, j'ai tout fait pour qu'on s'réconcilie, mais il veut rien entendre. Quand je l'appelle, il m'raccroche au nez, j'essaie même de faire passer des messages par sa mère, mais rien à faire ! C'est peut-être sa petite amie qui tente de nous séparer.

- Lisa ? demanda Antoine. Nan, j'pense pas, je pencherais plutôt vers Child. J'te l'ai dit, lui, j'le sens pas... »

Child ? Qui c'est celui-là ? Il me connaît même pas, pensa amèrement Eddy.

« Comment il me connaît c'gars ?

- J'en ai aucune idée... Quand Stéphan a commencé à traîner avec eux, moi de mon côté, j'me suis un peu éclipsé. J'préfère rester loin de tout ça. Entre Lisa qui s'en prend aux Guerriers Fous, et lui qui, à c'qu'il paraît, vient de monter une bande avec un drôle de nom, c'était quoi déjà ? Heu... *J.K.D. Clan,* j'crois !

- Moi aussi j'en ai entendu parler, poursuivit Paul. Ils commencent à être connus... »

J.K.D. Clan ! pensa Eddy, stupéfait. *Sûrement pour Jeet Kune Do... Mais qu'est-ce qui s'passe dans la tête de Stéphan ?*

« D'après la rumeur, ils font ça pour contrer les Guerriers Fous. Avec Stéphan à la tête du clan, ils apprennent à s'battre.

- Les Guerriers Fous ! s'exclama Eddy. Mais c'est la

responsabilité des flics ça ! Pas celle de la présidente des élèves, et encore moins celle d'un élève !

- Détrompe-toi ! Depuis que t'es parti pour le centre de rééducation, les choses ont bien changé ici… Comme la bande multiplie les coups bas et grossit son nombre d'adhérents, les élèves commencent à en avoir vraiment ras-l'cul, et ils veulent se mobiliser pour se défendre… »

Stéphan est devenu fou ! Il est chef d'un clan pour nuire aux Guerriers Fous, il lui arrive quoi !?

« Mais c'est pas tout, ils ont déjà fini au poste de police ! L'autre jour, ils ont crocheté les serrures du gymnase pour entrer dans les salles. J'sais pas pour quelle raison…

- Ils ont forcé les serrures ? répéta Eddy, n'en finissant pas d'être étonné. Moi, quand j'y allais avec Stéphan pour s'entraîner, on a toujours attendu qu'une porte reste ouverte…

- Ouais ! enchaîna Matthieu. Et j'peux te dire que ça a foutu un sacré coup à la réputation de Lisa ! La présidente des élèves, jusqu'ici irréprochable, qui finit au poste !

- Elle m'a dit qu'elle s'en foutait, informa Antoine. Je l'ai vue hier et elle est convaincue que ça fait partie du jeu quand on s'attaque à un gang aussi puissant que celui de Mike. Elle dit que pour Stéphan, elle serait prête à recommencer… »

Eddy semblait perdu, sans voix.

« Décidément, je le comprends plus, je suis dépassé par tout ça ! conclut-il. Il devient comme les gars qu'il combat… C'est terminé, j'ai plus rien à voir avec lui…

- En fait, continua Antoine, ça reste mes amis, malgré tout. J'comprends leur motivation et on peut pas les blâmer de vouloir nous défendre. Eux, au moins, ils font quelque chose pour arranger la situation du lycée. Et en ce qui te concerne, Stéphan avait l'air vraiment en colère lorsqu'il parlait de toi et ses arguments semblaient tenir la route. J'suis désolé, mais j'ai confiance en lui pour tout… »

Au fond de la grande cour, derrière les petits arbustes qui longeaient le terrain de basket, là où presque plus personne ne venait pour s'isoler, Stéphan et sa bande étaient allongés sur l'herbe tiède de cette belle matinée ensoleillée.

« Ça y est, les gens s'mettent à parler de nous… annonça le nouveau chef.

- Tu devrais être content, c'est c'qu'on voulait, dit l'un de ses acolytes.

- Ouais, c'est c'qu'on voulait tous… Mais y'a eu aucune réaction des Guerriers Fous, on sait pas ce qu'ils pensent de nous.

- C'est plutôt bon signe, ils ont peut-être peur, suggéra Child. Depuis qu'on a créé la bande, personne a entendu parler d'eux.

- T'as sans doute raison… » acquiesça Stéphan qui se demanda si les choses étaient si simples.

Depuis le jour de la création du clan, tous les adhérents avaient fait en sorte de propager cette nouvelle ainsi que le but recherché : mettre une barrière aux agissements des Guerriers Fous. Un certain nombre de lycéens avaient souhaité s'y affilier, la bande s'était alors accru rapidement en nombre et en popularité. La seule contrainte pour y être accepté était de pratiquer au moins un art martial, qu'importe son style.

« Qu'est-ce que tu crois qu'il faudrait faire pour obtenir une réaction de ces cons ? demanda le Géant.

- Notre but, répondit Stéphan, était d'empêcher les Guerriers Fous de continuer à harceler les lycéens, de bousiller les voitures, de foutre leurs graffitis partout… Jusque-là, on a obtenu satisfaction… »

Certains furent déçus de la décision du chef. Maintenant qu'ils étaient nombreux, ils avaient espéré secrètement que Stéphan allait attaquer directement l'autre bande.

« Mais on va pas rester là sans rien faire ! s'étonna Child. Si on a créé cette bande, c'est pour venir à bout de ces racailles…

- Qu'est-ce que tu racontes ? répliqua sèchement le Chef. On va pas s'battre contre des gens s'ils font plus d'mal à personne, c'est inutile !

- Mais…

- Il n'y a pas de *mais*, coupa Stéphan. C'est moi le chef, vous m'avez désigné et c'est donc moi qui prends les décisions. Si t'es pas d'accord avec c'que j'dis, bah vas-y, va t'battre contre eux…

- Nan, c'est bon, répondit Child un peu vexé de ne pas avoir été écouté. J'voulais juste t'aider à faire le bon choix.

- Et j'te rappelle qu'il y a encore quelques mois, tu étais avec eux…

- Tu vas m'rappeler ça éternellement ? J'suis parti de la bande et j'ai été menacé par eux, il te faut quoi de plus ? »

Stéphan ne lui répondit pas, bien qu'il avait lui-même entamé le sujet, il ne préférait pas en parler devant tout le monde. Après cette petite altercation, le Géant prit la parole en pensant donner une bonne idée :

« Ça serait bien si on provoquait les Guerriers Fous par d'autres actes…

- Tu veux dire quoi par là ? demanda le chef, intrigué.

- Bah c'est simple, les Guerriers Fous s'amusent à tout bousiller sur leur passage, si on l'faisait à leur place, les gens parleraient plus de nous. Les Guerriers Fous finiraient par ne plus faire peur aux autres.

- Mais si on a créé le J.K.D. Clan c'est pour nuire aux Guerriers Fous, pas pour prendre leur place, j'ai pas envie d'aller casser des voitures, moi !

- On est pas obligés de casser des voitures, commenta

le Géant. On pourrait juste faire des petits vols par-ci par-là, rien de bien méchant. Par exemple, si on volait quelque chose qui appartient au lycée, ça serait pas bien grave…

- Ouais, peut-être… On verra ça plus tard, quand les Guerriers Fous poseront de nouveaux problèmes. »

Les membres du J.K.D. Clan apprécièrent cette idée et en parlèrent comme s'il s'agissait déjà d'un projet à venir. Quant à Lisa, elle s'opposa ferment à cette proposition, elle ne pouvait pas voler l'établissement pour lequel elle s'était engagée. Son petit ami calma le jeu en précisant qu'ils pouvaient se contenter de lancer des rumeurs de vols juste pour impressionner les Guerriers Fous.

« Qu'est-ce que tu fais ? demanda alors Stéphan à Vincent après un court silence.

- J'voulais acheter une boisson à la cafétéria. J'ai de l'argent dans mon sac de cours mais j'le retrouve pas, j'ai dû le laisser dans la salle.

- Si tu veux, on y va ensemble.

- OK, vas-y. »

Stéphan et Vincent se levèrent suivis de Child qui proposa de les accompagner.

« On revient tout d'suite » dit le chef à sa petite amie.

« Regardez-moi ces enculés, ils sont juste là, en bas ! » lança Mike à sa bande.

À l'abri des regards, ils avaient préféré rester dans les couloirs pendant la pause. De là, ils avaient vue sur toute la cour grâce aux grandes vitres qui éclairaient l'intérieur du lycée. Cela faisait maintenant une dizaine de minutes que Mike observait ce mec : Stéphan. Qui était cet inconnu qui était parvenu à s'emparer de la confiance de tout le monde ? Il n'avait pourtant ni la tête ni l'attitude de celui qui cherchait à se faire connaître··· Mike détourna le visage vers son gang quand Stéphan, accompagné de deux autres gars, avaient quitté leur groupe.

« Putain, c'qu'ils me foutent la haine ces cons ! cria Sara. Pour qui ils s'prennent ?

– Tu crois que j'suis pas vénère, moi ? répondit Arnold en s'avançant vers elle. J'te rappelle qu'il m'a mis une droite devant tout le monde !

– Et c'est qui le connard qui est allé le provoquer, hein ? »

La fille semblait enragée, elle saisit le garçon par le col de sa chemise et le plaqua contre le mur. Pris au dépourvu, ce dernier ne sut comment réagir.

« En te faisant latter la gueule, tu l'as fait passer pour un héros !

– C'est Mike qui m'a dit d'y aller !

– Il t'a demandé de parler à Child, pas de foutre la merde ! »

La fille aux cheveux rouges était endiablée, elle n'avait pas ressenti autant de colère depuis bien longtemps. Les derniers évènements qui s'étaient abattus sur les Guerriers Fous lui étaient insupportables. Sara frappa le mur du poing pour faire ressortir les tensions qu'elle avait en elle. Malgré le sang qui coulait entre ses doigts, son visage n'exprimait pas la moindre once de douleur.

Au loin, un élève s'aventura dans les

couloirs, puis, quand il les aperçut, le garçon décida aussitôt de faire demi-tour.

« Et vous avez entendu la dernière, ils ont créé une bande, le J.K.D. Clan···

– C'est quoi cette merde ?

– J'connais pas leurs intentions··· On m'a dit qu'ils voulaient nous faire peur··· fit Mike. Avec ce nom ringard···

– Ah ouais ? » lança Sara dans sa direction.

Elle avança d'un pas ferme vers lui, le regard bouillonnant.

« Et tu crois pas que c'est le moment d'aller les voir ?

– Et tu veux que je fasse quoi, hein ? » répliqua violemment Mike.

La fille recula sous la prestance de l'homme.

« J'ai les flics au cul, j'vais pas tarder à m'faire virer, et toi, tu voudrais que j'me montre ? »

Il lui serra fermement le bras comme s'il voulait s'assurer que ses paroles entraient bien dans son crâne. Pour le reste de la bande, et au grand bonheur de Cassandra, il était étonnant de voir Sara se laisser maltraiter sans répondre. Sous l'étreinte, elle grimaça de douleur.

« OK ! reprit le chef. Laisse-moi gérer, c'est moi qui décide ! »

Les trois garçons entrèrent dans le lycée par une porte de derrière puis empruntèrent les escaliers pour accéder au deuxième étage.

« C'est quelle salle déjà ?

- J'sais plus trop, y'en a tellement ! »

Les couloirs étaient longs et les salles multiples.

« J'crois que c'était la 102.

- Ouais, c'est ça, c'est celle-là !

- Moi aussi j'vais en profiter pour prendre un peu d'argent, dit Stéphan, tu m'as donné soif. »

Il se dirigea vers le fond de la salle et ramassa son sac par terre.

Où j'ai mis mon fric, déjà ? se demanda-t-il.

Il ouvrit une les poches latérales, *Ah ouais, c'est là !* Prenant un peu de monnaie, il reposa son sac avant de se retourner vers ses amis.

« Mais qu'est-ce que vous foutez ? » demanda-t-il.

Child tenait dans ses mains un sac qui n'était pas le sien tandis que Vincent était en train de fouiller dans un des tiroirs du bureau du professeur.

« Moi… Je heu… balbutia Child ayant l'air de chercher une réponse valable. C'est l'sac du Géant, il m'a demandé heu… de lui ramener quelque chose…

- Et moi, j'fais rien de mal, j'regarde juste les affaires du prof, t'as jamais eu envie toi ? ajouta Vincent.

- On est pas là pour ça, rétorqua Stéphan. Allez, rangez-moi tout ça ! Et Child, arrête de m'prendre pour un con !

- C'est bon, t'énerve pas » répondit le garçon tout en glissant une de ses mains dans sa propre poche.

Stéphan regarda par la fenêtre qui donnait sur la cour de récréation, il vit Lisa et sa petite bande.

« Mike avait raison, il suffisait d'attendre le bon moment... » entendit-il d'une voix féminine derrière lui.

Faisant face, l'adolescent découvrit la présence d'une jeune fille accompagnée de trois adolescents corpulents dans l'encadrement de la porte, le contre-jour l'empêchait de distinguer leur visage.

« C'est… Ils font partie des Guerriers Fous… déclara Vincent, apeuré.

- Maintenant qu'on est qu'entre nous, on va pouvoir régler nos comptes ! lança la fille qui semblait être la meneuse du petit groupe.

- J'te reconnais, dit Stéphan, tu traînes avec Mike... Apparemment, il se met à recruter chez les enfants !

- Ah ah ah, t'es un marrant, toi ! Mais profites-en tant que tu l'peux encore ! ricana l'adolescente.

- Tu m'impressionnes pas du tout, répliqua le chef du J.K.D. Clan, déjà en position de garde.

- À c'que je vois, t'as pas l'air de savoir à qui tu t'adresses.

- Elle, c'est Sara, précisa Child, d'une voix tremblante. Une vraie dingue...

- Toi, l'traître, tu vas vite comprendre qu'on s'fout pas d'la gueule de Mike comme ça... »

Il y avait maintenant deux ans que celui-ci avait été viré de son lycée situé dans les quartiers Nord de Méthée pour être transféré ici. Très vite, il avait eu l'idée de créer une bande réunissant tous les laissées-pour-compte qui rejetaient l'asservissement au système scolaire et juridique. Comprenant bien vite qu'il ne pouvait rien faire seul et que l'union faisait la force, il avait contacté tous les voyous du coin, tous ceux qui voulaient se faire un nom. Sympathisant d'emblée avec lui, Child avait alors fait parti des premières recrues.

Puis, une fois assez nombreux pour imposer la terreur sur les lycéens et autres jeunes du centre-ville de Méthée, Mike avait pris la décision de désigner un chef. Comme il était impératif que le chef soit le plus fort physiquement, il avait organisé un tournoi de combats dans une cour de son quartier entre tous les adhérents. Celui-ci l'avait remporté aisément et avait donc été nommé légitimement chef du clan. Par la suite, le nom de la bande avait été trouvé très rapidement et avait mis tout le monde d'accord.

« Guerriers » avait pour but de répandre l'idée que ses membres étaient prêts à combattre pour obtenir ce qu'ils voulaient. Et « Fous » signifiait qu'ils se moquaient des conséquences, ils n'avaient aucune limite.

Les trois Guerriers pénétrèrent dans la salle de cours. Child et Vincent reculèrent, l'un se cramponnant à une table. Ils ne voulaient pas ça, ils ne voulaient pas en arriver là et pensaient que les Guerriers Fous ne viendraient jamais leur chercher des noises. Ce n'était qu'un mauvais concours de circonstances !

Les trois acolytes de Mike montrèrent enfin leur visage, l'un d'eux dut se baisser légèrement pour entrer dans la pièce.

Il est encore plus grand que le Géant, pensa Stéphan. *Il doit mesurer au moins deux mètres dix...*

« Qui c'est celui-là ? demanda Vincent, affolé. J'le connais pas !

- Vous connaissez pas notre dernière recrue ? demanda Sara, l'air fier. Il est pas du lycée, c'est normal... On l'appelle le Colosse et il est venu juste pour vous dire bonjour ! »

Elle croit m'faire peur avec son gorille ? pensa Stéphan. *Tiens ! Arnold et Benjamin sont là aussi, j'aurais dû m'en douter...*

Par manque d'attention, Stéphan ne vit pas voler vers lui une chaise à toute allure. Il se la prit de plein fouet et s'écroula en arrière. Un peu sonné par le choc, il mit un certain temps avant de retrouver ses esprits.

L'bâtard, il a profité d'un moment d'inattention d'ma part pour attaquer...

Brutalement, Stéphan reçut un bon coup de pied dans l'abdomen. Celui-ci, expérimenté, eut le réflexe de faire une roulade arrière pour se relever sur-le-champ.

« Tu m'auras pas une seconde fois ! » lança Stéphan

en essuyant du revers de la main le sang qui coulait de sa joue.

Soudain, il entendit des cris perçants venant du fond de la salle, c'était la voix de Child. Le garçon recevait une pluie de coups par Benjamin qui l'avait plaqué au sol. Sans réfléchir, Stéphan se rua vers son ami pour le secourir. Alors qu'il grimpait sur une table pour éviter les obstacles, il sentit une main l'agripper dans le dos : Arnold !

« Tu vas payer les patates que tu m'as mises ! » dit-il avec un sourire.

Child se faisait lourdement cogner, il fallait agir vite. Arnold tira sur le T-shirt de Stéphan qui fit machinalement un saut périlleux arrière. Se retrouvant derrière son assaillant, il lui infligea un coup de pied puissant dans le dos. Le Guerrier Fou s'écrasa sur la table qui lui faisait face et finit sa chute au sol dans un râle de douleur. Il put tout de même apercevoir Stéphan courir en direction de Child et de Benjamin.

« Arrête-le et massacre-le ! » ordonna-t-il au Colosse.

Ce dernier lâcha Vincent, sa première victime. De son côté, Stéphan plongea sur Benjamin et le percuta au ventre pour l'entraîner à terre. Aussitôt, le chef du J.K.D. Clan profita de sa souplesse pour infliger un coup de pied au visage du garçon qui n'eut pas le temps de se relever. Puis, dans un mouvement rapide, il s'accroupit près de Child, ce dernier ne réagit pas.

Il lui prit le pouls et sentit son cœur dans un battement régulier, *c'est bon, il a rien !* pensa-t-il, soulagé.

Regardant autour de lui, il aperçut Arnold qui tentait tant bien que mal de se relever. Allongé devant lui, Child ne bougeait toujours pas tandis que, sur sa droite, Benjamin avait déjà la bouche pleine de sang. Stéphan savait que Vincent avait reçu une bonne correction par celui qui mesurait plus de deux mètres.

Mais tiens ! Où il est passé celui-là ? se demanda-t-il.

« Ah ah ah, je t'aurai cette fois-ci ! » entendit-il au-dessus de lui.

L'adolescent n'eut même pas le temps de réagir qu'une masse énorme en forme de table voltigea vers lui. Il voulut se dégager pour l'esquiver mais l'objet arriva trop vite. Le jeune homme fut propulsé un mètre en arrière et se retrouva coincé en dessous.

C'est quoi cette merde !? se demande-t-il. *Mais c'est une table ! Il m'a balancé une table, ce taré !*

Stéphan, bloqué sous le meuble, essaya de se calmer pour se ressaisir. Au moment de se redresser, il sentit une masse lourde s'ajouter à l'objet. Par-dessus la table, il distingua le corps de son colossal ennemi de deux mètres. Arrivant par sa droite, Benjamin le nargua :

« Cette fois-ci, je pense que t'es terminé !

- On va enfin pouvoir s'amuser avec lui » ajouta le Colosse en faisant des petits bonds sur la table pour faire souffrir Stéphan.

Les cent kilos du Colosse lui écrasèrent la cage thoracique. Brusquement, le chef du J.K.D. Clan se prit un violent coup à la tête. Le monde tournait autour de lui, le plafond devint trouble, il n'arrivait plus à saisir ce qui se passait. Il perçut des rires ininterrompus et sentit toujours cette masse qui l'écrasait. Le goût du vomi lui monta dans la bouche. Au loin, il distingua le rire, presque diabolique, de Sara qui s'amusait de la situation.

Déchirant l'air, il entendit d'un coup un cri strident qui lui permit de se revivifier. La lourde masse venait de disparaître, il ne restait plus que la table. Stéphan se dégagea sans attendre, cracha ses poumons et poussa l'objet sur le côté. Il se releva alors qu'il n'était pas encore tout à fait rétabli. La vision trouble, le garçon secoua la tête pour rectifier sa vue. Doucement, des formes mouvantes se dessinaient. Le Colosse se tenait le dos d'une main ensanglantée. Benjamin, lui, se battait avec quelqu'un, et sur sa gauche il découvrit, avec étonnement, Vincent tenant un objet en main.

Super ! Ils ont réussi à s'relever ! se dit-il. *'Faut que j'aille les aider !*

« Vincent ! cria-t-il. Tu vas bien ? »

L'interrogé se retourna et vit Stéphan debout, il sourit :

« Content de te revoir parmi nous ! On va pouvoir les défoncer !

- Mais comment t'as réussi à dégager la table alors que l'autre connard était dessus ?

- Par chance, j'ai trouvé un compas par terre, j'lui ai mis un bon coup dans l'dos !

- Tu vas m'le payer ! hurla le Colosse entre deux gémissements avant de se jeter sur Vincent et de l'écraser de tout son poids. Stéphan intervint immédiatement et s'élança à son tour dans le combat.

L'ennemi attrapa Stéphan au cou pour l'étrangler de toutes ses forces. La victime respira avec grandes difficultés.

« Arr... Arrête ! » bredouilla-t-il.

Malgré tout, le Colosse poursuivit sa torture.

« Tu… Tu vas… me tuer… émit-il dans un dernier souffle.

- J'm'en fous ! T'as osé provoquer les Guerriers Fous et t'as levé la main sur moi… »

Il est vraiment dingue !

Voyant qu'il ne pouvait plus tenir longtemps, l'agressé fut contraint de jouer le tout pour le tout et de balancer sa main en forme de pique en direction des yeux de son adversaire. La réaction du Colosse fut immédiate. Il lâcha aussitôt Stéphan en criant de douleur. Libéré, le garçon en profita pour lui infliger un ultime coup de poing au visage. Il chercha Child et Benjamin pour savoir où en était leur affrontement. Ces deux derniers avaient fini dans le couloir, Stéphan les aperçut et encouragea son ami. Avec toutes ces péripéties, il en avait même oublié ce qu'ils étaient venus faire ici. La sonnerie de fin de récréation retentit soudain, plus violente que d'habitude.

« Child, barre-toi ! cria Stéphan. Les profs vont rappliquer, on doit s'casser avant ! »

Benjamin semblait complètement exténué. Normalement, il serait venu à bout de Child en un rien de temps, mais son combat contre Stéphan l'avait grandement affaibli. Child profita d'un bref instant d'inattention de la part de son adversaire pour lui faire un croche-pied. Celui-ci trébucha dans les escaliers derrière lui avant de perdre connaissance. Le vainqueur, exténué, n'arrivait plus à marcher droit.

« Allez viens ! Magne-toi l'cul, on doit foutre le camp ! » ordonna Stéphan.

C'est alors qu'il se sentit bousculé par la droite et, dans les quelques secondes qui suivirent, il ressentit une vive douleur au niveau de la nuque. Machinalement, il s'appuya de l'épaule opposée contre le rebord de la porte.

Qu'est-ce que c'est qu'cette douleur ?

Il posa sa main sur sa nuque blessée et sentit ses doigts se recouvrir d'un liquide chaud.

Merde...

Des fourmis lui parcoururent le bras droit, il retira sa main et la découvrit imbibée de sang. Derrière lui, un petit ricanement le nargua. Dans un mouvement de souffrance, il se retourna et vit le Colosse avec le compas que Vincent avait trouvé par terre.

« C'est œil pour œil, mon gars… » dit-il avec le peu de force qui lui restait.

Stéphan, dans un élan de colère, lui envoya un coup de pied foudroyant s'écrasant dans son abdomen. Ce dernier s'échoua contre une table après une roulade arrière.

Le champion de Jeet Kune Do, la douleur lui arrachant un cri, ne put lui non plus se retenir de tomber. Il se maintint à la poignée de la porte et s'adossa contre un mur. Le sang ruisselait sous son T-shirt.

Il est taré c'mec, il m'a foutu la pointe d'un compas dans l'dos...

« Ça y est, t'es content ? T'es fier de toi ? » fit une voix.

Stéphan la reconnut immédiatement, c'était celle de cette fille aux cheveux rouges et vêtue de noir. Elle se tenait devant lui, le visage froid qui vibrait de colère.

« C'est à moi qu'tu parles, là ? Qui est venu chercher la merde ? » dit-il.

L'acte de parole était un martyre qui lui lançait jusque dans l'épaule.

« Fais ton malin tant que tu peux, reprit-elle, la gloire ne dure qu'un temps, tu vas redescendre aussi vite que t'es monté...

- Ouais... C'est ça... Barre-toi, va rejoindre ta bouffonne de Mike... »

Curieusement, elle se retira fière, malgré sa défaite. Stéphan souffla d'un râle douloureux. Cette dernière discussion avait eu raison de ses forces. Il contempla les désastres commis dans la salle de cours : à sa droite, il vit le bureau du professeur avec un tiroir ouvert, *pourquoi Vincent a-t-il fouillé dedans ?*

Puis, à côté du bureau, le corps du Colosse était étendu, inerte, *j'l'ai assommé, ce con...*

Au fond de la salle, près des fenêtres, il aperçut Vincent toujours inconscient au sol, *j'suis fier de lui ! C'est grâce à lui qu'j'ai réussi à m'libérer...*

Tiens ! Mais où est Arnold ? J'le vois plus, il a dû réussir à s'échapper pendant que j'affrontais les autres. Quel lâche...

La salle était sans dessus-dessous, des chaises, des cartables, des affaires scolaires étaient renversés par terre. Une table, retournée au fond de la pièce, avait laissé un trou dans le mur.

Child ! J'espère qu'il a réussi à s'échapper...

Moi aussi, j'dois foutre le camp, mais Vincent va s'faire choper... Qu'est-ce que j'peux faire ? Si j'reste, on s'fait prendre tous les deux...

Il entendit des bruits de pas provenant du couloir. Ils semblaient se rapprocher inéluctablement. *Quelqu'un arrive, merde ! 'Faut qu'j'me barre, mais par où ?*

Les pas se faisaient de plus en plus présents et d'après le vacarme, il y avait toute une classe qui arrivait.

Là-bas, au fond d'la salle, y'a une porte, j'sais pas où elle mène, mais c'est la seule solution pour m'échapper...

S'agrippant à une table, il se releva avec difficulté. Le sang continuait de couler abondamment et longeait le contour de son épaule. Il glissa facilement sur la peau lisse recouvrant le biceps et le triceps. Arrivant et poursuivant sa route sur l'avant-bras il devait faire face à un nouvel obstacle : les poils. Mais le liquide rouge trouvait toujours son chemin, parvenant sans difficulté à destination : la main. Il se faufila entre les phalanges jusqu'à en recouvrir les ongles. Le sang forma une goutte au bout de chaque extrémité des doigts. Une fois les gouttes trop lourdes, elles se détachèrent, attirées par la pesanteur, puis vinrent s'écraser au sol après de multiples formes hasardeuses dans l'air.

À chaque foulée, du sang s'échouait à terre, comme de lourds objets, de lourds fardeaux portés durant de trop longues années. Les voix se rapprochèrent et, il avait beau se dépêcher, elles prirent inlassablement du terrain. Stéphan arriva enfin à la porte qui le mènerait dans un endroit, certes, inconnu, mais qui serait sans doute mieux que cette salle trop connue.

Ça y est ! Il mit la main sur la poignée de cette fameuse porte et l'ouvrit, de la lumière émanait à l'ouverture. *J'ai réussi !*

« Que s'est-il passé ici ? » entendit-il derrière lui d'une voix peu accueillante.

Stéphan se retourna et aperçut M. Paco, son professeur principal, ainsi que plusieurs autres élèves de sa classe médusés par le spectacle.

« Alors Stéphan ! Tu vas me répondre ? Que s'est-il passé ? » insista le professeur en fronçant les sourcils.

Chapitre 29 : 6 mars 1991

Un Ciel étoilé

Le Soleil brillait faiblement dans le ciel, les nuages environnants avaient pris une teinte rouge orangé. Lisa, assise sur un banc du lycée, contempla le coucher majestueux de l'astre source de chaleur et de Vie sur Terre. Les nuages formant un plafond de coton rose semblaient s'avancer inexorablement vers l'Étoile. *Quel spectacle magnifique !* se dit-elle. *Le ciel aujourd'hui est vraiment incroyable.* De longues traînées de lumière perforaient ici et là les cieux. La jeune fille inspira profondément, il y avait longtemps qu'elle ne s'était pas sentie si calme, si épanouie. Pourtant, rien ne semblait aller dans le bon sens. À la maison, ses parents étaient toujours très remontés contre elle après l'histoire avec le gardien du gymnase, et au lycée, le précédent épisode avec les Guerriers Fous lui avait valu plusieurs réunions d'urgence avec l'équipe administrative. Dans l'immédiat, bien qu'elle était toujours très impliquée, tout cela ne faisait que flotter dans son esprit, elle préférait ne pas alourdir ses rendez-vous avec Stéphan.

Une alarme retentit et sortit Lisa de ses pensées. Elle attendait son petit-ami depuis une dizaine de minutes pour se promener et profiter de cette journée. Le beau temps revenait doucement, les pétales rejaillissaient timidement. Quand les élèves sortirent du lycée, elle aperçut Stéphan accompagné de ses inséparables acolytes.

« Tiens, t'es là ! lança-t-il en arrivant sur ses pas. Ça m'fait plaisir, je comptais justement me rendre sur la plage avec Vincent et le Géant. Tu viens avec nous ? »

Déçue d'avoir été prise de court, la jeune fille le dévisagea, elle aurait préféré passer la soirée seule en sa compagnie. Depuis peu, la popularité grandissante de chacun avait pris le pas sur leur intimité.

« Évidemment que je viens ! » répondit-elle d'un accent faussement joyeux.

Stéphan la saisit par la taille en lui demandant discrètement si elle était d'humeur à sortir. Sa compagne fit un signe de tête, elle ne souhaitait pas s'aventurer dans une discussion sur leur couple devant le groupe d'amis.

Seul Antoine manquait au rendez-vous. Le matin même, alors que Stéphan avait insisté pour qu'il reste après les cours, il avait répondu qu'il préférerait le voir sans toute la bande.

« Eh, regardez qui arrive là-bas ! » dit Vincent en posant une cigarette sur ses lèvres.

Child descendait la rue qui menait à leur établissement et leur fit un signe de main pour se faire voir. Une fille svelte et élégante l'accompagnait.

« On le voit toujours avec des meufs lui, et il veut même pas nous les présenter ! dit le Géant en ricanant.

– Salut Child ! lança le chef du groupe. Qu'est-ce que tu fais ici ? Le lycée, c'est pas ton genre de truc à toi !

– Dis pas n'importe quoi, j'ai fini les cours un peu plus tôt aujourd'hui. Vincent m'a tenu au courant de la petite excursion sur la plage, et j'vais quand même pas y aller sans une fille ! »

Le groupe l'avait déjà rencontrée quelques jours plus tôt lors de la soirée qui avait fini en garde-a-vue, il s'agissait de Samantha. Le Géant salua la nouvelle jeune fille et jeta un regard noir à Child.

« Encore en train de t'foutre de moi, répliqua ce dernier. À quoi tu penses, cette fois-ci ?

– On s'est fait choper par les flics avec ta copine, et elle est encore là ! J'me demande juste comment un garçon aussi petit et bête que toi peut avoir autant de succès avec les filles… »

Stéphan rit de la moquerie de son ami et adressa une

tape amicale dans le dos de Child. Depuis peu de temps, ce dernier était devenu le bouc émissaire du groupe. La moindre plaisanterie lui était inévitablement destinée.

« J'trouve pas qu'il soit bête, moi. Il est même plutôt gentil et attentionné » réfuta Samantha en ouvrant la bouche pour la première fois.

Même sa voix avait quelque chose de svelte et d'élégant. Child sourit, il avait enfin réussi à rendre jaloux le Géant. Il prit Stéphan par les épaules pour lui demander s'il s'était remis des dernières péripéties.

Le chef du clan avait une large compresse qui lui recouvrait en partie la nuque. La bandoulière de son sac lui faisait souffrir et l'obligeait à le porter à la main.

« Alors, tu m'réponds pas ? » insista Child.

Stéphan le regarda distrait avant de répondre qu'il n'avait pas la tête à parler de tout ça. Il savait qu'il passerait en conseil de discipline, mais préférait en faire abstraction pour l'instant. Après la bataille dans la salle de classe lui, qui en était le vainqueur, avait été transporté à l'hôpital à cause de sa blessure à l'épaule. Les médecins avaient dit qu'il n'y avait rien de grave. Pour guérir, il avait seulement besoin d'une compresse pendant quelques jours et d'un soin antiseptique régulier.

Stéphan changea rapidement de sujet en demandant à ses amis s'ils comptaient se rendre immédiatement sur la plage. Vincent informa qu'il souhaitait passer au supermarché pour acheter quelques boissons. Le groupe le suivit alors. Ce dernier avait le visage parsemé d'ecchymoses. Son combat contre les Guerriers Fous l'avait laissé dans un mauvais état. En rentrant dans ce clan, il n'avait jamais songé à cette éventualité. La frayeur qui l'avait alors saisi au moment de voir ses ennemis dans l'encadrement de la porte lui revenait parfois en mémoire comme une gifle. Son cœur s'était subitement arrêté pendant quelques secondes. C'était la première fois qu'il était confronté à une vraie bagarre, à de vrais coups. Il avait d'abord songé à discuter avec eux pour calmer les esprits ; le lycée ne devait pas être le terrain des règlements de compte. Cependant, la scène avait mal tourné avant même qu'il ne puisse ouvrir la bouche.

Après une demi-heure de bus pour traverser la ville, le J.K.D. Clan se dirigea enfin vers la plage, des boissons à la main. Le Soleil ne laissait plus que de fines traces orangées dans le ciel. Ils arrivèrent sur le sable alors que l'océan semblait calme. Malgré l'absence du Soleil, la température était encore élevée, des couples se promenaient main dans la main sur le sable fraie. Stéphan se posa et Lisa vint le rejoindre dans ses bras. Sur leur gauche, Samantha resta aux côtés de son ami Child qui lâcha un soupir de réconfort.

« Ça fait vraiment du bien de s'retrouver là, tous ensemble après une dure journée d'travail, dit-il.

- Devrais-je te rappeler que t'as fini bien avant nous, aujourd'hui ? lui rétorqua le Géant qui ne se faisait toujours pas à l'idée qu'une fille aussi séduisante que Samantha puisse être assise à ses côtés.

- Arrête de m'rabâcher ça, j'ai dû courir à gauche à droite toute la journée pour régler quelques affaires… »

Stéphan le fixa étrangement, il se demandait quel genre de chose aurait pu occuper Child toute la journée et le lui demanda.

« Rien d'bien important, mais j'ai dû attendre Samantha une bonne dizaine de minutes…

- J'voulais pas sortir mal fringuée » répliqua-t-elle en souriant.

C'était incroyable, Samantha avait ce don de prendre tout comme une plaisanterie. Ils purent lui dire n'importe quoi, elle répondait toujours par un sourire. Conquis, Child ne pouvait résister face à un tel charme.

Lorsqu'elle était arrivée après une demi-heure de retard en s'excusant avec un large sourire qui montrait de belles lèvres recouvertes de rouge, Child eut été presque désolé de s'être impatienté.

« J'espère que t'es pas allé à la rencontre des Guerriers Fous ? poursuivit Stéphan qui semblait inquiet.

- Ça va pas ! rétorqua vivement Child. Tu crois que j'suis suicidaire ? Même si on a gagné la première bataille, on a dû s'y mettre à trois et c'était loin d'être remporté d'avance. Si j'rencontre l'un de ces Guerriers Fous quand j'suis seul, crois-moi que j'foutrai le camp sans attendre...

- J'suis content de t'l'entendre dire. Ces types sont sans pitié, méfiez-vous d'eux ! »

Le chef avait parlé, ses acolytes acquiescèrent de la tête. Le Géant s'étendit sur le sable frais et demanda à ce qu'ils arrêtent de discuter du clan ennemi qui avait eu son compte, il voulait se changer les idées.

La soirée s'écoula doucement. Child fit rire Samantha à maintes reprises qui le complimenta sur son sens de l'humour. Le Géant les observa avec attention, et même s'il taquinait régulièrement son ami Child, au fond, il se réjouissait de son bonheur. Vincent jeta un œil sur Stéphan. Il était calme, le regard dirigé vers le ciel et l'air attentif.

« Tu penses à quoi ? » lui demanda-t-il alors que Stéphan ne réagissait pas. Vincent se rapprocha pour lui donner une légère tape à l'épaule.

« Alors tu m'réponds ? » répéta-t-il.

Le chef du clan sursauta et découvrit son ami près de lui.

« Qu'est-ce qui y'a ? répliqua Stéphan qui semblait troublé, comme s'il venait d'être tiré d'un rêve.

- J't'ai demandé c'que tu faisais !

- Ah désolé, j'étais en train de contempler le ciel et les étoiles. »

Ses amis se retournèrent vers lui, amusés par la réplique. Samantha, elle, fit remarquer à Lisa que son petit ami était un romantique.

« Aimer observer les étoiles n'est pas synonyme de romantisme, j'aime profiter des belles choses qui nous entourent.

- T'es admiratif des étoiles, toi ? demanda Vincent à son chef. J'en savais rien...

- Bien sûr et depuis mon enfance. Ce soir le ciel est dégagé et particulièrement riche. »

Child leva son nez vers le ciel. Il sentit une fine douleur dans le muscle de la nuque, comme s'il n'avait pas effectué ce mouvement depuis des années. Celui-ci fit remarquer qu'il ne voyait rien d'autre que des points jaunes sur un fond noir.

« *Que des points jaunes* ?! répéta Stéphan en arquant les sourcils. T'as jamais observé le ciel ? »

Child répondit par un balbutiement hébété.

« Regarde bien, reprit le chef qui pointa du doigt le zénith. Tu vois cette étoile au plus haut point qui brille bien plus que les autres ? »

Ses compagnons cherchèrent le fameux point.

« Ah ! J'la vois, s'exclama Samantha. Qu'est-ce qu'elle brille !

- Eh bien, elle est jaune ? » poursuivit Stéphan.

Le Géant fronça ses paupières pour régler sa vue et, surpris, il souffla de stupéfaction.

« Elle... Elle est bleue !

- Exactement ! conclut le chef du clan. Il faut pas s'arrêter à c'qu'on nous a toujours dit. Les étoiles sont pas toutes jaunes, y'en des bleues, des oranges et même des rouges. Il faut juste lever la tête et apprendre à regarder.

- Et c'est quoi cette étoile ? demanda sa petite copine.

- Il s'agit de Sirius, c'est l'étoile la plus brillante qu'on peut voir de l'hémisphère nord. »

Ses compagnons se tinrent muets l'espace de quelques minutes. Child, ennuyé, remarqua qu'il avait très vite fait le tour de toutes les étoiles.

« Y'a des milliers et des milliers de choses que t'as pas dû apercevoir. C'est super intéressant de rechercher les constellations. Regardez là-bas, juste au-dessus de l'horizon, vous apercevrez la Grande Ourse ! »

Il montra une suite d'étoiles qui, avec un peu d'imagination, s'apparentaient à une casserole.

« Je trouve ça drôle, ajouta Lisa. Des étoiles qui forment un dessin même si, je vous l'accorde, il faut faire marcher sa cervelle. »

Stéphan indiqua une seconde constellation qui avait la forme d'un W. Il précisa qu'il s'agissait de Cassiopée. Celui-ci poursuivit en montrant un point très lumineux qui frôlait l'horizon et le nomma *l'étoile du Berger.*

« Ce qu'elle est belle ! s'exalta Samantha.

- T'as dit que Sirius était l'étoile la plus brillante dans le ciel. Mais celle-là brille encore plus, observa le Géant.

- Et j'vous ai pas menti, l'étoile du Berger est une appellation entièrement fausse, car il s'agit en réalité d'une planète !

- Une planète ?! répéta Vincent surpris. On voit d'autres planètes à l'œil nu ?

- Bah ouais, bien sûr ! Là, il s'agit de Vénus, la planète la plus chaude de notre système solaire. Et si vous regardez bien, dit Stéphan en cherchant un point du regard. Puis, quand il l'aperçut, il émit un petit bruit de satisfaction et le montra à ses amis. Observez la petite étoile qu'on voit en suivant mon doigt. »

L'indication de Stéphan n'était pas précise et ses amis eurent des difficultés à s'y retrouver.

« Mais si, cherchez bien. Elle a une couleur différente des autres.

- T'as raison ! poursuivit Lisa. Je vois un point rouge orangé. C'est quoi ?

- Il s'agit de Mars, la planète rouge ! »

Après un petit temps de réflexion, ses amis la repérèrent enfin.

« Ce point minuscule et rouge, c'est Mars !? s'étonna Vincent.

- Bien sûr, puisque j'te le dis ! »

Le J.K.D. Clan resta paisiblement sur le sable de la plage de Méthée à scruter les recoins du ciel. Lisa, sans faire part de ses craintes, redouta que les histoires du clan n'influent sur sa relation avec Stéphan. La veille, Margaux et Zoé lui avaient fait remarquer que son petit ami lui occupait tout son temps. Pourtant, ce soir, elle était satisfaite, tout s'était merveilleusement bien passé. Elle posa son visage sur le torse de son compagnon et somnola en songeant à cet instant si intense.

Chapitre 30 : 9 mars 1991

Une Longue soirée

« N'ouvre pas les yeux surtout !

- Mais oui ! Ça fait vingt fois que tu me le demandes, répondit Lisa. Où tu m'emmènes ?

- Tu verras, contente-toi de m'tenir la main, et surtout, n'ouvre pas les yeux !

- Même si je te tiens la main, tu crois que c'est évident d'avancer comme ça ?

- Attention ! Y'a un trottoir juste devant toi… »

Lisa trébucha légèrement dessus mais Stéphan la rattrapa en lui mettant sa main devant les yeux, celle-ci avait eu le réflexe de les rouvrir.

« T'aurais pu me prévenir plus tôt ! rouspéta la fille. Je te signale que t'es censé me guider correctement !

- J'suis désolé, j'pensais te l'avoir dit au bon moment. 'Toute façon, on est bientôt arrivé, là on tourne à gauche et c'est juste à dix mètres. »

Après une belle journée de fin d'hiver aux températures printanières, le Soleil se coucha sur les tumultes de la ville de Méthée dans un ciel bleu sans aucun nuage à l'horizon.

« J'entends une foule de personnes, qu'est-ce que ça peut bien être la surprise ? » demanda la jeune femme après un dernier virage débouchant sur l'esplanade.

« Ça y est, on y est ! Tu peux ouvrir les yeux. »

Ouvrant les paupières, elle découvrit enfin la surprise.

« Mais c'est un restaurant chinois ! s'exclama Lisa qui ne s'attendait pas à cela.

- C'est le meilleur du coin ! Tu m'avais dit que t'avais jamais mangé chinois, donc je t'invite ! Tu vas voir c'est super bon, en plus on va manger sur la terrasse comme ça on aura vue sur le coucher de Soleil.

- Merci, ça me plait énormément, t'es trop gentil ! »
dit-elle avant de l'embrasser pour le remercier.

La terrasse était pleine de monde, les proches
vacances incitaient une multitude de touristes à venir
dans la région. Ce restaurant avait su recréer une
ambiance qui rappelait parfaitement la Chine
traditionnelle. Les propriétaires, anciens habitants de ce
pays ancestral, avaient émigré deux ans auparavant,
emmenant avec eux les spécialités chinoises les plus
délicieuses.

« J'ai réservé une table, j'vais demander où on est
placé, attends-moi ici.

- T'es génial, t'as vraiment pensé à tout ! »

Un serveur leur indiqua la table où la vue était
effectivement parfaite pour admirer la plage et le Soleil
couchant. Une fois installés, le garçon leur donna la
carte.

« Y'a du choix, mais je connais absolument pas les
plats chinois, dit Lisa. Je sais pas quoi choisir !

- T'inquiète pas, j'suis venu plus d'une fois ici, j'vais
t'aider.

- Merci, c'est sympa !

- En entrée, j'te conseille des nems, tout le monde
aime les nems.

- T'as raison, j'en ai souvent entendu parler, mais j'y
ai jamais goûté. »

Stéphan parcourut entièrement la carte, il chercha un
plat qui pourrait plaire à sa petite copine, puis, après
réflexion :

« Moi j'vais prendre du poulet au citron, ça te dirait
de prendre la même chose ?

- Ah nan ! J'aime pas le citron, c'est trop acide ! T'as
pas autre chose ? »

Mince…

« Sinon j'te recommande du riz cantonnais au porc

ananas. T'aimes l'ananas, nan ?

- Oui, ça me convient mieux. »

Le serveur prit leur commande, Stéphan choisit une salade au crabe en entrée et du poulet au citron en plat de résistance. Lisa, comme prévu, prit des nems et du riz au porc. Les entrées arrivèrent presque immédiatement après le départ du serveur.

« Pouvez-vous nous ramener un apéritif du pays ? demanda Stéphan.

- Oui, bien sûr, tout de suite » répondit le garçon.

Lisa le regarda avec de gros yeux interrogateurs.

« C'est pour fêter notre premier repas ensemble au restaurant, répondit-il en souriant légèrement.

- T'as vraiment pensé à tout !

- J'veux juste te faire plaisir…

- En fait, dit Lisa en marquant un bref temps d'arrêt, ton cou ne te fait plus mal ?

- Si, quelquefois ça me tire la nuit quand j'me tourne dans mon lit. »

La veille, Stéphan, Vincent ainsi que Benjamin, étaient passés devant le conseil de discipline. Le verdict était sans appel : trois jours de renvoi pour les membres du J.K.D. Clan et renvoi définitif pour Benjamin des Guerriers Fous. Toutefois, Stéphan, le vainqueur de cette bagarre, avait été transporté immédiatement à l'hôpital pour sa blessure à l'épaule. Les médecins avaient conclu qu'il n'y avait rien de bien grave, au grand bonheur de sa mère. De son côté, étranger à l'établissement scolaire, le Colosse avait fait un petit séjour au commissariat de police.

Le serveur apporta des chips chinoises accompagnées d'une bouteille de rosé. Le goûtant, Stéphan se dit qu'il était délicieux.

« C'est vraiment dingue ce qu'il a fait ce type des Guerriers Fous, reprit Lisa, il t'a planté un compas dans le cou !

- Il m'a touché dans le bas du cou, sur le trapèze. Heureusement, car s'il m'avait atteint plus haut, j'pense que les dégâts auraient été bien plus graves. C'était une forme de vengeance, j'te l'dis, parce que j'venais de le frapper aux yeux…

- T'es fou…

- Il était en train de m'étrangler et il voulait pas me lâcher. C'était la seule solution qui me restait. Me prends pas pour un fou, j'ai pas tapé fort, juste ce qu'il fallait pour qu'il me libère.

- Ça n'empêche pas que ce sont des malades. J'espère que tu comptes plus te battre contre ces brutes ? »

Il ne répondit pas directement, ayant l'air de réfléchir. Lisa lui lança un regard convaincant.

« J'sais pas trop… hésita Stéphan. Tu sais, au début j'pensais pas que la rivalité entre nous prendrait une telle ampleur. Mais avec c'qui s'est passé ; il m'a planté une mine de compas dans l'cou et les autres ont sérieusement morflé, j'pense que j'vais prendre quelques initiatives…

- Tu me fais peur, tu sais ? J'ai pas envie qu'il t'arrive quelque chose de grave, on a vu de quoi ils étaient capables… Laisse faire le lycée et les flics…

- T'inquiète pas, j'compte pas déclencher une nouvelle bataille, j'pense que j'vais suivre les conseils du Géant. Tu t'rappelles, il m'avait dit de commettre quelques actes qui feraient parler de nous et qui atténueraient la réputation des Guerriers Fous. »

Lisa haussa les sourcils, elle ne s'attendait pas à une telle prise de décision.

« Tu parles de vols, c'est ça ? demanda-t-elle, le ton qui s'accélérait.

- Ouais, c'est ça…

- Mais je croyais que tu étais contre ! On va pas se rabaisser à leur niveau ?

- Te fais pas de souci, on fera rien d'important ou de cruel, assura Stéphan en posant sa main sur celle de sa copine, inquiète. Tu t'souviens qu'on a créé le J.K.D. Clan pour mettre un terme aux Guerriers Fous ?

- Oui, je sais tout ça…

- Tu me fais confiance ? »

La fille le regarda, longuement.

« Bien sûr que je te fais confiance, tu le sais ! »

Au cours de leur conversation, les plats d'entrées furent servis. Lisa goûta les nems d'un air perplexe.

« C'est vraiment bon, j'apprécie beaucoup.

- Je savais bien que t'aimerais et attends de voir la suite, c'est un vrai régal, répliqua Stéphan avant de reprendre sa conversation. C'était obligé que ce genre d'incident arrive un jour. On a déjà une victoire. On les a bien corrigés dans la salle de cours, et grâce à toi et au conseil de discipline, Benjamin s'est déjà fait renvoyer définitivement. On est une sacrée équipe ! »

Le garçon semblait pensif tout en parlant.

« Oui, et toi aussi tu as été sanctionné. Tu crois que ça m'amuse d'être assise avec les profs pendant que tu es blâmé. Les autres se sont enfuis comme des voleurs et on peut rien prouver ni contre eux ni contre Mike, ils se couvrent les uns les autres... Même les flics n'arrivent pas à lui mettre la main dessus, ajouta la fille.

- Calme-toi, tu l'as dit toi-même, Benjamin a été définitivement renvoyé, lui. Plus leur défaite, on a vraiment frappé très fort... »

Un silence s'installa dans le couple, le Soleil venait de disparaître complètement, il ne restait plus que quelques traces rougeâtres dans le ciel qui bordait l'océan.

Reprenant la parole, Stéphan adopta une voix plus douce :

« Tu sais, de toute ma vie, j'ai jamais pu faire quelque chose qui rende service aux autres. Là, j'ai l'opportunité d'arrêter ce fléau qui plane sur le lycée depuis trop longtemps. Pour la première fois de ma vie, je peux aider des gens qui en ont besoin. »

Il introduisit une légère pause dans son argumentation avant de continuer :

« J'espère que tu me comprends…

- Bien sûr que je te comprends, je veux juste que tu sois prudent. Tu sais... Je m'en voudrais s'il t'arrivait quelque chose, je tiens tellement à toi !

- Pourquoi tu t'en voudrais ?

- C'est à la présidente des élèves de s'occuper de ça, et là, j'ai l'impression d'être inutile...

- C'est le combat de tout le monde, on est tous efficaces ! Et moi, j'te jure que j'ferai tout mon possible pour qu'il arrive rien ni aux autres ni à moi. »

Le serveur arriva subitement avec les plats de résistance en main :

« Poulet au citron ? demanda-t-il.

- C'est pour moi » répondit Stéphan.

Disposant les plats sur la table, le garçon leur adressa un *bon appétit* avant de s'éclipser.

« Je peux déjà t'affirmer que ça sent très bon et que ça à l'air succulent » dit Lisa tout en prenant ses baguettes chinoises.

Elle attrapa maladroitement un morceau de porc du bout de ses baguettes. Pressant ses doigts sur le bois pour maintenir plus fermement les aliments, un morceau de viande se contenta de rouler sur lui-même et de retomber sur la nappe, s'entourant d'une couronne de sauce. Stéphan ne put s'empêcher de rire face au manque d'habileté de sa copine.

« Te moque pas de moi, c'est pas drôle, dit-elle d'un ton faussement vexé avant de se mettre à rire à son tour.

- C'est pas très compliqué, dit-il pour étouffer son rire. Regarde, fais comme moi, j'vais t'montrer. »

Accompagnant les gestes aux mots, il lui enseigna l'art de manier les fameuses baguettes chinoises ; tenir la première entre le majeur et le pouce, et ensuite, tenir la seconde comme un stylo. Après quelques essais, le maniement de Lisa s'améliora radicalement.

« Te fais pas d'souci si t'as du mal, rassura son petit ami. T'es pas la seule, regarde autour de toi toutes les personnes qui savent pas s'en servir.

- C'est vrai, t'as raison ! »

Près d'eux, une personne âgée semblait très concentrée pour ne pas faire chuter ce qu'elle avait sur ses baguettes, et derrière elle, une dame avait préféré les remplacer par des couverts occidentaux.

C'est alors que la fille repéra sur sa droite deux silhouettes qui se posèrent sur un muret, non loin du restaurant, avant de faire un signe de la main à Stéphan pour le saluer.

« C'est qui ? demanda-t-elle, étonnée. J'arrive pas à voir leur visage.

- Tu les reconnais pas ?

- Bah je dois t'avouer que non.

- C'est Child et le Géant.

- Mais, qu'est-ce qu'ils font ici ? Ça devait pas être un repas juste entre toi et moi, dit-elle un peu déçue de ne pas avoir plus d'intimité.

- Si, c'est un repas entre nous, qu'est-ce que tu racontes ? Regarde, ils viennent pas nous voir.

- Mais ça revient au même, ils sont à dix mètres de nous ! répliqua sèchement la fille. Pourquoi ils sont là ? Comment ils savaient qu'on mangeait ici ? »

Stéphan, surpris par la réaction de sa petite copine, bafouilla légèrement avant de répondre :

« Je te l'ai pas dit pour pas que tu t'énerves, mais je préfère surveiller mes arrières.

- Surveiller tes arrières ?!

- Ouais, après c'qui s'est passé dans la salle de cours, les Guerriers pourraient très bien réattaquer, j'préfère pas être seul dans un moment comme ça, surtout s'ils viennent à cinq ou six...

- Tu m'as dit il y a quelques minutes que tu ne comptais pas déclencher de nouvelles bagarres…

- Nan, j'compte pas aller les attaquer, mais si ce sont eux qui attaquent, il faudra bien se défendre, tu ne crois pas ?

- Tu penses pas une seconde que Child ou le Géant ont peur de se battre ? Ils sont pas comme toi, ils savent pas se défendre !

- J'sais pas s'ils ont peur, mais ils n'ont pas le choix !

- Comment ça *ils n'ont pas le choix* ? demanda-t-elle, intriguée.

- Bah oui, répondit Stéphan entre deux bouchées, c'est moi l'chef, c'est moi qui décide. J'préfère qu'ils restent dans le coin au cas où il y a une attaque des Guerriers.

- Tu te fous de savoir s'ils ont peur ou s'ils ont envie de venir ici pour garder le coin ?

- J'm'en fous pas ! Ils doivent obéir aux ordres, c'est comme ça. Sinon j'les vire et je les remplace par d'autres, ça sera facile. S'ils veulent vraiment faire partie du J.K.D. Clan, ils doivent faire c'que j'dis et pas avoir peur. On a un but, il faut l'atteindre !

- Tu crois que ce sont des soldats prêts à t'obéir au doigt et à l'œil ? lança-t-elle en montant le ton.

- Lisa, s'il te plaît, reste calme, j'ai pas envie de me disputer avec toi. Tu sais que j'adore Child, Vincent, le Géant et les autres, ce sont mes vrais amis. Pendant le combat dans la salle de classe, j'voulais surtout pas les abandonner et j'me suis battu jusqu'au bout. Si j'les fais venir ici c'est plus par prévention pour eux. Tu t'rends compte s'ils tombent sur les Guerriers Fous pendant que j'suis pas là, ils vont se faire démolir ! En plus, j'sais qu'ici ils attaqueront pas, y'a trop de monde ! »

Les rides causées par le froncement de sourcil de Lisa commencèrent à s'estomper doucement.

« C'est vrai, excuse-moi, dit-elle, je ne devrais pas

m'emporter autant. Après tout, c'est nous qui avons provoqué les Guerriers à la base, maintenant, on doit assumer.

- Tu as complètement raison, malheureusement, il faut s'le dire, on est en guerre ! »

Ils échangèrent un regard, puis un baiser.

« Tu devrais te dépêcher de manger, si ça refroidit, ce sera plus aussi bon, enchaîna Stéphan.

- T'inquiète pas pour moi, je vais pas en laisser une seule miette ! »

Après un bon verre de vin, les litchis au sirop en guise de dessert arrivèrent.

« Hmm, ça aussi c'est super bon ! » dit Lisa après une première bouchée.

Presque vingt-trois heures, le Géant et Child étaient toujours là, à une dizaine de mètres de la terrasse du restaurant. Montant la garde, aucune alerte n'avait été donnée. Attendant avec impatience l'arrivée de Lisa et de Stéphan, ils se racontèrent les rumeurs du jour pour passer le temps.

« Tu savais qu'la concierge de mon immeuble battait ses gosses ? annonça le Géant.

- Nan, c'est pas vrai ? répondit Child, surpris.

- Mais bien sûr qu'c'est vrai, c'est un ami qui m'la dit ! Il rentrait chez lui et il a entendu des cris qui venaient de l'appart' de la concierge. Y'en a même qui disent qu'elle a abandonné un d'ses gosses dans une poubelle, y'a quelques années...

- Nan ?! répliqua Child, sidéré.

- Si ! J'te jure ! 'Toute façon, j'l'ai toujours suspectée, elle m'a toujours paru bizarre. En plus, l'autre fois, elle est allée raconter à ma mère que j'fumais dans la cage d'escalier, c'était même pas vrai, j'vais toujours dans les caves pour fumer...

- Qu'est-ce que les gens peuvent raconter comme

conneries sur les autres... Ils ont vraiment rien d'autre à foutre…

- Ouais, c'est ouf... »

Après le succulent dessert, Stéphan commanda deux verres de champagne avant de partir :

« En quelle occasion ce champagne ?

- C'est notre première soirée au restaurant, enfin seuls, ou presque seuls. J'ai de la chance d'être avec une fille aussi populaire et qui me rend heureux. »

Il marqua un arrêt, la regarda droit dans les yeux et ajouta :

« Je t'aime ! »

Lisa rougit légèrement à ces mots. C'était tout ce qu'elle attendait, elle aurait voulu lui bondir au cou pour l'embrasser. Tendrement, la fille lui saisit la main.

« Moi aussi, je t'aime, je n'ai jamais été aussi bien avec quelqu'un… »

Les mots n'étaient pas assez forts pour exprimer ce qu'ils ressentaient. Un sourire timide et passionné suffisait à Lisa pour comprendre.

Avant de partir, ils se servirent un digestif.

« Arrête un peu, on va être saoul, lui dit Lisa, qui commençait à être gaie.

- Mais nan, t'inquiète pas, moi, j'tiens bien l'alcool… »

Le repas fini, Stéphan se leva, prit la veste de Lisa et la lui enfila. Avant de quitter ce charmant restaurant, il régla l'addition et ajouta une pièce au pourboire ; le personnel était aimable et le service rapide.

« Merci encore pour cette soirée, c'était vraiment sympa, dit-elle une dernière fois.

- Tu peux pas savoir à quel point ça m'a fait plaisir de t'inviter… »

Sortant du restaurant, Stéphan passa son bras autour des épaules de sa copine et fit un signe de l'autre main à ses amis pour leur demander de venir. Child se réchauffa en se frottant les bras de ses mains, il n'était pas mécontent que la garde prenne fin.

« Alors comment ça va ? Bien mangé ? demanda le Géant, arrivé de l'autre côté du trottoir.

- Ouais, on va bien ! répondit la fille, et cette soirée, c'était génial !

- Comment ça *c'était* génial ? enchaîna Child. C'est pas fini, on fait quoi maintenant ?

- On sait pas trop, peut-être qu'on va se balader dans le parc...

- Parce que nous, on va chercher Samantha et après on va en boîte. Ça vous dit de venir avec nous ? » proposa le Géant.

Stéphan interrogea Lisa du regard, celle-ci semblait enchantée par l'idée.

« Ouais ! C'est une super idée !

- Bon, c'est OK, conclut Child. J'ai ma voiture garée à quelques pas d'ici mais d'abord on doit chercher Samantha. »

« Elle est minuscule ta voiture, lança Lisa pour taquiner son ami.

- J'l'ai achetée d'occasion à un pote. J'ai fait une super affaire ! »

Le ton de Child transpirait de fierté.

« C'est loin d'ici la boîte ? demanda Stéphan.

- Nan, pas tant que ça, à une vingtaine de minutes, tu sais, celle à côté de l'ancien port ?

- Ah oui, je vois ! On m'a dit qu'elle était super, il risque d'y avoir beaucoup d'monde, vaut mieux y aller tôt si on veut avoir une chance d'y entrer.

- Au fait, tu vas mieux depuis la baston ? demanda Stéphan à Child.

- Ouais, ça va mieux. Moi, j'ai pas été sérieusement blessé, juste quelques égratignures et un hématome dans le dos. C'est plutôt à moi de te demander si tu vas mieux.

- Mon cou me fait encore un peu mal, mais ça peut aller... répondit Stéphan.

- Y'a un truc que j'ai pas compris, dit le Géant, curieux. Vous étiez bien trois à vous battre contre les Guerriers ?

- Ouais, c'est ça, Stéphan, Vincent et moi, répondit Child.

- Bah pourquoi t'as pas été exclu quelques jours comme les deux autres.

- Stéphan lui, s'est fait attraper dans la salle alors qu'il essayait de s'échapper, et Vincent était évanoui au sol, lui aussi s'est fait chopper, répondit Child. Moi, j'ai eu la chance de finir mon combat dans le couloir contre Benjamin. J'l'ai poussé dans les escaliers et après j'me suis barré avant l'arrivée des profs. Les Guerriers m'ont accusé d'avoir été là, mais Stéphan et Vincent m'ont protégé.

- Je dois avouer que t'as eu beaucoup de chance, conclut Lisa. Madame Adrianne te croyait pas, mais elle avait aucune preuve...

- Il a aussi eu la chance que j'sois là, ajouta Stéphan. Sans moi, ils auraient jamais gagné, j'avais bien défoncé Benjamin juste avant qu'il s'batte contre Child... »

Le véhicule ralentit et se gara près d'un immeuble.

« Ça y est, on est devant chez Samantha ! Attendez ici, j'vais la chercher » informa Child.

« Tu penses pas qu'ils auraient pu gagner sans toi contre les Guerriers Fous ? poursuivit Lisa.

- Nan, j'pense pas. Les Guerriers savent se bastonner, y'a qu'moi qui peux les battre. Child et le Géant savent se défendre, mais ils sont pas de taille contre eux.

- Tu pourrais être un peu plus modeste et faire preuve d'un peu plus d'optimisme envers tes disciples...

- Qu'est-ce que tu veux que j'te dise ? répliqua Stéphan d'un ton plus agacé. Tu veux que j'leur mente ?

J'dis que la vérité : Child et le Géant ne sont pas assez forts pour venir à bout des Guerriers, en tout cas, pas sans mon aide !

- Tout d'abord, tu lèves pas le ton sur moi, fit Lisa calmement. Et même s'ils sont pas au niveau contre nos ennemis, tu pourrais les encourager plus que ça. Ça sert beaucoup les encouragements pour progresser.

- Vous allez pas vous disputer pour ça, quand même, interrompit le Géant.

- On se dispute pas, on discute !

- Tiens ! Y'a Child qui revient avec Samantha. »

Le Géant pointa du doigt les deux personnes qui approchaient. La portière arrière s'ouvrit et Samantha entra, elle s'assit aux côtés de Stéphan et de sa petite amie.

« Salut ! Vous allez bien depuis l'autre fois sur la plage ? lança-t-elle avec un grand sourire.

- Ouais, ça va bien, comme d'habitude, répondit Stéphan enchanté par un tel accueil.

- T'es vraiment bien habillée. La classe ! complimenta le Géant.

- J'ai eu beaucoup de mal à trouver des habits pour cette soirée. Comme j'avais rien chez moi, je suis allé faire du shopping et j'ai trouvé cette jupe, elle est pas mal, hein ? »

Cette dernière était réputée au lycée pour être l'une des plus belles filles. Beaucoup d'entre elles lui enviaient ses beaux cheveux blonds qui lui arrivaient au bas du dos, sa peau hâlée, ses yeux verts en forme d'amande et sa grande taille. Mesurant un mètre soixante-quinze, elle était parfaite pour faire du mannequinat, plusieurs agences l'avaient déjà contactée. Comme beaucoup de filles de son âge, un de ses passe-temps favoris était le shopping ; acheter tout ce qui lui tombait sous la main, pour elle, c'était ça la belle vie !

N'ayant pas trouvé de place près de la discothèque, Child s'était garé quelques rues plus loin. Bien qu'il y avait eu de la circulation, le trajet avait été de courte durée. Samantha, n'arrêtant pas de poser des questions à Stéphan sur sa vie et sur ce qu'il aimait, avait réussi à éveiller la jalousie de Lisa. Cette dernière n'avait alors plus dit un mot depuis une quinzaine de minutes.

« T'es déjà allé en boîte, toi ? demanda Samantha à Stéphan.

- Nan jamais... 'Faut être majeur pour y aller. Y'a que Child et moi qui le sommes, mais c'est pas grave, ils nous laisseront quand même entrer.

- Regardez le monde qu'y a ! » s'exclama le Géant.

D'où ils se situaient, ils pouvaient distinguer très nettement l'entrée de la discothèque. Comme prévu, il y avait une foule de gens et la queue risquerait de durer un bon quart d'heure. Prenant place dans cette meute, Child soupira :

« Ça va être long... Si ça s'trouve, ils nous laisseront même pas entrer...

- Mais si, répondit Stéphan pour tempérer ses propos, on est tous très bien habillés et vous avez l'air d'avoir plus de dix-huit ans. »

Après une longue attente, ils étaient enfin en avant première position, le stress monta chez Lisa qui n'avait pas officiellement l'âge d'entrer dans ce genre d'endroit.

« Regardez les vigiles, c'est des vraies armoires ! dit-elle au reste du groupe.

- C'est juste pour impressionner ceux qui voudraient foutre la merde dans la boîte...

- Tout à l'heure, j'ai vu deux filles qui apparemment n'étaient pas majeures et pourtant ils les ont laissées entrer. Normalement, il devrait pas y avoir de problème pour nous » dit Stéphan pour rassurer ses amis.

Le groupe qui était devant eux entra. C'était maintenant à leur tour de se faire contrôler par les vigiles.

« Bonsoir » leur dit l'un d'entre eux.

Le groupe de Stéphan répondit timidement.

« Vous êtes tous majeurs ? demanda le second.

- On a tous entre dix-huit et dix-neuf ans » répondit calmement Stéphan, d'un air sûr de lui.

Le vigile inspecta chaque visage du groupe. Haussant les sourcils, il s'arrêta plus longuement sur Lisa. Celle-ci le remarqua, son pouls s'accéléra. Puis le vigile marmonna quelques mots à l'oreille de son collègue, lequel examina la fille à son tour.

« Vous vous appelez comment ? lui dit-il avec une voix ferme.

- Moi je… Je m'appelle Lisa, bafouilla-t-elle.

- Ah excusez-moi, mon collègue a cru que vous étiez la fille d'une connaissance. Mais il s'est trompé, son nom c'est Patricia.

- Ah d'accord... répondit-elle, sentant le stress s'évacuer doucement.

- Nous devons obligatoirement vous fouiller, les objets dangereux sont interdits dans l'établissement. »

Après la fouille de courte durée, les vigiles leur souhaitèrent une bonne soirée et leur ouvrirent enfin les portes.

« Tu vois, qu'est-ce que j't'avais dit, on est rentré très facilement ! » dit Stéphan à sa petite copine au moment de mettre ses affaires dans les vestiaires.

Celle-ci ne lui répondit que par un bref hochement de la tête et se contenta d'aller directement sur la piste de danse.

« Tu viens ? On va danser, demanda Samantha à Stéphan en criant pour couvrir le son de la musique.

- Tu veux pas aller au bar avant pour se servir quelque chose ?

- Ouais, t'as raison ! »

Faisant face à la vaste piste de danse, le bar plein à

craquer était décoré en style Far West. Une des serveuses déguisées en cow-girl prit leur commande. Stéphan choisit un cocktail et Samantha juste une menthe à l'eau.

« Ça s'passe bien avec Lisa ? demanda la jeune femme en haussant la voix pour couvrir le son de la musique.

- Ouais, très bien même ! Pourquoi cette question ?

- J'suis trop curieuse ! J'peux pas m'empêcher de me mêler des affaires des autres. Si j'te pose des questions trop embarrassantes, t'es pas obligé de répondre.

- Pour l'instant ça va, J'devrais pouvoir survivre à encore quelques questions... » dit-il pour plaisanter.

Riant à cela, Samantha posa sa main sur le bras de Stéphan :

« T'es drôle ! lui dit-elle. J'aime bien les gens qui m'font rire.

- Si à chaque fois que j'te fais rire, toi tu m'tapes l'épaule qui me fait mal, j'sortirai plus rien.

- Oh excuse-moi ! répliqua-t-elle vivement. J'ai pas fait exprès, j'avais oublié ta blessure !

- C'est pas grave, mais fais gaffe quand même...

- Alors ça fait combien de temps maintenant que vous êtes ensemble ?

- Ça fait un mois, c'était le dix février. Mais on se tournait autour depuis pas mal de temps déjà...

- C'est pas si mal, certains couples ne tiennent que deux semaines.

- Tu viens, on va s'asseoir sur les banquettes au fond de la salle ?

- D'accord j'te suis, mais t'as pas peur que Lisa soit un peu jalouse si on reste trop ensemble ?

- Mais nan, c'est bon, elle a confiance en moi ! »

En s'écartant du bar, Stéphan bouscula involontairement une personne et renversa son cocktail sur sa chemise en lin.

« Merde ! J'en ai mis plein sur moi, dit-il tout bas

avant de s'adresser à celui qu'il venait de bousculer : excusez-moi, vraiment, j'vous avais pas vu et…

- Tu aurais pu faire plus attention ! » rétorqua l'homme en se retournant vers Stéphan.

Ce dernier leva les yeux pour l'apercevoir :

« Mais…

- Tiens, comme on s'retrouve ?

- Mi… Mike ! »

Mike était là, dans la même discothèque que Stéphan, face à face.

« On va pouvoir reprendre là où on s'était arrêté, lança le chef des Guerriers Fous sans préambule.

- Quoi ?! Mais on est dans un lieu public, y'a plein d'monde !

- J'en ai rien à foutre ! Ça leur fera un peu d'animation, répondit Mike en commençant à se faire craquer les doigts.

- C'est lui le gars contre qui vous vous êtes battus ? » demanda Samantha, qui garda une distance avec l'individu.

Stéphan la maintint à l'abri en mettant son bras devant elle.

« Ouais… Enfin plutôt ses potes… répondit-il avant de s'adresser à son adversaire : on peut pas faire une exception pour ce soir, j'suis venu avec des amis pour m'amuser, pas pour m'battre. Toi aussi, tu dois être avec des potes ou avec des filles… On va s'faire chopper direct par les flics … »

Mike le regarda, hésitant :

« J'ai pas vraiment l'habitude de faire ce genre de marché avec mes ennemis, mais t'as raison, j'suis venu pour m'amuser et rencontrer des meufs… »

À ces mots, Stéphan comprit que Sara ne devait pas être là.

« Alors on est d'accord, pas d'embrouilles ce soir ? demanda le chef du J.K.D. Clan.

- Ouais… »

Au même moment, Child arriva derrière Stéphan et aperçut Mike, seul, sans ses acolytes.

« Tiens, mais qu'est-ce qu'il fout ici celui-là ? dit-il tout fort pour le provoquer.

- Nan, arrête ! » répliqua Stéphan.

Child lui coupa la parole sans prêter attention à ce qu'il allait dire :

« Allez, casse-toi d'ici, t'as pas compris qu'on a la main sur Méthée, maintenant ? J'me demande pourquoi j'ai suivi un connard comme toi… »

Mike ouvrit grand les yeux d'étonnement et, dans un mouvement vif, il s'empara d'une bouteille sur le comptoir et la balança sur Child. Celle-ci percuta son front et se brisa en éclat. Propulsé en arrière, Child se tint sur le bord du bar pour ne pas tomber. Il saignait abondamment.

« Mais tu m'avais dit que tu voulais pas t'battre !? s'exclama Stéphan, une main en avant pour lui demander d'arrêter.

- Avec toi, j'vais pas m'battre ! Lui, c'traître, j'vais l'massacrer ! »

Le Géant, voyant la scène de loin, rappliqua le plus vite possible avec Lisa sur ses pas.

« Qu'est-ce qui s'passe ici ?

- Tiens, mais vous amenez du renfort, lâcha Mike avant de se retourner pour faire un signe à deux personnes.

- Nan, on a pas appelé de renfort ! Ils sont juste venus voir c'qui se passait ! » répliqua Stéphan qui sentait la situation lui filer entre les mains.

'Faut pas qu'ça finisse comme dans la salle de cours…

Toutefois, il vit les choses s'empirer encore davantage lorsque les deux amis de Mike arrivèrent en trombe. Child se releva difficilement, la main sur la face droite de son crâne. Il crachait toutes les insultes qui lui passaient par la tête.

« Viens ici, sale bâtard ! cria-t-il à Mike. J'vais te… »

Ce qu'il vit le stoppa net : deux hommes accompagnaient désormais le chef des Guerriers Fous. Il fut alors dans l'incapacité physique de terminer sa phrase. Mike, furtif, le poussa violemment. Stéphan s'interposa de nouveau afin d'éviter l'affrontement.

« Arrêtez, ça sert à rien ! lança-t-il.

- Écarte-toi, ou c'est toi qui vas prendre pour lui ! »

Derrière celui-ci, Stéphan distingua quelques silhouettes qui se bousculaient. Ça bougeait dans tous les sens, pourtant, il n'avait pas encore perçu le bruit d'un coup porté. Mike essaya de le pousser sur le côté mais celui-ci résista du mieux qu'il le pouvait en tentant de le calmer. Venant de sa gauche, il aperçut plusieurs vigiles arriver à toute allure. L'un d'eux attrapa Mike et le plaqua au sol avec une clef de bras pour empêcher toute rébellion. Ils intervinrent aussi sur le front où se situait le Géant.

« Ça va ? » demanda Lisa à Stéphan.

Sa voix tremblait.

« Moi, j'ai rien eu, c'est à Child et au Géant qu'il faut le demander… »

Derrière eux, Child s'installa tant bien que mal sur une banquette de la salle, il avait reçu quelques éclats de verre. Sa joue et son crâne étaient très douloureux et le sang se mélangeait à l'alcool. Le Géant arriva à son tour avec la manche de sa chemise déchirée.

« C'est bon, les vigiles ont renvoyé Mike et sa bande, annonça-t-il. Ils m'ont dit qu'ils avaient vu Mike frapper Child et que t'as essayé de les séparer...

- Ouais, c'est bien c'qui s'est passé… »

Au fond de la salle, la porte d'entrée était ouverte, les vigiles jetèrent Mike et ses deux amis dehors.

« Vous allez bien ? leur demanda Samantha un peu

affolée. C'est des tarés, ces gens !

- Moi ça va, j'ai juste une manche arrachée, rassura le Géant.

Child de son côté annonça que le sang ne coulait presque plus et qu'il allait se nettoyer le visage aux toilettes.

« J'avais réussi à l'dissuader de se battre contre nous ce soir, leur expliqua Stéphan, assis sur une des banquettes au fond de la salle. Puis Child est arrivé et a insulté Mike, c'est comme ça qu'la baston a éclaté… Des fois, j'ai envie de te claquer…

- J'suis désolé, mec ! J'pensais qu'il cherchait les problèmes et j'avais pas vu ses potes…

- Heureusement que les vigiles sont intervenus, j'étais vraiment pas prêt pour m'battre, dit le chef. En plus, j'ai un peu bu et je suis pas au meilleur d'ma forme.

- Tu devrais arrêter de boire, d'ailleurs, conseilla Lisa, à son bras.

- T'inquiète pas, j'arrive encore à m'contrôler, c'est que mon troisième verre…

- Tu rigoles ! C'est au moins ton sixième, sans compter le champagne du resto ! » répliqua sa petite copine.

Elle le serra dans ses bras pour lui demander de calmer sa consommation. Après la petite altercation entre les deux clans, Stéphan et les autres se remirent à danser sur de la musique rock. Puis, un peu fatigués, ils décidèrent par la suite de s'installer tranquillement sur les places libres du fond de la salle.

« Tu penses qu'ils vont revenir ? demanda Samantha, l'air inquiet. Tout ça me fait peur…

- Ils savent à qui ils ont affaire, répondit le chef. On les a sérieusement corrigés l'autre jour. Ce soir, quand j'lui ai proposé de pas s'battre, il a immédiatement accepté, peut-être qu'il a peur de nous maintenant…

- Tu crois ?

- Bien sûr…

- Au fait, Stéphan, dit le Géant, t'es au courant qu'il y a une compétition de Jeet Kune Do à Méthée, bientôt ?

- Évidemment que j'suis au courant, c'est dans un mois.

- Tu comptes y participer ?

- J'pense pas. Je vais presque plus au cours de Jeet Kune Do ces derniers temps, j'ai pas envie de croiser Eddy, et tous les autres élèves sont trop nuls… Ça m'dit pas trop de participer à un tournoi si j'ai gagné d'avance.

- Mais si t'y participes pas t'auras pas ta place au prochain grand tournoi de Paris ?

- Le prochain sera en janvier 1993, c'est dans plus d'un an et demi. La victoire du tournoi de Méthée sera pas qualificative pour le championnat de Paris. Raison de plus pour pas y participer » expliqua Stéphan.

Child sortit un paquet de cigarettes de sa poche, il en proposa une à tout le monde, seule Lisa refusa cette offre. La musique changea de nouveau pour de la funk. La discothèque commençait peu à peu à se vider.

« J'adore ce style de chanson, lança la présidente des élèves en se redressant. Celle qui passe en ce moment est une de mes préférées.

- Moi, j'aime pas trop, répondit Child, c'est ancien… J'commence à être naze, il est quelle heure ?

- Quatre heures du mat', répondit le Géant après avoir regardé sa montre.

- Ça vous dit d'se barrer ?

- Tu veux déjà t'en aller ?

- La musique est trop forte, elle me fait mal à la tête. On est pas obligés de rentrer chez nous, on pourrait faire autre chose…

- Comme quoi ?

- J'avais pensé aller à la plage, ça serait sympa de

dormir sur le sable.

- Ah ouais bonne idée ! acquiesça Stéphan.

- Moi aussi, ça me dit ! enchaîna Samantha. Mais ma mère va s'inquiéter…

- Si tu veux, j'te réveillerai sur les coups de sept heures et je te raccompagnerai en voiture, proposa son ami.

- D'accord, pas de problème !

- Allez, on y va.

- Attendez deux minutes, s'il vous plaît, demanda Lisa. J'adore cette chanson et j'aimerais l'écouter jusqu'au bout. »

Après cela, chacun récupéra ses affaires dans les vestiaires et tous se rejoignirent à la sortie de la discothèque.

« Où on est garé, déjà ? J'm'en souviens plus, demanda Child en titubant un peu.

- C'était plus haut, y'avait pas de place par ici… »

Ils s'orientèrent en direction du parking, Child et Samantha bavardaient encore. Le Géant, lui, préféra garder le silence, danser pendant des heures l'avait épuisé. Quant à Stéphan, il écouta les discussions de ses amis, pourtant son esprit était ailleurs, il s'évertuait de marcher droit.

« Je commence à être fatiguée, dit Lisa. Si on se pose sur le sable, je vais m'endormir immédiatement.

- J'voulais vous dire, pour ceux qui veulent pas avoir plein de sable sur les habits ou dans les cheveux, que j'ai des serviettes de bain dans la voiture, dit Child.

- Moi j'veux bien, répondit vivement Samantha. Je déteste avoir du sable sur moi…

- La plage est pas loin, ajouta Child. On peut y aller à pied, sinon le parking est juste devant nous, si vous voulez, on peut aussi prendre la voiture pour nous éviter le trajet…

- Je préfère la dernière option, dit Stéphan. Comme ça si quelqu'un veut rentrer chez lui, ce sera plus simple.

- En plus, j'te rappelle que j'dois revenir chez moi avant sept heures du matin, renchérit Samantha.

- Bon d'accord, on fait comme ça ! »

À moins d'une quinzaine de mètres de la voiture, Child sortit les clés de sa poche.

« Ça va être sympa de dormir sur la plage.

- Ouais… »

Une silhouette fit alors son apparition sur la droite, une cigarette à la main et un objet dans l'autre.

Qui est-ce ? se demanda Stéphan. Il avait du mal à se concentrer sur le monde qui l'entourait.

Venant de derrière, une voix fit brusquement son entrée :

« J'savais bien que cette bagnole appartenait à Child, je l'avais reconnue ! »

Stéphan et son groupe se retournèrent vivement. Pourtant, chacun reconnut la voix.

« Il a cru s'débarrasser de nous aussi facilement…

- Nan, ça va pas recommencer… » dit Stéphan à voix basse.

Mike était là, juste derrière eux, accompagné de trois amis. L'heure glaciale était nocturne.

« Vous avez eu d'la chance qu'y a eu les vigiles, les gars… Maintenant, y'a personne pour vous protéger… »

Une mystérieuse silhouette avança vers eux et se plaça entre le groupe de Stéphan et le véhicule de Child, il tenait quelque chose en main qu'il tentait de dissimuler derrière sa jambe.

C'est quoi, bordel ? se demanda Stéphan, inquiet. *Une arme ?*

Mike avança très confiant vers eux, le sourire aux lèvres :

« J'ai pensé à tout, vous pourrez pas vous échapper si un de mes hommes se tient près d'votre caisse…

- T'avais dit qu'on s'battrait pas ce soir ! rétorqua Stéphan tout en repérant du coin de l'œil les éventuelles issues possibles.

- J'ai déjà répondu à cette question. J'étais d'accord pour pas m'battre parce que j'voulais passer une bonne soirée et rentrer avec une meuf. Mais à cause de vous, j'me suis fait virer de la boîte et j'ai passé une mauvaise soirée. En plus, le traître m'a insulté et ça, il va l'payer très cher…

- Et s'il s'excusait, tu pourrais lui pardonner ? demanda Stéphan. L'alcool lui a fait dire n'importe quoi, il ne savait pas ce qu'il disait… »

Lui-même n'était pas certain d'avoir les idées très claires.

« Tu crois qu'j'me bats sur commande ? La seule façon pour que j'lui pardonne, répondit Mike, c'est de lui briser les os à ce con, j'vais l'massacrer moi-même. Mais t'as raison, les autres m'ont rien fait, j'veux bien les épargner pour ce soir. »

La main droite de Child se mit à trembler, il avait l'impression que quelqu'un lui écrasait les entrailles. Il se voyait déjà allongé au sol, le visage couvert de sang. Sa respiration devint lourde, étouffante. Une goutte de sueur chaude coula du haut de son front. D'un coup, abandonnant ses amis à leur sort, il prit ses jambes à son cou pour se réfugier dans sa voiture.

« CHILD ! cria Stéphan. QU'EST-CE QUE TU FOUS ? »

- Il n'ira pas bien loin… » glissa tout bas Mike en souriant.

Le véhicule était là, tout près. Plus que quelques mètres et il sera sauf. Sa détermination se lit sur son visage, il était hors de question qu'il se laisse faire ! D'un coup, une masse entra en collision avec son abdomen et l'arrêta net. S'échouant au sol dans un cri étouffé, il sentit une douleur vive s'emparer de son ventre. Aussitôt, Stéphan voulut le secourir. C'était sans compter Mike qui l'en empêcha :

« C'est pas la peine de l'aider, c'est moi en personne qui vais l'corriger. Mon homme s'est juste contenté de le stopper. »

Child redressa la tête, la tentation de savoir qui lui avait fait ça était forte. Benjamin se tenait devant lui. L'idée que c'était lui-même qui l'avait battu, en le poussant dans les escaliers quelques jours plus tôt, l'enragea. Cette fois-ci, il était en position d'infériorité. La douleur lui martelait l'abdomen, il se tordait en deux pour l'atténuer. Benjamin leva son bras gauche vers le ciel, tenant le fameux objet.

« Si tu bouges, je t'assomme ! »

Sa voix était lourde.

Une batte de base-ball ! remarqua Stéphan, *il l'a frappé avec ça, ce taré !*

« Bon, maintenant c'est à mon tour de jouer avec ce traître » dit Mike en s'avançant vers Child.

Stéphan eut le réflexe d'étendre les bras pour lui barrer la route.

« 'Fais pas ça, ordonna-t-il.

- Si tu me laisses pas passer, c'est toi qui vas morfler… »

Le dilemme n'était pas loyal, s'il laissait passer Mike, Child se ferait tabasser. À contrario, s'il intervenait, il risquerait d'engager une bataille qui pourrait mettre en danger Lisa, Samantha et le Géant. De deux maux, il voulut choisir le moindre. Toutefois, le moindre lui était subjectif. Stéphan inclina la tête tout en baissant les bras, signe qu'il laissait passer Mike et préférait n'avoir sur la conscience qu'un seul règlement de compte.

« T'as pris la bonne décision, mec » lui dit le chef des Guerriers Fous.

Tout le monde était alors focalisé sur ce dernier avançant vers sa proie. Le bruit meurtrier de ses pas frappait le sol. Comment serait-ce possible de voir un de ses proches se faire lyncher sans intervenir ?

Ne pouvant supporter plus longtemps cette idée, Stéphan se rua soudain sur son ennemi. Il ne savait pas quelles en seraient les conséquences, cela dit, il lui était impossible de rester de marbre. Le chef du J.K.D. Clan poussa Mike dans le dos sans y mettre toute sa force, il ne voulait le blesser.

« Le frappe pas ! Il est au sol et il peut plus s'défendre ! Qu'est-ce que t'attends de plus ? » lança Stéphan.

Subitement, il vit arriver un objet à toute allure par sa gauche et l'esquiva de justesse. C'était la batte de base-ball, Benjamin n'eut aucune hésitation à s'en servir. Dans sa trajectoire, la batte était passée à quelques millimètres du nez de Stéphan. Celui-ci, sentant le souffle d'air dégagé par l'arme, ressentit au plus profond de lui-même les litres d'alcool qu'il avait bus ce même soir. Ses mouvements n'étaient plus aussi vifs.

Il a failli m'atteindre avec sa batte c't'enfoiré !

L'espace d'une seconde, il eut l'impression de revivre la scène, de revoir au fond de sa rétine l'arme passer devant lui, l'esquivant de justesse pour ne pas qu'elle s'écrase sur son nez.

Child profita de ce laps de temps pour se remettre sur pied, sa voiture n'était plus loin, s'il y parvenait sans bruit, il aurait une chance de s'échapper. Mais que ferait-il une fois à l'intérieur ? La tentation d'abandonner ses compagnons était trop forte, il ne put y résister. Stéphan était toujours figé sur place, l'idée de commettre une erreur le tétanisait. Se retournant vers ses amis, il aperçut le Géant qui s'interposait pour protéger les filles des trois autres Guerriers. Il gardait Lisa et Samantha derrière lui, à distance de sécurité. Mais le Colosse, resté passif jusque-là, s'occupa personnellement de lui, il avait enfin un adversaire à sa taille. Quand le Géant se retrouva au sol, il ordonna aux filles de se réfugier derrière Stéphan. Dans la course, Lisa se fit attraper au bras par l'un des deux autres Guerriers, la peur lui arracha un cri :

« STÉPHAN !

- Ah ah ah, il peut rien pour toi ! Regarde-le, il flippe comme un con ! dit le Guerrier et s'adressa ensuite à Stéphan : t'aurais dû rester planqué, mec ! On t'aurait épargné si t'avais pas bougé ton cul... Maintenant, toi et tes potes, vous allez payer !

- J'ai pas envie d'me battre, répond-il à basse voix. Partez d'ici et laissez-nous tranquilles !

- Quoi ? Qu'est-ce que tu dis ? demanda le Guerrier en ricanant. Tu veux pas t'battre ? Mais t'as plus l'choix ! »

Ce dernier se retourna alors vers Lisa, il lui maintenait fermement le bras.

« Lâche-moi ! Sale ordure ! hurla-t-elle, apeurée.

- Alors *madame la présidente*, on flippe ? »

Le Guerrier leva sa puissante main, Lisa la regarda en retenant son souffle.

Nan...

Puis, la main retomba aussi vite qu'elle était montée. La fille trébucha, elle tenta de se retenir contre une voiture mais le coup était trop violent.

« LISA ! » cria Stéphan.

Son cri fut comme une cure de désintoxication. Grâce à sa force de concentration, il put anticiper une attaque venant de derrière. Il l'esquiva d'un pas vif. Benjamin lui envoya de nouveau sa batte. Expérimenté, le chef du J.K.D. Clan effectua un coup de pied retourné qui assomma son assaillant d'une prise.

« Tu vas m'le payer... »

Il serra ses poings, fou de rage, et avança d'un pas ferme vers ses amis. À quelques mètres, le Géant était inconscient au sol, le Colosse s'était occupé de lui.

Cette fois-ci...

Lisa essaya de se relever, l'esprit dans le vague, le monde semblait tourner autour d'elle. Le choc l'avait littéralement étourdie. Des cris résonnaient au loin.

Les deux Guerriers que Stéphan n'avait encore jamais vus auparavant l'attendaient, l'arrogance plein le visage. Par le biais du bouche-à-oreille, Stéphan avait appris que Mike recrutait dorénavant en dehors des limites du lycée. Entendant claquer une portière, il en conclut que Child avait réussi à se mettre à l'abri dans la voiture. Mike était toujours derrière, aux premières loges pour assister à la défaite du chef du clan adverse. D'un coup, Samantha arriva à ses côtés le regard terrifié par ce qu'elle venait de voir :

« Va aider Lisa, elle…

- J'm'en occupe, la coupa Stéphan. Toi, va rejoindre Child dans sa voiture, tu seras en sécurité là-bas. »

Elle suivit sans protester les ordres. Le champion en titre du tournoi de Paris poursuivit son chemin et s'arrêta près de sa copine. Après l'avoir relevée et serrée dans ses bras, il lui donna le même conseil qu'à Samantha.

« Je vous attends ! » lança-t-il aux Guerriers Fous, le regard inébranlable.

Ses deux ennemis ne se le firent pas demander une seconde fois, ils avancèrent vers Stéphan en s'écartant l'un de l'autre pour le prendre de revers. Simultanément, ils foncèrent alors sur lui. Cette stratégie ne l'inquiéta pas une seconde, il en avait vu d'autres. Juste avant que ses assaillants ne l'atteignent, il effectua un bond vif. Dans l'air, il les frappa de plein fouet avec deux coups de pied bien placés. Il retomba à quatre pattes comme un chat alors que les deux Guerriers s'écrasèrent lourdement. Le bruit d'un moteur retentit. Regardant dans sa direction, Stéphan aperçut Child faire une marche arrière pour sortir du parking. Les deux filles étaient bien avec lui. Pourtant, tous n'étaient pas encore saufs, le chef du J.K.D. Clan leur montra le Géant étendu par terre. Le conducteur du véhicule comprit alors qu'il devait lui venir en aide. Passant la première, il n'eut à peine le temps de voir la masse foncer vers eux. Les lampadaires l'aveuglèrent. S'en suivit une brutale secousse sous un fracas de la vitre arrière, des éclats de verre volèrent à travers la voiture. Un cri de terreur envahit la rue pendant une seconde d'effroi. Lisa regarda par la vitre brisée et découvrit avec stupeur le visage de Mike dans l'ouverture. Elle remarqua dans l'une de ses mains la batte de base-ball que Benjamin avait laissé tomber après s'être fait assommer par Stéphan. Child accéléra pour échapper au chef des Guerriers.

« Tu veux qu'je m'en occupe ? cria la Colosse à son chef. Ils veulent embarquer leur pote. J'vais me les faire…

- Ça sera pas la peine, répondit l'interpelé. Ce gars a déjà eu son compte et Child m'intéresse plus, c'est une merde. Les deux meufs aussi... C'est Stéphan que j'veux… Leur chef… Si on l'défonce, tout ça sera terminé... »

Le Colosse marqua un temps, puis hocha de la tête.

« Ouais, t'as raison… » lança-t-il.

La voiture s'immobilisa près du corps du Géant. Samantha et Lisa ayant entendu les paroles du Colosse n'hésitèrent pas à descendre pour venir en aide à leur ami. Chacune prit un bras pour le soulever, mais en vain, elles n'arrivèrent pas à déplacer un corps aussi massif.

« Putain mais viens nous aider ! » ordonna l'une d'elles à Child encore au volant de son véhicule.

Celui-ci fut indécis, il ne savait que faire. Le Colosse n'était qu'à une petite dizaine de mètres, en sortant, il pourrait se faire assommer d'un coup selon la volonté de son ennemi. La peur le retint, pourquoi avait-il insulté Mike dans la discothèque ? Pourquoi n'était-il pas resté bien sagement chez lui ce soir ? Pourquoi avait-il trahi Mike pour faire partie du J.K.D. Clan ? Il aurait dû rester loin de tout ça. Maintenant qu'il s'était engouffré dedans, il ne pouvait plus faire marche arrière. Il entendit de nouveau l'appel des filles. Ses poings se crispèrent sur le volant, il aurait voulu ne pas les entendre. Puis, prenant son courage à deux mains, il se décida à bondir hors du véhicule pour leur venir en aide. Passant à une infime distance du Colosse, il ralentit son pas, son cœur battait de plus en plus fort et il émit involontairement des bégaiements de frayeur. À trois, le corps du Géant devint transportable et, ainsi, ils l'installèrent sur la banquette arrière avant de refermer les portes.

« Stéphan, monte dans la voiture ! cria Lisa à travers la vitre brisée.

- Nan, j'peux pas, si j'monte avec vous, ils vous laisseront plus partir. C'est à moi qu'ils en veulent, j'dois rester jusqu'au bout.

- On s'en fout ! Viens avec nous ! »

Lisa ouvrit la portière pour le rejoindre, il était hors de question de l'abandonner. Mais Samantha l'enlaça pour l'empêcher de sortir de nouveau, elle lui implora de rester. De loin, Stéphan lui fit un signe, un sourire. Il ne perdrait pas ! Lisa comprit tout.

« Reviens vite ! » lui dit-elle ne pouvant s'empêcher de laisser couler une larme.

Immédiatement après, le moteur se remit à gronder et le véhicule démarra. Un instant plus tard, il disparaissait derrière un virage.

« Y'a plus que toi et nous, dit le Colosse à Stéphan, t'as voulu t'la raconter, tu vas vite le regretter !

- C'est pas une bande de pisseuses qui va m'faire peur… »

Il le dévisageait avec une attention toute particulière. De son côté, Benjamin se releva, il lui en fallait plus pour être mis K.O. Seules les deux nouvelles recrues se tordaient encore de douleur à terre. D'un coup, son chef l'appela et lui envoya la batte de base-ball, lui n'en avait pas besoin, son honneur le lui interdisait. Stéphan, au milieu de ses ennemis disposés en triangle, analysa les alentours pour connaître les lieux favorables à la fuite. Il se battrait jusqu'au bout pour venger les coups portés à ses amis, néanmoins, il savait qu'un combat en un contre trois n'était pas gagné d'avance. Benjamin l'attaqua par la gauche à l'aide de son arme, Stéphan se contenta de s'accroupir pour l'esquiver, mais à peine relevé, il se fit agresser par le Colosse. Sa vue n'était plus aussi nette et son champ de vision diminué. Ayant du mal à percevoir les charges de son adversaire, il préféra reculer pour assurer sa défense. Quelqu'un le frappa violemment dans le dos et l'envoya s'écraser sur le Colosse. Ce dernier le réceptionna avec un coup de genou dans le ventre qui l'expédia loin derrière.

« Ah ah ah, alors ? Elle est comment ma batte ? » cria Benjamin.

Le pratiquant de Jeet Kune Do se releva avec difficulté, ses jambes mal en point le firent vaciller légèrement avant de retrouver une position stable.

J'pourrai pas les battre… Ils sont trop forts à trois. J'aurais pas dû boire autant, si j'avais su… Qu'est-ce que j'peux faire ?

N'ayant le temps de reprendre ses esprits, les Guerriers repartirent à l'assaut en chargeant vers lui.

Merde…

Dans un élan de folie, Stéphan à son tour cavala vers eux. Les assaillants se rapprochèrent de plus en plus. Arrivant à proximité, le chef du J.K.D. Clan bondit en avant et effectua une roulade entre Benjamin et Mike. Les Guerriers s'apprêtèrent à une attaque de sa part mais au lieu de ça, ils le virent continuer à galoper vers la sortie du parking.

« Mais… Mais qu'est-ce qu'il… bégaya Benjamin.

- Arrête de parler ! ordonna Mike. 'Faut l'rattraper ce connard ! »

Aussitôt, les trois Guerriers s'engagèrent dans une chasse à l'homme et le retrouvèrent en train de sauter par-dessus un petit grillage.

« S'il croit qu'il va nous échapper… »

À leur tour, ils franchirent sans grande difficulté l'obstacle puis, une fois de l'autre côté, ils découvrirent un parc pour enfants.

« Je suis là ! entendirent les Guerriers sur leur gauche.

- Mais qu'est-ce qu'il fout là ? » s'exclama Mike avec étonnement.

Stéphan était debout en équilibre sur la barre transversale d'une balançoire.

« J'vais le faire descendre de là ! » lança Benjamin en courant dans sa direction.

Celui-ci frappa brutalement sur un des poteaux pour lui faire perdre l'équilibre, ce dernier ne céda pas pour autant aux charges de son ennemi.

« Descends d'là, sale bâtard ! hurla l'adolescent armé.

- À tes ordres, répondit-il tout en sautant de l'autre côté de la balançoire.

- Quoi… »

Touchant à peine le sol avec ses pieds, Stéphan frappa le siège de la bascule lui faisant face. Celle-ci vint percuter les tibias de Benjamin qui se renversa en avant. Son ennemi en profita pour lui administrer un coup au visage ; il ne se relèvera pas de si tôt. Voyant ses deux autres adversaires foncer droit sur lui, son instinct lui dicta de décamper pour se cacher dans les différentes attractions du parc.

« T'as vu par où il s'est barré ? demanda Mike à son sbire.

- Par la droite, j'crois... »

Pensant avoir aperçu une silhouette essayant de se dissimuler, ils se dirigèrent vers les petites cabanes de bois.

« 'Faut essayer d'le prendre à revers, ordonna le chef à voix basse pour ne pas se faire repérer. Moi, j'vais par là, fais le tour, toi... »

Se rapprochant d'une des cabanes, le Colosse regarda discrètement à l'intérieur par l'une des petites fenêtres. Il n'arrivait pas à distinguer grand-chose avec cette nuit sans Lune, juste quelques formes qui pouvaient s'apparenter à un banc et autres jouets pour enfant. Il n'aurait rien vu du tout s'il n'y avait pas une légère source lumineuse provenant des rues. Stéphan n'était toujours pas réapparu, peut-être avait-il fui comme un lapin. Le seul aspect mouvant à la vue du Guerrier était sa propre ombre sur la façade des maisonnettes. De loin, Mike lui fit un signe pour demander s'il avait vu quelque chose, le Colosse répondit négativement d'un mouvement de tête. C'est alors qu'il perçut un bruit dans l'une des cabanes. Il resta immobile pour ne pas trahir sa présence et écouta attentivement les bruits qui provenaient de l'obscurité de la cabane. Il se rapprocha d'un pas léger de l'entrée et posa sa main sur la paroi en bois usé. Que renfermait la cabane ? Sa curiosité augmenta de nouveau quand il entendit un bruit de pas. Pour surprendre le fuyard, il ouvrit violemment la porte et hurla :

« J'te tiens ! »

La porte frappa contre un des murs et se referma aussi rapidement qu'elle s'était ouvert. À l'intérieur, un chat miaula de peur et s'échappa par un des trous de la façade en décomposition. Tout ça pour un chat, le Colosse se sentit stupide, pourtant, il avait l'intime conviction qu'il était sur la bonne piste. Soudain, il entendit un cri au-dessus de lui. Regardant vers le ciel, il aperçut avec stupeur Stéphan dans les branches d'un arbre. Ce dernier plongea dans sa direction.

L'adolescent infligea un coup de pied dans l'épaule

du Colosse avant de toucher terre près de la maisonnette de bois. L'agressé se contenta de reculer de quelques pas, l'attaque ne l'avait pas ébranlé.

« Désolé, t'as pas l'air au niveau, mec ! » dit le Colosse tout en lançant son poing vers sa victime.

La charge s'écrasa dans la porte de la cabane qui explosa sous le choc.

« Mais… Il est où ce con ? se demanda l'assaillant cherchant Stéphan du regard.

- Là-bas ! » entendit-il sur sa droite en reconnaissant la voix de son chef.

Il regarda dans la direction indiquée par Mike et aperçut Stéphan courir à toute vitesse.

« Comment il a fait ?

- Il est passé sous tes jambes ! Tu l'as laissé filer !

- C'est pas d'ma faute, il est rapide…

- Pas le temps de discuter, il se dirige vers le vieux port. 'Faut l'chopper avant qu'il nous échappe pour de bon, magne-toi ! »

Mike n'apprécia guère cette idée ; lorsqu'il avait monté sa bande, *on* lui avait bien fait savoir qu'il pouvait faire ce qu'il voulait du lycée du centre-ville ainsi que de ses environs, mais en ce qui concernait la côte, il n'avait pas intérêt à y faire son business là-bas.

Stéphan n'avait pas idée de l'allure à laquelle il traversait la ville, ses notions d'espace, de temps et de mouvement étaient chamboulées par la fatigue, la douleur et l'alcool. Les rues étaient désertes à cette heure-ci, quelques chiens errants vagabondaient par-ci par-là. Il s'engouffra à vive allure dans une zone administrative, puis traversa un cimetière de conteneurs abandonnés. Le ciel noir commençait à se couvrir depuis déjà quelques minutes, au loin un éclair explosa sur l'océan. Stéphan, ne connaissant pas cet endroit de la ville, erra selon son intuition. Il se refusa de regarder derrière lui de peur de voir ses ennemis. Son dos le faisait souffrir à chaque pas et lui rappela le coup de batte qu'il avait reçu. À bout de souffle, il était contraint de respirer par la bouche. Il n'entendait rien autour de lui, il ne percevait plus que sa respiration forte, ses pas qui frappaient le bitume, son cœur qui battait la chamade et les gouttes de sueur ruisselant sur son front. Il arriva alors sur un carrefour et aperçut entre les branches quelques sources lumineuses. Entendant des voix qui le poursuivaient et se rapprochaient, il accéléra le pas pour se mettre à l'abri. Parvenu dans le quartier éclairé proche du vieux port, il vit un petit nombre de vacanciers encore éveillés malgré l'heure tardive. Un bar était toujours ouvert, les touristes y entraient et en sortaient à n'en plus finir. Quelques passants se promenaient main dans la main ayant l'air de rentrer chez eux. Un pauvre ivrogne sur le bas-côté de la chaussée observa Stéphan d'un air songeur :

« Qu'est-ce qu't'as mon pauvre garçon ? T'as l'air perdu… lui dit-il.

- Je... Heu... »

Un bruit l'interrompit. Se retournant, il découvrit Mike et le Colosse à une cinquantaine de mètres. Ces derniers le montrèrent du doigt et galopèrent dans sa direction. Stéphan prit la fuite sans attendre, il se faufila dans la foule afin de les semer et suivit un panneau indiquant la plage droit devant. Pendant sa course, il sentit une goutte froide se poser sur sa main. Il leva la tête vers le ciel et aperçut d'épais nuages. La pluie se mit alors à tomber de plus en plus fort. La plage était juste devant lui, seul un grillage lui barrait la route, mais lui préféra l'escalader. Une fois de l'autre côté, il scruta les rues d'où il était arrivé pour savoir s'il était toujours traqué. Rien, il ne vit rien ; ni ses ennemis, ni la trace d'un passant.

'Faut qu'j'me planque quelques minutes avant de

repartir, pensa-t-il. *J'suis crevé, ça va m'permettre d'me reposer. S'ils me voient plus pendant un certain temps, ils penseront qu'j'me suis barré et rentreront sûrement chez eux...*

Dans l'une des ruelles non éclairées, il distingua la silhouette du Colosse ayant l'air de chercher tout autour de lui.

Il est à une centaine de mètres d'ici, il peut pas m'voir à cette distance. Une chance qu'il y ait pas de Lune... J'espère qu'il va retourner vers le bar, ça voudra dire qu'il abandonne... Tiens ! Il regarde dans ma direction, il peut pas m'voir... C'est pas possible. Si ? Ça y est, il détourne le regard !

...

Enfin... il repart en arrière... Il s'avoue vaincu ! Mais j'vois toujours pas Mike, peut-être qu'ils vont s'rejoindre plus loin avant de partir. Leur voiture est sur le parking de la boîte de nuit... En attendant leur départ, 'faut qu'j'me cache, mais où ? La pluie commence à tomber violemment, y'a des éclairs à l'horizon, ça m'dit rien de bon... J'ai une idée, si j'me réfugie dans l'océan ils me trouveront jamais...

Marchant sur le sable, il sentit plus que jamais la lourdeur de ses jambes. Après tant d'efforts, comment arrivait-il encore à avancer ? Que faisait-il ici à cette heure-ci ? Il aurait préféré plus que tout au monde être dans son lit au chaud ; dormir paisiblement. Il arriva près de l'eau légèrement mouvementée, l'orage se rapprochait ; il n'avait plus l'air très loin.

Si j'rentre dans la mer ils m'verront plus, ça c'est sûr. 'Toute façon, j'suis déjà mouillé, ça peut pas être pire...

Entrant un pied dans l'océan, l'eau glaciale s'infiltra directement dans sa chaussure, un grand frisson lui traversa le pied. Il entra entièrement, son corps était gelé mais quelques mouvements l'aidèrent à se réchauffer.

Pénétrant plus profondément, il vit au loin des vagues un peu plus agitées, certaines venaient s'écraser sur la côte dans un fracas.

'Faut pas rester ici trop longtemps, bientôt ça sera la tempête, j'me casserai quand ça deviendra trop violent...

Il s'enfonça dans l'océan, ne laissant dépasser que la tête. Les ondes à la surface de l'eau entrèrent dans son nez et gênèrent sa respiration.

À mon avis, ils sont rentrés chez eux. Il pleut grave et moi j'ai disparu depuis une bonne dizaine de minutes...

La foudre s'échoua non loin de là accompagnée immédiatement du tonnerre.

L'orage s'rapproche, c'est dangereux d'rester ici, 'faut que j'y aille ! Un petit coup d'œil avant, on sait jamais s'ils ont décidé de faire un tour sur la plage...

Il examina la côte. Avec le manque de luminosité, il ne distingua pas grand-chose.

Y'a rien sur la plage, aucun mouvement, pas un chat !

...

J'suis bien dans l'eau... C'est reposant... J'reste encore deux ou trois minutes et j'y vais...

L'océan s'agitait de plus en plus alors que la pluie tombait crescendo, Stéphan trouva tout ça très berçant.

Il ferma les yeux et se laissa balancer par le mouvement de l'eau, *c'est si paisible, ça fait longtemps qu'j'ai pas eu un moment pareil...*

Le son du tapotement de la pluie sur le vaste océan était reposant. Mais d'un coup, il eut la sensation qu'une vague arriva par sa gauche. Se retournant, il aperçut une masse énorme arriver vers lui. Impuissant, il se fit emporter par cet amas d'eau avant de s'écraser sur le fond de l'océan. Submergé par le courant, il roula sur lui-même et perdit tout sens de l'orientation. Son front frappa le sol. De ses mains, il se repéra. Le garçon parvint à se relever en prenant un maximum d'air. *Qu'est-ce que... ?*

Il sentit que quelque chose d'autre arrivait de nouveau, à peine les paupières ouvertes, il reçut un second coup violent sur le coin du visage. Plus dur, plus violent, plus humain. Perdant son équilibre, il chuta à nouveau et s'enfonça dans l'eau avant de comprendre.

Par l'océan... Merde...

Deux mains se posèrent d'un coup sur ses épaules, il allait devoir réagir vite. Essayant de se remettre sur pied, il prit conscience que quelqu'un essayait de le bloquer. Il arriva à émerger la tête hors de l'eau, juste assez pour prendre une bouffée d'air. Le Colosse était sur lui tentant de le noyer. *L'enfoiré ! Comment… ?*

« T'as eu une idée géniale ! » perçut-il à travers les fracas des déferlantes de vagues ; c'était la voix de Mike.

- On a bien fait de contourner la plage !

- Dépêche-toi, j'préfère pas qu'on m'voit dans l'coin… »

Le Colosse força sur ses bras pour remettre Stéphan dans l'eau, ce dernier ne voyait absolument rien sous l'océan et essaya d'agripper les jambes du Colosse pour le faire chuter. En vain, le Guerrier était bien trop corpulent pour se faire renverser. Les secondes s'écoulèrent alors que Stéphan ne remontait toujours pas.

Que faire !?

La peur commença à l'envahir, son cœur se serra, son ennemi n'ira pas jusqu'au bout, *mais après tout, qui sait* ? se demanda-t-il. *Dans la salle de cours, il a montré de quoi il était capable…*

Il n'avait plus assez de force pour pousser son opposant, l'oxygène commençait à lui manquer. D'un coup, une idée lui vint miraculeusement en tête. Stéphan frappa de son talon l'entrejambe de son adversaire. La réaction fut immédiate. Ce dernier libéra instantanément son prisonnier.

« Qu'est-ce que tu fous, merde ? lança Mike à son

acolyte, le voyant lâcher prise. Qu'est-ce qui t'arrive ? »

À son grand étonnement, il vit le Colosse tituber de gauche à droite, étouffant un cri de douleur.

« Où est Stéphan, bordel !? » poursuivit le chef des Guerriers Fous.

L'incompréhension était totale. Mike regarda hâtivement autour de lui, il chercha son ennemi dans l'eau mais ne trouva rien. Il n'était tout de même pas mort ? Son intention était uniquement de lui foutre la peur de sa vie ! Oubliant la colère de l'orage, Mike se prit de plein fouet une énorme vague. Il se releva, affolé, les choses ne tournaient pas comme il l'avait pensé. Une idée traversa son esprit : s'enfuir ! Pourquoi rester ici ?

Soudain, une nouvelle masse d'eau lui tomba dessus. Se protégeant la tête de ses bras, il réalisa alors qu'il ne devait pas faire face à une déferlante mais à une forme humaine. Non, il ne fuirait pas ! Mike, qui serra ses poings de courage face à l'inconnu, frappa de toutes ses forces la masse se ruant vers lui. Il la percuta dans le torse et reçut en retour un violent coup au visage. Sous l'intensité du choc, l'adolescent se retrouva propulsé sur la grève de la plage. N'ayant plus aucune résistance, ce dernier s'écroula au sol et sombra dans le noir.

Exténué, Stéphan sortit de l'eau à quatre pattes, son ventre lui faisait atrocement mal. À son tour, il se laissa tomber, mort de fatigue. Il observa le Colosse se tordant de douleur, Mike évanoui au sol, et revit avec épouvante l'image de son ennemi essayant de le noyer.

Chapitre 31 : 11 mars 1991

La Justice

Coup de frein à main ; la voiture pila. Les portières s'ouvrirent, les bottes frappèrent le sol. Six heures du matin, les dizaines d'agents du groupe d'intervention se réunirent près du bâtiment où ils allaient donner l'assaut pour s'organiser. Le plan était simple et millimétré, l'individu recherché était déjà connu des services de police : jeune lycéen impliqué dans de nombreuses affaires de rackets, vols et trafics en tout genre. Il n'était pas spécialement violent ou agressif, mais par expérience, chacun savait que ce type de profil pouvait réserver des surprises. Les services de police avaient décidé de frapper fort pour mettre un coup d'arrêt à tous les gangs qui fleurissaient dans le nord de Méthée sous l'influence des *Guerriers Fous*.

Le commandant de l'unité leur fit un signe pour indiquer qu'ils pouvaient pénétrer dans l'immeuble. Dans un silence maîtrisé, ils gravirent les différents étages jusqu'à atteindre le palier de la porte du recherché. Boreman, le commissaire de police se tenait derrière l'unité, il ne devait intervenir qu'après l'assaut. La concentration était palpable, un incident pouvait vite arriver. Quand le signal fut donné, les deux premiers agents envoyèrent le bélier dans la porte qui céda au second impact dans un craquement sec. Presque machinalement, le groupe d'intervention envahit l'appartement. Des « Police ! » volèrent à travers les couloirs, des pas claquèrent, un cri retentit. Ils ouvrirent une porte : la cuisine. Une deuxième : une femme, l'air perdu, demanda affolée ce qui se passait. Puis, une troisième : un lit, un homme qui dormait. Il ne semblait pas plus dérangé que ça par le vacarme assourdissant. Les agents foncèrent sur lui, braquant leurs armes en avant, l'un retira la couverture en hurlant de mettre les mains sur la tête. Le jeune homme ouvrit à moitié les yeux, encore endormi. Il n'avait l'air ni surpris, ni choqué par ce qui lui arrivait. Il n'opposa pas la moindre résistance, comme s'il avait prévu cette intervention de longue date. Une voix de femme demanda au loin ce que son fils avait fait ; quelqu'un lui demanda en retour de bien vouloir s'asseoir dans le salon, d'attendre que tout soit terminé.

Un homme, le commissaire, s'avança dans la chambre, il jeta un œil autour de lui en marquant un arrêt. De son lit, l'adolescent le vit. Il était comme un général de guerre qui venait constater sa victoire après le bain de sang. Tout avait été si vite qu'à vrai dire, le jeune homme se fit la remarque que, peut-être, il ne faisait que rêver tout ça. Comme une intuition qui se matérialisait dans son esprit. Pourtant, il savait que tout était réel, il en eut la certitude dans le regard du chef de l'unité d'intervention. Son esprit n'aurait pas pu imaginer autant d'arrogance et de noirceur dans une seule et même expression.

« Vous êtes Mike Callaghan ? » demanda-t-il.

L'adolescent sourit, *quelle question…*

L'homme, implacable, insista.

« Vous avez ma gueule placardée dans vos bureaux, alors pourquoi vous m'posez cette question ? »

« Allez-y, entrez Stéphan » demanda madame Adrianne, une petite femme blonde, les cheveux coupés courts et les lunettes qui voulaient se donner un air sérieux.

Le garçon ne connaissait que très peu les bureaux administratifs tant il ne prêtait aucune attention au personnel du lycée. Il n'avait jamais été délégué de classe, encore moins présent lors des rendez-vous parents-profs et n'était pas emballé par les clubs et autres associations du lycée. Ce n'était que depuis sa relation avec Lisa qu'il commençait à s'intéresser à tout ça, et il devait bien avouer qu'il ne comprenait pas toujours le fonctionnement de son établissement. Stéphan entra dans le bureau de la proviseure. Un espace ouvert, presque snob par les rires moqueurs qu'on percevait des pièces adjacentes, des photos jaunies qui racontaient un semblant de vie heureuse. Toute la fine équipe de la proviseure l'attendait : l'adjointe, sa professeure de mathématiques, la conseillère principale d'éducation ainsi que la présidente des élèves. Il avait l'impression de repasser devant un conseil de discipline. Avec la présentation de la rentrée, c'était d'ailleurs les seules fois où il avait vu la proviseure descendre de sa tour d'ivoire.

« Installez-vous, s'il vous plaît. »

Le garçon s'exécuta. Il attendait, le regard qui se baladait entre les différents interlocuteurs.

« Vous savez pourquoi vous êtes là ? poursuivit madame Adrianne.

- Heu… Eh bien… Je dois avouer que nan… »

Une amère sensation le traversa : celui d'être coupable avant même de savoir ce qu'il avait fait.

« Nous avons eu quelques retours, grâce notamment aux services de police, de ce qui s'est passé ce week-end.

- Ce…

- Vous voyez à quoi je fais référence ?

- De ce qui s'est passé avec Mike ?

- Oui. Je suis content que nous puissions aller directement aux faits. »

Le ton qu'employait la femme n'était pas sans déplaire à Stéphan qui se demanda en quoi ça les regardait. Une autre question lui vint en tête : *pourquoi les keufs ont prévenu le lycée ?*

« Vous voulez bien nous raconter ce qui s'est exactement passé ?

- Heu… »

Il se gratta la tête d'un geste rapide comme pour mettre de l'ordre dans sa réponse.

« Pourquoi vous me posez cette question ? C'était en dehors du cadre du lycée…

- Eh bien mon cher jeune homme, vous apprendrez que nous nous devons de nous impliquer dans l'éducation de nos élèves, et que ce qui est arrivé n'est pas anodin. Vous avez déjà eu un premier conseil de discipline il n'y a même pas un mois, je pense que les questions, c'est à vous-même qu'il faut se les poser.

- J'ai eu un conseil de discipline parce que j'me suis défendu face à une agression, ça devient interdit ?

- Nous avons déjà parlé de ça et vous savez que vous avez été puni pour avoir provoqué Mike en créant une

342

bande.

- Je n'ai rien… »

La principale-adjointe interrompit cette discussion qui n'était en rien l'ordre du jour. Le précédent conseil avait rendu son verdict, il n'était pas question de le remettre en doute. Elle insista pour revenir au sujet principal : l'altercation entre Stéphan et Mike le week-end précédent. De son côté, Lisa n'osait ouvrir la bouche. Elle savait que chacun dans la pièce avait connaissance de sa relation avec Stéphan et de sa présence lors de la fameuse soirée. Elle ne voyait pas en quoi ce qu'il avait fait était à sanctionner, cependant, tout ce qu'elle pourrait dire serait inévitablement subjectif et discrédité.

« Si j'ai quelque chose à raconter, ce sera aux flics ! répliqua Stéphan. J'ai rien fait ni au lycée ni pendant mes heures de cours. Ce que je fais le week-end vous regarde pas !

- Nous ne vous manquons pas de respect, jeune homme, il serait bien que vous en fassiez de même !

- Écoute Stéphan » fit sa professeure de mathématiques d'une voix qui voulait apaiser la discussion.

Il avait toujours eu une relation spéciale avec cette femme qu'il connaissait depuis sa seconde. Étant un brillant élève, passionné et curieux, il leur était arrivé maintes fois de rester un petit quart d'heure après les cours pour discuter.

« Notre but n'est pas de te tomber dessus dès qu'il se passe quelque chose, dit-elle. Mais tu dois bien reconnaître que vos histoires avec Mike, c'est très grave !

- Y'a pas eu de morts à c'que je sache… On a fait que se défendre, qu'est-ce que j'aurais pu faire d'autre ?

- Venir nous en parler !

- Pendant qu'on se fait frapper ? On attend bien

sagement qu'ils aient fini pour ensuite vous faire un rapport ?

- Ne vous moquez pas de nous, reprit la proviseure. Il est évident que votre professeure sous-entendait de venir nous en parler en amont. »

Le ton montait de nouveau, il n'y avait pas les mêmes intentions qui ressortaient dans leur manière de s'adresser à lui. Le jeune homme se sentait coupable, pourtant, avec toute la bonne foi qu'il y mettait, il ne savait quoi leur répondre.

« *Vous en parler en amont ?* Vous n'êtes pas au courant que Mike et ses potes terrorisent tout l'monde peut-être ? Lisa n'a pas essayé de proposer des solutions ?

- Ne prenez pas ce ton avec nous ! Vous ne savez pas ce qui se passe derrière, nous travaillons sur le sujet !

- Quoi ? Vous avez mis votre petite boîte pour qu'on vous écrive des mots ? C'est ça *votre solution ?* »

La conseillère principale d'éducation s'interposa pour rappeler à Stéphan les manières de s'adresser à *une grande personne.* Elle frappa du poing la table pour appuyer ses propos. De la pièce adjacente, quelqu'un ferma la porte de la salle. Stéphan, bien que face à cinq personnes qui représentaient l'autorité, n'hésita pas à lever les yeux au ciel.

« Et donc, qu'est-ce que je suis venu faire ici ? Qu'est-ce que vous attendez de moi ?

- Ce que nous attendons, jeune homme, c'est que vous nous donniez votre version des faits !

- Quoi ? Ça sera votre petite histoire excitante de la journée à vous raconter à la machine à café ? Si j'ai quelque chose à dire, ce sera aux flics ! Vous n'avez rien à voir dedans !

- Vous avez déjà été impliqué dans une bagarre au sein de l'établissement, je ne crois pas que vous puissiez décider de quoi que ce soit ! » répliqua la proviseure de sa petite voix criarde.

Stéphan se redressa vivement de sa chaise, la colère venait d'atteindre son paroxysme. Sous l'agacement, il renversa le pot de stylos posé sur le bureau qui tomba aux pieds de la proviseure. Lisa, dans une position très délicate, craignait de perdre son statut de présidente si elle intervenait. Pourtant, cette pensée fut bien risible face à sa passion amoureuse. Elle bondit vers lui pour l'implorer de se calmer et souffla dans son oreille qu'il fallait penser à son avenir, ne pas s'arrêter au premier obstacle. Bien vite, la jeune fille se rendit compte que l'homme emporté n'avait pas d'oreille à lui prêter.

« J'ai été impliqué dans cette bagarre à cause de vous et de votre incompétence ! Vous avez peur d'vous mouiller et d'vous retrouver face à un échec ! Mais l'échec, il est là, il est dans votre passivité ! Vous vous donnez de grands airs pour nous faire croire que vous maîtrisez la situation, mais tout le monde ricane tout bas quand vous placardez des affiches sur la violence à l'école, alors qu'à trois mètres de ces affiches Mike est en train de tabasser quelqu'un… »

La proviseure voulut le stopper mais se fit écraser par la prestance de son interlocuteur qui prit la parole en otage.

« Et maintenant, quand on refuse de s'laisser faire plus longtemps, quand on refuse les agressions et les rackets, c'est à nous, les victimes, que vous vous en prenez ? »

Il marqua un arrêt, dévisagea chacune des personnes qui se tenaient en face de lui, et termina en précisant qu'il n'avait rien fait d'autre que son devoir. La proviseure cafouilla quelques mots. Puis, quand elle réalisa qu'elle venait de perdre le contrôle de la discussion et s'était écrasée dans son fauteuil, la femme se racla la gorge et adopta un air très sûr d'elle, presque victorieux en se redressant. Elle reprit la parole sur un ton moralisateur et expliqua gravement que lorsqu'on cédait à l'énervement, on montrait les limites de sa pensée. Lisa jura avoir perçu de l'écho tant le message de la proviseure n'avait reçu aucun destinataire. Stéphan venait de claquer la porte de la pièce sans demander son reste. Chacun se jeta un regard, personne n'avait pu prédire cette réaction de la part d'un élève modèle. Habituellement, ce type d'élève acceptait le sort qu'on lui réservait sans répliquer.

Après un bref silence, Lisa ramassa ses affaires et s'excusa avant de s'éclipser à son tour.

Chapitre 32 : 12 mars 1991

L'Exclusion

Un coup de vent vint pousser légèrement la fenêtre et se faufila dans la chambre. Il caressa la couverture d'un livre posé sur le bureau, le marque-page n'avait pas bougé d'entre deux pages depuis déjà quelque temps. Une couche infime de poussière s'envola sous le mouvement d'air puis disparut en se fondant dans l'espace. La porte claqua subitement, ce qui sortit Stéphan de son état de somnolence, il s'était assoupi après avoir vu un film ; quatre adolescents se faisant le serment de se retrouver dix ans plus tard. Il l'avait vu et revu ce film, il lui rappelait la promesse qu'il avait lui-même faite à ses compagnons de route plus jeune. Mais que restait-il de cette promesse aujourd'hui ? L'un était décédé, l'autre l'avait trahi. Ce n'était plus que du vent. Stéphan se souvint du dernier Noël passé en leur compagnie, les familles Sentana, Jammy et Johnson s'étaient réunies, c'était peu avant le décès de Jack. Il y avait eu quelque chose de magique ce soir-là, le Père-Noël avait débarqué avec un tas de cadeaux, effrayant au passage Eddy qui était allé se réfugier dans les jupons de sa mère. Stéphan avait été tellement émerveillé par ce personnage qu'il lui était même difficile de savoir qui se cachait sous le déguisement. Les trois garçons avaient joué des heures avec un circuit électrique fraîchement déballé. Jack expliquait à ses compagnons la meilleure trajectoire à prendre pour gagner des fractions de seconde tandis que Stéphan s'extasiait à chaque record de vitesse. Mais voilà, tout ça n'était plus que du passé désormais.

Se frottant les yeux de fatigue, il regarda l'horloge murale. Déjà trois heures qu'il s'était endormi malgré lui. Cela faisait tellement longtemps qu'il n'avait pas pris le temps d'une sieste improvisée en plein cœur de l'après-midi. Il se leva et s'étira dans un grand bâillement, puis, sentit un objet dans sa poche qu'il sortit du bout des doigts. C'était le paquet de cigarettes que Child lui avait confié par peur que ses parents ne le découvrent.

Ah ! J'ai oublié de le lui rendre ! La prochaine fois… Il m'en voudra pas si j'en prends une…

N'ayant pas de briquet, il sortit de sa chambre et descendit les escaliers.

J'me souviens en avoir vu un dans c'tiroir l'autre fois, c'était où déjà ? J'le trouve plus… pensa-t-il cherchant dans un meuble.

« Qu'est-ce que tu fais ? » lui demanda sa mère qui passa dans le couloir.

Stéphan sembla l'ignorer et poursuivit ce qu'il était en train de faire.

« Tu me réponds ? » continua sa mère en s'approchant de lui.

Puis, voyant la cigarette à sa bouche, elle prit un air déconcerté :

« Mais… qu'est-ce que c'est que ça ? Tu fumes !? »

Faisant mine de rien, l'interrogé commença à remonter à l'étage.

« Je t'ai posé une question ! » hurla-t-elle avant de devenir toute rouge.

Elle ne savait pas si c'était la cigarette ou son indifférence qui la mettait le plus hors d'elle.

« Mais c'est rien, c'est juste une cigarette… Pourquoi tu t'énerves comme ça ?

- S'il n'y avait que ça, j'aurais passé l'éponge…

- Ça veut dire quoi, ça ?

- Ce que ça veut dire ? répéta-t-elle précipitamment. Le lycée a appelé aujourd'hui, je suppose que tu sais pourquoi…

- Ils ont appelé ? Mais pour dire quoi ? J'ai rien fait au lycée !

- Je voudrais que tu m'expliques, ta blessure dans le cou, tu m'avais dit que c'était un accident ! Qu'est-ce qu'il t'a pris de te battre contre ces gens ? rouspéta-t-elle.

- C'est pas d'ma faute ! Ils ont commencé, on devait bien s'défendre, on allait pas rester là sans rien faire…

- Ton professeur principal m'a dit que tu avais planté un compas dans le dos d'un de tes camarades !

- Déjà, c'est pas moi ! C'est Vincent, j'y suis pour rien ! En plus, il a fait ça pour me défendre, répondit Stéphan mal à l'aise, essayant de chercher des propos pouvant calmer sa mère. Si t'étais de mon côté, t'irais porter plainte contre ce lycée !

- Tu ne m'avais pas tout raconté ! Bien évidemment que je vais porter plainte contre les garçons qui t'ont agressé et prendre rendez-vous avec la proviseure. Mais toi, tu n'avais pas à faire ça ! Non, mais tu te rends compte ? Ton ami a planté un compas dans le dos de quelqu'un, il aurait pu le paralyser à vie !

- Oui, t'as raison… Mais j'vois pas pourquoi le lycée t'a appelée ! T'étais là pendant le conseil disciplinaire, et tu savais qu'on s'est battu dans la classe…

- Oui, mais il m'a aussi parlé de ce qui s'est passé dans la boîte de nuit…

- Il fait vraiment chier, celui-là ! »

Stéphan descendit quelques marches de l'escalier pour se retrouver devant sa mère.

« Et il a dit quoi ? poursuivit-il.

- Vous vous êtes encore battu ! Ça va aller jusqu'où tout ça ?

- Ça continuera tant que le lycée cédera l'pouvoir aux parents d'élèves qui ne s'intéressent qu'aux prestiges d'avoir le bac même quand il est déjà donné d'avance, et aux élèves qui foutent la merde ! La seule dans l'administration qui ait des convictions, c'est Lisa !

C'est quand même un comble, nan ? »

L'étonnement de voir son fils impliqué dans une cause sociale lui fit marquer un temps.

« Mais ce n'est pas à toi de t'occuper de ça ! Je ne veux pas qu'il t'arrive quelque chose ! reprit-elle.

- Ces choses arrivent parce que tout l'monde pense que ce n'est pas à lui de s'en occuper ! Alors quoi ? On quitte ce lycée ? On quitte cette ville ?

- Va raconter à la proviseure ce que tu sais !

- Ça les regarde plus, pour eux, ce sont juste des histoires croustillantes pour remplir leur journée ! Si j'ai quelque à dire, ce sera aux flics !

- Justement ! T'étonne pas si les flics frappent à la porte, parce que Mike, lui, a été arrêté hier ! »

La nouvelle avait stupéfait son fils qui marqua un bref silence. Puis, il se dit que c'était une bonne chose de faite.

« Et bah qu'ils viennent, j'leur dirai c'qui s'est passé ! Mais la prochaine fois, je…

- *La prochaine fois* ? Mais je veux pas qu'il y ait de prochaine fois !

- Je voulais juste dire que j'irai voir immédiatement les flics… »

Ils fuyaient chacun le regard, cherchant à exprimer leur pensée. La mère s'agaça, ce qu'elle voulait dire lui paraissait tellement simple, pourtant, il y avait comme un mur qui brouillait les messages entre son fils et elle.

« Je veux plus que tu traînes avec ces gens-là ! » ordonna-t-elle.

Elle venait de sortir ce qu'elle avait sur le cœur comme elle aurait régurgité un plat périmé.

« Quoi ?

- Depuis que tu vois ces gens, tu n'arrêtes pas de faire des conneries…

- Mais qu'est-ce que tu racontes ? J'ai enfin trouvé des vrais amis sur qui compter, répondit Stéphan montant légèrement le ton.

- Ah oui ? Et la fois où j'ai dû te chercher au poste de police, tu n'étais pas avec eux, peut-être ?

- Si j'étais avec eux, mais c'était un hasard ! Ça fait des années que j'vais dans ce gymnase sans que le gardien me voie ! Et là, ça nous tombe dessus !

- Ce n'est pas un hasard, ces gens ne t'apportent rien de bon ! Regarde, depuis que tu les connais, tu t'es mis à fumer, en plus je ne te vois plus lire comme avant, ni même t'entraîner aux arts martiaux.

- Ça n'a rien à voir avec eux. En ce moment, j'suis occupé par plein d'choses, j'ai plus le temps de lire ! Et pour les arts martiaux, j'ai bien le droit d'me reposer de temps en temps, nan ? D'être comme tout l'monde ! » répondit Stéphan, comme s'il tirait à la carabine.

Il sentait bouillonner en lui quelque chose qu'il voulait exprimer par des coups. Le garçon grimpa alors une marche comme pour clore la discussion.

« Je n'ai pas fini ! cria sa mère. Redescends ! »

Stéphan exécuta l'ordre, il n'avait vraiment pas envie de rester fâché avec sa mère.

« Qu'est-ce qu'y a ? J'te dis que tout va bien. Mes amis sont cools, dit-il essayant de la calmer.

- Ce n'est pas ça…

- C'est quoi, alors ? »

Elle le regarda d'un air interrogateur, comme si elle se demandait comment lui faire part de sa pensée.

« Mais vas-y, dis-moi… insista son fils.

- Eddy a appelé…

- Quoi ?! fit brusquement Stéphan. J'lui avais dit de plus appeler ici ! Il me saoule, celui-là ! Et qu'est-ce qu'il t'a dit ?

- L'autre jour, après ton départ pour le lycée, il a appelé... Il voulait me mettre au courant de certaines choses…

- Mais de quoi il s'mêle celui-là ? J'lui ai rien

demandé ! éclata Stéphan d'une voix plus fougueuse.

- Il m'a mise au courant que Mike n'était pas venu vous chercher, mais que toi et tes amis vous les avez provoqués... Avec votre bande...

- *On* les a provoqués ? répéta Stéphan.

- Tu n'avais pas à faire ça ! On peut pas se prendre pour un héros sans penser aux conséquences !

- J'ai jamais voulu jouer les héros ! On n'a juste plus le choix ! Pourquoi il est allé te raconter tout ça ?

- Il a eu raison de me tenir au courant ! Je ne veux plus que tu traînes avec ces gens, et je veux que tu oublies toutes ces histoires de gangs !

- Arrête de dire n'importe quoi, tu m'énerves ! Tout ça, c'est qu'la version d'Eddy, mais tu veux pas m'croire ! Lui, il fait partie de ceux qui ferment les yeux ! Le J.K.D. Clan c'est juste pour nous protéger ; faire ce que le lycée n'est pas foutu d'faire !

- Quand bien même, c'est pas à toi de t'occuper de ça ! Si tu n'aimes plus ce lycée, il fallait m'en parler et je t'aurais inscrit dans un autre !

- Ça fait vingt fois que j'te le répète : on a pas voulu s'occuper des Guerriers Fous, on a juste voulu se protéger !

- Dans tous les cas, je veux plus que tu fréquentes ces gens-là ! protesta-t-elle.

- C'est pas toi qui m'en empêcheras, j'vois qui j'veux, j'suis assez grand pour ça ! » riposta Stéphan.

Il frappa du poing le mur. Sa colère était un mélange entre l'exaspération de devoir se justifier indéfiniment et l'agacement de ne pas se faire comprendre.

« Depuis que tu les vois, tu as eu des problèmes avec la police et d'autres jeunes de ton lycée, et récemment, tu t'es aussi mis à fumer et à ne plus t'entraîner, répéta sa mère comme pour marquer sa victoire. Tout ça, c'est quand même très parlant !

- Mais ça veut rien dire pour la police, j'te l'ai déjà

dit. C'est juste un mauvais concours de circonstances ! Et pour la clope, tu fumes pas toi, peut-être ? Moi, ça m'aide à m'calmer...

- Je ne veux pas le savoir, tout ça est dangereux et ça pourrait mal se finir ! Si tu ne renonces pas à voir tous ces gens, tu n'habiteras plus sous ce toit ! menaça la mère.

- OK, si c'est c'que tu veux, y'a pas d'problèmes ! J'me casse, comme ça, tu seras tranquille ! » rétorqua Stéphan en se dirigeant vers la sortie.

Il claqua la porte derrière lui, sa mère l'ouvrit aussitôt après :

« Et ne reviens pas à la maison tant que tu traîneras avec ces racailles ! »

Le temps semblait s'être arrêté, toutes les répliques de sa mère tournoyaient dans sa tête, Stéphan n'avait aucune idée d'où aller. Il erra un bon moment dans les rues pour se calmer, quand soudain, presque comme une évidence, il se retrouva nez à nez avec la maison de Lisa. D'un geste hésitant, il ouvrit le portillon et s'engagea dans l'allée de graviers blancs. À chaque pas, son cœur battait de plus en plus fort. Après avoir gravi les deux marches du perron, Stéphan frappa doucement à la porte.

Lisa éteignit la télévision et se leva de son fauteuil. Elle ouvrit la porte et découvrit avec étonnement son petit copain, l'air dépité.

« Mais qu'est-ce que tu fais là ? On n'avait pas prévu de se voir…

- Nan, je sais… Tu me laisses entrer, s'il te plaît ? demanda-t-il à voix basse.

- Heu… Ouais, bien sûr. Mais qu'est-ce qu'il y a ? T'as pas l'air bien, répondit-elle écartant la porte pour le laisser passer.

- Ouais, j'dois t'avouer que ça va pas bien fort…

- Tu veux qu'on monte dans ma chambre ? Tu pourras tout me raconter.

- Je veux bien, ça me ferait plaisir. Mais le problème, c'est que j'ai quelque chose d'important à te demander.

- C'est par rapport à hier, ce qui s'est passé avec la proviseure ?

- Nan, pas vraiment... Enfin, j'sais pas comment ça a commencé... »

Elle le regarda un peu anxieuse face à sa tristesse et lui prit la main :

« Vas-y, explique-moi tout.

- C'est ma mère, elle croit qu'on est une bande de racailles...

- Quoi ?! Mais pourquoi ?

- D'un côté, j'la comprends avec tout c'qui s'est passé. Mais quand j'lui explique, elle veut pas m'croire.

- Elle veut pas te croire sur quoi ? Explique-toi, je te suis pas, demanda-t-elle.

- Bah elle croit qu'on fout la merde, qu'on cherche Mike...

- C'est madame Adrianne qui lui a dit ça ? Elle nous a dit qu'elle allait appeler ta mère.

- Et Eddy aussi a tout balancé, c't'enfoiré... Elle a rien voulu entendre et elle veut plus que j'vous voie !

- Mais tu lui as dit la vérité sur Eddy ?

- Bien sûr que j'lui ai tout dit, mais elle me croit pas ! À part toi, elle a aucune confiance envers les autres. »

Stéphan baissa le ton de sa voix, il préférait que les parents de Lisa n'entendent pas leur conversation.

« Tu t'es vraiment disputé avec ta mère pour qu'elle te dise ça ?

- Ouais, on s'est mis à s'crier dessus... Et du coup, j'ai quelque chose à te demander…

- Je t'écoute. »

Il lui raconta alors comment la dispute s'était terminée et quels avaient été les mots de sa mère qui l'avaient poussé à lui claquer la porte au nez.

« C'est pour ça que je suis là, conclut-il. Ce que j'ai à te demander est pas facile… J'aimerais que tu m'abrites pendant quelque temps. Mais t'inquiète pas, ce sera juste le temps de trouver de quoi me loger.

- Je m'attendais pas à ça ! » répondit Lisa un peu surprise.

Elle afficha un petit sourire qui signifiait que, malgré tout, ce n'était pas une si mauvaise nouvelle.

« J'aimerais bien que tu viennes chez moi quelque temps, reprit-elle. Mais 'faut que je demande la permission à mes parents.

- Ah... Ouais, j'comprends, normal... Mais c'est pas grave s'ils refusent, j't'en voudrais pas...

- Mes parents sont dans le salon, je vais leur parler. Ils sont très compréhensifs. Toi reste là, attends-moi.

- OK... »

Accompagnant du regard sa petite copine se diriger vers la salle de séjour, Stéphan posa son sac, le poids commençait à le fatiguer. Il entendit des voix provenant du salon et reconnut celle de Lisa. La discussion semblait se dérouler agréablement, les parents n'avaient pas un ton contestataire.

Le sourire aux lèvres, Lisa revint du salon en hochant de la tête.

« Alors, ils ont dit quoi ? demanda précipitamment Stéphan.

- Ils sont d'accord ! répondit-elle, heureuse.

- C'est vrai ? Ils sont d'accord ! Moi qui pensais que tes parents allaient me rembarrer.

- Ma mère a dit que t'avais l'air très gentil et mon père comprend parfaitement ce qu'il t'arrive. Quand il était plus jeune, il s'est retrouvé à la rue et s'est fait héberger par les parents de sa copine lui aussi. »

Stéphan entra timidement dans le salon luxueux et salua les parents de Lisa. Le père se leva pour venir serrer la main du jeune homme avec un grand sourire. Une petite discussion s'installa entre eux deux qui avaient connu le même épisode. L'homme lui proposa de boire un verre en racontant les mésaventures qu'il avait connues étant plus jeune. Stéphan se contenta d'acquiescer de la tête et expliqua à son tour les raisons qui l'avaient poussé à quitter le foyer de ses parents. Le père n'oublia pas de le remercier d'avoir protégé sa fille le soir de la bagarre dans la boîte de nuit et ajouta qu'il était normal que sa mère s'inquiète pour lui, que tout allait s'arranger. Après une dizaine de minutes, Lisa les interrompit :

« Viens avec moi, je vais te montrer ta chambre ! » s'exclama-t-elle.

Stéphan ôta ses chaussures pour monter les escaliers. Arrivé au palier, il découvrit un grand corridor avec quatre portes de chambre. Lisa lui indiqua la sienne ainsi que celle de ses parents.

« Et celle-ci, elle est à qui ? demanda le jeune homme.

- C'est celle de ma grande sœur, elle est partie étudier aux États-Unis, mais viens ! »

Sa copine afficha un sourire amusé en lui prenant la main pour le guider vers la porte de droite.

« Quelle piaule ! s'émerveilla le jeune homme en entrant dans sa nouvelle chambre.

- C'est la chambre d'amis. Mes parents l'entretiennent beaucoup pour faire plaisir aux invités.

- 'Faut vraiment que j'les remercie encore, c'est trop sympa...

- Tu peux ranger tes affaires dans cette armoire. »
Elle montra un petit meuble du doigt.

« OK ! »

Il se retourna alors vers sa petite amie et l'embrassa fougueusement. Malgré les évènements, il se sentait bien. Si cela ne devait être qu'une passade vers un nouveau départ, alors il l'accepterait.

« Et tu sais quoi ? fit Lisa. Je pense que ce que tu as dit à la proviseure hier ne l'a pas laissée indifférente, elle a accepté de débattre sur l'idée de mettre un agent de sécu devant le lycée !

- Ah cool ! Bon bah, je suis pas si mauvais alors ! »

Les deux adolescents se réjouirent de cette nouvelle. Stéphan ajouta qu'il avait été difficile de faire entendre leur voix, mais qu'avec de la persévérance, ils pouvaient arriver à tout.

« Tout le monde parle de toi au lycée, ajouta la fille, la voix passionnée. Ça va être la folie quand tu vas revenir ! »

Chapitre 33 : 19 mars 1991

Sara

Lisa sortit de cours épuisée, les journées semblaient longues. Plus longues qu'avant. L'ambiance s'était radicalement transformée comme si une tempête avait tout ravagé. Le renvoi de Benjamin et les problèmes de Mike avec la justice avaient apaisé les consciences. La jeune femme entendait même parfois des gens exprimer leur soulagement par de longs soufflements. Ou alors était-ce de l'ennui ? Elle ne savait plus trop. Tout s'enchaînait tellement rapidement qu'il lui était difficile d'avoir une vision claire et objective de l'état d'esprit de chacun. Mais en ce qui la concernait, c'était plutôt les absences à répétition de Stéphan depuis une semaine qui lui faisait paraître le temps long. Elle se posa sur une terrasse du second étage dont la vue donnait sur la cour du lycée.

« Salut ! » lui lança Zoé qui la rejoignit.

Elle était accompagnée de Margaux et de son éternel sourire.

« Salut les filles ! Ça va ?

- Ouais, super ! Vous savez quoi ? Mes parents sont pas là ce soir, on fait quelque chose ? fit sa copine.

- Ah ouais ! On fait une fête ? »

Les trois filles s'enthousiasmèrent de cette idée et dressèrent déjà une liste de ce qu'il fallait acheter et de qui il fallait inviter. Zoé ajouta qu'elle n'avait pas vu Child depuis un certain temps et qu'elle aimerait bien le voir à la soirée. En réalité, chacune savait que quand Child venait, c'était Antoine qui refusait toute invitation. Il était toujours très difficile de choisir entre deux amis dont la sympathie l'un envers l'autre était aussi insipide que les viandes servies à la cantine scolaire.

« Bah on invite les deux et ils se débrouillent, conclut Margaux. C'est pas à nous de s'prendre la tête parce qu'ils veulent pas faire d'effort !

- Ouais, t'as raison… »

Lisa avait perdu le fil de la discussion. Un petit rictus de la bouche exprima sa contrariété.

« Bah qu'est-ce qu'y a ? demanda l'une de ses amies.

- Les filles… Je suis vraiment désolé, mais je vais devoir y aller…

- Quoi ? Mais pourquoi ?

- Je viens de me rappeler que Stéphan veut que je le rejoigne après les cours. Il est au terrain de basket avec Child…

- Bah OK… Mais tu nous rejoins quand même pour ce soir ? »

Lisa les regarda d'un air confus, c'était justement le point sensible.

« Nan… On va rester ensemble…

- Quoi ? Nan, mais t'es sérieuse, là ? rétorqua Zoé, elle se leva du banc sur lequel elle s'était assise.

- On a pas le droit d'avoir un peu d'intimité ?

- Nan, mais là tu nous oublies carrément ! »

Lisa s'offusqua de ce qu'elle venait d'entendre. Avec tous les évènements récents, elle trouvait légitime de pouvoir passer du temps avec son petit-ami sans devoir se justifier. Les élèves autour tendirent l'oreille vers elles.

« Moi, je vous oublie ? Mais arrêtez les filles, vous délirez !

- Depuis que t'es avec Stéphan, on t'voit plus ! Regarde, on organise une soirée et tu nous plantes !

- Oui, bah vous pourriez être plus reconnaissante envers lui, c'est grâce à lui si on est tranquille maintenant !

- Mais ça a rien à voir ! Tu mélanges tout ! »

Margaux n'appréciait guère que Lisa se serve d'un

autre sujet pour justifier ses actes. Elle le lui fit savoir sans mâcher ses mots et lui répliqua qu'elle ne parlait pas des histoires avec Mike mais du fait de se sentir mises à l'écart.

« Bon, les filles, vraiment vous me saoulez là ! J'ai pas à me justifier ! »

Lisa ramassa d'un geste nerveux son sac et abandonna la discussion au moment où elle ne pouvait en entendre plus.

Silence. Personne n'avait envie de parler. Le chef, assis sur un banc, le regard dans le vague, tira une bouffée de sa cigarette. Il toussa. Malgré les nombreuses précautions qu'il avait prises pour ne pas que la police remonte jusqu'à lui, pour ne pas que son nom soit mentionné, pour se faire discret, il était désormais sous contrôle judiciaire. Tout avait chaviré si rapidement, tout était à cause de ce Stéphan···

Sur sa droite, il perçut des bruits de pas. Il aurait pu reconnaître cette démarche si sûre d'elle, cette allure envoûtante parmi des milliers de personnes. Le garçon n'adressa qu'une moitié de sourire à Sara.

« Qu'est-ce qu'il y a ? fit-elle sans préambule.

– Rien··· Laisse tomber···

– Mais quoi *rien* ? Tu t'es vu ? »

Mike n'eut aucune réaction face à la provocation de sa petite amie. Il posa la cigarette sur ses lèvres, la fumée dansa sur son visage.

« Mais vas-y, reste pas comme ça ! Bouge-toi l'cul ! poursuivit-elle.

— Tu veux que j'fasse quoi, hein ? Ils ont débarqué chez moi à six heures du mat' ! Je refais une connerie, c'est la taule direct !

— Et alors ? Tu vas t'laisser faire ? »

La fille jeta son sac par terre de colère, elle ne supportait pas la résignation des Guerriers. Elle connaissait le Mike victorieux qui avait toujours plusieurs tours d'avance sur ses adversaires, et pas cette loque vautrée sur un banc.

« Bats-toi, bordel ! » dit-elle en lui secouant l'épaule.

Elle le poussa en avant pour l'obliger à se lever, le garçon ne réagit toujours pas.

« Me battre pour quoi ? répondit-il en repoussant sa main. T'as pas compris que ça servait à rien ?

— Si Lisa et les autres font une déposition chez les flics, on est foutu ! ajouta Benjamin.

— Toi, ta gueule ! Je t'ai parlé ? »

Elle lui lança un regard tellement noir qu'elle jura l'avoir entendu s'excuser. Cassandra, derrière lui, faisait mine de ne pas écouter la conversation. Elle semblait partager la peine de Mike au point d'être elle-même affectée.

« 'Faut réagir ! Merde ! »

Elle hurla. Mais en vain, la défaite face à Stéphan et l'enquête judiciaire avaient eu raison de ce qui avait fait d'eux les Guerriers Fous : leur impétuosité. Sara agrippa Arnold par le col de son pull et lui ordonna de retourner au lycée pour montrer qui commandait. Elle le gifla si violemment que sa casquette se souleva avant de chuter à terre. Le garçon la repoussa. Dans la mollesse de son mouvement, chacun comprit que son intention n'était pas de se rebeller mais de mettre un terme à son humiliation. La colère donnait envie à Sara de s'arracher les cheveux.

« Et si j'fais rien, tu vas faire quoi ? Me trahir ? lui lança Mike ; il était sur les genoux, certes, mais il restait le chef.

– Mais arrête⋯ Tu sais très bien qu'j'te ferai jamais ça !

– Alors prends pas la tête, y'a plus qu'à attendre⋯ »

C'était à peine si elle l'avait entendu, Sara était déjà concentrée sur autre chose : une personne qui marchait seule à une trentaine de mètres d'eux.

Lisa⋯ souffla-t-elle.

Sa démarche était rapide, déterminée. Elle devait se rendre dans un lieu bien précis.

« Attendez ici, les gars, fit Sara. Je m'occupe de tout⋯ »

« Salut ! » entendit Lisa sur sa droite.

Elle leva la tête et découvrit à son grand étonnement la fille aux cheveux rouges qui sortait avec Mike. Son regard avait encore changé depuis leur dernière rencontre.

« Qu'est-ce que tu me veux ? »

Lisa la dévisagea de la tête aux pieds. Cette fille était si vulgaire à ses yeux qu'elle se demanda ce que Mike lui trouvait. Elle portait perpétuellement du noir et de longues chaînes autour du cou.

« Ça va, calme-toi··· J'veux juste te parler···

– *Me parler ?* Tu rigoles ou quoi ?

– T'es bien la présidente des élèves, nan ? Tu dois être à notre écoute··· »

Sara dégagea la mèche qui tombait sur son visage et laissa apparaître un maquillage parfaitement maîtrisé autour des yeux ainsi qu'un rouge à lèvres fin. De son côté, Lisa restait méfiante, elle savait que quelque chose se tramait derrière tout ça.

« Ouais, et qu'est-ce que tu me veux ?

– Tu vas faire ta déposition chez les flics ?

– S'ils me convoquent, je dirai tout ce qui s'est passé··· »

Sur cette parole, elle voulut mettre un terme à la discussion, il était hors de question d'en dire plus à l'un des membres du gang qu'elle combattait. Poursuivant son chemin, Lisa avança vers Sara en la frôlant presque de l'épaule. Elle n'avait aucunement peur d'elle et n'hésita pas à l'afficher. Leur précédente victoire lui donnait de l'assurance, plus rien ne pourrait l'arrêter.

« Ça serait dommage pour Stéphan··· » lança alors Sara.

Lisa se retourna vivement, marqua un arrêt pour tenter de lire dans le regard de la fille ce qu'elle sous-entendait. Sara jubilait, elle avait réussi à capter son attention, à la déstabiliser.

« Comment ça pour Stéphan ? »

Sara se rapprocha d'elle. Très près.

« Bah··· Il a réussi à défoncer trois mecs, mais maintenant s'ils rappliquent à quinze, ça s'passera comment ? »

Un vent se faufila entre les deux femmes qui ne cessèrent de se dévisager. L'arrogance évidente de Sara ne faisait qu'accentuer ses propos. Pourtant, Lisa refusa de se laisser manipuler, elle voulut répliquer quelque chose, cependant les mots ne venaient pas. Elle pensa à Stéphan, elle le revit le soir où ça avait mal tourné, quand il s'était retrouvé face aux Guerriers Fous, seul. Rien que de se remémorer ce qu'elle avait ressenti à ce moment-là, un point lui comprima le cœur. Un sourire se dessina sur les lèvres de Sara, il était entre le victorieux et la satisfaction.

« Bon bah réfléchis bien à c'que tu vas leur dire··· » dit-elle.

Elle se retira laissant Lisa sur cette réflexion.

« Bonne journée ! » glissa-t-elle.

Lisa contracta les poings face à son ironie. Elle aurait voulu lui bondir dessus, lui arracher ses cheveux de pétasse décolorée et la frapper jusqu'à ce qu'elle cesse d'afficher son air supérieur. Néanmoins, elle n'en fit rien.

Chapitre 34 : 19 mars 1991 (suite)

Trois points

Child dribbla Stéphan puis fit un double pas avant de déposer la balle au panier. Il avait déjà sept points d'avance sur son adversaire. Après un tir de loin, il creusa encore l'écart. Le garçon était particulièrement satisfait de sa prestation. Pour une fois, il pouvait s'affirmer face au chef du J.K.D. Clan et lui montrer de quoi il était capable. Le ciel était clair et le vent suffisamment doux pour ne pas perturber la trajectoire de la balle.

« Mais vas-y ! Tu joues tous les jours, c'est normal qu'tu sois meilleur ! ragea Stéphan.

- Bah ouais, mais chacun son truc ! »

Child contra son ami, récupéra la possession, puis après une feinte de partir sur la droite, il fit une rotation sur lui même, le mouvement était en réalité plus pour montrer ses prouesses que pour chercher l'efficacité, puis il marqua son dernier tir. Il remporta le match vingt-et-un à dix. De son côté, Stéphan, ne supportant pas de perdre, frappa de toutes ses forces dans le ballon qui s'envola de l'autre côté du terrain avant de heurter un mur et de rouler jusqu'aux pieds de Child.

« Ah, ça va, tu vas pas t'mettre dans cet état pour un match de basket.

- Ça m'énerve ! J'vais m'entraîner, et tu vas voir ! »

L'attitude de son ami l'amusa, il savait qu'il était très mauvais perdant et que ce défaut le poussait à être le meilleur. Ils prirent une pause en s'essayant au bord du terrain, Stéphan sortit une bouteille d'eau. La discussion vira ensuite sur ce qui s'était passé la semaine précédente.

« Et donc c'est Eddy qui a balancé à ta mère ?

- Mais ouais, il a trop la haine contre moi ! »

Child s'étonna.

« Bah pourquoi ?

- Depuis que j'ai gagné l'tournoi et que j'suis devenu meilleur que lui, il a pas apprécié tout ça… La preuve, il m'a jamais félicité.

- T'as bien fait d'l'envoyer chier !

- Ouais, mais il s'venge en racontant n'importe quoi à ma mère… »

Stéphan se releva, s'empara du ballon et tira vers le panier. Le ballon frappa la planche avant de rebondir plus loin.

« J'imaginais pas qu'il pouvait être une balance comme ça… reprit Child tout en montrant à son ami comment il devait placer sa main pour tirer correctement.

- Tu peux parler, toi ! T'étais toujours avec Mike et ses potes avant, nan ? »

La question était purement rhétorique. Child souffla énergiquement, il n'en pouvait plus de devoir se justifier indéfiniment.

« Ah, ça a rien voir ! fit-il. J'traînais avec eux, mais c'était des bouche-trous… C'était plus pour pas qu'ils m'emmerdent… » répondit Child en recevant une passe.

Il en profita pour changer de sujet :

« Au fait, tu m'parles plus de tes entraînements !

- Nan, mais j'y vais plus trop, ils sont trop nazes les gars là-bas…

- Du coup, qui a gagné l'tournoi de ton club de Jet Koune… Heu… Truc, là ?

- Celui qu'il y a eu y'a pas longtemps ?

- Ouais… »

Ça l'ennuyait de l'avouer, mais d'après les retours qu'il avait eus, c'était Eddy qui avait remporté le dernier tournoi de la ville de Méthée.

« Ah ouais… Fais gaffe, 'faudrait pas que tu perdes

ton niveau...

- *Perdre mon niveau ?* Mais t'es ouf, toi ! »

La puissance avec laquelle il envoya le ballon au panier trahissait ses émotions. Il la récupéra avant Child et lui rétorqua qu'il s'entraînait depuis des années, qu'il n'était pas du genre à se laisser aller. Stéphan tira de nouveau, et cette fois-ci, en s'appliquant sur le geste, le ballon entra sans même toucher l'arceau.

« 'Toute façon, maintenant qu'tu les as éclatés, t'auras plus besoin de t'battre... conclut Child. Mais maintenant, on fait quoi ?

- Comment ça, on fait quoi ?

- Bah tu sais, pour ta popularité, pour le J.K.D. Clan, tout ça quoi...

- J'en sais rien, y'a plus rien à faire... Tout l'monde parle de nous ! »

Ce n'était pas vraiment la réponse que son ami attendait, il stoppa le ballon et se dressa devant son chef. Stéphan l'avait rarement vu aussi sérieux, sa voix devint grave.

« Mais nan ! Les gens parlent de toi, là, OK ! C'est parce que c'est sur l'coup, mais dans deux mois, c'est fini, plus personne te connaît, mec !

- Arrête tes conneries ! T'as vu c'qu'on a fait ! Les gens vont parler de nous pendant des années !

- Ah ouais ! Et tu t'souviens de Guillaume ? »

Child accentua ses propos avec de vifs gestes de la main. Il laissa tomber le ballon au sol.

« Heu... Nan... Tu parles de qui, là ?

- Quand on était en seconde, toutes les meufs voulaient sortir avec lui, c'était le lèche-cul des profs !

- Ah ouais ! Si, j'm'en souviens, pourquoi ?

- Eh bah, qu'est-ce qu'il fait aujourd'hui ? »

Stéphan prit un temps, se gratta la tête pour réfléchir puis demanda si Guillaume n'était pas en terminale. Et c'était exactement cette conclusion que Child voulait mettre en avant. Il laissa tomber ses bras comme pour marquer l'évidence.

« Il est parti y'a près d'un an, personne l'a remarqué...

- Mais... »

Les mots ne venaient pas, Stéphan resta sans voix. Il comprit où Child voulait en venir se demandant alors comment les choses allaient évoluer pour lui. Le garçon se dirigea vers son sac, but un peu d'eau et poursuivit :

« Tu veux dire que les gens oublient vite et passent à autre chose ? » reprit-il.

Child acquiesça d'un signe prononcé de la tête. Ce n'était pas du tout de cette manière que Stéphan avait imaginé les choses. Pour lui, l'histoire avec les Guerriers Fous était réglée et les lycéens lui seraient toujours reconnaissants. En réalité, il comprit que pour être une légende, il fallait partir en légende. Il leur restait quelques mois avant de quitter le lycée et sa popularité pouvait décroître d'ici là.

« Et qu'est-ce que tu proposes, toi ? demanda-t-il. T'as une idée ?

- J'sais pas, moi... On pourrait racketter les gens, c'est drôle ça ! »

Stéphan s'arrêta, il se demanda si son ami se moquait de lui et lui répliqua qu'il n'avait pas chassé Mike et ses potes pour reproduire ce qu'ils faisaient.

« Ouais, j'te comprends, répondit Child. Mais 'faut trouver quelque chose qui claque, qui ait de l'impact !

- D'accord, mais tu penses à quoi ? »

Child avança de quelques pas, réfléchit, puis, quand une idée lui traversa l'esprit, il afficha un sourire.

« On peut faire un cambriolage !

- Ça déjà c'est plus excitant ! Mais pas des gens, des entreprises plutôt...

- Eh, j'ai trouvé ! On peut cambrioler le lycée !

- *Le lycée ?* Mais t'es un ouf toi, on va s'faire chopper direct et s'faire virer ! »

L'idée totalement délirante lui déclencha un rire. *Comment pouvait-il croire qu'il pourrait mettre en place un tel plan ?*

« Mais si on peut, mec ! s'exclama Child. On est au lycée toute la journée, on peut tout organiser sans soupçon ! »

Le visage du chef changea de manière quasi-imperceptible. Pourtant, Child le remarqua et profita de cette ouverture pour avancer ses arguments :

« Écoute, qu'est-ce que tu leur dois, toi ? Rien du tout ! Ça fait des années qu'ils veulent se débarrasser de Mike, toi, t'arrives et en deux mois tu boucles l'affaire. Et la seule chose qu'ils font pour te remercier c'est te virer trois jours et t'emmerder. Tu mérites pas mieux que ça, franchement ? »

Ses propos l'avaient touché. Child lui posa une main sur l'épaule et le regarda droit dans les yeux, il savait que Stéphan partageait sa pensée.

« Mais y'a rien à prendre là-bas... souffla ce dernier.

- Ah ouais ? Et dans la salle informatique alors ? »

Le chef sourit. Le vent se fit soudain plus doux et laissa la chaleur du Soleil caresser leur peau. Au loin, une silhouette se dirigea vers eux. Stéphan la reconnut, il avait donné rendez-vous à Lisa sur le terrain de basket vers seize heures.

« Bon y'a Lisa qui arrive, fit-il, précipitamment. Écoute-moi bien, y'a trois points à régler avant ça : déjà, tu lui en parles pas, j'veux pas qu'elle soit au courant. Ensuite, j'veux que tu réserves une chambre d'hôtel pour un samedi, et enfin, il faut impérativement que toute la bande s'y rende pour vingt heures ! OK ?

- OK, pas d'problèmes, mec ! »

La copine du chef du J.K.D. Clan arriva, un sourire presque artificiel, embrassa son petit ami avant de demander de quoi ils parlaient.

Chapitre 35 : 24 mars 1991

Les médias s'emmêlent

Il zappa rapidement les chaînes de télévision ; décidément, il n'y avait rien d'intéressant.

Stéphan était seul dans la grande maison des parents de Lisa, il avait décidé de rater quelques cours de la matinée. Depuis son altercation avec la proviseure, quelque chose avait changé pour lui ; avant, le lycée était presque son sanctuaire, un endroit où il pouvait apprendre et partager avec les professeurs. Mais maintenant, que restait-il pour lui de tout ça ? Voir l'envers du décor lui avait laissé un goût amer dans la bouche dont il n'arrivait pas à se défaire. Même sa professeure de mathématiques avec qui il avait toujours entretenu des bonnes relations lui fit se poser des questions. Comment une personne si intègre, si impliquée, pouvait fermer les yeux sur l'incapacité de la direction, et surtout, ne pas voir que c'était lui la victime dans toute cette histoire ?

Il n'avait jamais décidé d'être chef de quoi que ce soit ! Il n'avait jamais décidé d'être impliqué dans des bagarres à gauche à droite ! Il n'avait jamais décidé de l'omerta qui planait sur le lycée ! Mais voilà, on ne le comprenait pas, et pire, on avait décidé que c'était lui la cause de tous les soucis.

Ne pas aller au lycée était une forme de révolte, de manifestation de son mépris envers l'administration et certaines autres personnes.

« ...la police confirme avoir ouvert une enquête après le rixe entre deux bandes rivales au lycée Jean Moulin » informa Béatrice Kirszenbalt, la jeune journaliste de MéTV.

En entendant le reportage sur la chaîne régionale, Stéphan grinça des dents. Il détestait qu'on puisse réduire son engagement pour mettre des barrières aux Guerriers Fous à un simple règlement de compte entre deux bandes.

Il monta le volume :

« Madame Adrianne, la proviseure du lycée, nous confirme que le fauteur de trouble a été exclu de l'établissement. Nous l'avons entendue ce matin aux antennes de la radio locale accompagnée du maire de la ville où elle vantait les mérites d'une administration forte face à la délinquance, et encourageait ses confrères à aller dans son sens. Il est désormais question de mettre un agent de sécurité devant chaque établissement ainsi que des caméras de surveillan… »

Stéphan coupa la télévision ; il en avait trop entendu. Décidément, Child avait raison de bout en bout ; non seulement, on ne lui avait montré aucune reconnaissance pour son implication qui lui avait presque valu la vie, mais de surcroit, son nom avait été totalement effacé de la version officielle.

Il était traité comme un criminel dont on voulait camoufler toute trace de son passage dans les couloirs du lycée. Alors très bien, il allait se comporter comme tel ! Lisa ne devrait rien savoir de tout ça, et s'il fallait sortir la nuit jusqu'à l'aube pour la tenir à distance du danger, alors il le ferait !

Nan, vraiment, il ne leur devait rien, se dit-il, meurtri à l'idée de ne pas exister pour eux. Et dorénavant, le jeune homme allait frapper encore plus fort. On refusait de lui attribuer les mérites qui lui revenaient, il allait donc devoir prendre des initiatives.

Chapitre 36 : 2 avril 1991

Le Débat

« Comme vous le savez, nous sommes tous réunis aujourd'hui pour débattre de la question d'avoir ou non un agent de sécurité devant le lycée, annonça la proviseure. Nous allons bien évidemment entendre la conseillère principale d'éducation, les professeurs souhaitant intervenir ainsi que Lisa, notre présidente des élèves. »

Dans la salle de conférence, chacun acquiesça d'un signe de la tête. Grâce à la persévérance de Lisa et de ses nombreux soutiens, la direction avait enfin accepté d'écouter les différents arguments en sa faveur. Maintenant qu'ils avaient fait reculer le banditisme, il fallait donner le coup final. La conseillère principale d'éducation n'hésita pas à s'emparer de la parole dès qu'elle le put :

« Il est évident que la manière dont les choses se sont déroulées n'était pas celle souhaitée. Mais les résultats sont là, Mike passe devant la justice, ses acolytes se tiennent à carreau, et tout cela grâce à notre détermination.

- J'entends bien vos propos, fit un professeur d'histoire, mais en quoi ça justifie la présence d'un agent de sécurité à la sortie du lycée ?

- Il n'aura pas pour vocation de sanctionner mais bien de protéger les élèves. Ils sont constamment dans la terreur de se faire attraper par une bande, c'est intolérable ! Personne ne doit penser qu'ici, dans cet établissement, il est possible de faire régner la peur, de faire la loi, d'obtenir des autres ce que l'on veut par la force et par l'intimidation ! L'agent de sécurité est donc à titre préventif ! »

Ses arguments suscitèrent de vives clameurs dans la salle de conférence. Les professeurs et le personnel administratif étaient arrivés à saturation depuis déjà trop longtemps. Cette opportunité qui s'offrait à eux était une aubaine qu'ils ne comptaient pas laisser passer. Pourtant, parmi eux se leva un homme, le professeur d'histoire.

« Vous ne croyez pas au contraire qu'avoir un flic posté en permanence devant le lycée suscitera la peur chez les élèves ? » fit-il.

Il était dans la dernière rangée et dut monter le ton pour se faire entendre :

« Je ne pense pas que la répression favorisera un retour à la normale, il faut remonter à la source et se poser des questions sur les facteurs qui emmènent à cette situation. De plus, nous devons aussi anticiper l'engrenage de la violence. Hier, ils rackettaient les élèves, aujourd'hui on engage un flic pour les contrer, et demain, qu'est-ce qu'ils feront pour reprendre leur territoire ?

- Ce ne sera pas un flic, comme vous dites, mais bien un agent de sécurité, corrigea la conseillère principale d'éducation.

- J'entends bien, reprit le professeur d'histoire. Mais pour les jeunes issus de quartiers défavorisés, ce sera bien un flic qu'ils verront. Vous croyez vraiment qu'ils resteront sagement dans leur coin sans réagir ? Je pense, et ça n'engage que moi, qu'il faut aller vers ces jeunes, et ne pas les prendre en ennemi. Madame Adrianne, vous avez vu notre maire il y a quelques jours, qu'avez-vous pensé de sa politique répressive ? »

Sa voix était aussi engagée que son discours. En face, ses collègues n'osèrent répliquer et attendirent que l'un d'eux ne manifeste son mécontentement. Et, tandis que la proviseure tentait de relancer le débat, une silhouette au fond de la salle changea discrètement de place pour aller rejoindre la présidente des élèves assise plus à l'écart. Elle préparait et révisait son discours imminent.

« J'peux te parler deux secondes ? » lui fit l'individu.

Elle se retourna et découvrit Stéphan. Il n'employait cette expression de visage que lorsqu'il se comportait en chef de clan.

« Bah bien sûr, qu'est-ce qu'il y a ?

- C'est à propos de ton discours… »

Il marqua une pause, comme s'il cherchait ses mots. Puis avant de poursuivre, il demanda à sa copine de s'isoler. Se faisant la plus discrète possible, elle le suivit au fond de la salle à l'abri des regards.

« Ça peut pas attendre ? demanda-t-elle alors.

- Nan… J'voulais te dire… Enfin, j'crois qu'il vaut mieux que tu changes d'avis…

- *Que je change d'avis ?* Nan, mais tu parles de quoi, là ? »

Elle ne voyait pas bien où il voulait en venir.

« J'parle de l'agent de sécu, j'crois que c'est pas une bonne idée finalement…

- Mais t'es sérieux là !? s'exclama-t-elle, elle s'attendait à ce qu'il se mette à rire pour annoncer la blague.

- Mais oui ! Y'a eu deux ou trois bagarres devant le lycée, on va pas tout changer pour ça !

- Nan, y'a pas eu deux ou trois bagarres ! Ça fait depuis le début de l'année que je veux faire passer ce projet, je vais pas m'arrêter maintenant, quand même ! »

Elle ne pouvait pas croire que son petit ami puisse lui balancer ça, pas maintenant. Elle posa sa main sur son front, il fallait se ressaisir.

« Bon, je sais pas ce qui t'arrive là, si c'est la pression ou je sais pas quoi, mais 'faut que tu réfléchisses deux secondes.

- C'est tout réfléchi, j'te dis ! Cette décision, c'est disproportionné !

- Ouais, bah c'est pas parce que tu te désistes au

dernier moment qu'on va tout changer. Là, il y aura quelqu'un devant le lycée, le jour et la nuit ! »

À cette annonce, Stéphan redressa vivement la tête vers elle, sa mâchoire se contracta.

« La nuit ? Mais ça sert à rien, y'a jamais personne devant le lycée ! répliqua-t-il en mimant un rire.

- Et imagine y'a un règlement de comptes la nuit, et qu'il y a personne pour surveiller ! Maintenant, il faut penser à toutes les éventualités. »

Elle remit en ordre ses fiches d'un geste tendu puis lui adressa une dernière parole pour clore le sujet :

« Je te suis plus, tu m'avais dit que tu me soutiendrais dans mes projets, et là tu t'opposes sans raison... »

Impatient, Stéphan s'empara de ses fiches et lui lança fermement qu'elle n'avait pas besoin de tout ça, qu'elle devait suivre son avis. Elle le regarda sans un mot, la scène lui paraissait presque irréelle. Derrière, elle entendit appeler son nom, c'était à son tour de donner son opinion. Après une brève réflexion, elle voulut faire un pas vers son petit-ami, ils s'étaient emportés tous deux pour rien ; c'était peut-être la fatigue qui avait pris le dessus. Elle tendit le bras vers lui pour récupérer ses fiches et lui demanda de l'excuser. Le garçon, inflexible, n'eut aucune réaction. La proviseure appela une seconde fois la présidente des élèves qui ne savait plus où se placer. L'impuissance lui coupa les mots. C'était alors qu'elle décida de reprendre ce qu'elle réclamait sans discuter plus longtemps. Le geste fut rapide, puissant, sans hésitation, Stéphan s'empara du bras de Lisa et la tira vers lui :

« J'te dis que t'as pas besoin d'ça ! OK ? »

Dans la foulée, Stéphan jeta un regard derrière eux, il ne voulait pas que l'assemblée les entende. Par chance, un panneau d'affichage laissé de travers les coupa du reste de la salle. De son côté, Lisa, l'esprit dans le vague, ne put rétorquer quelque chose. Elle crut même un instant qu'elle avait elle-même provoqué cette situation en agissant mal. Pourtant, avec tous les efforts du monde, l'adolescente ne sut comment elle aurait pu s'y prendre mieux.

« Stéphan... Tu... Tu me fais mal... »

Sa voix tremblait, elle dégagea son bras comme elle le put.

Le temps pressait, son nom fut appelé une troisième fois. La jeune femme n'avait plus le choix. Elle se retourna et avança d'un pas craintif vers le pupitre. Stéphan lui glissa discrètement qu'il lui faisait confiance pour faire le bon choix.

Après des excuses auprès de la proviseure pour son retard, elle se dressa devant le micro. Tout le monde la regardait avec admiration, il y avait tellement longtemps que le lycée n'avait pas eu une présidente aussi engagée. Tous lui avaient adressé de nombreuses fois leur reconnaissance pour ce qu'elle avait eu le courage de dire et de faire. Devant elle se tenait son professeur d'anglais, madame Lanciaux, qui l'avait conseillée et soutenue durant toute la campagne électorale. Elle lui fit un signe discret pour l'encourager. Toutefois, Lisa préféra l'ignorer, elle ne voulait pas croiser son regard. Elle s'adressa d'une manière distante à l'ensemble du conseil.

« Je... Je tiens à m'excuser pour mon retard... dit-elle sans réelle conviction. Nous avons entendu les propos de chacun, chacun ici ne veut que le bien du lycée, il n'y a pas de bon ou de mauvais choix... »

Elle récitait de tête le début de son discours. Les premières lignes, elles, étaient parfaitement inscrites dans sa mémoire.

« Il y a juste la volonté d'avancer en faisant ce que l'ont croit le mieux. Personne ne peut juger les erreurs des autres, on a tous le droit parfois de reculer pour ensuite avancer de plus belle. Oui, notre lycée a connu des moments difficiles ! Oui, nous aurions pu faire mieux ! Mais l'important est que notre établissement s'en sort victorieux, plus grand ! Aujourd'hui, une proposition sur la prévention de la sécurité est en débat. Cela montre notre volonté, notre résistance ! »

L'élève marqua un arrêt, son regard se balada du micro à ses mains. Elle reprit :

« En ce qui concerne la proposition d'avoir un agent de sécurité devant le lycée… »

La professeure d'anglais souriait d'admiration, elle la trouvait belle et charismatique. Lisa montra son visage, elle voulut assumer ce qu'elle était.

« Je suis contre… »

Chapitre 37 : 7 avril 1991

Changement

Après avoir suivi à la lettre les ordres de Stéphan, Child avait réussi à organiser une réunion le samedi soir. Le J.K.D. Clan était presque au complet quand soudain quelqu'un frappa à la porte de la chambre d'hôtel :

« Je pense que c'est l'Géant, le dernier est enfin arrivé… » dit Stéphan.

Il écrasa énergiquement sa cigarette dans le cendrier. L'un des membres se leva pour aller accueillir le dernier venu. Le Géant entra en se secouant les cheveux, la pluie tombait sans arrêt depuis la veille. Il salua ses compagnons en retirant rapidement son manteau, Stéphan semblait agacé par son retard.

« Vous êtes déjà tous là ? dit-il pour faire la conversation et combler le silence agacé.

- Ça fait dix minutes qu'on t'attend… » répondit Stéphan d'un ton peu amical.

Il lui indiqua du doigt la chaise qui lui était réservée et le garçon s'assit sans faire plus d'histoires. Puis, quand il remarqua l'absence de Lisa, il en demanda les raisons.

« Le sujet qu'on va aborder ne la regarde pas. D'ailleurs, si quelqu'un lui parle de cette réunion, il va avoir affaire à moi… »

Chacun l'écoutait avec attention sans opposer un quelconque avis. Il était évident qu'en tant que membre de l'administration du lycée, Lisa devait être tenue à l'écart du clan, autant pour son bien personnel que pour le bien collectif. Child avait insisté auprès du chef pour que Samantha participe également au rendez-vous. Après un court entretien, il avait réussi à le convaincre en lui affirmant que cette fille savait être d'une grande discrétion.

« Bon, je vais vous parler de mes nouveaux projets pour le J.K.D. Clan ! reprit Stéphan.

- Ah, parce qu'y a de nouveaux plans ? demanda Vincent, étonné.

- Bien sûr ! On va pas s'arrêter en si bon chemin. Tu sais, on en a chié pour arriver là, avec les bastons, les convocations, les flics et tout… J'ai pas envie qu'une autre bande se reforme pour refoutre la merde, du coup, j'préfère être dissuasif aujourd'hui, plutôt que prendre le risque de devoir me battre encore demain.

- J'te comprends, mais avec tout ça, on a pas eu le temps de se voir. J'sais même pas exactement comment ça c'est fini avec les Guerriers et toi tu veux déjà partir sur d'autres plans…

- C'est vrai ça, moi non plus je sais pas ce qui s'est passé avec Mike… ajouta Samantha, assise sur le lit de l'hôtel. T'as tout raconté à Child, mais rien à nous…

- Bon, OK ! J'vous dis tout, mais après on parle des projets envisagés pour la bande. »

Narrant l'histoire de la fameuse soirée où il était venu à bout de leurs ennemis, il se leva pour mimer les combats. L'adolescent montra comment il avait envoyé le dernier coup de poing au chef des Guerriers Fous qui l'avait assommé.

Après avoir mis en échec Mike et le Colosse sur la plage, Stéphan s'était ensuite endormi sur le bord d'un trottoir jusqu'au lever du Soleil. Un marchand l'avait alors réveillé sur les coups de sept heures du matin pour lui demander de partir ; celui-ci s'était assoupi sur l'emplacement habituel de l'étalage du commerçant. Bien qu'il n'avait pas d'argent sur lui, il avait pris le risque de traverser la ville en bus. Arrivant devant sa maison un peu plus tard, le jeune homme avait escaladé la façade pour pénétrer dans sa chambre sans un bruit.

« Voilà, vous connaissez toute l'histoire, conclut

Stéphan.

- J'arrive pas à croire que t'as dormi dehors comme un clochard ! » s'exclama Samantha pour le taquiner.

Elle lui passa une main dans le dos pour atténuer ses propos.

« Tu sais, répondit le chef, quand t'as pas dormi depuis près de deux jours, que t'as beaucoup bu et que tu viens de te battre contre deux tarés, j'peux t'assurer que t'arrives à dormir n'importe où ! »

La fille rit et avoua qu'elle serait curieuse de connaître la même aventure.

« Maintenant qu'on connaît toute l'histoire, j'suis OK pour qu'on passe au coup suivant » dit le Géant.

Il se leva, prit un gobelet près de l'évier puis se servit un verre d'eau.

« D'accord, j'vais tout vous dire... Pour éviter qu'il y ait d'autres bandes rivales qui apparaissent et qu'elles foutent la merde, 'faut qu'on nous redoute, nous ! Pour ça, on doit renforcer notre réputation et engager tous ceux qui voudraient faire partie du clan.

- Ouais, mais comment on fait ? demanda Vincent, intrigué.

- Déjà, 'faut que tout l'monde sache que c'est nous qui avons éclaté les Guerriers Fous ! Et couper court aux rumeurs lancées par Adrianne qui veut faire croire qu'elle y est pour quelque chose ! Si on recrute beaucoup d'monde, on pourra dire la vérité et plus personne n'osera s'lever contre nous.

- Ouais, mais tout ça, c'est pas vraiment un plan, c'est normal...

- C'est là qu'on arrive au plus intéressant. Child m'a suggéré une super idée : on va cambrioler le lycée ! »

La nouvelle les stupéfia ; c'était tellement inattendu de sa part. Bien que cela excitait certains, ils étaient curieux d'en savoir un peu plus.

« Mais... T'as pas dit que t'étais contre ce genre de

chose ?

- On va pas cambrioler des gens, mais un lycée ! répondit Child à la place du chef. Ils arrêtent pas d'le faire chier, on s'venge, c'est tout…

- Ouais d'accord, mais c'est trop risqué ! Y'a une alarme, un gardien... »

Samantha écouta ses complices et ajouta qu'il y aurait même l'agent de sécurité d'ici peu de temps.

« J'vous dis que tout s'passera bien, assura Stéphan. Dans un premier temps, on va tout préparer pour rien laisser de côté. Et pour la question de l'agent de sécu, vous inquiétez pas, j'm'en suis occupé. Le conseil a décidé de repousser l'débat à la rentrée d'septembre… »

Il raconta alors en très peu de mots comment s'était déroulée la réunion qui avait eu lieu quelques jours plus tôt.

« J'suis à fond avec toi, tu l'sais, mais t'as pas peur qu'on nous balance ? demanda Vincent.

- C'est pour ça qu'il faudra faire très attention, on mettra des gants, une cagoule et on s'habillera en noir. J'ai préparé un plan, si quelqu'un trouve une faille qu'il le dise, ça pourra toujours aider… »

Ses compagnons l'écoutèrent attentivement, sa façon de s'exprimer était captivante. Stéphan prit un air sérieux pour rompre avec les moments de détente. Pendant le briefing, chacun pensa qu'il avait le profil parfait pour diriger une bande. Personne ne pouvait rêver d'un leader aussi bon, il avait su vaincre à lui seul les Guerriers Fous, et maintenant, il préparait des plans pour l'extension du clan.

« Il faudra que quelqu'un laisse entrouverte l'une des portes du fond du couloir au rez-de-chaussée, poursuivit le stratège. Mais 'faut faire attention à ce que la porte ne s'ouvre pas toute seule avec un courant d'air. Si une femme de ménage voit ça, elle refermera la porte et tous nos plans seront foutus !

- Si on la laisse entrouverte, c'est sûr qu'elle va s'ouvrir plus... ajouta Vincent.

- Bah qu'est-ce que tu proposes ? demanda Stéphan, d'un ton réprobateur.

- J'pense qu'on devrait mettre un petit bout d'bois dans le loquet de la porte, ce qui l'empêchera de s'refermer. Les gens vont croire qu'elle sera fermée, mais 'faudra juste la pousser un peu et elle s'ouvrira, suggéra le garçon.

- Pas mal comme idée... Comme tu l'as trouvée, tu t'en occuperas !

- D'accord !

- Le soir même, on retournera au lycée avec ta voiture, ça t'va ? demanda le chef en s'adressant à Child.

- Ouais, pas d'problèmes, mais on s'gare un peu plus loin pour pas s'faire griller.

- Ouais, mais si quelqu'un du voisinage te trouve suspect à rôder dans les environs et qu'il relève ta plaque d'immatriculation, ajouta Stéphan. Tu risques de voir les flics débarquer chez toi le lendemain...

- Surtout que j'pourrai pas m'éloigner trop, le coup devra s'faire vite, poursuivit Child. Pour éviter qu'j'me fasse repérer, je changerai avec du ruban adhésif noir un numéro de ma plaque d'immatriculation.

- C'est une super idée ça ! Tu déposeras le Géant et moi. On s'dépêchera de rentrer par la porte laissée entrouverte par Vincent, une fois dedans, on foncera vers la salle d'informatique. »

Child se frotta les mains, il sentit qu'ils allaient bien s'amuser.

« OK, mais elle est fermée à clé, nan ? ajouta le Géant.

- T'inquiète pas pour ça, j'y ai déjà pensé. L'autre fois, j'ai bien examiné la porte quand je suis passé devant et elle avait pas l'air très solide. On ramènera un pied-de-biche, avec ça on pourra facilement forcer la porte.

- Et moi j'fais rien ? demanda Samantha, j'aurais voulu participer.

- Nan, y'a rien pour toi cette fois-ci, mais j'te promets que j'te réserve une super place pour la prochaine fois !

- Ah ouais ? Ça sera quoi ?

- Tu verras, j'te l'dirai sur le coup. Une dernière indication, on prendra que les écrans et les tours, y'aura pas de temps à perdre à fouiller le reste de la salle. Et toi Child, tu feras un petit tour en voiture pour pas t'faire repérer devant le lycée et surtout éteins tes phares, on sait jamais... »

Ses acolytes commencèrent à se jauger du regard. À vrai dire, tant que cela restait de l'ordre de l'idée, ça semblait bien plus simple et accessible. *Et s'ils rataient leur coup ?*

« Vous marchez avec moi ? demanda le chef, après un instant.

- Moi, j'te suis ! » répondit Samantha, sans hésiter.

Un silence s'en suivit alors, personne n'osa s'avancer de trop. L'atmosphère changea subitement, quelque chose séparait Samantha des autres indécis. Le temps devint long et la honte de ne pas répondre affirmativement à la question commença à en saisir certains.

« Alors qu'est-ce qu'y a ? Vous avez peur ou quoi ? Qu'est-ce qu'on lui doit à c'lycée, hein ? Toi, l'Géant, pourquoi tu réponds pas ?

- Si, j'marche avec toi, j'réfléchissais juste à quelques détails, dit-il, timidement.

- Moi aussi, j'marche avec vous, ajouta Vincent.

- Très bien, et toi Child, tu nous suis ? C'est quand même toi qui as eu l'idée !

- Heu... Oui... Oui... Bien sûr que j'vous suis...

- J'aime mieux ça. Maintenant on va pouvoir passer aux choses sérieuses... »

Chapitre 38 : 23 avril 1991

Fracture

Elle n'avait pas l'habitude d'arriver si tôt, les lampadaires caressaient encore la brume matinale de leur douce lumière. Pourtant, malgré le froid et le manque de bus à cette heure-ci, Lisa ne pouvait plus rester cloîtrée chez elle. Des pensées confuses ainsi qu'un mal-être la poussaient à partir, à fuir sa maison.

Elle ne voulait pas, elle se refusait d'être la petite-copine oppressante qui inspectait chaque fait et geste de son compagnon. Et quand Stéphan lui avait annoncé il y a quelques semaines qu'il souhaitait passer la soirée qu'entre copains, elle n'y avait vu aucune objection, c'était même là l'occasion de se retrouver entre garçons, loin des histoires du lycée et des gangs.

Pourtant, elle ne savait comment se l'expliquer, toutefois, elle sentait que les choses n'étaient pas si simples, qu'une machination se tramait dans l'ombre. Elle était présidente des élèves, au cœur des attentions et actrice principale de la scène du lycée, néanmoins, quelque chose qu'elle ne saurait décrire la séparait des autres acteurs.

Voilà plusieurs soirs qu'elle attendait des heures et des heures Stéphan, il était avec *ses amis,* disait-il. Mais une fois rentré chez elle, le chef du J.K.D. Clan la salua d'un baiser presque formel avant de se coucher, mort d'épuisement.

Quand il était venu frapper à sa porte après le renvoi de sa mère il y avait maintenant plus d'un mois, Lisa n'avait pas vraiment envisagé cette vie de couple. La jeune fille s'était laissée imaginer que cette expérience les rapprocherait et consoliderait leur relation.

Mais alors pourquoi toutes ces nuits d'insomnie ? se

demanda-t-elle en se dirigeant vers le lycée. Pourquoi ces heures à n'en plus finir à cogiter sur ce qui pourrait leur arriver ? Arriver à Stéphan…

Elle n'était pas aussi naïve qu'on voulait lui faire croire. Qu'est-ce que pensait Stéphan ? se demanda la jeune femme, qu'elle ne se posait pas de questions quand il rentrait en douce en pleine nuit ? Qu'elle oubliait dès le lendemain quand celui-ci se montrait subitement agressif pour l'inciter à changer ses principes ? Bien que cela la tourmentait, Lisa était incapable de lui en faire part. Déjà parce qu'ils ne partageaient que peu de moments d'intimité, mais aussi parce que… Elle ne savait pas…

Des images sans formes, des paroles sans voix se matérialisaient par un point de compression dans son abdomen. La nuit qu'elle venait de passer avait eu raison de sa patience et de ses forces. Elle ne pouvait plus supporter sa chambre froide et vide, et, quand elle se remplissait de la présence de son petit-ami, sa passion se perdait dans des questions sans réponses qui l'étouffaient.

Elle devait sortir, prendre l'air, respirer. Il était six heures du matin, mais qu'importe ! Le froid matinal était moins glacial que celui qu'elle ressentait en présence de Stéphan.

Quand elle arriva sur le parvis du lycée, elle le découvrit sous un nouveau jour ; vide, silencieux, seul. La fille s'assit sur un banc, serra ses bras contre elle pour se tenir chaud.

C'était juste là, à quelques pas d'ici que Sara était venue la voir pour la menacer. Menacer de s'en prendre à Stéphan… Lisa se moquait pas mal de ce qui pouvait lui arriver à elle, en s'engageant dans la vie politique du lycée elle savait ce qu'elle faisait et ce qu'elle encourait. Mais elle refusait que d'autres souffrent à cause d'elle, et surtout pas Stéphan. Il faisait des erreurs, certes, et parfois il savait se montrer dur, distant, inaccessible et secret, mais son cœur n'avait jamais changé d'orientation malgré tout. Lisa le savait, le ressentait, en avait l'intime conviction.

Au loin, un homme lui fit un signe. Il lui demanda de se rapprocher. Lisa le reconnut immédiatement, il s'agissait du gardien.

« Qu'est-ce qu'il y a ? demanda-t-elle, une fois à sa rencontre.

- Mais… Tu t'es trompée d'heure ? Il est tout juste sept heures ! »

La fille hésita, bégaya, puis lui répondit qu'elle avait besoin de prendre l'air. Le gardien ne sut que lui répondre, il la regarda un temps puis lui proposa d'entrer dans le hall du lycée ; il ne pouvait pas la laisser sous ce froid.

Lisa ne savait pas trop s'il s'agissait de sympathie ou d'un simple cas de conscience, toutefois, elle ne refusa pas l'offre.

Une fois à l'intérieur, le tumulte de ses pensées se dissipa légèrement, elle trouva dans ce lieu qui représentait tant pour elle un certain réconfort. Les affiches qu'elle avait posées sur les murs, les aménagements des couloirs, tout lui rappelait son rôle de présidente des élèves. Et c'était bien là qu'elle se sentait à l'aise ; la politique lui permettait de venir en aide aux plus démunis, aux faibles et aux laissés-pour-compte.

Le silence était inhabituel et réconfortant. L'adolescente décida de monter directement devant la porte de la salle dans laquelle elle aurait cours dans un peu plus d'une heure ; elle se poserait par terre et profiterait de ce laps de temps pour réviser le baccalauréat qui approchait à grands pas.

La fille grimpa les marches deux par deux pour accéder à l'étage et tourna sur la droite pour emprunter le couloir qui menait aux salles de technologie.

Ses pas résonnèrent doucement. D'un coup, elle sentit sous la semelle de ses ballerines quelque chose de dur. Lisa souleva alors le pied et découvrit un petit morceau de bois ébréché.

Elle s'étonna et se fit la réflexion que les femmes de ménage passaient dans les couloirs à chaque fin de journée. C'était qu'un simple détail sans importance, et elle n'appréciait guère accorder de l'importance aux détails, pourtant, quelque chose la poussa à examiner le morceau de bois. Elle se pencha, ramassa l'objet, l'inspecta : une face bleue. Un bleu qu'elle connaissait.

La fille contracta la mâchoire, retint sa respiration. Au sol, elle distingua d'autres éclats de bois. D'un pas prudent et lourd, elle s'avança vers la porte de la salle informatique. Là, la fille sentit son cœur se fracturer quand elle découvrit le spectacle.

Un mot s'échappa entre ses lèvres :

Merde…

Chapitre 39 : 15 mai 1991

Le Cambriolage

« Salut mec ! On t'manque déjà ? plaisanta Child en entrant dans la chambre d'hôtel.

- Ouais, c'est ça ! répondit l'hôte. Dépêche-toi d'entrer, j'veux pas qu'on t'voie... »

Il passa précipitamment la tête dans le couloir en jetant un œil de gauche à droite pour vérifier que personne ne les avait vus, mais ne remarqua rien de suspect. Le garçon referma aussitôt la porte en douceur afin de ne faire aucun bruit qui alerterait le voisinage. La bande était réunie au grand complet : Stéphan, Child, le Géant, Samantha et Vincent. Toutefois, chacun fut surpris de la présence de Zoé. Elle leur adressa un regard timide, se doutant qu'ils n'étaient pas là pour organiser l'anniversaire-surprise de Lisa. Le dernier arrivé, voyant que ses complices occupaient déjà le lit, s'empara d'une chaise pour s'asseoir à califourchon. Une certaine gaieté flottait dans le groupe, ils souriaient, s'adressaient des signes complices. Stéphan se racla la gorge, il voulait l'attention de tous.

« Bon, notre premier plan est une réussite complète ! Tout s'est déroulé exactement comme prévu, jamais personne pourra remonter jusqu'à nous ! »

Chacun se félicita, le Géant narra en deux mots comment il avait eu la peur de sa vie quand la porte qui avait cédé sous la pression du pied-de-biche avait fait un véritable boucan. Il avait cru réveiller tout le quartier. Ça avait été tellement simple qu'ils en riaient encore en se demandant comment cela se faisait que personne n'avait tenté le coup avant eux.

Il n'en fallut pas plus à Zoé pour comprendre de quoi ils parlaient, il s'agissait du sujet qui avait envahi les couloirs du lycée depuis quelques jours. Pourtant, elle préféra rester discrète, pensant avoir mal saisi.

« Mais heu... Pourquoi t'as invité Zoé ? fit Vincent, la voix hésitante avant de s'adresser directement à la fille : c'est pas que j'veux pas qu'tu viennes, mais ça devait rester secret tout ça...

- Bah ouais, moi aussi j'voudrais bien savoir c'que j'fais ici... »

Stéphan s'approcha d'elle, son mouvement n'avait rien de menaçant, pourtant, il y avait quelque chose de ferme dans sa manière de s'adresser à elle.

« T'as déjà dû comprendre de quoi on parlait ?

- Bah heu... Ouais, j'crois... Enfin, c'est quand même pas vous ? »

Leur silence fut comme un aveu.

« Mais c'est... C'est fou ! Pourquoi ?

- Qu'est-ce qu'on leur doit, hein ? La seule justice dans c'lycée, c'est nous ! Qui a dégagé Mike ?

- Heu... D'accord, mais... pourquoi voler les ordinateurs ?

- Pour notre réputation ! Les gens doivent savoir qu'ils peuvent plus créer de gangs. Et pour le fric ! Le clan en a besoin…

- Comment ça peut servir notre réputation, si ça doit rester secret ?

- Tu crois qu'au fond les gens ne savent pas qu'c'est nous ? »

Zoé souriait pour exprimer son étonnement, puis, il se transforma en un sourire de politesse. Son regard voyageait de gauche à droite. Elle ne savait plus trop quoi penser et préféra ne pas poser plus de questions, les réponses viendraient sûrement au fil de la discussion.

« Ça y est, j'peux vous dévoiler les secrets du projet que j'avais en tête depuis pas mal de temps, enchaîna Stéphan face au groupe.

- Tu m'en avais parlé, nan ? demanda Samantha.

Même tu m'avais dit que t'aurais besoin de moi.

- Et je t'ai pas menti, effectivement, j'vais avoir besoin de ton aide, ainsi que de celle de Zoé, répondit le chef.

- Quoi ? Mon aide ? Mais j'sais pas faire ces trucs-là moi…

- T'inquiète pas, c'que je vais te demander n'est pas du tout risqué. Tu m'fais confiance ? »

La fille acquiesça d'un signe de la tête. En réalité, elle mourrait d'impatience de connaître la suite pour savoir si elle devait se faire du souci. Stéphan lui fit ensuite jurer de ne rien dire à Lisa ; ce qu'elle fit sans trop se poser de questions.

« Alors, vas-y dépêche-toi, dit hâtivement Child. C'est quoi ton truc ?

- Bon, j'vais vous l'dire puisque vous avez l'air si intéressé. J'aimerais cambrioler un riche de la ville…

- *Un riche ?* répéta le Géant, effaré. Mais tu vas pas bien ? C'est les vacances et y'a des flics partout…

- J'sais ça, pour qui tu m'prends ? Mais j'ai pensé à tout. Au lieu de cambrioler une maison où les gens sont partis en vacances et qui est donc surveillée par la police ou équipée d'un système de sécurité, on va en cambrioler une où les gens sont encore là…

- Mais t'es fou, on va s'faire chopper direct ! » rétorqua le Géant.

Child exprima son agacement par un long soufflement :

« Bon, tu veux pas la fermer un peu et attendre qu'il nous raconte tout ! » envoya-t-il au garçon.

Le Géant écarquilla les yeux, il n'appréciait guère qu'on lui parle de cette marnière. Les bras croisés, il décida de ne pas rentrer dans son jeu.

« Ça fait déjà un bon moment que j'prépare tout et, normalement, mon plan devrait marcher, reprit le chef. Je vais vous dire la vérité. J'ai lu une autobiographie sur un Afro-américain qui a vécu dans un ghetto new-yorkais. Le gars raconte des choses intéressantes sur sa vie de criminel et comment il faisait pour escroquer. J'dois avouer que sa technique était pas mauvaise du tout, c'est pour ça qu'on va l'imiter…

- Putain, c'est pas con ça ! Imiter de vrais cambrioleurs !

- Ouais, j'allais pas vous embarquer dans un truc perdu d'avance. Il avait formé une petite bande de trois hommes et deux femmes. D'abord, il cherchait des proies potentielles, j'en ai déjà trouvé une, j'vous l'dirai tout à l'heure. Une fois la cible repérée, c'est là que les deux filles entraient en jeu. Elles allaient, en plein après-midi rendre visite à la proie en question prétextant être des représentantes du commerce. Et quand elles arrivaient à intéresser la victime par un article, le propriétaire les laissait inévitablement entrer pour voir tout ça de plus près. Là, les deux complices examinaient l'intérieur de la maison, et surtout, elles se renseignaient pour savoir si les locataires avaient un chien ou encore un système d'alarme.

- Ton plan a l'air génial ! coupa Child. Ensuite, si tout est OK, tu veux y aller la nuit pour les cambrioler. Les flics préfèrent surveiller les quartiers où les gens sont partis en vacances, et on sera tranquille du coup !

- Ouais, c'est exactement ça. Si le type du livre que j'ai lu y est arrivé, pourquoi pas nous ? La victime que j'ai choisie est un vieillard habitant seul dans une des maisons de la grande rue ouest, ajouta Stéphan. C'est un richard, c'est pas comme si on cambriolait n'importe qui…

- En tout cas, moi j'te suis ! dit Samantha, un sourire charmeur. J'suis prête à aller rendre visite à ce vieux pour faire semblant de lui vendre quelque chose.

- J'en étais sûr, j'savais que tu accepterais, répondit le chef de la bande avant de s'adresser à la nouvelle venue. Mais il faut aussi que Zoé soit d'accord. Je t'obligerai pas à le faire, c'est toi qui décides. »

Il la regarda droit dans les yeux, chacun dans la pièce s'arrêta sur elle.

« Mais… pourquoi moi ? dit-elle.

- C'est simple, il va falloir charmer le vieux, j'ai donc choisi les deux plus belles filles que je connaisse… »

Bien qu'elle prenait cela pour un beau discours afin de lui faire dire *oui*, elle ne resta pas insensible au compliment.

« J'dois avouer que ça m'fait peur d'être mêlée à tout ça, mais ça peut être amusant, donc j'crois que j'vais accepter…

- Super ! On va pouvoir mettre notre plan à exécution.

- Mais tu sais… Si Lisa apprend que tu fais des coups dans son dos… Enfin… ajouta Zoé.

- T'inquiète pas pour ça, j'compte tout lui dire et elle comprendra ! »

C'était par un bel après-midi de printemps d'un ciel bleu azur immaculé que les deux filles se présentèrent à l'adresse convenue. Le cœur battant, elles poussèrent le petit portail de bois et s'engagèrent alors dans une allée bordée de fleurs violettes. D'un petit coup sec, Samantha frappa à la porte du vieillard. Zoé et cette dernière sentirent une vague de panique les envahir ; le cœur palpitant, elles attendirent. *Et si ça tournait mal ?* Après quelques instants, l'une d'elles, perdant patience, finit par écraser nerveusement le bouton de la sonnette.

« Mais qu'est-ce qu'il fout ? Pourquoi il répond pas ? demanda Zoé, agressivement.

- J'en sais rien moi, calme-toi c'est pas la peine de t'exciter comme ça. J'crois qu'on ferait mieux de partir et de pas rester trop longtemps dans le coin. Il a pas l'air d'être là…

- T'as sûrement raison… » répondit sa complice d'une voix soulagée.

Mais, à peine franchirent-elles la barrière du jardinet, qu'un grincement de porte se fit entendre suivi d'une voix âgée et calme.

« Que me voulez-vous mes chères demoiselles ? »

Aucune des deux filles ne répondit, attendant chacune de l'autre qu'elle prenne l'initiative.

« Alors qu'est-ce qu'il y a ? Pourquoi ne me répondez-vous pas ? Je ne vais pas vous manger… continua le vieil homme, sagement.

- Heu… Nous sommes vendeuses dans une entreprise de meubles et d'accessoires de décoration pour maison… arriva enfin à articuler Zoé.

- Oui, et nous aimerions vous montrer quelques-uns de nos articles qui pourraient vous intéresser… poursuivit Samantha.

- Ça fait longtemps que je n'ai pas reçu de visite, ça me ferait plaisir que vous entriez pour me montrer ce que vous avez à me proposer. »

Les filles, masquant leur angoisse par un sourire professionnel, se laissèrent guider par l'homme.

« J'avais remarqué au premier coup d'œil que vous étiez vendeuses ou quelque chose du genre. Aujourd'hui, dans ces métiers, les femmes sont toutes habillées de la même façon… » poursuivit-il.

Pour gagner en crédibilité dans leur stratagème, Zoé et Samantha avaient enfilé des tailleurs à la mode. La petite touche finale avait été trouvée par Child : attacher leur carte de lycéenne sur le haut du chemisier. Avec quelques petites retouches, les cartes paraissaient être de réels badges d'identité. Chacune d'elle avait choisi des objets facilement transportables comme des petits bibelots et des casseroles, ainsi qu'une brochure publicitaire trouvée dans des boîtes aux lettres.

Après des discours appris par cœur et une séance de

maquillage pour paraître plus *femme*, les deux petites vendeuses étaient fin prêtes à duper le vieillard dans sa grande villa aux mille merveilles.

« Ça y est, j'les ai vues entrer dans la baraque ! » annonça Stéphan assis à l'avant de la voiture de Child.

Ces deux-là et le Géant guettèrent leurs amies pour s'assurer que tout se déroulait bien et intervenir en cas de danger. Ils s'étaient garés un peu plus loin pour ne pas se faire repérer. Stéphan surveilla la scène avec des jumelles en commentant ce qu'il voyait.

« J'sais pas pourquoi elles ont mis du temps à entrer, mais maintenant, elles y sont. Tout a l'air de bien s'passer, Samantha m'a même fait un signe de la main comme je lui avais demandé.

- C'est à partir de maintenant que tout se joue… annonça discrètement Child, le regard fixe.

- Espérons qu'elles réussissent sans éveiller les soupçons du vieux… »

« Asseyez-vous, je vous en prie, dit l'homme pour accueillir les deux vendeuses dans son salon. Voulez-vous boire quelque chose ?

- Non merci, ça ira » répondit Zoé d'une voix claire.

Samantha se contenta de répondre d'un mouvement de la tête.

« Alors, qu'avez-vous à me montrer ? » demanda le vieil homme.

Zoé ouvrit un catalogue et lui exposa quelques objets dont l'utilité était parfois douteuse. Après un instant, elle s'arrêta sur une série de casseroles et commença son argumentation apprise par cœur :

« Ces casseroles sont en acier inoxydable et sont très résistantes. L'avantage, c'est que la poignée peut être rabattue pour prendre moins de place lors du rangement… »

L'homme semblait captivé par les paroles de la vendeuse et examina chacun des articles.

« Pourrais-je visiter le reste de votre maison ? demanda audacieusement Samantha après un quart d'heure de dialogue. J'aimerais savoir si certains de nos articles pourraient vous avantager pour son entretien.

- Mais bien sûr, allez-y. Les chambres sont à l'étage » répondit l'homme avec un grand sourire.

Samantha se leva et commença sa visite des lieux par l'immense cuisine. Tout semblait briller, les meubles étaient faits d'un bois robuste noir, le lustre au plafond faisait danser la lumière.

« Alors, vous ne continuez pas votre argumentation ? » reprit le vieillard à Zoé qui aurait souhaité échanger sa place avec sa complice.

« J'espère que tout s'passe bien pour elles... dit Stéphan, inquiet. Il se frottait nerveusement les mains. Ça fait un bon moment qu'elles y sont, pourquoi ça prend autant de temps ?

- Tu t'fais du souci pour rien j'te dis, modéra le Géant. Elles sont dedans depuis une vingtaine de minutes. C'est le temps qu'il faut pour inspecter la maison.

- Peut-être qu'il les a grillées et qu'il les retient en attendant les keufs…

- Mais tu dis n'importe quoi, elles sont pas connes et au moindre problème elles se barreraient. »

Peu rassuré malgré les propos de son ami, Stéphan surveilla la maison de ses jumelles et jeta de nombreux coups d'œil à sa montre.

« Tu veux vraiment aller le cambrioler cette nuit ? demanda Child à son chef. T'as pas peur que le vieillard suspecte Zoé et Samantha. Ça pourrait paraître bizarre de s'faire cambrioler le jour même où on reçoit la visite de deux étrangères.

- J'pense pas, elles font vraiment professionnelles avec leur tenue. J'pense qu'il est vraiment tombé dans l'panneau... »

« Votre maison est vraiment belle, j'ai presque tout visité et j'admets qu'il n'y a pas un seul de nos articles que vous n'ayez déjà, annonça Samantha au vieillard en réapparaissant dans le salon.

- Effectivement, j'achète souvent tout et n'importe quoi quand je vais faire des courses. J'adore avoir de nouvelles choses...

- Vous vivez seul ici ? Vous n'avez pas de femme ? demanda la vendeuse avec curiosité.

- Si, j'avais une femme, mais elle est décédée il y a dix ans de cela. Par la suite, j'avais un petit chien pour compagnon, et un jour le vétérinaire a dit qu'il fallait le piquer, il avait une maladie incurable.

- Ah... Je suis désolée... fit Samantha, confuse. Je... Je ne voulais pas vous embarrasser avec mes questions.

- Ça ne me gêne pas, vous savez, avec le temps on s'habitue à tout...

- Mais je suppose que vous voyez encore du monde... ajouta Zoé.

- Oui bien sûr, j'ai des visites régulières de mes enfants et de mes petits-enfants. J'ai des amis dans le coin qui passent me voir de temps en temps, il y a aussi une infirmière et une femme de ménage qui viennent une fois par semaine. Vous voyez, je ne devrais pas me plaindre, d'autres sont vraiment isolés. Moi j'ai de la chance, je ne suis pas si seul que ça.

- Je dois bien l'admettre. Bon, et bien nous devons vous quitter, vous n'avez pas besoin de nos articles, vous avez déjà tout, affirma Samantha avec un grand sourire.

- C'est vrai, j'ai déjà tout. Il y a juste une chose que j'ai vue dans le catalogue et qui me plaît bien, c'est une lampe, je trouve que je n'en ai pas assez.

- D'accord, nous repasserons dans quelques jours avec des catalogues sur les lampes, vous aurez ainsi beaucoup de choix.

- Il n'y a aucun problème, j'adore recevoir de la visite !

- Ah ! Encore une dernière question : dans une si grande maison, il est préférable d'avoir un système d'alarme, on ne sait jamais…

- Vous avez raison, j'ai souvent pensé à m'en faire installer un, mais j'oublie…

- Si vous voulez, nous pouvons vous conseiller quelques-unes de nos alarmes lors de notre prochaine visite.

- J'en serais enchanté ! »

Sans le remarquer, Zoé s'était tellement prêtée au jeu qu'elle oublia l'espace d'un instant leur objectif en venant ici. Sa collègue lui rappela l'heure, et ainsi, les deux vendeuses quittèrent le vieil homme après des salutations chaleureuses.

« Bon, maintenant ça fait trop longtemps qu'elles sont là-dedans. J'y vais, j'suis sûr qu'il leur est arrivé quelque chose, s'exclama Stéphan tout en ouvrant la portière de la voiture.

- Reste là, lui lança Child, j'suis certain qu'tout va bien, tu les connais, elles savent très bien s'débrouiller. »

Stéphan, emporté, posa un pied hors du véhicule malgré l'opinion de son ami

« Reviens, on va s'faire repérer !

- J'y vais, restez là vous deux, ordonna le chef de la bande.

- Arrêtez d'vous engueuler pour rien les gars, intervint le Géant de la banquette arrière. Regardez qui vient de sortir d'la maison ! »

Quand il vit deux silhouettes se diriger vers eux, Stéphan réalisa qu'il s'était impatienté de trop et que ses amies avaient réussi leur mission.

« J't'avais dit de pas t'inquiéter, conclut Child satisfait d'avoir eu raison.

- Maintenant, remonte dans la caisse Stéphan, on les attend et après on fout l'camp d'ici, 'faut pas rester trop longtemps dans l'coin.

- J'te rappelle que c'est moi qui donne les ordres ici ! » répondit Stéphan en regagnant la voiture.

Les deux filles n'étaient alors plus qu'à quelques mètres, elles traversèrent à peine la route pour rejoindre leurs acolytes que déjà le Géant ouvrit la porte arrière pour les accueillir.

« Allez, montez vite, 'faut s'barrer ! »

Child alluma aussitôt le moteur du véhicule et démarra sans attendre. Il traversa l'avenue avant de disparaître à toute allure.

« Alors, racontez-nous, comment ça s'est passé ? demanda Stéphan un peu excité.

- Tout s'est déroulé à merveille ! Le vieux est complètement tombé dans l'panneau, il nous a vraiment prises pour des vendeuses. Et il a même voulu qu'on revienne pour lui vendre des lampes. C'était super ! répondit Samantha, fière d'elle et de sa réussite.

- J'en étais sûr, ce plan est infaillible ! s'exclama Stéphan. Dis-nous la suite, est-ce qu'on peut cambrioler cette maison ?

- Sans aucun doute. Il habite seul. Certains de ses amis viennent le voir de temps en temps, mais la nuit il n'y a que lui. Il a pas d'chien et aucun système d'alarme, poursuivit Samantha. T'as choisi la cible parfaite Stéph'. Tu veux faire le coup quand ?

- J'veux pas attendre plus, on va l'faire ce soir, il sera tout seul cette nuit. T'as repéré où étaient les objets de valeur ?

- Ouais, j'ai visité la maison entièrement pendant que Zoé faisait semblant de vendre les articles au vieux. J'ai vu que dans la cuisine du rez-de-chaussée il y avait beaucoup d'argenterie de grande valeur. À l'étage, là où il y a les chambres d'amis, j'ai vu des bijoux et même un coffret ouvert avec des liasses de billets. Le gars a pas l'air trop parano…

- Quoi ? Le coffret était ouvert, mais pourquoi ? demanda Child, surpris.

- J'en ai aucune idée. Peut-être qu'il a peur d'oublier le code et qu'il préfère laisser le coffre ouvert…

- T'as sans doute raison, mais c'est bizarre quand même…

- Donc d'après toi, les endroits intéressants sont la cuisine et les chambres ? résuma Stéphan.

- Ouais, en gros. Mais faites attention à la chambre du fond, quand j'suis passée le lit était pas fait. Ça doit être là qu'il dort, le vieux…

- D'accord, on fera attention, dit Stéphan. Maintenant, j'pense qu'on a toutes les infos pour y aller dès ce soir, qu'est-ce que vous en pensez ? »

Ses deux coéquipiers, impatients, répondirent positivement de la tête.

« Alors je vais vous dire c'qu'on va faire, continua le chef. Quand on rentrera dans la maison, le Géant ira directement dans la cuisine et prendra toute l'argenterie possible. Moi et Child on s'occupera des chambres à l'étage. 'Faut absolument trouver le coffre et les bijoux. On pourra les revendre très cher. La caisse devra être garée quelques rues plus loin et on y retournera par les petits chemins qu'il y a autour d'la maison.

- OK !

- On va s'faire un paquet d'pognon ! » ajouta Child.

Un vent léger souffla et caressa le visage des trois acolytes. La pleine Lune éclairait leur route enchevêtrée de branches qui menait vers la grande demeure. À l'aide d'un pied-de-biche, le Géant fit céder la porte usagée du fond du jardin. Elle émit un léger craquement de bois malgré ses précautions.

« Fais moins d'bruit ! Tu veux réveiller l'vieux ? chuchota Stéphan.

- Comment tu veux qu'j'fasse moins de bruit ? répliqua nerveusement le Géant. J'peux pas faire autrement !

- Eh les gars, arrêtez ça… C'est comme ça qu'on va s'faire attraper… » conclut Child.

Ils avaient tout prévu pour cette nuit d'infraction. Vêtus de noir de la tête aux pieds, de gants et d'un petit sac à dos qui épousait les formes du corps afin de ne pas gêner les mouvements, ils étaient parfaitement équipés pour leur mission.

En cas d'échec, un plan avait été élaboré : ils devraient tous s'échapper par le petit sentier derrière la résidence. Celui-ci se divisait en plusieurs chemins ; il serait alors difficile de les retrouver dans la nuit. Un des chemins rejoignait directement la forêt qui bordait Méthée. Une fois dedans, leurs éventuels poursuivants ne pourraient jamais leur mettre la main dessus. Toutefois, une règle avait été ajoutée à cela : quoi qu'il arrivait, ils devaient se rejoindre à la chambre d'hôtel réservée par Child.

Les trois malfrats entrèrent sans un bruit dans la vaste demeure. Il faisait nuit et aucune source de lumière ne passait à travers les épais rideaux, ce qui ne facilitait pas leur tâche.

« 'Faut aller vers l'entrée de la maison, ordonna Stéphan d'une voix presque inaudible. C'est là que s'trouve la cuisine.

- On devrait s'tenir la main pour éviter qu'on s'perde » proposa le Géant.

Les uns derrière les autres, ils se déplacèrent vers l'inconnu, guidés par les indications de Samantha. Stéphan, en tête de file, tâtait les murs de gauche à droite puis avançait d'un pas prudent.

« Si on doit faire toute la maison comme ça, on en a pour des heures…

- Tiens ! lança subitement Child comme s'il venait de se souvenir de quelque chose. J'crois que j'ai une lampe de poche dans mon sac…

- Tu t'fous d'nous ? Tu pouvais pas l'dire plus tôt ? répliqua Stéphan.

- J'avais oublié, j'croyais que…

- Donne-moi cette foutue lampe » coupa le chef.

Il lui arracha des mains et éclaira devant lui.

C'est pas croyable de faire équipe avec quelqu'un pareil, il pourrait tout faire foirer… pensa-t-il.

La lumière se réfléchissait dans le long couloir qui les mènerait sûrement à la première étape : la cuisine. Une petite commode se trouvait sur la droite, quelques objets la dominaient dont un vase qui semblait très ancien. Le Géant le saisit et le mit délicatement dans son sac ; peut-être pourrait-il en tirer beaucoup d'argent. De vieilles peintures étaient accrochées sur les mûrs. Dans le doute, Stéphan les éclaira ; l'une d'elles était sûrement connue… De nombreux tapis étaient disposés sur le sol ; anciens et poussiéreux. Enfin, ils aperçurent une porte sur leur gauche. Stéphan l'ouvrit, la pièce était beaucoup trop petite pour être une cuisine. Après un instant de réflexion, ils comprirent que ce n'était que les toilettes. Leur quête n'était pas encore finie, le couloir était long et les portes nombreuses. De plus, une seule source de lumière pour trois personnes ne facilitait en rien leur ascension. Après quelques minutes, ils parvinrent à la première étape. La porte s'ouvrit sur la vaste cuisine. Dans cette salle il n'y avait pas besoin d'éclairage, les vitres n'avaient pas de volets et la lumière provenait directement de la Lune.

« Le Géant, toi, tu t'occupes de cette pièce, comme c'était prévu, ordonna Stéphan. Y'a beaucoup d'argenterie. Si tu vois d'autres choses de valeur, n'hésite pas…

- D'accord, pas d'problème. Et on se rejoint où après ça ?

- On peut se rejoindre au sentier qui longe l'arrière de la maison.

- C'est pas un peu risqué ? Tout à l'heure quand on est venu ici, j'ai vu pas mal de patrouilles de flics. S'ils me voient roder près de la maison, ça va être suspect et ils hésiteront pas à m'contrôler. On va s'faire griller…

- T'as raison, acquiesça le chef. Dans ce cas, on s'rejoint à l'hôtel, tu pourras passer par la forêt.

- On fait comme ça…

- Viens Child, nous, on monte à l'étage. »

Le Géant disparut dans l'obscurité, Stéphan et Child poursuivirent leur exploration. Accédant au niveau supérieur grâce à un escalier, les deux cambrioleurs découvrirent de nouveau des couloirs sinueux semblables à un labyrinthe.

« Child, j'pense qu'il y a rien d'intéressant dans les chambres du fond. Le vieillard doit occuper que les pièces à côté de la sienne. On va rester dans l'coin et pas trop s'égarer.

- Ouais, d'accord. Et j'dois avouer que cette grande baraque me fout la frousse. Tout est sombre et étroit. T'as pas l'impression que ce couloir mène tout droit vers les ténèbres ?

- T'as peut-être raison, j'ai entendu dire que l'antéchrist avait habité ici… répondit Stéphan d'un ton un soupçon moqueur.

- Te fous pas d'moi, j'ai toujours flippé du noir…

- T'arrêteras jamais de m'étonner… Mais on est pas là pour ça, j'te rappelle qu'on a une mission… »

Ils pénétrèrent alors dans une première chambre, cependant, celle-ci ne comportait rien d'intéressant : pas de billets, pas d'objets de valeur. Puis, entrant dans une seconde, ils aperçurent quelques petites boîtes sur un meuble usé.

« J'm'occupe de cette pièce, dit Stéphan. 'Vaut mieux qu'on se sépare pour aller plus vite. 'Faut pas trop rester ici, on sait jamais, peut-être que l'vieux a l'habitude de s'lever en pleine nuit pour aller pisser…

- OK, on fait comme ça, j'vais voir la chambre d'à côté. J'ai pas besoin d'la lampe de poche, mes yeux se sont habitués à l'obscurité…

- On s'rejoint ici, et après on fout l'camp le plus rapidement possible. »

Sur ces mots, Child partit en excursion.

Le Géant doit déjà s'être barré, ça fait pas mal de temps qu'on est ici… Tout s'passe comme prévu, ce plan est infaillible. C'est dommage de devoir tout cacher à Lisa, mais elle comprendrait pas… C'est amusant et ça nous rapporte plein d'fric… En plus, c'est pas si grave que ça, le gars est plein aux as…

Ouvrant une boîte qui attirait son attention, ses yeux se remplirent de bonheur lorsqu'il découvrit ce qu'elle contenait : des bijoux, des colliers de perles, des bagues en or serties de diamants et de rubis.

Remplissant son sac à dos à la hâte de toutes ses merveilleuses pierres précieuses, il ouvrit d'autres boîtes, chacune d'elles valait une larme de bonheur.

J'aurais jamais pensé que ce coup puisse marcher aussi bien et nous rapporter autant…

Une fois le sac plein à craquer, il décida d'aller rejoindre son coéquipier, tout excité par la réussite de son plan.

« Eh Child ! T'es où ? » chuchota-t-il dans le noir.

Après un second appel, il distingua une silhouette s'avancer vers lui.

« Child, c'est toi ?

- Bah oui, c'est moi. Tu crois qu'on est combien à cambrioler cette maison ?

- J'trouve pas ça drôle, j'préfère m'assurer que l'vieillard soit pas réveillé.

- Nan, t'inquiète pas, avant de trouver une chambre intéressante j'suis entré dans une où quelqu'un dormait. J'me suis approché pour m'assurer que c'était bien lui, il a pas bougé d'un poil.

- C'est parfait. Alors qu'est-ce que t'as trouvé ?

- Tu t'rappelles de la pièce que Samantha a parlé avec un coffre. Figure-toi que j'l'ai trouvée. Y'avait des dizaines de liasses de billets, j'ai tout pris, j'ai rien laissé.

- C'est pas vrai ? On va devenir riche !

- J'ai fait un rapide calcul de tête et j'pense qu'il doit y avoir à peu près trente mille francs.

- Et t'as fait aucun bruit, hein ?

- Nan ! Tu m'prends pour qui ? J'suis discret…

- Alors pas de temps à perdre, on fout l'camp d'ici ! »

Sur ces mots, les deux cambrioleurs victorieux rebroussèrent chemin. Les escaliers qui menaient à l'étage inférieur étaient juste devant eux, ils savaient désormais se repérer dans tous ces couloirs.

« Eh Stéphan ?

- Qu'est-ce qu'y a ? » répondit le chef impatient de rejoindre la sortie.

Il n'avait plus qu'une envie pour le moment, c'était de quitter cette maison.

« Y'a une chambre juste-là, on y est pas allé…

- Qu'est-ce que tu veux que ça m'fasse ? On a déjà assez d'choses comme ça…

- J'veux savoir ce qu'il y a dedans, Samantha a parlé d'un magnétoscope et d'une télé, mais j'les ai toujours pas vus.

- Fais ce que tu veux, mais magne-toi et rejoins-moi en bas » répondit Stéphan tout en commençant à descendre les escaliers.

Ça c'est bien Child, il veut toujours plus… On va déjà s'faire assez d'pognon comme ça avec l'argenterie, les bijoux et les billets. Un d'ces jours, il nous foutra un plan en l'air à vouloir tout prendre... 'Toute façon, c'est l'dernier...

Subitement, une alarme retentit violemment dans la villa, assez forte pour réveiller tout le quartier.

« Merde ! Qu'est-ce que c'est qu'ça ? cria le chef à son sbire.

- J'sais pas, j'ai ouvert la porte de la chambre et ça a déclenché l'alarme ! » répondit Child avec frayeur.

Il cavalait déjà en sens inverse. La panique l'emporta sous le bruit assourdissant qui martelait ses oreilles.

« Mais quel con ! »

Ne s'arrêtant pas, l'alarme avait déjà dû alerter la police qui patrouillait dans le coin.

Reste pas ici... se dit instinctivement Stéphan.

« Child, 'faut s'barrer tout d'suite ! » ordonna-t-il avant de prendre ses jambes à son cou.

Il descendit les marches deux par deux. Une fois en bas, il scruta dans le noir les chemins qui s'offraient à lui.

On est arrivé par la gauche, j'en suis sûr !

Prenant la direction par laquelle lui et ses deux complices étaient arrivés, il discerna brièvement à travers les vitres de la cuisine des gyrophares qui provenaient de l'extérieur. Ceci provoqua en lui une décharge d'adrénaline. Cette satanée baraque avait de multiples couloirs et regorgeait d'objets. Il courut, s'arrêta, scruta l'obscurité, tendit l'oreille.

Où est la sortie, bordel ? Tout droit ? 'Faut que j'longe ce mur, j'en suis sûr, enfin...

Il accéléra le pas et percuta de la hanche le coin d'un petit meuble qui était entreposé en biais dans le couloir.

Qu'est-ce que ça fout ici ? pensa-t-il avec rage tout en se relevant à toute allure.

Ses sens se perdirent dans la panique. Derrière lui, à une dizaine de mètres, il distingua une silhouette s'agitant dans tous les sens.

Pas l'temps d'savoir si c'est Child !

Une vague de frayeur monta en lui, il courut, posa ses mains contre le mur et tenta d'avancer à tâtons. Il envoya en l'air une lampe qui se trouvait sur son passage, le bruit n'avait désormais plus d'importance. Reconnaissant la porte par laquelle il était entré dans cette villa aux mille objets, le sourire revenait enfin. Il savait que dehors il était comme un chat dans la nature.

Ça y est !

Le garçon traversa hâtivement l'encadrement de la porte entrouverte et s'entailla légèrement la jambe avec les morceaux de bois laissés par le travail du Géant.

Merde !

Des bruits de pas sur sa droite, une voix. Maintenant qu'il était dehors, il n'avait plus le droit de se faire attraper bêtement. Celui-ci savait que quoi qu'il arrivait, il devait appliquer le plan à la lettre et se diriger vers le petit sentier à quelques mètres de là. La terre était devenue boueuse, une pluie fine tombait. Derrière lui, des faisceaux lumineux l'éclairaient ; sûrement les torches des policiers qui n'étaient plus très loin. Cela redonna des forces au jeune homme dans sa course vers la liberté. Il se retrouva à un carrefour du sentier et décida de prendre le chemin de droite ; l'itinéraire le plus court pour se rendre à l'hôtel. Il jeta un rapide coup d'œil derrière lui ; quelqu'un le suivait.

Bordel ! C'est qui ? Child… ? Et le Géant, il est où ? Merde !

Malgré la pénombre, il s'enfonça sans hésitation dans la forêt dense au risque de se faire assommer par une branche. Il se refusait de se laisser attraper. Ce n'était pas dans son caractère.

Rien à foutre… !

Le maquis représentait pour lui la liberté. Dedans, il pouvait s'y cacher aussi aisément qu'un tigre dans la jungle. Au pire, il pouvait attaquer. Stéphan connaissait ce terrain comme sa poche, chaque recoin, chaque petit passage n'avaient plus aucun secret pour lui. Ses pas claquèrent sur le sol boueux, il cavala à toute allure à travers les feuillages qui frappaient son visage. Avant de rejoindre la ville, Stéphan retourna sa veste qui avait un intérieur blanc afin de tromper la police au cas où il se serait faire voir.

Ouvrant la porte de la chambre d'hôtel à la hâte, il éclata de rire. Un long rire moqueur, victorieux.

« Ils ont même pas réussi à m'attraper ! dit-il tout seul entre deux ricanements. On est vraiment incroyable… »

Épuisé par toutes ces péripéties, il s'écroula sur son lit, son sac rempli de bijoux sous son épaule. Il souffla, passa sa main sur son visage.

« Ça y est, on est riche ! »

Le rire était plus fort que lui malgré la douleur de sa jambe causée par l'entaille de l'écharde ; il lui permettait d'évacuer la tension. L'adolescent ne pouvait dire s'il avait connu une plus grande émotion ce soir ou lors de sa confrontation avec Mike. Son rire se calma dans un soufflement de satisfaction

« J'suis sûr que l'Géant s'en est parfaitement tiré, j'le connais… Il est débrouillard. Child aussi a dû s'en sortir, il était juste derrière moi dans la forêt. Cette flipette a dû rentrer directement chez lui… »

La respiration haletante après toutes ses émotions, il se revoyait pris de terreur au moment d'entendre l'alarme. Leur butin était astronomique, les prochains mois risquaient d'être particulièrement attractifs.

« J'espère quand même que Child s'est pas fait prendre, ça serait dommage… Enfin… C'est quand même d'sa faute si on s'est fait griller… J'lui avais dit d'me suivre… »

Il regarda sa montre, trois heures et demie du matin ; *quelle nuit, bordel !* Remarquant que le cadran était fissuré, il la retira et la laissa tomber au sol.

« Elle a dû s'casser pendant que j'courais dans les bois. C'est pas grave, j'vais pouvoir m'en acheter une autre, bien meilleure… »

Ouf ! C'est fini, on a réussi ! pensa-t-il en fermant les yeux à travers un soupir de soulagement s'échappant de ses lèvres.

Stéphan avança torse nu sur la plage de sable blanc. Haut dans le ciel, le Soleil frappait de ses rayons puissants. La chaleur était quasi-étouffante malgré une légère brise qui lui rafraîchissait le visage. Les doigts délicats de Lisa se glissèrent dans ses cheveux ; *quelle sensation agréable…*

Ses sens jouissaient de tout ce qui l'entourait ; l'odeur du sable, le bruit des vagues, la vision des cocotiers et de l'océan bleu azur qui se fondait avec l'immensité du ciel limpide. Rien n'était plus formidable que la vie paisible partagée avec ses amis proches ; l'horizon nu de tout problème. Child, allongé sur le sable chaud, prenait du temps pour se reposer. Sa peau bronzée et huilée reflétait les rayons lumineux. Au loin, le Géant et Vincent s'amusaient et draguaient les jolies filles qui se baignaient sous l'œil bienfaisant de l'astre solaire. Enlaçant Lisa par la taille, il rejoignit ses compagnons. Child lui tendit un rafraîchissement :

« On réalise notre rêve… dit-il avec le sourire.

- Ouais, enfin… »

Stéphan sortit un objet de sa poche et le tendit à son ami :

« Tiens, c'est pour toi.

- Vraiment ? Mais c'est une chaîne en or ! »

Child la saisit et la mit autour du cou, elle tombait sur son torse dénudé et musclé.

Ça fait tellement longtemps qu'j'attenais ça : pouvoir faire plaisir à mes amis.

Le Géant et Vincent arrivèrent entourés de filles, ils saluèrent leur chef et se mirent à danser pieds nus sous les éclats de rire de Lisa.

Enfin... La belle vie...

Un bruit fort et continu vint le perturber. Il le tira désagréablement de son sommeil, *qu'est-ce que...*

Après un instant de répit, Stéphan réalisa que quelqu'un frappait à la porte de la chambre d'hôtel.

Child... ?

Il se leva difficilement dans un bâillement qui pourrait presque lui décrocher la mâchoire. À peine debout, la personne refrappa derechef.

« C'est bon, j'arrive ! s'exclama Stéphan pour faire cesser ce vacarme.

- Qui est là ? » entendit-il, derrière la porte.

Quoi ? Mais qu'est-ce qu'il... Il sait qu'c'est moi, qu'est-ce que c'est qu'cette connerie ?

Glissant son œil à travers l'œilleton, il aperçut plusieurs personnes vêtues de bleu.

Qu'est-ce que...

« Nous recherchons un dénommé Stéphan Sentana, dit l'une des personnes.

Quoi ? Mais qu'est-ce que ça veut dire ? C'est qui ces cons ?...

« Ouvrez la porte, nous savons que vous êtes là…

- Mais… Mais qui êtes-vous ? demanda-t-il, la main tremblante.

- C'est la police ! »

La police !? Merde ! Qu'est-ce qu'ils foutent là ?

Instinctivement, Stéphan se rua vers la fenêtre ; son seule échappatoire possible. Il l'ouvrit. Des gouttes de pluie lui frappèrent le visage. Le garçon se pencha en dehors pour saisir l'échelle de secours et ce fut alors qu'il aperçut plusieurs agents de police qui rôdaient juste en bas. Il ne pouvait pas fuir, aucune issue.

Que faire !? Se battre contre eux !?

Le jeune homme hésita alors que la police frappait de nouveau. La détresse lui arracha un cri de colère. S'il engageait un combat, il ne ferait qu'empirer les choses. Il scruta chaque recoin de la pièce, il devait trouver quelque chose ! Mais en vain.

« Ouvrez ou nous allons devoir forcer le verrou !

- J'arrive… répondit-il avec désespoir, avant d'ouvrir lentement la porte.

- Vous êtes Stéphan Sentana ? »

Le recherché regarda sans un mot les policiers s'infiltrer furtivement pour fouiller les lieux. L'un d'eux découvrit un sac plein de bijoux.

« Alors vous allez me répondre ?

- Je suis Stéphan… »

Chapitre 40 : 18 mai 1991

19h37

Le Débrief

« Quoi ? s'écria Lisa. Nan, mais t'es sérieux là ? »

Aussi loin qu'elle se souvienne, elle n'avait jamais été dans une colère aussi noire. La fille fusillait du regard le garçon qu'elle hébergeait depuis plusieurs semaines maintenant.

« Pourquoi tu t'énerves ? Y'a rien d'grave… répliqua celui-ci en enfilant un pantalon de soirée.

- *Rien de grave ?* Tu rigoles, là ? Tu complotes un cambriolage dans mon dos, et tu dis qu'il y a rien de grave ?

- On avait besoin d'étendre notre popularité et de s'faire un peu d'fric, j'vais pas rester chez toi éternellement, quand même ! J'vois pas où y'a un problème… »

Les deux adolescents se préparaient pour la soirée organisée en collaboration avec le lycée et la mairie pour célébrer la fin des épreuves du baccalauréat. Elle avait lieu dans la salle des fêtes à l'autre bout de la ville. Toutefois, malgré l'heure qui passait, Lisa ne semblait pas se soucier de sa tenue vestimentaire. Elle enfila à la hâte une robe et des escarpins.

« Le problème c'est que je change mon discours pour toi, parce que *tu* l'as décidé ! Je passe pour une conne auprès de tout le monde, et pour quoi ? Pour que tu puisses aller cambrioler le lycée ! »

Stéphan s'arrêta un instant et lui jeta un œil de côté. Elle n'était pas censée être au courant de ça.

« Me regarde pas comme ça ! reprit-elle. Je sais que c'est toi et les autres. Tu crois que je me pose pas de questions quand tu disparais pendant des heures le soir ?

- C'est exactement pour ça que j't'en ai pas parlé, j'savais que tu comprendrais pas ! Et si t'avais été impliquée dedans, tu t'serais fait virer direct…

- J'ai plutôt le sentiment que tu voulais te protéger en me gardant à l'écart de tout ça ! répliqua la jeune fille.

- Tu vois, t'es contre moi ! Dans un couple 'faut bien s'aider, nan ?

- Ah parce que toi tu m'aides quand tu me fais perdre toute crédibilité et que t'en as rien à foutre ? J'étais l'initiatrice du projet pour l'agent de sécu, et pour tes propres intérêts personnels, tu m'as contrainte de m'y opposer ! »

Stéphan souffla d'agacement, il se regarda dans un miroir, remit sa mèche en place puis vérifia que les boutons de sa chemise étaient bien fermés. Face à son indifférence, Lisa le tira par le bras pour l'obliger à écouter.

« Tu veux pas juste t'excuser ? Reconnaître tes torts ? »

Le garçon regarda ailleurs, il était excédé par cette discussion qui, pour lui, n'avait aucune raison d'être. Il avait remporté le tournoi de Paris, il avait chassé Mike et ses potes, il était celui qui réunissait les foules, de quoi pouvait-il bien s'excuser ?

« Et tu veux que je te dise ? poursuivit-elle en se retournant vers sa boîte à bijoux. Ton pote là, Child, il m'inspire pas vraiment confiance…

- Heu… Par contre, tu serais gentille de mêler personne à cette conversation, OK ? T'en prends pas aux autres…

- Je m'en prends pas aux autres mais…

- Si ! coupa Stéphan. Tu ne sais plus quoi répondre alors tu accuses Child. Tu veux que j'te rappelle c'que j'serais si les autres m'avaient pas soutenu ?

- Tu vois, c'est exactement ça ! Ils te soutiennent,

mais toi, tu les entraînes où ? Souviens-toi que t'es leur chef, s'exclama la fille. Tout ce que tu fais et ce que tu décides a des répercussions sur les autres. Ils t'adorent tous, ils t'acclament tous ! Je suis à chaque fois comblée quand j'entends des gens parler du J.KD. Clan. Ils disent que vous avez écrasé les Guerriers Fous, que vous protégez les plus faibles ! Mais ça, c'était avant ! Maintenant, ils ne font que suivre tes désirs ! Ta rage contre le lycée et son manque de reconnaissance ! Mais qu'est-ce que Vincent, le Géant ou les autres veulent ?

- C'est pas eux qui ont voulu monter cette bande et m'nommer chef ?

- Si, mais tout ça, c'est disproportionné maintenant ! Les flics, le lycée, le cambriolage !

- Les flics qui foutent rien, le lycée qui semble ne pas voir ce qu'il se passe juste sous leurs yeux, les gens qui doivent bien parler dans notre dos et Mike qui profite de ce merdier ! C'est la faute à qui tout ça, hein, tu peux me le dire ? »

La fille s'empara d'une paire de boucles d'oreille et les enfila nerveusement. Quand la pointe de la boucle s'enfonça par mégarde dans la chair, elle arracha à Lisa à rictus de douleur. Pourtant, cette douleur paraissait bien insignifiante à cet instant-là. À chaque propos qu'elle avançait pour faire réagir Stéphan, Lisa se retrouvait face à de l'indifférence qui l'exaspérait. Elle ne parvenait même plus à mettre de l'ordre dans ses idées. L'adolescente avait envie de saisir le premier objet qui lui tombait sous la main pour le balancer contre le mur, elle avait besoin de frapper, d'exprimer ce qui lui était inexprimable.

« Nan, mais je sacrifie beaucoup de choses pour toi, lança-t-elle comme un coup de fusil dans le vide avant que son arme s'enraye. Je me ridiculise devant les conseils disciplinaires pour te protéger, et je n'ai rien en retour ! J'encaisse les menaces des Guerriers Fous, je t'héberge, tout ça par amour pour toi !

- De quelles menaces des Guerriers tu parles ?

- Je crois pas que ce soit important là ! Je te parle de tout ce que je fais pour que tu sois heureux, et j'ai pas l'impression d'avoir de la reconnaissance en retour… J'ai pas l'impression de recevoir le respect que je mérite…

- Ah ça y est ! Tu m'sors l'argument du respect… »

Stéphan laissa tomber ses bras pour accentuer ses propos. Il en avait plus que marre de devoir se justifier et d'entendre de grandes paroles au premier faux pas. Par la fenêtre, le Soleil descendait doucement rejoindre l'horizon, son éclat diminuait chaque minute.

« Tu veux que j'te dise ? fit-il. T'es jalouse ! »

Lisa le regarda avec de grands yeux d'étonnement, elle en avait entendu des choses depuis la création du J.K.D. Clan, mais là, c'était hors des limites du réel.

« T'es jalouse de moi ! Avant tout le monde parlait d'toi, t'étais la présidente des élèves, la fille la plus populaire, c'était génial ! Mais maintenant, c'est mon tour, et j'ai quand même le droit d'en profiter… »

Il murmura presque la fin de sa phrase :

« Et j'dois dire que tu m'sers plus trop pour ma popularité…

- QUOI !? Tu veux dire que je te sers juste pour la popularité que je t'ai apportée ? »

La colère était montée à un tel niveau qu'elle ne se rendit même pas compte avoir giflé Stéphan. Malgré la puissance dégagée, cela ne servit pas à évacuer la tension qui était en elle. Elle s'était juré durant ses nuits d'insomnie de ne plus craquer, de ne plus verser de larmes. Se retournant pour ne plus lui faire face, Lisa se concentra afin ne pas céder à ses émotions. Malgré ses efforts, elle pensait que cette discussion permettrait de mettre tout à plat, de repartir sur de bonnes bases. Pourtant, elle réalisa à cet instant qu'elle avait fait fausse route depuis le début, qu'ils n'avaient jamais emprunté le même sentier. Une main se posa sur son épaule. Le geste se voulait être délicat. Un silence. Puis, une voix :

« Excuse-moi… J'voulais pas vraiment dire ça… »

La fille ne réagit pas, elle entendait les paroles, toutefois, elle n'en comprenait pas le sens.

« C'est la pression, les bastons, les flics et tout… Ça m'a fait dire n'importe quoi… »

Une chaleur humaine se rapprocha d'elle.

« Crois-moi, j't'aime... »

Le garçon enlaça la fille. Il attendit. Il n'avait jamais imaginé en arriver là avec cette fille, celle qu'il avait tant convoitée, avec qui tout était si simple au début. Elle était avec lui et le soutenait quoi qu'il fasse. Alors pourquoi se prendre la tête d'un coup ?

« Tu viens, dit-il d'une voix douce en lui tendant une main, 'faut qu'on finisse de s'préparer… Les autres vont nous attendre. »

Sans un mot, la fille enfila une veste de soirée, prit son sac à main puis quitta la pièce. De son côté, Stéphan ne se fit pas plus de souci que ça, il savait que ce n'était qu'une dispute passagère et que la fille reviendrait à la raison très rapidement.

Partie 4 : 1991

Cher est le bonheur car pieuse est la piste

Akhenaton

Chapitre 41 : 18 mai 1991 (suite)

20h16

La Soirée

La musique s'entendait depuis le bout de l'avenue. C'était du disco pour enflammer les pistes de danse. Chaque année, le lycée et la mairie de Méthée mettaient les moyens pour proposer aux adolescents une soirée qui marquerait la fin du cycle secondaire et leur entrée dans les études supérieures.

La nuit tombait doucement, les lycéens se poussaient déjà devant les portes d'ouverture pour arriver les premiers. Depuis l'annonce de la date de la soirée, chacun s'était pris au jeu de trouver la personne qui l'accompagnerait. Chaque année, l'évènement rassemblait plusieurs centaines d'adolescents, les adultes ne faisaient qu'office de serviteurs, d'agents de sécurité et d'organisateurs.

Child arriva le premier dans sa petite citadine noire accompagné de Samantha. La fille en avait profité pour se rendre dans une dizaine de boutiques le jour même. Après des heures à promener Child dans toutes les galeries marchandes, elle avait craqué pour une paire de chaussures à hauts talons et une robe rouge au décolleté qui ne laissait pas le garçon indifférent.

« Tu crois qu'ils sont déjà arrivés ? dit-elle en jetant un dernier petit coup d'œil dans son miroir.

- Heu… J'pense pas, on s'est dit qu'on s'attendait devant. »

À peine eut-il le temps de terminer sa phrase qu'il reconnut de l'autre côté de la rue un individu dont il connaissait très bien la démarche. Stéphan arrivait, joyeux, élégamment vêtu, discutant avec Zoé. À quelques pas d'eux, Lisa et Margaux les suivaient sans plus d'intérêt.

Quand les deux groupes se rejoignirent, Child précisa au chef du clan qu'il avait besoin de lui parler. Ce à quoi ce dernier répondit discrètement qu'il préférait attendre d'être isolés.

« Salut Samantha ! lança-t-il. T'es vraiment magnifique !

- Merci ! » répondit la fille, un sourire charmé.

L'adolescent se fit la remarque que malgré les dizaines de compliments qu'elle recevait par jour, Samantha paraissait à chaque fois surprise et touchée par les propos.

Quand il vit que les lycéens s'agglutinaient comme des sangsues devant les portes de la salle de fête, Stéphan proposa de patienter encore quelques minutes. Sa manière de s'adresser à ses amis était plus proche de l'ordre que de la demande et chacun acquiesça en retour.

« Le Géant vient avec Vincent, c'est ça ? ajouta-t-il.

- Ouais, ils ont pas trouvé d'cavalières… »

Child se mit à rire sur cette réplique, il savait déjà le Géant très désireux de ses conquêtes en temps normal, mais quand il verrait la tenue de Samantha, il serait à coup sûr fou de jalousie. C'était d'ailleurs un point qu'il n'arrivait pas lui-même à s'expliquer ; il n'était pas spécialement fort, ni courageux, pourtant, il avait toujours eu le *truc* avec les filles.

Après un quart d'heure, les deux retardataires arrivèrent en moto, l'air très décontracté. Le Géant avait sorti le grand jeu en empruntant la moto de son père et en portant son smoking qui mettait particulièrement sa carrure en avant. Toutefois, Stéphan remarqua dans sa manière de gesticuler qu'il n'était accoutumé à porter ce genre de tenue.

« Bah alors, c'est tes fringues qui t'ont mis en retard ? lança-t-il en lui adressant une poignée de main.

- Arrête, c'est pas d'ma faute ! C'est Vincent qui était plus motivé pour venir ! »

Ce dernier, sur la défensive, répliqua que le Géant n'avait pas compris, c'était juste qu'il ne voulait pas se retrouver face aux professeurs et à la proviseure. Après l'échec du cambriolage, il était évident que tout le monde était au courant.

« Mais nan, tu t'fais des films, mec ! En plus, les profs sont pas là, ils vont pas s'ramener à une fête de lycéens.

- Ouais, je sais…

- Et ça plait aux meufs ça, ajouta le Géant. On passe pour des bad boys, tu verras elles vont toutes te sauter au cou ! »

Vincent n'eut pas vraiment de réaction, il se contenta d'afficher un sourire amical.

« Bon, les gars, on va pas rester là ! conclut Stéphan. Y'a une fête qui nous attend ! »

À l'intérieur, les rampes de lumières faisaient virevolter les faisceaux de couleurs au rythme de la musique. Les jeunes commençaient doucement à occuper la piste de danse tandis que d'autres allaient déjà se rassasier au bar.

Quand Stéphan sortit des vestiaires où il avait déposé sa veste, un groupe de lycéens se rua sur lui pour le féliciter de tout ce qu'il avait fait. Ils étaient en extase en énumérant les derniers évènements : son renvoi de trois jours, les bagarres, le clan. Une fille agrippa son bras et lui proposa d'aller danser. Stéphan lui répondit très charmé qu'il reviendrait vers elle un peu plus tard.

« Toi et Child, vous avez vraiment cambriolé une maison ? » dit-elle.

Le chef du clan sourit en se mordillant les lèvres, il hésitait à répondre. Ses amis arrivèrent un verre de soda à la main.

« Ouais, c'est vrai… Mais vous savez pas tout… répondit enfin Stéphan à la fille.

- Ils savent pas quoi ? enchaîna Child.

- Pour le cambriolage… »

Le garçon dévisagea son chef, toute cette histoire devait rester totalement confidentielle. Les rumeurs pouvaient facilement remonter aux flics.

« Allez, fais pas cette tête, Child, reprit le Géant. Qu'est-ce qu'on en a à foutre ? On s'est déjà fait choper !

- Ouais, j'sais, mais 'faut qu'on en parle avant… »

Child venait de remarquer que la fille n'avait pas lâché le bras de Stéphan depuis son arrivée, il jeta alors un œil furtif tout autour d'eux avant de réaliser qu'il n'avait pas vu Lisa depuis qu'ils étaient rentrés dans la salle de fête.

« En fait, là, on a foiré notre coup, dit le Géant aux groupes d'admirateurs, mais avant on avait réussi à cambrioler le lycée ! »

Des clameurs d'étonnements retentirent autour d'eux. La nouvelle du cambriolage avait vite circulé dans l'établissement, la proviseure avait même fait le tour de toutes les classes pour demander à ceux qui avaient des informations de venir dans son bureau. Pourtant, malgré l'investigation, aucun suspect n'avait été trouvé.

« Mais pourquoi ? lança l'un du groupe.

- Parce que c'était drôle !

- Mais vous auriez pu vous faire attraper !

- Mais nan, tout était super bien prévu… »

Stéphan s'excusa alors auprès du groupe d'admirateurs en leur précisant qu'il devait dire un petit mot à ses amis. Les quatre garçons s'éclipsèrent dans les toilettes et, pour ne pas être dérangés, le Géant bloqua la porte avec son pied.

« Eh les gars, fit le chef, j'm'en fous qu'on raconte c'qui s'est passé, mais 'faut qu'on dise rien aux flics !

- Et tu crois pas qu'ils vont s'empresser de tout raconter à tout l'monde ? » répliqua Vincent en pointant du doigt la salle.

Il avait parlé tellement fort que Stéphan lui fit signe de baisser de ton.

« Et qu'est-ce que ça peut faire ? répondit-il. On a laissé aucune preuve, ils peuvent raconter c'qu'ils veulent !

- T'es vraiment con quand tu t'y mets ! lança Vincent au Géant, rouge de colère. Je t'ai dit que j'voulais pas qu'on parle de ça, c'est pour ça que j'hésitais à venir !

- Calme-toi, y'a pas mort d'homme ! J'ai juste envie de profiter de notre notoriété…

- Ouais, bah j'veux pas finir en taule juste parce que tu veux te taper une meuf ce soir ! »

Stéphan s'approcha de lui, posa une main sur son épaule et lui promit qu'il n'aurait aucun problème. Les flics n'avaient absolument aucune preuve pour le lycée, puis, il lui rappela sa participation plus que mineur au cambriolage de la maison.

« T'as quasiment rien fait, t'as aucun souci à t'faire !

- Ouais… Ouais, t'as raison… Excuse-moi… »

Vincent tapa dans la main du Géant pour s'excuser de ce qu'il lui avait balancé, ce dernier ne semblait pas lui en tenir rigueur.

Quelqu'un frappa alors à la porte des toilettes, il ne comprenait pas pourquoi elles étaient bloquées. Le groupe entendit la voix d'un garçon qui demandait ce qui se passait et précisa qu'il avait une pressante envie. Le Géant entrouvrit la porte et indiqua à l'individu qu'ils en avaient encore pour une petite minute et qu'il allait devoir patienter.

« 'Font chier, ils peuvent pas attendre… lança Stéphan.

- Au fait, reprit Child, j'voulais te parler de quelque chose… »

Chacun lui prêta son attention, il était rare que ce dernier cesse ses plaisanteries pour adopter un ton plus sérieux. Il leur demanda s'ils n'avaient rien entendu ces derniers jours les concernant.

« Bah nan… Enfin, rien d'autre que toutes les rumeurs…

- Tu parles de quoi ?

- J'ai entendu des bâtards qui parlaient sur nous ! ajouta Child.

- Pourquoi ? répliqua Stéphan. Pour le cambriolage ?

- Bah ouais, ils s'foutent de nous parce qu'on s'est foiré… »

La nouvelle irrita particulièrement le chef qui frappa dans l'une des portes des toilettes, il avait horreur que les médisants viennent picorer à table à la première occasion.

« Qu'est-ce qu'on en a à foutre de c'qu'ils disent ? fit le Géant. Ceux qui viennent nous lécher le cul quand on défonce la bande de Mike et ceux qui parlent dans notre dos, ce sont les mêmes ! Qu'est-ce qu'on va s'prendre la tête avec eux ?

- J'sais ça ! Mais ça m'énerve ! »

Vincent lui fit une tape dans le dos pour le calmer, ce n'était pas la peine de s'emporter pour si peu.

« Ouais, bah en parlant de la bande de Mike, poursuivit Child, ils disent que si tu devais t'battre contre lui, il te défoncerait…

- Mais t'es sérieux, là ? J'lui ai déjà réglé son compte !

- J'sais ça, c'est c'que j'leur ai dit, mais les gens déforment vite la réalité…

- Tu sais quoi ? dit Stéphan sur le ton de la conclusion. Tu vas me montrer qui dit ça, OK ? Je réglerai ça bientôt…

- Ouais, pas d'souci… »

Le Géant comprit que l'entretien était terminé, il

ouvrit la porte et laissa passer ses acolytes. Devant, des garçons se plaignirent de ne pas pouvoir accéder aux toilettes, pourtant, dès qu'ils aperçurent le J.K.D Clan, les plaintes s'envolèrent aussi rapidement que leur envie pressante.

Dans la salle, l'ambiance battait son plein. Les convives occupaient toute la piste de danse et Stéphan ne s'était pas fait prier pour suivre ses amis au rythme de la musique. C'était la fête qu'il avait attendue depuis toujours, il lisait dans le regard des autres beaucoup de respect et d'appréhension. Les musiques s'enchaînèrent sans interruption et accompagnèrent les rires des adolescents. Vincent avait enfin trouvé une cavalière, une fille en terminale scientifique qu'il avait rencontrée quelques jours plus tôt. Le Géant, lui, ne cessait de multiplier les conquêtes tant chacune d'elle refusait systématiquement ses avances. Ses mésaventures amusaient ses compagnons qui n'hésitaient pas à appuyer chacun de ses échecs par une plaisanterie.

« Je crois que t'es passé par toutes les filles là, il te reste plus que les mecs… lança Child.

- Arrête, on va avoir le droit à sa danse de dragueur ! » rétorqua Stéphan qui tenait la main de Samantha pour l'accompagner sur la musique.

Il n'avait encore jamais remarqué que cette fille puisse être aussi séduisante. Elle avait quelque chose de spécial ce soir-là qu'il avait du mal à expliquer. Ses lèvres étaient particulièrement attirantes, sa façon de danser plus proche. Le chef avait perdu de vue sa petite amie depuis le début de la fête et n'avait aucune envie de se gâcher la soirée pour une petite dispute pour laquelle il s'était déjà excusé. Si elle revenait à lui, il l'accepterait, sinon tant pis, ça n'allait pas l'empêcher de profiter de ce moment.

Samantha bougeait au rythme de la musique, le

regardait dans les yeux, lui sourit, elle l'enlaça de ses bras, fit mine de se rapprocher puis se mit à rire de son propre jeu. De son côté, Child n'éprouva pas vraiment de jalousie à voir ces deux-là danser et s'amuser ensemble ; il avait trouvé en Zoé une compagnie plus agréable, il se retrouvait davantage dans sa manière de penser et son sens de l'humour.

Après une demi-heure, le Géant proposa à Stéphan d'aller se prendre un verre au bar. Celui-ci s'excusa auprès de Samantha en lui indiquant qu'il reviendrait dans une petite dizaine de minutes puis rejoignit son ami.

La fête étant organisée par le lycée, il était impossible d'y trouver de boissons alcoolisées, toutefois, Stéphan savait qu'il devait en circuler à l'extérieur, il se contenta alors d'un jus de fruits.

« Ça va, tu t'amuses ? lui demanda le Géant.

- Ouais, super ! Et toi ? »

Le garçon fit un signe de la tête, il s'appuya contre le bar et observa la salle. Child dansait encore avec Zoé qui s'esclaffait à chacune de ses plaisanteries.

« C'est un sacré veinard, quand même ! dit-il.

- J'sais pas comment il fait ! Il arrive toujours à séduire les filles…

- Il pourrait au moins en laisser…

- On peut pas lui en vouloir, il a raison ! » répondit Stéphan en lui tendant son verre.

Les deux garçons trinquèrent à l'amitié. Bien que le chef était plus proche de Child, il avait toujours considéré le Géant comme quelqu'un d'intègre en qui il pouvait faire confiance.

« Et toi, t'as pas peur pour Lisa ?

- Peur de ?

- Bah si elle te voit avec Samantha… Tu vois quoi…

- Y'a rien avec Samantha, on fait que s'amuser ! » rétorqua Stéphan.

Il savait que son ami n'était pas dupe, un rictus

complice s'afficha sur son visage.

« Fais attention, c'est tout !

- Bah elle s'casse sans prévenir, elle m'prend la tête pour les cambriolages, ça m'saoule ! J'ai pas quitté ma mère pour en retrouver une…

- Ouais, mais 'faut la comprendre aussi ! On a pas toujours été honnête avec elle. »

Les propos de son bras-droit lui firent prendre un temps, puis, il conclut qu'il ne demandait qu'à passer à autre chose. La musique changea, un slow vint pimenter les relations qui s'étaient doucement créées sur la piste. Child prit Zoé par la taille puis l'invita à danser.

« Il va jamais s'arrêter ! lança le Géant après une gorgée.

- Lisa m'avait dit qu'il plaisait à Zoé, ça devait bien s'faire…

- Ouais, bah s'il était aussi courageux que séduisant, ça nous éviterait des ennuis… »

Stéphan lui jeta un regard interrogateur, il ne voyait pas trop où ce dernier voulait en venir. Un groupe de jeunes s'était posé juste à côté d'eux et parlait au serveur. Le Géant fit signe à son chef de s'éloigner un peu, il ne voulait pas qu'on l'entende.

« Qu'est-ce que tu veux dire ? demanda Stéphan une fois à l'écart.

- Bah tu vois, pour l'histoire des cambriolages, il s'est fait vite attraper…

- Ouais, mais c'est pas d'sa faute ! On avait tout prévu, pas d'chien, pas d'alarme ! Et pas d'chance, le vieux a dit aux flics qu'il avait pensé à réactiver son alarme parce que deux femmes sont venues lui en parler pendant l'après-midi… »

Son ami réfléchit.

« Toi, tu t'es pas fait chopper… dit-il.

- Moi, j'étais déjà dehors ! Il a pas eu d'chance, j'te dis !

- Et il va avoir quoi, du coup ?

- J'sais pas, pas d'la taule… Ils ont parlé de travail d'intérêt général.

- Bon bah ça va alors ! »

Le Géant regarda son verre, son attitude trahissait un non-dit. Comprenant cela, son chef insista pour savoir ce qui lui trottait dans la tête.

« Tu t'poses pas des questions… ? »

Il s'arrêta.

« Quelles questions ? demanda Stéphan.

- Heu… J'sais pas comment dire, t'as pas peur que ce soit Child qui t'ait balancé aux flics ? »

La suggestion déconcerta le chef. À vrai dire, cette idée lui avait déjà traversé l'esprit quand il s'était demandé comment la police avait pu remonter jusqu'à lui et le trouver dans la chambre d'hôtel. Pourtant, il avait préféré conclure que tout n'était qu'un mauvais concours de circonstances qui jouait en la défaveur de Child.

« Pourquoi il aurait fait ça ? fit-il, la voix aussi discrète qu'il le put.

- J'sais pas non plus, c'est juste que ça m'paraît bizarre… »

Stéphan boucla le sujet en précisant qu'il n'avait pas envie de parler de tout ça ce soir, qu'il verrait avec Child le moment venu. Les deux garçons se décidèrent alors à rejoindre leur groupe d'amis et, sur le court trajet, ils croisèrent le chemin de quelqu'un qu'ils connaissaient très bien : Eddy Jammy. Ce dernier ne leur prêta pas la moindre attention à tel point que Stéphan se demanda s'il les avait vus. Des dizaines de lycéens vinrent à sa rencontre ; il avait su garder cette alchimie qui lui donnait son charisme inébranlable. Les gens lui adressaient encore leur respect pour avoir été président des élèves et champion d'arts martiaux. Son attitude déplut particulièrement à Stéphan qui décryptait désormais chacun de ses gestes comme une forme d'hypocrisie. Cependant, ce n'était pas vraiment la présence de son ex-compagnon d'entraînement qui le tracassait, mais plutôt celle de la personne qui l'accompagnait.

« Tu savais qu'Antoine était devenu pote avec Eddy ? lui glissa le Géant.

- Nan… Mais ça m'étonne pas…

- Vas-y, t'prends pas la tête pour ça ! »

Le chef du J.K.D Clan aurait souhaité croiser le regard d'Antoine, lui faire comprendre qu'ils ne passaient pas d'un groupe à l'autre quand bon leur semblait. En vain, il ne parvint pas à capter son attention. Stéphan savait qu'il réglerait ce problème une autre fois, il tourna alors les talons.

Une main dans la poche lui rappela qu'il devait souhaiter l'anniversaire au Géant. Il sortit une montre de sa poche et la lui tendit :

« Joyeux anniversaire, mec ! Dix-huit ans ! Tu pourras voter ou aller en taule, maintenant ! lui lança-t-il, ironiquement.

- Ouais, c'est ça ! J'préfère aller en boîte ou passer mon permis d'conduire ! » répondit le jeune majeur.

Il le remercia pour le cadeau qu'il porta immédiatement et ajouta qu'il était fou de dépenser une somme pareille pour ses potes.

« C'est rien, mon gars ! Tu crois pas qu'j'ai rien gardé des cambriolages quand même ! »

Stéphan adressa un clin d'œil complice à son ami qui répondit par un sourire.

Les heures passaient mais personne ne s'en souciait tant la musique était prenante, les rires incessants et les convives pris dans la gaieté. Le D.J. demanda à ce qu'ils lèvent les bras bien haut puis lança une chanson de hip-hop très à la mode sous les cris de joie des lycéens.

Margaux vint à la rencontre de Stéphan, l'air soucieux. Elle lui demanda s'il n'avait pas vu Lisa, celle-ci avait disparu depuis déjà pas mal de temps.

« J'pense qu'elle est rentrée chez elle… dit-il en levant la voix pour couvrir le son de la musique.

- Bah pourquoi ?

- J'sais pas… Elle m'a pas dit… »

Margaux le remercia avant de quitter la piste de danse. Ce n'était pas normal, elle connaissait très bien son amie et savait qu'elle ne serait jamais partie sans un mot. Lisa était née pour danser, faire la fête et aller vers les gens, elle ne pouvait pas manquer la soirée de fin d'année sans une bonne raison ! La fille se rendit dans les toilettes : personne. Dans le doute, elle ouvrit la porte de chacun des cabinets et frappa à la dernière qui était fermée. Là, une fille ouvrit la porte et sortit gênée sous les excuses de Margaux. Cette dernière, bien décidée à retrouver Lisa, passa par les vestiaires, le bar et même par différents groupes, mais en vain, son amie avait disparu. Ce n'était vraiment pas son genre de jouer un tour comme ça, la jeune fille décida alors de demander aux agents de l'accueil s'ils avaient vu passer la présidente des élèves. Le professeur de sport qui s'occupait de vérifier les entrées lui signala qu'il n'avait pas vu l'adolescente en question de toute la soirée, il était formel : Lisa n'avait pas mis un pied dans la salle de fête !

Pas un pied ! Margaux ne pouvait le croire, comment était-il possible que personne dans le groupe ne l'ait remarqué ? Elle était arrivée avec eux en compagnie de Zoé et de Stéphan, elle serait partie après ? Sur cette réflexion, Margaux décida de sortir pour chercher à l'extérieur, elle retournerait jusque chez Lisa s'il le fallait ! Dehors, la fille remarqua que la fête n'était pas en reste, les jeunes dansaient, fumaient, buvaient de l'alcool. Elle comprit même comment, en changeant le contenu des bouteilles de soda par de l'alcool, ils arrivaient à en faire entrer à l'intérieur. Dans l'immédiat, ce n'était pas vraiment ce qui la préoccupait, elle contourna la salle pour se rendre dans un espace vert qui bordait le bâtiment. Là, assise seule sur un banc, elle aperçut avec apaisement Lisa. Elle se rapprocha d'un pas énergique vers elle.

« Bah alors, qu'est-ce que tu fais ? lança-t-elle. Tu viens pas avec nous ? »

À son arrivée, Lisa leva la tête vers son amie, pourtant, elle ne semblait pas vraiment l'avoir vue. Inquiète, Margaux vint s'asseoir à ses côtés et lui reposa la question.

« Heu… J'prends l'air… dit-elle.

- Ça va pas ?

- Si… Si, ça va…

- Bah allez, dis-moi tout, j'suis ta meilleure amie, tu sais que tu peux tout m'dire ! »

Margaux se rapprocha encore, lui prit une main et la regarda avec une grande sincérité. Lisa se pinça les lèvres en cherchant ses mots :

« Je te dis que ça va… J'ai juste… Un petit coup de barre…

- T'es sûre ?

- Mais oui, il s'est passé tellement de choses… Je suis fatiguée… »

Elle marqua son visage d'un sourire.

« Tu me dirais, hein ?

- Mais oui… »

Margaux resta un instant silencieuse tant elle trouvait son amie inaccessible. La dernière fois qu'elle avait vu Lisa dans cet état était le jour où elle avait appris le décès de sa grand-mère.

« Tu viens ? dit-elle. On retourne à la fête ? »

Sans grande conviction, Lisa se leva du banc pour enchâsser le pas de son amie.

« Tiens ! Regarde, y'a Margaux qui revient avec Lisa, dit le Géant à Stéphan de la piste de danse.

- Ouais, j'ai vu… J'espère qu'elle est passée à autre chose… »

Ses espoirs s'affaiblirent encore un peu lorsqu'il vit que la fille ne vint pas les rejoindre mais qu'elle préférait s'asseoir près du bar. Le garçon ne l'avait jamais vue comme ça, il se fit même la réflexion qu'elle aurait pu choisir un autre jour pour faire son caprice. Margaux les rejoignit, elle jeta un regard vers le chef qui voulait dire : *J'ai pas pu faire mieux…* De leur côté, Child, Zoé, Vincent et Samantha ne semblaient ni avoir remarqué la tension dans leur couple ni sans soucier davantage. Le Géant apporta discrètement un verre venu *de l'extérieur*. Ils trinquèrent à leur santé et le Géant fit alors une démonstration de danse dont il ne se serait jamais cru capable. Pour une fois, il avait l'impression d'avoir l'air de quelque chose sur une piste de danse. Ce n'était pas vraiment coordonné mais ça attirait le regard et amusait les gens. Et après tout, c'est ce qu'il savait faire de mieux. Passé minuit, l'alcool coulait à flots dans les canettes de soda et désinhibait même les plus timides.

D'un coup, une fille qui passa près du groupe lança tout fort que Mike et sa bande arrivèrent, qu'ils étaient juste devant la salle.

« T'es sérieuse, là ? lui demanda Stéphan en l'interceptant.

- Mais oui, j'fumais ma clope dehors et j'les ai vus arriver… »

Au même moment, l'agitation naissante à l'entrée avait attiré la foule. Un professeur s'était interposé entre des garçons et la salle pour les empêcher d'entrer. Stéphan savait ce qu'il en était, même à la soirée de fin d'année les Guerriers Fous ne pouvaient pas s'empêcher de jouer les fauteurs de trouble. Il accourut pour apporter son aide, s'il devait se battre pour rétablir l'ordre, alors il le ferait. Sur place, il découvrit le professeur de sport qui discutait avec Mike.

« Qu'est-ce qui s'passe ici ? lança Stéphan. Y'a un problème ?

- Nan, je rappelais juste à Mike le règlement une fois à l'intérieur. Il m'a promis de se tenir bien. »

Le chef des Guerriers fumait nonchalamment sa cigarette en écoutant leur courte discussion.

« Ouais, c'est ça... reprit Stéphan dans sa direction. J'suis sûr que t'es venu foutre ta merde, comme d'habitude !

- J'vous dis qu'on est juste là pour passer une bonne soirée...

- Allez, on peut lui faire confiance » conclut le professeur en ouvrant de son bras le chemin.

Il demanda à la foule de se disperser, il n'y avait plus rien à voir. Stéphan les dévisagea lorsqu'ils passèrent devant lui, il était hors de question d'accepter la moindre bavure. Mike avança sans lui prêter attention, Benjamin et Arnold riaient, parlaient fort, et derrière, Sara, les bras croisés, lui fit un sourire. Son pas ralentit sur son passage, presque pour lui adresser la parole. Puis, elle disparut dans le mouvement des élèves.

L'ambiance de la fête reprit vite le dessus : les danses, la musique, l'alcool, la drague, les rires permettaient d'adoucir les tensions. Samantha semblait endiablée par le rythme, elle s'empara de la main de Stéphan et lui montra un pas de danse qui se pratiquait avec un partenaire. Leurs corps furent alors en parfaite symbiose l'un avec l'autre, les mouvements s'accompagnaient harmonieusement. L'odeur fruitée qui se dégageait de la fille lui caressa agréablement les narines. D'un coup, il sentit une tape sur son épaule.

« Alors, ça va ? » lança un garçon sur sa droite.

C'était Antoine, son expression était celle de

quelqu'un heureux de retrouver un ami de longue date.

« Heu… Ouais… Et toi ?

- Bah super ! Alors depuis tout c'temps ? Et Lisa, elle est pas avec toi ?

- Si… Elle est… »

Stéphan jeta un œil vers le bar et montra du doigt une fille qui discutait avec le serveur.

« Elle va nous faire un discours de fin d'année ?

- J'sais pas… cria Stéphan pour couvrir le son que crachaient les enceintes. J'crois qu'elle a rien préparé !

- Ça serait bien qu'on l'entende, elle était super en présidente des élèves ! »

Le chef du J.K.D. Clan ne répondit pas, à vrai dire, il observait du coin de l'œil Samantha de peur qu'elle s'impatiente et parte danser plus loin.

« Et ça en est où tes projets avec ton… Heu… Ta bande ?

- Bah très bien, t'as dû entendre parler de nous…

- Tu m'étonnes ! C'est cool c'que t'as fait !

- Merci… »

Le garçon répondait sans grande conviction tant l'insistance de Samantha pour qu'il revienne se faisait sentir.

« Mais maintenant, c'est fini ? Tu peux revenir ? poursuivit Antoine.

- Comment ça *revenir* ?

- Bah tu sais… Eddy et tout…

- C'est pas moi qui suis parti… »

Machinalement, la discussion les avait poussés à s'écarter doucement de la piste de danse pour fuir le bruit assourdissant.

« Bah si ! C'est toi qui parles plus à Eddy et qui as décidé de t'en prendre à Mike…

- Bon, Antoine, on en a déjà parlé, j't'ai dit c'que j'pensais d'lui. Maintenant, j't'empêche pas de faire ami-ami avec lui. En plus, j'vois pas pourquoi tu parles

434

de Mike, ça a rien à voir… »

Son ami se rendit à l'évidence qu'il ne pourrait pas faire entendre raison à Stéphan et se demanda même l'espace d'un instant qui avait raison et s'il était nécessaire que ce dernier revienne vers Eddy. La conversation bifurqua alors sur leur choix d'étude de l'année suivante et, après avoir épuisé les différents sujets de politesse, chacun retourna vers son groupe respectif.

« C'est un peu naze, cette soirée⋯ fit Mike, appuyé contre un mur.

– T'as vu la tête des meufs ? enchérit Arnold.

– Tu dis ça parce qu'elles te calculent pas ! »

Benjamin préférait s'amuser de la situation et taquiner son ami. Il ajouta que tout n'était pas si naze ; il y avait de l'alcool, de la musique, des potes, c'est tout ce dont ils avaient besoin. Chacun regretta l'absence du Colosse ; n'étant scolarisé dans aucun lycée de la ville, il n'était pas autorisé à entrer.

« Mike, ça en est où avec les keufs ? demanda un garçon.

– Le jugement est dans six mois⋯ On verra⋯

– Tu penses que ça va être la taule ? »

Arnold l'interrompit aussitôt en précisant que le chef n'avait pas forcément envie de parler de tout ça.

« Eh, les gars, fit d'un coup Mike, elle est où Sara ?

– J'sais pas··· Elle est pas allée boire un coup ? suggéra Arnold.

– OK, attendez-moi ici··· »

Il se rendit au bar, dévisagea chaque invité, cependant, hormis Lisa, il ne vit personne qu'il connaissait. Mike parcourut alors la salle de l'accueil jusqu'aux platines du D.J. scruta chaque recoin, mais en vain, Sara avait disparu. La fille n'était pas du genre à faire profil bas et à ne pas se faire remarquer, s'il ne la voyait pas, elle devait être en train de manigancer quelque chose. Sa paranoïa avait augmenté depuis quelques jours, il en était conscient et tenta d'apaiser ses doutes. Le garçon se rendit alors au dernier endroit interdit pour lui : les toilettes des filles. Quand il entra, il perçut une phrase : *nan, mais 'faut pas s'gêner !* Ce dernier préféra ne pas relever, avec tous les ennuis qu'il avait eus récemment, il avait décidé que cette soirée marquerait une trêve dans ses activités. Dans les toilettes, une fille, la tête à deux centimètres d'un miroir, se maquillait. Quand elle l'aperçut, un sourire illumina son visage, il n'y avait que Mike pour oser s'aventurer ici.

« Tu cherches quelque chose ? » demanda-t-elle.

Toutefois, l'adolescent ne semblait pas l'avoir entendu, il s'avança pour examiner chacun des cabinets. Et, hormis le dernier, ils étaient tous vides. Une ombre se lisait sous l'espace de la porte fermée. Mike posa sa main hésitante dessus, les bruits qu'il percevait l'intriguaient.

« Tu devrais les laisser tranquilles, j'crois qu'ça flirte dedans··· » ajouta la fille.

Elle s'était appuyée contre le lavabo pour observer ce que le garçon faisait. Celui-ci sembla approuver son conseil et tourna les talons. Il fit un pas, s'arrêta, jeta un regard absent dans sa direction, et d'un coup, quelque chose le décida à ouvrir la porte.

Le spectacle le figea sur place, c'était comme une violente claque qu'il s'était empêché de voir arriver bien qu'elle fût partie de très loin. Sara dans les bras de Child, ou bien l'inverse, il ne savait dire. Ils s'embrassaient fougueusement, si passionnément qu'aucun d'eux n'avait remarqué la présence du spectateur.

« Putain, tu t'fous d'ma gueule ? » lança le chef des Guerriers Fous, enragé.

Sur ses mots, Child et Sara se détachèrent aussitôt, surpris par sa présence. Le garçon, embarrassé, profita du laps de temps où Mike attrapa la fille par l'épaule en réclamant des comptes pour s'enfuir. Sur son passage, il glissa qu'il n'avait rien à voir dans leur histoire. Le chef hurla, leva le poing sur elle. Pourtant, Sara ne semblait pas spécialement ébranlée, et, malgré l'emportement de Mike qui la plaqua brutalement contre le mur, elle répondit amusée que tout ça n'était qu'un jeu.

« Tu vas voir ! fit-il. J'ai pas fini avec toi !

Il est parti où l'autre enculé ? »

Mais Mike n'attendit aucune réponse, il la lâcha sur le champ pour s'envoler vers la salle principale. Derrière lui, un rire. L'insouciance de la fille face à la situation décupla sa fureur.

« Bah, t'étais où ? On t'cherche depuis tout à l'heure ! » lança Stéphan à Child quand il le vit arriver.

Le garçon semblait essoufflé, comme s'il venait de courir.

« Heu… J'étais aux chiottes…

- Ça va ?

- Bah ouais, t'inquiète, je… »

D'un coup, quelqu'un surgit de nulle part pour lui bondir dessus. Il le frappa sans hésiter au visage en lui envoyant des insultes. Dans sa chute, Child bouscula les danseurs de la piste de danse avant de toucher le sol.

« Pour qui tu t'prends pour te taper ma meuf ? » hurla Mike.

Les gens, terrifiés, s'écartèrent ; ils savaient qu'il ne fallait pas le laisser entrer à la fête. Au moment de se relever, une ombre masqua la vue de Child : Stéphan. Le garçon s'interposa immédiatement pour protéger son ami, il poussa Mike et cria bien haut qu'il n'aurait jamais dû lui laisser une chance. Pourtant, il ne vit pas arriver le premier coup de poing qui vint percuter sa mâchoire. Le coup était violent, Stéphan n'aurait jamais imaginé que Mike puisse avoir une telle force. Il voulut reprendre immédiatement le contrôle de la situation, toutefois, c'était sans compter la vitesse avec laquelle arrivait le deuxième coup au visage qui le fit trébucher. À terre, il se prit un dernier coup dans l'abdomen qui lui fit cracher ses poumons. Les violentes douleurs l'empêchèrent de respirer. Des voix, du mouvement, des exclamations dansaient autour de lui.

« Sale baltringue ! lança Mike, au-dessus de lui. J'en

ai ras-le-cul que tu t'ramènes dans toutes mes affaires ! »

Stéphan aperçut des visages le regardant pleins de déception. Les gens parlaient, se glissaient des mots dans l'oreille ; il était à terre, c'était la fin pour lui. Le chef du J.K.D. Clan se décida alors à se relever, il frappa le sol de la main et bondit sur ses jambes.

Mike le dévisagea, il en redemandait déjà. Cette fois-ci, il n'y avait plus à discuter, à négocier. Après Stéphan, ce serait le tour de cet enfoiré de Child, et enfin, celui de Sara. Il allait leur faire comprendre ce que ça engendrait de vouloir jouer les caïds. Il n'avait peut-être pas la présidente des élèves dans la poche, ni même les profs ou les flics, mais s'il en était arrivé là, c'était grâce à sa seule volonté, son courage et surtout son sens de l'honneur.

Il envoya son poing droit dans le visage de Stéphan qui l'esquiva en se baissant, puis contre-attaqua avec un uppercut dans le menton. Le coup déstabilisa Mike, cependant, il en avait déjà vu d'autres. Et, quand son adversaire surgit vers lui, il ne se fit pas prier pour le stopper en lui balançant le contenu d'un verre qui tombait sous sa main. Stéphan eut le réflexe de se protéger de son bras, et bien qu'il reçut en retour une pluie de coups, le garçon ne fléchit pas. Il ignorait que Mike pouvait se montrer si coriace et comprit alors pourquoi c'était bien lui le chef des Guerriers Fous. Il décida alors de le feinter grâce à son jeu de jambes avant de frapper d'un coup sec. Il toucha le nez, puis les côtes, et enfin les genoux. Le Guerrier s'écroula sous les ferveurs de la foule pour le vainqueur. Poussé par l'enthousiasme de ses supporteurs, Stéphan envoya un ultime coup au visage de son ennemi à terre. Il nourrissait en lui un sentiment qui était entre la colère de s'être fait mettre au sol et insulté, et l'extase d'atteindre ce sommet de la popularité à ce moment ultime. Le garçon agrippa Mike par le col de sa chemise puis le traîna au sol jusqu'à la sortie de la salle de fête. Le perdant défila devant la foule en délire, certains en profitèrent pour lui assener quelques coups sur son passage. Quelqu'un lui cracha même dessus. Du personnel d'accueil et de sécurité, personne ne bougea, ces *incidents* les dépassaient et ils n'étaient pas habilités à intervenir sur les cas de violence.

Stéphan demanda à ce qu'on lui ouvre la porte, ce qui fut fait aussitôt. Enfin, il souleva Mike pour le pousser de son pied hors de la salle. Le garçon s'échoua dans l'herbe, la tête la première. De justesse, il avait mis ses mains en avant pour se protéger. Derrière, il entendit Stéphan cracher et tempêter qu'il ne pouvait s'en prendre qu'à lui, qu'il avait été prévenu.

Quand il revint dans la salle, le garçon avait imaginé être accueilli avec un peu plus d'entrain. Il se frotta la joue, le coup qu'il avait reçu n'avait rien à envier à ceux de Jason Wuang. Du sang coulait de sa gencive, il devait se rincer la bouche pour se nettoyer. Pourtant, le jeune homme ne prit pas le chemin des toilettes, il avait quelque chose de plus important à régler avant.

« Qu'est-ce que tu foutais avec cette meuf, Sara ? » lança-t-il vivement à Child en arrivant dans le groupe.

Chacun l'observa avec une certaine appréhension, la sauvagerie avec laquelle il avait terrassé le Guerrier Fou ne les avait pas laissés indifférents. Stéphan le sentit immédiatement dans la manière dont Samantha le regardait : un parfait mariage d'admiration et de crainte.

« Bah rien… C'est une fête, on s'amuse ! » répondit Child, détaché.

Il but d'un trait son verre pour ne pas à avoir à affronter le regard du chef.

« *S'amuser ?* Mais bordel, elle fait partie de nos ennemis !

- C'est une fille, elle a rien à voir là-dedans ! 'Faut

s'détendre, parfois !

- J'veux pas savoir, t'as pas à sympathiser avec elle ! Des meufs, y'en a plein d'autres ! »

D'un geste de la main, il désigna l'ensemble de la salle dont l'ambiance avait soudainement faibli. Le Géant fit un pas vers lui pour le calmer, ce n'était pas la peine de s'emporter pour les caprices de Child ; tout le monde connaissait son côté imprévisible.

« Prends pas la tête pour ça, répliqua Child. C'était juste un moment comme ça ! Si tu veux que l'clan soit respecté, tu devrais reprendre l'entraînement au lieu de chipoter pour rien… »

Le propos jeta un froid autour d'eux, Stéphan s'arrêta comme s'il se repassait la phrase en tête pour savoir s'il avait bien compris avant de reprendre :

« De quoi tu parles, là ? Comment ça *reprendre l'entraînement* ?

- Bah ouais ! Il t'a mis au sol, nan ? Avant, ça se serait pas passé comme ça… répondit Child dont la stratégie n'était que celle d'enchérir plus que lui.

- QUOI ? Tu t'fous d'moi là ?

- On pense tous que si ça continue, tu vas perdre ton niveau…

- Qui ça *on* ? »

Il s'avança d'un pas si agressif qu'il engendra un mouvement de recul de son clan. Il sentait comme une déchirure en lui.

« Nan, mais personne en particulier, répondit précipitamment Child, lui faisant signe avec ses mains de se calmer. Tu sais, c'est… »

Child sentit alors qu'il était peut-être allé trop loin dans la provocation. Mais c'était trop tard, Stéphan ne voulut en entendre davantage.

« Mais bordel, c'est moi le meilleur ici, OK ? Et j'en veux pas de tes réponses hypocrites ! » hurla le maître du Jeet Kune Do en le poussant pour le faire taire.

Les gens s'arrêtèrent autour de lui tant sa rage fut palpable. Chacun comprit qu'il ne s'adressait pas uniquement à Child. L'alcool lui permit alors de se libérer des dernières chaînes qui le retenaient.

« Qu'est-ce que vous avez à m'regarder comme ça, vous ? cria-t-il. Vous avez un problème ? Tous ceux qui ont dit dans mon dos que j'ferais pas le poids face à Mike, ils se sentent bien cons maintenant ! C'est moi le numéro un et ça l'a toujours été ! »

Certains, sidérés par son discours, préférèrent ne plus l'écouter et se retirer. Une main délicate toucha soudainement son épaule.

« Stéphan, fit la voix douce de Lisa. Calme-toi, c'est…

- Oh, toi lâche-moi ! » rétorqua-t-il en dégageant son épaule.

Dans son mouvement, il bouscula la jeune fille qui trébucha en arrière. Des garçons la rattrapèrent avant qu'elle ne touche le sol, pourtant, elle eut l'impression de tomber dans un trou sans fin. Son esprit vaguait dans le flou, martelé par des paroles :

« Allez, bande de chiens, poursuivit l'enragé en dévisageant les invités, cassez-vous d'ici ! J'vous ai jamais demandé d'me suivre ! C'est moi l'chef ici, sans moi vous ne seriez rien ! Vous voulez que j'vous rappelle comment vous passez votre temps à chialer avant ? C'est moi qui ai vaincu les Guerriers Fous, moi tout seul ! »

En marquant un arrêt, il montra le sol du doigt pour désigner son territoire. Le Géant assista à la scène avec admiration, il retrouvait enfin la passion de son chef pour s'affirmer face aux médisants. Samantha s'avança vers lui, elle voulait être aux premières loges pour le sacre de Stéphan devant tous ses serviteurs. Depuis quelques semaines, elle n'avait guère apprécié les rumeurs qui circulaient autour du J.K.D. Clan après tous les sacrifices qu'ils avaient faits. Chacun, silencieux, pétrifié, n'osa s'élever face à lui, ce n'était pas une confrontation, mais un message du Roi à la cour.

« Et maintenant vous allez me faire chier parce que Mike m'a pris en traître ? Parce que les flics nous ont chopés ? Nan, mais vous vous foutez d'moi ? J'vais vous apprendre à fermer vos gueules ! »

Il hurlait chacun de ses mots, son auditoire lui paraissait n'être qu'une masse d'élèves perdus qui suivaient le chemin qu'on leur avait tracé. Leur visage était tous le même ; la même expression, les mêmes sentiments. Plus il criait, plus il comprenait que chacun devait être à sa place, il était le sauveur, et eux n'avaient absolument pas leur mot à dire. Stéphan désigna du doigt un garçon au hasard qui lança du regard un appel de détresse à ses amis. Un appel sans retour. Il lui demanda ce qu'il avait à lui reprocher. Celui-ci bafouilla malgré lui qu'il n'avait rien contre lui et qu'il le remerciait d'avoir battu Mike. Stéphan n'en resta pas là, il posa la question à d'autres personnes qui répondirent toutes la même réponse.

« C'est moi l'meilleur et ça l'a toujours été, c'est comme ça ! » conclut-il.

Il les dévisagea les uns après les autres, il devait trouver un coupable à tout ça. Et, d'un coup, parmi la foule, un visage l'interpela. Il s'arrêta, médusé. Certains jetèrent un regard dans cette même direction. Stéphan ne pouvait y croire, le garçon… Jack… Comment… Il secoua la tête d'un mouvement bref. Le garçon avait disparu. L'alcool lui jouait des tours, se dit-il.

« Si t'es l'meilleur, prouve-le-nous... » lança une voix qu'il connaissait maintenant très bien : Sara.

Ils se mesurèrent du regard. Stéphan pouffa, comment pouvait-elle oser revenir après la raclée qu'il avait mise à son chef.

« Parce que j'vous l'ai pas déjà assez prouvé, peut-être ? dit-il.

- Et Eddy, alors ? »

La fille, inébranlable, lui tenait tête avec la froideur caractéristique de sa personnalité.

« Quoi, Eddy ?

- Tout l'monde sait que t'as gagné le tournoi parce qu'il était blessé, t'es le vainqueur par substitution… »

Le chef du J.K.D Clan serra les poings et glissa une insulte entre ses dents. Il voulait faire taire cette teigne une bonne fois pour toutes.

« Bon OK ! dit-il. Il est où Eddy ? »

Personne ne répondit. La dernière fois qu'il l'avait vu, c'était au bar. À cet instant, il était vide, toute la salle s'était rassemblée autour de lui.

« Personne l'a vu, bordel ? cria-t-il.

- Il est parti y'a cinq minutes devant le lycée, répondit Antoine en s'avançant vers lui. Il paraît qu'y a une autre fête devant.

- OK… Il s'est barré au bon moment ! »

Il prit le temps de réfléchir, puis, l'évidence s'ouvrit à lui. Tant qu'il ne réglerait pas comme il se devait ses comptes avec Eddy, le doute planerait toujours sur qui avait le contrôle sur le lycée Jean Moulin.

« Eh, l'Géant, t'as tes clés d'moto sur toi ? dit-il.

- Ouais, tu les veux ? »

Stéphan s'empara des clés, se dirigea vivement vers la sortie, puis, lança un regard de défi à Sara :

« Tous ceux qui ont dit que j'ferai pas l'poids face à Eddy, ils vont être bien surpris ! »

Chapitre 42 : 19 mai 1991 (suite)

00h34

Un Plat qui se mange bouillant

Il n'avait aucune idée de la vitesse à laquelle il roulait, le paysage défilait à toute allure devant lui. Pour traverser Méthée, il avait préféré sortir sur la nationale plutôt que de traverser les nombreuses rues de la ville. Le compteur affichait cent quarante, cent cinquante et l'aiguille grimpait encore. À cet instant, il remercia le Géant d'avoir insisté pour lui apprendre à conduire.

Malgré la température glaciale de ce début de nuit, Stéphan ne portait sur le dos qu'une simple chemise et sa veste de soirée. Pourtant, le froid ne pouvait pas l'atteindre tant il bouillonnait en lui.

Tous ces enfoirés...

Après tout ce qu'il avait accompli pour tous ces ingrats, comment pouvaient-ils remettre en question sa notoriété et penser qu'il n'était pas le numéro un ?

Il bifurqua alors pour prendre la sortie et rejoindre le nord-ouest de Méthée. Il n'était plus très loin du lycée, à tout juste cinq minutes. Toutefois, celui-ci ralentit grandement sa vitesse pour descendre sous les trente kilomètres par heure. Entre la soirée de fin d'année et la fête improvisée devant le lycée, il se doutait que la police pouvait tourner davantage ce soir-là.

Quand il arriva dans une ruelle, il aperçut alors trois garçons qui erraient dans sa direction. Les mains dans les poches, l'air renfrogné. Malgré la distance qui les séparait, Stéphan les reconnut instantanément, c'était comme un flash qui avait percuté sa rétine, il n'avait aucun doute. C'était inimaginable ! Insensé !

Pourquoi ce soir ? Pourquoi maintenant ?

Il s'arrêta net ; ce cadeau du destin valait bien une petite escale avant d'arriver au lycée. Stéphan posa un pied à terre avant de retirer son casque. Il allait les attendre, après tout le temps qui s'était écoulé, le jeune homme pouvait bien savourer ce léger répit en plus.

Après le départ de Stéphan, la fête n'était pas repartie sur le même rythme. Chacun partageait avec les autres des bribes du discours du chef du J.K.D. Clan. Les avis étaient partagés entre de l'admiration et une profonde aversion.

« Pour qui il se prend ce connard ?

– Il a pris la grosse tête ! »

Samantha demanda au Géant s'il avait bien fait de le laisser partir et celui-ci répondit qu'il avait entièrement confiance en Stéphan. Peu rassurée, elle insista auprès de lui pour trouver un moyen de se rendre devant le lycée. L'ensemble des élèves de la fête avait pris la même décision, il était évident qu'il ne fallait pas manquer ce qui allait arriver.

Child, lui, assis sur un banc devant la salle, sortit un paquet de cigarettes de sa poche. Il en posa une sur ses lèvres, regarda le ciel, puis l'alluma. Préférant ne pas avoir d'explications avec la bande, il s'isola à l'extérieur. Cela ne le dérangea pas plus que ça, le D.J. avait laissé place à une ambiance en fond sonore qui se répétait en boucle et la plupart des filles ne dansaient plus. Il tira une bouffée, la fumée dansait devant lui illuminée par la lumière d'un lampadaire. Puis, il vit arriver vers lui Sara. À vrai dire, il savait au fond de lui qu'elle reviendrait, que les choses ne s'arrêteraient pas là.

« Alors, qu'est-ce que tu fous ? dit-elle.

– Bah rien··· J'fume··· »

Il lui tendit le paquet de cigarettes, celle-ci n'en fit rien. Son regard brillait, ses cheveux lui cachaient une moitié de visage, pourtant, il ne fallait pas en voir plus pour comprendre ses intentions.

« Tu trouves pas qu'on s'fait chier à cette soirée··· ? lâcha-t-elle.

– Ouais, grave···

– T'habites à côté du lycée, toi ?

– Ouais, pourquoi ? »

La fille sourit, redressa la tête et montra son regard enjoué.

« Tu viens avec moi ? J'ai une idée pour foutre un peu l'ambiance··· »

Leur démarche, leur aspect, tout lui était familier. Stéphan n'avait aucun doute, c'était eux. Bien qu'étant encore à quelques mètres, il discerna parfaitement leurs traits ; leurs paupières plissées, les sourcils froncés. Leur peau était marquée, creusée par l'agacement.

Pendant la fraction de seconde où les deux parties se croisèrent, il ne lâcha pas du regard celui du milieu, celui qui lui parlait le plus. Pourtant, et malgré son insistance, les trois garçons n'eurent aucune réaction. Le champion de Jeet Kune Do dut même se retourner pour enfin tenter d'obtenir une réaction de leur part, mais en vain. Il les avait maintenant dépassés ; ce n'était pas possible ! Il se dit que trois gars comme eux ne pouvaient pas croiser quelqu'un qui les dévisageait comme il venait de le faire sans répondre. Il serra les poings de colère. Ce soir, tout concordait pour le mettre hors de lui, toutefois, il savait qu'il n'en resterait pas là. Le jeune homme avait toujours su qu'un jour justice serait faite, et si ça devait être le même soir où on avait douté de sa force et de sa détermination, alors très bien, ce serait encore mieux comme ça ! Il pourrait enfin montrer à tous les ingrats à qui il fallait obéir.

« Eh ! » cria le chef du J.K.D. Clan pour les interpeler.

La petite bande se retourna sans attendre, à leur attitude, il était évident que dans la rue, rien ne pouvait les intimider.

« C'est nous qu't'appelles ? Qu'est-ce tu veux ? demanda le plus trapu des trois.

- Ouais, c'est à vous que j'parle…

- Tu veux quoi ? Tu cherches du shit ? »

Stéphan sourit, malgré le souci qu'il se donnait pour paraître provocateur, les trois adolescents n'en voyaient rien.

« Vous avez pas l'air de vous souvenir de moi, mais moi, j'me rappelle parfaitement de vous… répliqua Stéphan avec un léger sourire orgueilleux.

- Ouais, j'vois pas qui t'es. On s'connaît ?

- Ça aurait été plus drôle, mais c'est pas grave j'vais faire avec…

- Quoi ? J'ai pas l'temps pour tes conneries. Y'a un mec qui m'attend, salut ! lança le chef de la petite bande en poursuivant son chemin.

- J'ai toujours su que j'me vengerais de vous un jour… » dit Stéphan d'une voix claire.

Il se trouvait étonnamment calme au vu de la colère qui grimpait en lui. Entendant cela, son opposant se figea sur place avant de pivoter sur lui-même.

« Qu'est-ce tu viens de dire ? demanda-t-il, son regard changea.

- J'vois qu'tu commences à saisir… Maintenant, c'est l'heure de payer…

- Ça y est j'me rappelle de toi, c'était y'a longtemps…

- Peut-être, mais j'ai pas oublié… »

Soudain, un vent fort vint perturber la discussion tant attendue par Stéphan. S'en suivit un long silence où les deux opposants s'évaluèrent en attendant une réaction de l'autre.

« C'est qui c'mec ? » demanda le trapu du groupe.

Son chef ignora la question, il se contenta de sourire face à l'arrogance de ce gars qui osait les défier à un contre trois.

« Putain mais répond, c'est qui c'type ?! poursuivit agressivement celui avec l'imposante balafre.

- J'ai déjà pas une bonne mémoire, mais vous… répondit son chef.

- Quoi ? Qu'est-ce tu veux dire ?

- Rappelle-toi, y'a quelques années. Un soir, on était venu vers ici et on avait rencontré un gars, on lui a piqué tout son fric à c'bouffon…

- Ouais… Ça date, j'm'en souviens plus trop…

- Il s'est pas passé beaucoup d'choses ici, on vient jamais. Tu t'souviens pas d'un petit gars ?

- Si j'te suis bien, c'mec, c'est l'gars qu'on a racketté ?

- Tu comprends enfin… »

C'est pour ça que j'les ai jamais revus, ils doivent habiter dans les quartiers Nord… Mais ça a plus d'importance… se dit Stéphan avec une joie qu'il avait rarement connue.

« Maintenant, 'va falloir payer, les mecs ! »

Face à son impertinence, la petite bande se mit à rire bruyamment.

« Tu crois faire quoi contre nous trois ? On va t'éclater la tronche, tu ferais mieux de rentrer chez toi !

dit le balafré.

- Venez ! J'vous attends…

- Restez ici, j'm'en occupe, les gars, ça va pas m'prendre longtemps… » conclut fièrement le chef des voyous.

Il s'avança vers Stéphan tout en faisant craquer les os de ses mains, ses deux amis s'assirent sur le bord du trottoir, ils avaient toujours adoré assister aux bastons du chef. Les deux ennemis, face à face, n'eurent pas l'intention d'attendre avant de commencer l'affrontement. Seul Stéphan n'était pas en position de garde, il resta droit, les bras relâchés. Ses cheveux battaient au vent, ses émotions bataillaient avec ses pensées, malgré tout, il afficha un sourire ; un sourire de haine, un sourire de satisfaction.

« Pourquoi tu restes comme ça ? T'as peur ? demanda le voyou.

- Mais j't'attends depuis tout à l'heure, j'ai pas besoin d'me préparer pour te défoncer…

- Sale bâtard ! » répliqua son adversaire tout en se jetant sur lui.

Il donna une série de coups de poing sans que rien ne passe, son ennemi était plus agile que lui. Alors qu'il s'acharnait à vouloir le toucher, il se prit un violent coup de pied au visage. Très rapidement, les douleurs envahirent tout son corps. Ne pouvant plus les supporter, il chavira lourdement. Les choses allaient trop vite pour lui qui n'avait pas atteint une seule fois son adversaire. Il posa une main sur son visage, lâcha un cri quand il la découvrit pleine de sang, puis s'agrippa sur quelque chose pour tenter de se relever. L'objet était froid, il le regarda et découvrit une moto. Ses esprits étaient encore confus, pourtant, il savait qu'il n'avait pas d'hallucination : un casque reposait sur la selle. Le garçon s'en empara par l'attache et se retourna vers son adversaire. Ses dents grincèrent de colère. La bave coulait de ses lèvres enragées. Toutefois, Stéphan savait au fond de lui que son calme allait faire bien plus de bruit que l'agressivité de son opposant. Ce dernier bondit vers lui encouragé par ses acolytes et frappa dans tous les sens avec le casque. Il toucha sa cible, la violence des coups lui donnait de l'adrénaline. Soudain, il sentit que quelque chose bloqua l'objet. Alors que le garçon tirait de toutes ses forces pour en reprendre possession, le casque arriva vers lui à toute vitesse, puis, fit une vive rotation. Il hurla tellement fort que sa voix couvrit le craquement de son poignet. Une masse l'envoya finalement à terre et un poing vint s'écraser dans son visage.

« C'est ça ta piaule ? Pas mal ! fit Sara en entrant chez Child.

– Bon alors, qu'est-ce que tu voulais faire chez moi ? »

Le garçon se rapprocha d'elle, lui jeta un regard séducteur, puis ferma la porte d'entrée. Il reluqua la fille de la tête aux pieds.

« T'as un briquet et d'l'essence ? demanda-t-elle.

– Quoi ? Qu'est-ce tu veux foutre avec ça ?

– J't'ai dit que j'avais une idée pour mettre l'ambiance··· »

Child haussa les sourcils, il n'avait jamais pensé utiliser ce genre d'accessoires. Il fouilla ses poches et en sortit une boîte d'allumettes. La fille, satisfaite, caressa ses doigts avant de s'emparer de l'objet.

« Et pour l'essence ? T'as bien un produit qui prend feu ?

– Heu, ouais··· Enfin, 'faut chercher dans le

garage, il doit y avoir quelque chose··· »

Il lui indiqua le chemin jusqu'au garage. L'intérieur était rempli d'accessoires en tout genre : du râteau de jardin à l'huile de moteur en passant par des réserves de nourriture qui pourraient servir pour toute une période de guerre. Sara fouilla les différents coins sans se préoccuper du rangement. Elle envoya au sol des cartons de babioles, et plus elle s'impatientait, plus la fréquence d'insultes augmentait de manière exponentielle. D'un coup, un sourire éclaira les traits tirés de son visage. Elle se retourna pour montrer un bidon à Child.

Paniqués par ce qu'ils venaient de voir, les deux acolytes lâchèrent un cri d'effroi.

« Putain, l'enculé ! Il lui a pété l'bras ! »

- Tu vas voir ! » hurla celui avec le visage balafré.

Il sortit un cran d'arrêt de sa poche et se jeta vers le bourreau. Le second n'hésita pas à se lancer à son tour. Il n'avait pas d'arme sur lui et leva alors ses deux bras en avant, les poings serrés. Le premier l'attaqua avec sa lame de haut en bas, puis retenta le coup sans atteindre son adversaire. Frustré par son manque de réussite, il jeta son arme vers Stéphan, le couteau effectua une série de rotations dans l'air avant de frôler la cible. Le garçon grogna de rage.

« 'Faut l'prendre à deux ! » ordonna-t-il à son complice.

Bondissant sur le maître de Jeet Kune Do, il tenta de l'assommer par n'importe quel moyen, pourtant, son ennemi se contenta d'esquiver, sans attaquer. C'était comme une immense satisfaction pour Stéphan de pouvoir jauger leur niveau comme deux débutants.

Un poing arriva alors sur lui, il le para de la main droite et lança son autre main en flèche vers son opposant. Ses doigts entrèrent en collision avec l'œil du balafré. Du sang gicla de la cavité orbitale. La douleur lui arracha un cri qui traversa les rues désertes de cette nuit glaciale. L'écho ébranla le silence. Le dernier voyou ne put s'empêcher de trembler comme une feuille morte face à une tempête de vent déchaînée à laquelle rien ne résistait. Paniqué et épouvanté par ce que le sort lui réservait, il sentit un frisson d'angoisse lui comprimer la poitrine. Son regard vacillait de gauche à droite, comme pour trouver une échappatoire. Son visage trahissait ses remords, ses yeux brillaient. Il agita les mains pour demander le pardon. Puis, dans un élan de lâcheté, il prit ses jambes à son cou pour fuir cette arène, il serait plus en sécurité dans n'importe quel autre endroit du monde qu'ici.

Il pense vraiment que j'vais le laisser partir ? souffla Stéphan à voix basse. *Lui et ses potes m'ont pas laissé la moindre chance de m'en sortir…*

Au loin, quelques passants s'étaient arrêtés pour assister à la scène ; des lycéens venus participer à la fête sur le parvis du lycée. Ils le pointèrent du doigt en discutant.

« QU'EST-CE QUE VOUS REGARDEZ ? VOUS VOULEZ QUE J'VOUS ÉCLATE, C'EST CA ? » leur cria Stéphan.

Après ces menaces, il partit aussitôt à la poursuite de son ennemi d'enfance. Ce dernier n'avait pas eu le temps de s'échapper bien loin, une petite trentaine de mètres d'avance. Stéphan l'aperçut en train de bousculer une poubelle pour qu'elle encombre le passage.

Il croit pouvoir m'semer comme ça c'bouffon ? Il est encore plus naze que j'le pensais…

Accélérant le pas, il se rapprocha de plus en plus du

garçon qui, cette fois-ci, était la proie dans cette chasse à l'homme. Il sentait sa respiration haletante, sa terreur suintante. Le bandit commença à manquer d'oxygène, un point de côté le prit sur la gauche, à cet instant, il regretta amèrement être un sécheur chronique des cours de sport. Pour augmenter ses chances de semer son poursuivant, il escalada un petit mur et exécuta une manœuvre de contre-pied pour le feinter. Mais Stéphan en avait vu d'autres et ne se laissa pas tromper aussi facilement. Ayant le réflexe de longer une pente hasardeuse pour couper la route du voyou, il heurta une souche de la hanche, et, malgré la douleur, il repartit sur-le-champ sans se soucier de sa blessure. Le champion d'arts martiaux arriva au niveau de sa victime, leurs regards se croisèrent. La lassitude froide et cruelle que Stéphan éprouva face à l'éternel regard de terreur chez ceux qu'il traquait n'apaisa aucunement son courroux. D'un coup foudroyant, le chef du J.K.D. Clan frappa violemment son ennemi d'un tranchant de la main à la gorge. Ce dernier s'échoua sous la puissance de l'attaque et perdit connaissance. À cet instant, les conséquences de ses actes n'avaient plus vraiment d'importance pour lui. Il contempla le corps inerte échoué à quelques mètres en ayant conscience de ce qu'il avait fait, mais l'heure n'était pas aux regrets.

« C'EST MOI L'MEILLEUR !!! » hurla-t-il plein de fierté.

C'est moi l'meilleur...

« Ah ah ah, j'ai enfin pris ma revanche ! »

Une légère averse de quelques secondes toucha la ville.

J'ai gagné, personne me résiste ! Nan personne ! C'est moi l'meilleur...

...

« Personne ? »

...

« C'est moi… le meilleur ? »

…

« Eddy… Sara a dit que c'était lui le numéro un… »

…

« J'vais leur montrer moi qui est vraiment le numéro un… Ils pensent pouvoir salir mon nom et que j'vais fermer ma gueule ? »

Il avait vaincu Jason en finale du tournoi, Mike devant tous les lycéens, ses trois agresseurs sans la moindre difficulté, il ne manquait plus qu'Eddy à la liste pour en finir une bonne fois pour toutes avec les médisants.

Chapitre 43 : 19 mai 1991 (suite)

00h58

Face au passé

Les enceintes branchées à une chaîne Hi-Fi crachaient la musique dans la rue. Les jeunes de la fête organisée par la mairie s'étaient peu à peu rejoints sur le parvis du lycée pour une seconde partie de soirée improvisée. Quelqu'un tendit un gobelet à Eddy, il le remercia.

« Qui a ramené tout ça ? demanda-t-il.

- Un peu tout l'monde, chacun a ramené des boissons, ou d'la bouffe… »

Les adolescents arrivaient par vague accompagnés de rire et de gaieté.

« T'as pas peur que les flics débarquent ?

- Si, c'est sûr ! Les voisins vont les appeler… Mais bon, on s'en fout, c'est la fin du lycée, 'faut fêter ça ! »

D'un coup, plusieurs voitures arrivèrent à toute allure pour se stopper en travers de la route qui bordait le lycée. Les portières s'ouvrirent à la hâte, Eddy s'étonna de voir Antoine y sortir ; il lui avait dit une heure plus tôt qu'il préférait rester à la première fête. Dans l'autre véhicule, il aperçut les amis de la bande de Stéphan dont, pour certains, il ne connaissait pas le nom. Instantanément, son estomac se noua, il ne savait comment l'expliquer mais le garçon redoutait que quelque chose se soit passé. Quand Antoine le vit à son tour, il accourut vers lui, suivi du Géant, de Vincent et de Samantha.

« Eh ! Eddy, ça va ? lança son ami. T'as pas vu Stéphan ?

- Stéphan ? Bah nan, pourquoi ? »

La musique couvrait leur voix, il demanda d'un signe

de la main que quelqu'un la baisse.

« Il a pété un câble ! Il a défoncé Mike et après il s'en est pris à tout l'monde ! répondit Antoine.

- Merde ! Pourquoi ?

- J'sais pas mais il a dit qu'il... »

L'adolescent fut interrompu par l'entrée en scène du chef du J.K.D. Clan sur le parvis du lycée. Il ne voyait que lui, le reste était le peuple, les spectateurs. L'homme s'avança vers lui d'un pas ferme et décidé. Cette fois-ci, Stéphan savait qu'il n'y aurait aucune excuse pour se défiler, aucun motif de refus. C'était lui contre Eddy, ici et maintenant.

« Eddy ! hurla-t-il comme si celui-ci se trouvait deux rues plus loin.

- Qu'est-ce qu'y a ? »

Par précaution, Eddy mit une jambe devant l'autre, prêt à bondir en cas de besoin. Il avait rarement vu Stéphan dans cet état et ignorait de quoi il était capable. Ses pas étaient lourds.

« J'en ai ras-l'cul d'entendre parler de toi, on va régler nos comptes !

- De quoi tu parles ? Quels comptes ?

- Alors comme ça t'es l'meilleur ? Le numéro un, hein ? »

Il arriva à son niveau, les autres autour n'osèrent interrompre la discussion. Il y avait comme un mur invisible et infranchissable qui les séparait. Stéphan dégageait une telle assurance, une telle force, qu'il écrasait la place par sa présence. La musique avait cessé d'elle-même.

« Vas-y ! Lâche-moi avec ça, j'ai pas l'temps pour tes conneries ! répliqua Eddy.

- Bah alors il est où le grand champion ? T'as peur ?

- Qui t'parle de grand champion ?

- Je sais pas, tu t'la racontes pas parce que t'as gagné l'championnat de Méthée ? Tout l'monde m'en parle ! »

Stéphan pointa du doigt l'attroupement de lycéens qui se formaient doucement autour d'eux. Des voitures s'arrêtèrent au milieu de la route, des adolescents grimpaient sur le toit des véhicules pour ne pas rater une miette de l'altercation. Margaux et Zoé avaient réussi à se trouver une place dans l'une des voitures.

« J'les laisse dire c'qu'ils veulent, j'm'en fous de tout ça, moi ! C'est juste pour ça qu'tu viens m'voir après tout c'temps ? Tu m'as plus adressé la parole depuis des mois et tu viens m'prendre la tête pour ce genre de chose ? J'ai pas qu'ça à faire...

- Viens pas jouer les innocents, tu ferais pas des arts martiaux et des compéts' si ça t'intéressait pas tout ça !

- Qu'est-ce que tu veux que ça m'foute ? » rétorqua Eddy dont le ton commençait à s'emballer.

Stéphan prit ce comportement pour une provocation et le poussa. Dans la foulée, Antoine et le Géant intervinrent pour les séparer. Par-dessus l'épaule du Géant, Stéphan hurla qu'il allait lui exploser la tête et lui faire ravaler son arrogance à se prendre pour le meilleur. À cela, Eddy répondit par un regard si dénigrant que la fureur du chef du J.K.D Clan atteignit son paroxysme. Il renversa le Géant d'un mouvement rapide, efficace et précis. Le corps de son ami s'écroula aussitôt sans la moindre résistance et Stéphan bondit alors vers son ennemi. Quand Antoine, qui s'était intercalé entre eux, vit débouler la charge, il s'écarta machinalement du chemin, sachant qu'il se ferait balayer dans la seconde.

Stéphan envoya son poing en direction du visage d'Eddy, celui-ci fit un pas en arrière pour esquiver. Puis, il para le second coup avant de se faire éjecter au sol.

Une friction. L'allumette s'embrasa. Sara contempla dans une satisfaction froide la lumière qu'elle dégageait. Elle sourit. Il y avait dans cette petite flamme tout ce qu'elle avait toujours espéré, tout ce qu'elle était. D'un geste désinvolte, elle balança l'allumette au sol. Du feu jaillit alors d'une ligne d'essence et cavala droit vers l'infrastructure.

Une main à terre, Eddy riposta violemment à Stéphan qu'il était devenu fou. Il n'avait aucune intention de se battre et ne réglerait pas le problème de cette manière. Malgré tout, Stéphan, acharné, lui bondit dessus sans répit. Il le frappa dans l'abdomen, les gens autour n'eurent aucune autre réaction que d'admirer l'affrontement. Chacun connaissait le palmarès des deux adversaires, et il était hors de question de se jeter dans la gueule du loup pour les séparer.

« Arrête tes conneries ! ordonna Eddy.

- Vas-y, il est où le grand champion là ? Bats-toi ! J'ai dégagé Mike parce que t'as été trop lâche pour l'faire ! Il est temps que j'venge tout l'monde en défonçant le président des élèves qui les a foutus dans cette situation !

- Qu'est-ce que ça peut t'foutre de c'que fait le président des élèves, hein ? Elle est où Lisa en c'moment ? »

Enragé par la réplique, Stéphan envoya son pied vers lui et toucha le panneau d'annonces en bois du lycée. Le poteau se plia sous la charge. L'adolescent ne comptait pas en rester là pour autant. Tant qu'Eddy se contentait d'esquiver, il savait qu'il ne pourrait pas le mettre en échec. Après quelques feintes, le garçon parvint à lui administrer un puissant coup au visage. Eddy trébucha une nouvelle fois.

« Soit j'te défonce devant tout l'monde, soit tu te défends ! »

Le Géant tenta de calmer le jeu en lançant qu'il avait gagné le combat et pouvait en rester là. Pourtant, Stéphan ne prit même pas la peine de lui répondre, il était évident qu'il n'allait pas se contenter de ça et attendait un vrai affrontement. S'il fallait aller jusqu'à assommer Eddy pour le contraindre de se battre, il le ferait. Stéphan leva le poing au ciel, cria pour affirmer sa domination sur la foule. Des éclats de lumières vives jaillirent derrière le lycée, c'était comme des feux d'artifice pour célébrer son couronnement.

Toutefois, pour lui ce n'était pas suffisant. Le chef se rua de nouveau vers Eddy, frappa de son pied que ce dernier encaissa afin de riposter à son tour. Ils échangèrent une série de coups puissants pour se déstabiliser l'un et l'autre. Stéphan fit saigner son adversaire du nez et, fier de sa prestation, il ne vit pas arriver le coup de pied en plein visage. L'impact fut si vif qu'il en perdit le sens de l'orientation. Il tituba sur quelques mètres en tentant de se maintenir là où il pouvait. Puis, l'adolescent se prit les pieds dans un muret qui longeait le parvis avant de s'échouer à terre. La vision trouble, la rage s'intensifia encore et lui fit oublier la douleur. Il entendait des bruits, des paroles, pourtant, c'était le martèlement des pas d'Eddy contre le sol qui tambourinait dans ses oreilles.

Quand il se releva, son adversaire lui faisait face.

« Alors t'as eu ton compte ? » lui lança-t-il.

La provocation était telle que sans réfléchir, Stéphan envoya son poing vers lui. Les choses allèrent vite, si vite qu'il ne put comprendre comment Eddy avait esquivé en lui saisissant le bras. Sous le poids de son adversaire, Stéphan posa un genou au sol. Et seulement à ce moment-là, il sentit la douleur intense dans son poignet. Dans un mouvement agile, Eddy lui faisait une clé dont il maîtrisait particulièrement bien la technique.

« Lâche-moi ! Sale enfoiré ! »

Il fit une rotation avec son corps pour se dégager, mais cela ne fit qu'amplifier la torture. Il était à la merci de son adversaire sous le regard réprobateur des spectateurs.

« Lâche-moi ! J'te dis !

- Arrête de bouger, tu vas… »

La stratégie d'Eddy était de calmer la folie du chef du J.K.D. Clan avant de le libérer ; Stéphan pouvait rentrer dans la course au plus fort s'il le souhaitait, mais qu'il ne l'inclut pas dedans ! Il hurla sa colère à la face du monde. Un duel de force s'engagea alors entre les deux opposants. Stéphan força sur son bras, tant pis s'il devait souffrir le martyre, les choses ne s'arrêteraient pas là !

« Tu vas t'péter l'bras, si tu continues ! répliqua Eddy en le maintenant fermement. Arrête ça !

- Ta gueule ! J'ai pas d'ordres à recevoir de toi ! »

Personne ne bougeait, il était évident qu'il n'accepterait aucune aide. Le combat de force leur fit faire une rotation et intensifia la douleur. En dernier recours, Stéphan lança son poing au-dessus de son épaule pour atteindre son adversaire. D'un coup, un craquement se fit entendre, il chuta impuissamment au sol. La tension s'évacua avec sa colère, l'arrêt fut aussi brutal que la manifestation de la douleur dans son bras. Pourtant, elle ne fut rien face à la force qui broya son cœur à cet instant-là. La confusion l'emporta. *Qu'est-ce qui l'avait emmené là ?*

Il voulait crier sa peine mais seul un vide sans fin s'ouvrit à lui. Les pensées remontaient à la surface et lui bloquèrent la respiration, il suffoqua. Ses yeux brillèrent.

Une main tendue se présenta à lui. Il la regarda puis la refusa en la dégageant. *Qu'avait-il à accepter d'Eddy ?*

Il rampa au sol sous la douleur et les regards des lycéens. Ça parlait, ça commentait, ça jugeait. Les lueurs qui se manifestaient du lycée devenaient de plus en plus vives. Une vague de chaleur s'empara du froid nocturne.

Stéphan toussa et cracha le sang qu'il avait dans la bouche.

« Ça y est, t'es content ? dit-il. *Monsieur* est redevenu le numéro un ?

- Mais de quoi tu parles ? J'ai jamais voulu être le numéro un, moi ! rétorqua la vainqueur au-dessus de lui. C'est toi qui pars dans tes délires tout seul !

- Ah ouais ? Alors pourquoi tous ces entraînements ? Ces tournois ? Pourquoi on s'imposait ça ? »

Stéphan parvint à se hisser sur le muret et à s'y asseoir malgré son bras invalide.

« Moi, j'voulais juste qu'on s'entraide, qu'on oublie le passé !

- En m'tapant dessus ?

- En t'initiant aux arts martiaux ! » corrigea vivement Eddy.

Il en avait marre de devoir se justifier sur ce sujet-là.

« Et toi, tu remportes le tournoi de Paris alors tu décides d'arrêter les entraînements et de mener une guérilla contre les bandes de la ville !

- C'est pas tes affaires tout ça, mêle-toi de c'qui t'regarde !

- OK ! J'vais t'laisser là, si c'est c'que tu veux » dit le vainqueur en faisant mine de rejoindre son groupe.

Stéphan, se maintenant son bras endolori, se mit à ricaner de plus en plus fort jusqu'à exploser de rire.

« J'peux savoir c'qu'il y a de si drôle ? demanda Eddy, surpris.

- J'pense à la tête des gens quand ils vont découvrir l'état des trois gars qui m'avaient agressé…

- De quoi tu parles ? »

Le regard d'Eddy se baladait de Stéphan jusqu'aux lycéens, il redoutait le pire et espéra que personne ne l'avait entendu.

« Tu t'en souviens pas ? Les autres avaient raison, tu t'en foutais d'moi… soupira Stéphan, assis sur le muret.

- Arrête avec ces conneries ! Bien sûr que j'm'en souviens, tu rentrais de ton cours particulier et tu t'es fait racketter par trois mecs. Maintenant, dis-moi c'que tu leur as fait !

- En venant ici, j'suis tombé sur eux ! Ah ah ah, tu t'rends compte, le hasard de ouf ?

- Et t'as fait quoi ? Tu t'es vengé ? Tu t'sens mieux ? »

D'un geste de la main, Eddy indiqua aux autres de ne pas s'approcher, de rester à distance. Pourtant, ceux-là ne semblaient pas se soucier d'eux, leurs regards terrifiés étaient attirés par quelque chose d'autre.

« Et quelle vengeance… reprit Stéphan.

- Tu m'fais flipper là, qu'est-ce que tu leur as fait ?

- Je les ai massacrés...

- Quoi !? Mais t'es devenu complètement dingue !

- ET ALORS ? cria Stéphan. Qu'est-ce que tu voulais qu'je fasse ? Que j'les laisse partir comme si de rien n'était ? répondit Stéphan, la voix brouillée par l'émotion.

- J'ai jamais dit ça, mais tu comptes régler tous tes problèmes avec tes poings ?

- Apparemment, il n'y a que ça qui marche ! »

Le garçon ne répondit pas, il ne trouvait plus ses mots.

« Moi, j'sais où tout ça a réellement commencé… poursuivit Eddy.

- Ferme-la ! T'as pas à m'dire tout ça…

- Au lieu d'essayer d'avancer et de t'faire une raison, toi, t'as préféré t'renfermer sur toi-même…

- J't'ai dit de la fermer ! ordonna-t-il tout en laissant couler quelques larmes sur sa joue maculée de traces noires.

- Pourquoi tu veux que j'me taise, hein ? 'Toute façon, tu crois que j'me servais de toi et que j't'aimais pas ! »

Stéphan, poussé par sa fierté, essuya ses yeux mouillés puis reprit la parole d'une faible voix :

« Jack est mort et c'est en partie d'ma faute…

- Quoi ? Nan, c'est pas d'ta faute !

- Si, ça l'est et tu l'sais ! Tu voulais dire que tout avait commencé à sa mort… J'aurais pas dû le laisser traverser cette route ce jour-là…

- Jack est mort, c'est la vie, on y peut rien !

- Mais j'suis sûr qu'il est pas vraiment mort, j'sais qu'il est là, tout près de nous... Et… Et j'dois lui prouver… Lui prouver que j'suis pas un bon à rien…

- Mais... Tu vois, c'est ça ton problème, tu refuses de voir la réalité en face !

- J'l'ai vu tout à l'heure, à la fête ! Il était là ! C'était pas une hallucination...

- T'as toujours voulu fuir tes problèmes !

- J'fuis rien du tout, chaque jour ils me hantent, bordel !

- Jack est mort !

- Nan, tu mens ! réfuta le vaincu.

- Il est mort, j'te dis ! Souviens-toi, il s'est fait renverser par cette voiture. On était tous les deux là, et il a pas survécu, tu l'sais… continua Eddy le cœur serré de devoir dire tout cela avec tant de franchise. C'est triste, mais il est mort, putain…

- Alors… Il est… vraiment mort… » répondit Stéphan en détournant le visage.

Il avait conscience de cela depuis bien longtemps, mais l'exprimer avec des mots était différent.

« Oui, j'suis désolé. Il repose en paix, pour toujours…

- Mais alors… Pourquoi tu m'as pas aidé à m'en sortir ? Pourquoi tu m'as laissé y croire ? Chaque jour je m'enfonçais et toi tu faisais rien !

- Retourne pas la faute sur moi ! J'étais là, j'ai essayé de t'orienter vers les arts martiaux pour t'en sortir, t'ouvrir, mais regarde c'que t'es devenu…

- Tu mens ! T'étais jamais là en réalité, ni au collège,

ni à la maison ! Quand on s'voyait, c'était uniquement pendant les heures d'entraînement, j'avais besoin de quelqu'un pour m'soutenir, pour parler, mais j'étais que ton cobaye… T'avais honte de moi, pas vrai ? »

Eddy n'eut pas le courage de répondre, il baissa la tête.

« J'lai toujours su…

- C'est pas ça… Mais… »

Le jeune homme hésita, puis au point où en était leur amitié, il se dit qu'il pouvait tout balancer :

« T'étais différent des autres… Pas très sociable…

- Excuse-moi de ne pas avoir ton aisance, ton magnétisme pour attirer la sympathie des autres…

- Mais… Et tu crois qu'éclater Mike ça allait arranger les choses ? Et après c'était moi, c'est ça ? Et après, ce serait qui pour calmer la rage que t'as en toi ?

- Et alors ? Qu'est-ce que tu voulais qu'je fasse d'autre, hein ? Chaque fois qu'on sortait, il nous arrivait quelque chose, rappelle-toi : ton père alcoolique, mon agression, Jack ! énonça Stéphan en montant le ton.

- Tu crois qu'j'ai pas été touché, moi non plus ? J'étais là à chaque fois. Mais j'ai essayé de continuer à vivre en m'faisant une raison, il fallait que j'prenne la vie comme elle venait ! »

La respiration haletante, il sentit l'air chaud s'infiltrer dans ses poumons. Autour, un crépitement sourd avait remplacé le brouhaha des adolescents.

« Ah ouais ? Et t'as pensé à moi ? fit Stéphan. T'étais où pendant tout c'temps ? T'étais où quand j'me suis enfoncé dans tout ça ? J'ai fait c'que j'pensais bon d'faire ! Pour la première fois d'ma vie, j'existais… Et tu ne m'as pas arrêté…

- Quoi ? Parce que ça aussi ça va être d'ma faute maintenant ? » riposta Eddy en se désignant du doigt.

Il perça son rival du regard pour l'interroger. Un silence tacheté de pas fuyants s'installa. Maintenant qu'ils s'étaient expliqués, il était évident pour Stéphan que la discussion se finissait là, chacun avait sa version des faits et sa raison d'y croire.

« Alors c'est la faute à qui tout ça, hein ? » conclut-il.

Un vent chaud se leva et se faufila entre eux deux. Ils s'examinèrent ; ils n'avaient plus rien à se dire. Pourtant, leur regard était différent, il y avait à la fois un respect sincère envers chacun d'eux, mais ce qui ressortait à travers leur expression était également l'incompréhension de leurs différences.

Hein, c'est la faute à qui ? se demanda le chef du J.K.D. Clan.

À ces gens autour de lui qui s'éparpillaient dans tous les sens ? Ils ne lui prêtèrent plus aucune attention. Ces mêmes qui avaient flatté son égo pour l'attirer dans leur jeu et qui se détournaient à présent de lui, ils paraissaient maintenant tous si loin, si différents. Stéphan souffla de dépit, ses échecs seraient leur passe-temps.

À quelques pas de lui, son… Eddy appelait une ambulance. *Qu'avait-il à se reprocher ?* Stéphan percevait mal ce qu'il disait tant sa voix était troublée par l'affolement. À ce même moment, l'adolescent se rendit enfin compte des flammes qui ravageaient le lycée. La lueur était si vive qu'il en fut ébloui. Dans un premier temps, il voulut fuir, mais pour aller où ? Finalement, il resta paisiblement sur son muret sans se soucier de ce qui avait provoqué cet incendie. Était-ce une ambulance ou les pompiers qu'Eddy appelait ? Il n'en savait trop rien, ça n'avait plus vraiment d'importance. Ce garçon était là quand tout allait bien, mais se tirait quand tout tournait mal...

Stéphan comprit tout : la panique de la foule et la solitude de celui qui quitte le troupeau. Néanmoins, de l'autre côté du parvis, il aperçut une autre bête égarée. Il le reconnut immédiatement, il était comme lui. L'étrange sensation de se regarder dans un miroir lui donna des vertiges. Il vit Mike qui lui jeta un regard en retour. Étonnement, il n'y avait aucune haine ou rancune dedans. Stéphan jura même y percevoir de la compassion, voire de la reconnaissance. Il ne saisit pas immédiatement, c'était comme une douleur qui lui tambourinait le crâne. Puis, quand il comprit, il se fit la réflexion qu'étrangement on pouvait apprendre de ses proches, mais qu'on pouvait apprendre bien plus de ses ennemis. Le chef déchu des Guerriers Fous, dorénavant simple guerrier, fuma une cigarette assis sur le bord du trottoir. Un lampadaire éclairait son visage ensanglanté. Malgré son état, il avait dû faire le trajet depuis la salle de fête pour assister au combat final de Stéphan. Il contempla le spectacle ; le lycée qui criait sous les flammes. Alors, le garçon se releva calmement, adressa un dernier regard à Stéphan avant de disparaître dans la nuit.

Stéphan sourit.

Le parvis se faisait de plus en plus vide, des cris au loin trahissaient la présence d'humains. Il tourna soudainement la tête de gauche à droite à la recherche de celle qui lui avait tenu la main jusque-là, il l'avait oubliée, elle ne l'avait pas suivi. À travers toutes ses passions écrasantes, il avait eu le soutien inconditionnel de sa petite amie. Il la chercha du regard espérant qu'elle surgisse d'un coup de nulle part, mais en vain. Les rues ne lui répondirent pas. Un pincement lui transperça le cœur en pensant à celle qui avait tout sacrifié par amour et qui était partie quand il avait trop joué avec elle.

Il voulait pleurer, et rire à la fois. Rire de lui. La chaleur devint insoutenable, l'air brûlait ses poumons. Il fallait partir, sauver sa peau. Doucement, les flammes s'attaquèrent au parvis sous le crépitement incessant. Des vitres explosèrent sous la pression. La scène était à la fois grandiose et lugubre.

Dans ce spectacle, il perçut d'un coup des rires, des

pas. Les rires grandissaient, s'extasiaient. Au loin, venant de l'aile droite du lycée, Stéphan découvrit des silhouettes qui avançaient vers lui. Elles semblaient joyeuses, se dandinaient. Son cœur s'accéléra quand il les reconnut, *comment*... ? Sara marchait fièrement à travers la fumée qui se dégageait du feu emportant ce lieu où était née la fracture entre les différents mondes. Celui des adolescents était porté par un mélange chaotique de magie, d'ambitions et d'insouciance.

Sara paraissait grande, conquérante. Des gens la rejoignirent : Arnold, Benjamin, le Colosse. Et Child. Ce dernier entoura son bras autour de ses hanches, il paraissait joyeux, soulagé. Ils s'échangèrent tous un regard dans l'hilarité la plus complète. D'un coup, la jeune femme poussa une personne qui avait tenté de les rejoindre. C'était une fille, elle s'écrasa à terre sous la moquerie du groupe. Stéphan la connaissait, c'était une lycéenne : Cassandra. Dans la plus grande indifférence, la bande de Sara passa alors devant le jeune homme vaincu, personne ne fit attention à lui, il était une ombre masquée par les flammes. À cette distance, Stéphan put percevoir leur voix :

« Tu vas pas m'trahir comme tu as fait à Mike ? disait Sara à Child.

- J'te ferai jamais ça, t'inquiète ! » répliqua l'adolescent.

La fille le dévisagea l'espace d'un instant avant de poursuivre son chemin.

Une pensée, une impression traversa Stéphan ; il savait qu'à travers tout ça d'autres poursuivaient la quête de la popularité, à laquelle il avait été pris et qui était toujours vouée à l'échec. Elle poussait les gens à commettre des choses de plus en plus dingues pour être au-devant de la scène ; les opportunistes étaient toujours leurs alliés.

Au loin, une sirène se fit entendre. Elle se rapprochait

inéluctablement, accompagnée d'autres alarmes. Les pompiers, les flics, *qu'importe !* Des reflets de lumière bleue et rouge colorèrent successivement les façades des résidences environnant l'arène du combat perdu par le champion en titre de Jeet Kune Do.

Alors, à qui la faute tout ça, hein ? se demanda-t-il enfin. Il n'en savait rien. Pourtant, il savait une chose : il était responsable de ce qu'il était.

Chronique de Méthée

« On a retrouvé un bidon d'essence vide et une allumette derrière le lycée… Les auteurs de l'incendie sont pas très malins… informa le pompier qui enroulait la lance à incendie.

- Donc vous me certifiez que l'origine du feu est bien criminelle ? » reprit Béatrice Kirszenbalt pour la vingtième fois en prenant des notes pour sa prochaine prise d'antenne.

L'homme soupira, c'était toujours le même scénario avec ces foutus journalistes : ils venaient picorer là où il y avait de la viande sanguinolente, de la chair bien fraîche, avant de donner la becquée au peuple. Quant au goût de la nourriture, mieux valait fermer les yeux et se pincer le nez. Et même s'il savait que cette dernière avait un sens de l'intégrité plus prononcé que ses confrères, il préférait ne pas voir son nom apparaître dans un quelconque reportage. Par chance, un agent de police intervint pour reconduire la journaliste ainsi que son caméraman en dehors de la zone de sécurité tant que le chef de l'unité n'en avait pas autorisé l'accès. Dans la foulée, ils reçurent un coup de fil du rédacteur en chef de MéTV leur indiquant qu'ils passeraient en direct dans cinq petites minutes.

« T'as tout ce qu'il faut ? demanda le caméraman.

- Ouais, ça devrait le faire, tu feras des plans sur le lycée, j'informe que l'origine est très certainement criminelle suite à une soirée improvisée des lycéens, la police nous a confirmé en avoir mis plusieurs en garde à vue, et dès qu'on aura de plus amples informations, on reprend le duplex. OK ?

- C'est toi la chef !

- Tu commenceras sur moi, et tu enchaînes avec… »

Là-dessus, Béatrice se fit interrompre par la sonnerie du téléphone par satellite. Elle jeta un regard étonné à son collègue, décrocha en soupirant que son rédacteur en chef allait encore lui demander d'intervenir immédiatement afin de ne pas se faire voler le scoop par la concurrence et balança sans lui laisser la parole qu'elle était prête.

« Mademoiselle Kirszenbalt ? fit alors une voix plutôt grave à l'autre bout du fil.

- Heu… Oui ! fit-elle, en faisant comprendre à son caméraman d'un signe de la main qu'elle ignorait de qui il s'agissait. À qui ai-je l'honneur ? »

Elle crut reconnaître la voix mais l'étonnement lui fit tout de même poser la question.

« Je suis monsieur Bonneteau, le maire de Méthée.

- Ah ! heu, eh bien enchantée ! Et que me vaut ce plaisir ?

- Je viens d'être tenu informé de l'épisode dramatique de cette nuit…

- Heu… Oui, c'est un évènement assez choquant, du jamais vu… »

Ignorant le motif de l'appel, Béatrice tentait de meubler comme elle le pouvait la conversation. D'instinct, la journaliste sentit qu'un tel coup de fil n'avait rien d'un simple entretien de bienséance. Elle lui demanda alors si elle pouvait faire quelque chose pour lui.

« Eh bien, vous avez parlé à un pompier sur place ?

- Bien sûr, je vérifie toujours une information avant de la diffuser. Seule la police a refusé de répondre.

- Oui, le commissaire Boreman prendra la parole dans la journée, il vient de me le confirmer. »

Kirszenbalt attendit la suite de la phrase, elle eut le sentiment qu'elle ne s'arrêtait pas là.

« Et qu'allez-vous dire à l'antenne ? »

La question l'interpela, *que venait-il chercher ?*

« Heu… La simple vérité… À l'état actuel des choses, nous pensons que l'incendie est d'origine criminelle !

- Non… Non, vous n'allez pas dire ça… »

Elle crut avoir mal entendu.

« Qu… Comment ça ?

- On ne peut pas dire que l'incendie est d'origine criminelle, ce serait s'avancer de trop et effrayer la population. Je ne veux pas effrayer la population. »

Il parlait simplement, son ton habituellement jovial qu'il adoptait devant les caméras avait laissé place à un calme rigide et maîtrisé.

« Je suis désolée, reprit la journaliste en se ressaisissant, je me dois de dire la vérité aux habitants de Méthée et…

- Et votre chaîne est financée par les subventions de la ville, il me semble… »

Cette réplique lui fit l'effet d'une baffe. Elle en ressentait une vive douleur. Sa respiration s'accéléra quand elle tenta de maîtriser ses émotions.

« *Subventionner* ne veut pas dire contrôler !

- Appelez ça comme cela vous chante, en attendant, nous nous efforçons à rendre la ville plus sûre, et ce n'est pas une petite journaliste d'une chaîne régionale qui va venir me foutre des bâtons dans les roues ! »

Les mots étaient si autoritaires qu'elle ne pouvait en écouter plus. Elle ne percevait plus qu'une voix suintant répréhension et suffisance. On lui fit alors un signe sur sa droite, son caméraman s'agitait pour lui indiquer qu'ils allaient prendre l'antenne d'un instant à l'autre.

« Bien, soyez raisonnable, vous avez une carrière à protéger, inventez ce que vous voulez, une fuite de gaz, un problème de chaudière… » conclut l'homme.

L'heure tournait. Béatrice garda le silence, son mutisme bouillonnait de rage et d'indignation. Le maire raccrocha.

« C'était qui ? lui demanda son collègue quand elle passa devant lui, la mine fermée.

- Personne… J't'expliquerai… »

Elle s'empara de son micro, remit à la hâte sa veste et sa mèche qui lui tombait perpétuellement devant le visage, puis s'arrêta devant le cadavre encore fumant du lycée.

« Ça va ? insista le caméraman.

- Je… Certaines choses ont changé… S'il te plaît, ne pose pas de questions avant que je t'en parle… »

À peine eut-elle le temps de sauver les apparences qu'on lui indiqua dans l'oreillette qu'elle prenait l'antenne dans cinq secondes. Elle entendit le décompte, perçut encore la voix du monarque qui régnait sur sa ville.

La journaliste avait intégré la chaîne MéTV il y avait tout juste six mois. Ça avait été une joie indescriptible pour elle, tant par l'accueil chaleureux qu'elle avait reçu après trois années de galère à mendier du travail à la moindre rédaction, que par l'honneur de contribuer à l'épanouissement de cette jeune chaîne connue pour son dynamisme et son intégrité envers la ville dans laquelle elle avait grandi. Mais que restait-il de son idéal à présent qu'elle côtoyait l'envers du décor ? L'émotion lui glaça le dos, et la voix dans son oreillette la rappela à la réalité ; la journaliste était à l'antenne.

« Heu… Je… Je me trouve devant le lycée… Jean Moulin… Nous apprenons tout juste qu'un incendie l'a ravagé durant la nuit. Les pompiers… Heu… viennent de… de l'éteindre… D'après les premières analyses, il semblerait qu'une… qu'une fuite de gaz soit à l'origine de ce drame… »

Elle s'arrêta, fixa le sol. Son collègue, déconcerté, se pencha derrière sa caméra pour l'apercevoir. Il voulut lui faire un signe mais celle-ci se redressa alors :

« Voici la version officielle de la mairie, or, plusieurs sapeurs-pompiers m'ont confirmé avoir retrouvé un bidon d'essence derrière le lycée. L'incendie est d'origine criminelle, à n'en pas douter ! Cela va bien sûr à l'encontre de la politique du maire qui se veut rassurante, épaulé par madame Adrianne, la principale du lycée, et par monsieur Boreman, le commissaire de la ville... »

Note de l'auteur

J'espère que vous avez pris plaisir à découvrir ce roman. Il s'agit d'une des aventures qui se passent dans la ville de Méthée et que je prends plaisir à construire. Voici la liste des autres romans de cet univers :

- Némésis
- Némésis 2 (à paraître)
- Chroniques de Méthée (à paraître, 2018)
- Un long été (bande dessinée)
- Au Jour le jour (film disponible sur YouTube)
- Némésis (Film bientôt disponible au cinéma)

Si vous souhaitez m'aider, le meilleur moyen c'est le bouche-à-oreille, et pour cela, vous pouvez laisser un commentaire sur Amazon. Ce serait vraiment super !

Vous pouvez découvrir tous mes romans et projets audiovisuels sur :

xavierseignot.fr

ou

La chaîne YouTube Xavier Seignot

Sommaire

Prologue

Partie 1 : Vivre libre, c'est souvent vivre seul

Chapitre 1 : Stéphan
Chapitre 2 : Le Lycée
Chapitre 3 : Le Gang
Chapitre 4 : Dilemme
Chapitre 5 : Rencard
Chapitre 6 : Souvenirs
Chapitre 7 : Une page qui se tourne
Chapitre 8 : La Compétition

Partie 2 : L'Efficacité réelle passe par l'abandon de la résistance interne et du conflit inutile

Chapitre 9 : Rupture
Chapitre 10 : Ouverture
Chapitre 11 : L'Élection
Chapitre 12 : Le Bizutage
Chapitre 13 : Nouvelle chance
Chapitre 14 : Popularité
Chapitre 15 : La Visite
Chapitre 16 : Le Cinéma
Chapitre 17 : Un Ami… ?
Chapitre 18 : Opposition
Chapitre 19 : Le Lieu de toutes les connaissances
Chapitre 20 : Le Challenger
Chapitre 21 : L'Insomnie
Chapitre 22 : Trafics
Chapitre 23 : La Fête

Partie 3 : L'Enfer, c'est les autres

Chapitre 24 : Retour
Chapitre 25 : Défi
Chapitre 26 : Collision
Chapitre 27 : Nouveau style d'entraînement
Chapitre 28 : Chef de clan
Chapitre 29 : Un Ciel étoilé
Chapitre 30 : Une Longue soirée
Chapitre 31 : La Justice
Chapitre 32 : L'Exclusion
Chapitre 33 : Sara
Chapitre 34 : Trois points
Chapitre 35 : Les Médias s'emmêlent
Chapitre 36 : Le Débat
Chapitre 37 : Changement
Chapitre 38 : Fracture
Chapitre 39 : Le Cambriolage
Chapitre 40 : Le Débrief

Partie 4 : Cher est le bonheur car pieuse est la piste

Chapitre 41 : La Soirée
Chapitre 42 : Un Plat qui se mange bouillant
Chapitre 43 : Face au passé

Chronique de Méthée